Kate Field

Der Garten des Hauses Ramblings

Roman

Aus dem Englischen
von Ulrike Laszlo

GOLDMANN

Die Originalausgabe erschien 2018 unter dem Titel
»The Winter that Made Us« bei Accent Press Ltd.

This translation published by arrangement with Summersdale Publishers Ltd.

1. Auflage
Deutsche Erstveröffentlichung November 2019

Umschlaggestaltung: UNO Werbeagentur, München
Umschlagfoto: mauritius images/Stephen Porritt/Alamy
Martin Bennie/getty images
Ildiko Neer/Arcangel
Redaktion: Gerhard Seidl
AB • Herstellung: kw
Satz: KompetenzCenter, Mönchengladbach
Druck und Bindung: GGP Media GmbH, Pößneck
Printed in Germany
ISBN: 978-3-442-48977-0
www.goldmann-verlag.de

Besuchen Sie den Goldmann Verlag im Netz

1

Es war immer noch das schönste Grab auf dem Friedhof. Ein Meer von Blumen in prächtigen Farben erstreckte sich vom Fuß des behauenen Grabsteins über das kleine Stück Erde. Zinnien. Tess strich mit den Fingern über die samtenen Blütenblätter, deren Oberfläche sie an die Flanellpuppen erinnerte, mit denen sie in ihrer Kindheit gespielt hatte. Die Blüten in leuchtendem Rot, Lila und Orange sahen aus, als wären sie am Morgen im Gewächshaus gepflückt und sofort hierhergebracht worden.

Tess kniete sich auf das sorgfältig gemähte Gras neben dem Grab; die harten Halme zerkratzten ihr die Knie.

»Hallo, ich bin's«, flüsterte sie und fuhr mit der Hand über die geschwungene Kante des Gedenksteins. »Ich bin wieder hier. Hast du mich vermisst?«

Keine Antwort. Heute vermittelten ihr nicht einmal die im Wind raschelnden Blätter des Kastanienbaums die Illusion einer Erwiderung. Tess zeichnete mit den Fingern die ausgestreckten Flügel des in die Schieferplatte gehauenen Vogels nach.

»Alles ist schiefgelaufen«, sagte sie. »Ich habe es wirklich versucht, so gut ich konnte, aber das war nicht genug. Ich bin gescheitert. Und es tut mir so leid, dass ich uns beide nicht retten konnte. Du hättest das nicht in den Sand gesetzt, so wie ich es getan habe, richtig? Sie wird bitter enttäuscht sein. Ich kann es ihr nicht sagen. Noch nicht. Das verstehst du doch, oder? Ich wünschte, du wärst hier. Ich brauche dich.«

Die Wolken, die den ganzen Tag gezögert hatten, ließen nun einen sanften Nieselregen auf die Erde fallen. Tess lehnte sich gegen den Grabstein.

»Verdammt, warum funktionierst du nicht richtig?«

Einige Gräber weiter stand ein Mann in gebückter Haltung; mit einer Hand stützte er sich auf den Kopf eines Granitengels, mit der anderen schlug er sich gegen sein Knie. Als Tess sich umdrehte, schaute er auf, und trotz der vielen vergangenen Jahre glaubte sie, ihn als einen der Thornton-Brüder zu erkennen – drei rauflustige Jungs, die sich ähnelten wie Drillinge –, die mit ihr die Grundschule des Dorfs besucht hatten. Aber beim nochmaligen Hinsehen fragte sie sich, ob sie sich nicht doch irrte. Die Thorntons waren lebensfrohe, fröhliche Jungen gewesen, die immer Unfug im Kopf hatten, aber dieser Mann wirkte so, als hätten ihn seine Lebensgeister schon vor langer Zeit verlassen.

Tess wischte sich übers Gesicht und hoffte, dass der Regen ihre Tränen verschleierte. Der Mann richtete sich auf, und sie drückte sich an den Grabstein, als er sie anstarrte. Offensichtlich zögerte er und dachte darüber nach, ob er zu ihr herüberkommen sollte. Doch dann überlegte er es sich anders, drehte sich um und ging in die entgegengesetzte Richtung davon, wobei er das rechte Bein leicht nachzog.

Sie stand auf, klopfte sich die Grashalme von den Beinen und schaute ihm nach, bis er außer Sichtweite war. Dann nahm sie den gleichen Weg durch den Friedhof und ging in Richtung Dorf nach Hause.

Zehn Minuten später blieb Tess auf der Treppe vor dem frei stehenden Steinhaus stehen, das in ihrer Kindheit ihr Zuhause gewesen war. Es lag in einer kleinen ruhigen Straße, die vom Dorfanger in Ribblemill abging. Seit ihrem letzten Besuch vor vielen Monaten hatte sich hier nichts verändert. Ebenso wenig wie in den Jahren zuvor, eigentlich so lange, wie sie sich zurückerinnern konnte. An allen Fenstern hingen noch dieselben Vorhänge, bei denen mittlerweile die Farbe an den Kanten fast weiß verblichen war, auf den Fensterbrettern stand noch derselbe Zierrat, der das Haus in einem anderen Jahrzehnt gefangen hielt, und dieselbe leidvolle Atmosphäre presste die Steine ebenso fest zusammen wie der Kalkmörtel.

Sie atmete tief durch, wappnete sich für das, was dort drin auf sie wartete, schlug leicht den Türklopfer gegen das Holz und öffnete die Tür.

»Hallo, Mum. Ich bin's, Tess!«

Vor dem Spiegel im Flur hielt sie kurz inne, um zu überprüfen, ob sie trotz ihrer Tränen so aussah, wie man es von Tess Bailey erwartete: blonde Locken, die ihr perfekt frisiert über die Schultern fielen, und ein hübsches geblümtes Kleid in dem gleichen Stil, den sie seit ihrer Kindheit trug. Nur das Lächeln fehlte noch, aber das ließ sich rasch beheben. Wie auch sonst zu jeder Gelegenheit gelang es ihr, rasch ein überzeugendes Lächeln aufzusetzen, bevor sie die Wohnzimmertür aufstieß.

Sie wurde überschwänglich begrüßt – laute Ausrufe der Überraschung, und alle strahlten sie an. Es waren mehr Gäste da, als Tess erwartet hatte. Grace, ihre Mum, saß in ihrem Lehnstuhl vor dem Kaminofen, der trotz des feuchten Septemberwetters auf höchster Stufe brannte, und drei ihrer Freundinnen standen schwitzend am anderen Ende des Zimmers.

»Hallo, alle zusammen!« Tess küsste jede der Frauen auf die Wange – Joyce, Ruth und Marjorie, Grace' treueste Freundinnen. »Wie schön, euch alle zu sehen!«

»Oh, Tess, du siehst wieder bildhübsch aus!« Marjorie nahm ihre Hand und musterte Tess von oben bis unten. »Grace hat uns nicht gesagt, dass du heute kommst.«

»Nein, das ist ein Überraschungsbesuch. Ist das nicht nett?« Tess bückte sich, um ihrer Mutter ebenfalls einen Kuss auf die Wange zu geben, und ignorierte Ruths hochgezogene Augenbrauen. Grace mochte keine Überraschungen, das war allgemein bekannt. »Hallo, Mum, wie geht es dir?«

Manchmal träumte Tess davon, dass ihre Mutter mit einem Lächeln reagierte – vielleicht sogar lachte –, sie für diese dumme Frage schalt und erklärte, dass es ihr hervorragend gehe. Heute war das nicht der Fall. Sie fuhr mit den Händen durch die Luft, die Sorgenfalten auf ihrem Gesicht vertieften sich, und sie starrte Tess an, als … als sei sie ein Geist. Nein, dachte Tess, einen Geist würde sie wahrscheinlich mit einem Lächeln besänftigen.

»Tess?« Grace beugte sich auf ihrem Stuhl vor. »Warum bist du hier? Was ist los?«

»Nichts! Ich komme nur, um dich und Dad zu besuchen.« Tess setzte sich auf die Armlehne von Grace' Stuhl. »Allerdings habe ich ein paar Neuigkeiten …«

»Schlechte Nachrichten?« Einen Moment lang verstärkte sich das Zittern von Grace' Händen, dann griff sie nach Tess' Arm und strahlte sie an. »Oh, Tess. Ein Baby? Bist du endlich schwanger?«

»Nein, bin ich nicht.« Ein paar einfache Worte, aber Tess fiel es schwer, ihr Lächeln beizubehalten, da sich dahinter große Trauer verbarg. Die fröhliche Erwartung auf Grace' Miene verschwand, und Tess wusste, dass sie sie nicht mehr zurückbringen konnte. »Aber …«

»Wo ist Tim?« Grace spähte an Tess vorbei zur Tür. »Wir haben ihn schon so lange nicht mehr gesehen. Bringt er das Gepäck herein?«

»Tim ist dieses Mal nicht mitgekommen.« Tess lächelte alle im Zimmer an, senkte aber rasch den Blick, als Ruth sie neugierig anstarrte. Sie hatte nicht erwartet, sich bei dieser Ankündigung gleich einer ganzen Mannschaft stellen zu müssen.

»Tim ist nicht da? Aber er war schon beim letzten Mal nicht dabei. Oh, Tess, er ist doch nicht wieder krank, oder?«

»Keine Sorge, es geht ihm gut.« Tess griff nach den Händen ihrer Mutter und hielt sie fest. »Tatsächlich geht es bei den Neuigkeiten um ihn.« Sie hielt kurz inne. Das würde sie wohl doch jetzt schaffen – sie hatte es oft genug in Gedanken geübt. Wie schwer konnte es sein, ein paar Worte aneinanderzureihen und auszusprechen? Sie waren nur Schall, der sofort wieder verflog. »Tim wurde ein großartiger Job angeboten. Als Vizepräsident einer angesehenen Baufirma. Eine solche Chance bekommt man nur einmal im Leben, und er erhält dafür ein fürstliches Gehalt. Ist das nicht toll?«

Beeindruckte »Oohs!« wurden laut.

»Vizepräsident!«, wiederholte Marjorie. »Das klingt sehr wichtig.«

»Wird er in London arbeiten?«, erkundigte sich Joyce. »Dann werdet ihr wohl nicht wieder in den Norden ziehen?«

»Nun, tatsächlich …«

Obwohl Tess sich bemühte, ihre Stimme fröhlich klingen zu lassen, sah Grace sie besorgt an.

»Diese Möglichkeit ist noch viel besser als ein Job in London. Er wird in Dubai arbeiten. Ist das nicht fantastisch?«

»Tess, du kannst doch nicht nach Dubai ziehen!« Grace' Augen wurden feucht. »Das ist viel zu weit weg. Ich habe doch schon Max verloren …«

»Unsinn«, warf Ruth ein. »Max ist in Australien. Und ein Flug nach Dubai dauert sicher nicht länger als eine Fahrt nach Sussex.«

Alle wussten, dass es eigentlich überflüssig war, darüber zu reden. Grace verließ Ribblemill nie – sie ging sogar ganz selten aus dem Haus. Sie hatte Tess noch nie in Sussex besucht, und es machte keinen Unterschied, ob sie zehn Minuten oder zehn Stunden von hier entfernt wohnte.

»Die Sonne wird dir sicher guttun, Tess. Genieße ein wenig Glamour, solange du kannst. Lerne Bauchtanzen, und wenn du wieder hier bist, bringst du es uns bei! Ich wollte schon immer diesen exotischen Tanz lernen, und den nötigen Bauchspeck dafür habe ich bereits!«

Alle außer Grace lachten. Tess nutzte diese Ablenkung, um weitere Neuigkeiten loszuwerden.

»Ich werde nicht mit ihm gehen. Er hat einen auf ein Jahr befristeten Vertrag und wird sechs Tage die Woche sehr hart arbeiten müssen, also …«

»Aber du kannst doch nicht ohne ihn hierbleiben. Tim ist dein Mann.« Grace griff nach einem der gerahmten Fotos auf dem Regal neben ihr und schwenkte es durch die Luft, als müsse sie Tess daran erinnern.

»Ah, das war ein herrlicher Tag«, schwärmte Marjorie. »Eine solche Hochzeit wird es in diesem Dorf nie wieder geben. Diese Pferdekutsche! Da wurde wirklich ein Märchen wahr!«

Tess nahm Grace das Bild aus der Hand. Es zeigte sie und Tim an ihrem Hochzeitstag; sie sahen aus wie das perfekte Paar. Zwei blonde Menschen schmiegten sich aneinander und zeigten mit einem strahlenden Lächeln, wie glücklich sie waren. Es war ein wunderschöner Tag gewesen, das hatten alle gesagt – ein romantischer Tag, wie er im Buche steht. Genau so, wie ihn ihre Mum geplant hatte, nachdem sie sich so lange Zeit eine Hochzeit für Tess gewünscht hatte. Tess stellte das Bild zurück auf das Regal.

»Aber wie willst du denn ohne ihn zurechtkommen?«, fragte Grace.

»Das wird sie ohne Probleme meistern«, warf Ruth ein, bevor Tess etwas erwidern konnte – sogar noch, bevor sie über eine Antwort nachdenken konnte. »So wie alle Ehefrauen, deren Männer in den Krieg gezogen sind. Noch besser, weil sie weiß, dass er zurückkommen wird.«

Ruth lächelte Tess ermutigend an. Sie erwiderte ihr Lächeln und hoffte, dass es überzeugend wirkte.

»Wirst du dich nicht einsam fühlen, wenn du allein lebst?«

»Das ist die nächste aufregende Neuigkeit!« Tess drückte Grace' Hände. »Ich habe mir darüber Gedanken gemacht und beschlossen, mich ein Jahr beurlauben zu lassen und eine Weile hierzubleiben. Dann kann ich Dad und dich immer sehen. Freust du dich darüber?«

»Oh, Tess, es wird wunderbar, wenn du wieder in deinem alten Zimmer wohnst.«

Tess dachte an das Zimmer im oberen Stockwerk: ein Überbleibsel aus ihrer Kindheit in kreischendem Pink mit zwei durch einen Nachttisch getrennten Betten, die an der Wand befestigt waren, damit sie sich nicht zusammenschieben ließen. Tim und sie hatten das bei ihrem ersten Besuch hier mit unterdrücktem Kichern festgestellt. Ein Jahr eingepfercht in diesem Zimmer? Nein, so hatte sie sich das nicht vorgestellt. Sie warf Ruth einen Blick zu.

»Sie braucht ein eigenes Zuhause«, stellte Ruth fest. »Tim wird sicher hin und wieder Urlaub haben und zu Besuch kommen, und dann wollen die beiden ungestört sein. Ein junges Paar kann sich unter dem Dach der Eltern nicht ausleben.«

»Mel vermietet Zimmer im No Name«, warf Joyce ein. Tess spürte, wie Grace bei dem Gedanken, dass ihre Tochter im Pub des Dorfs wohnen würde, ein Schauder überlief. »Und Brenda Thornton nimmt auch Untermieter auf, oder? Allerdings glaube ich, dass sie im Augenblick keinen Platz hat, vor allem weil Noah aufgetaucht ist.«

Noah? Das war der mittlere der Brüder. Tess fragte sich, ob es sich bei ihm um den Mann handelte, den sie auf dem Friedhof gesehen hatte.

»Ich glaube, ich weiß die perfekte Lösung«, erklärte Ruth. Sie warf einen Blick auf ihre Armbanduhr. »Wenn wir sofort losgehen, könnten wir Cassie noch in der Bücherei antreffen, bevor sie schließt. Vielleicht könnt ihr euch beide gegenseitig helfen.«

Tess warf einen Blick auf Cobweb Cottage und wusste sofort, dass sie unbedingt dort wohnen wollte. Es stand abseits der anderen Gebäude auf halbem Weg des Pfads, der durch das Anwesen um das große Herrenhaus Ramblings am Rande des Dorfs Ribblemill führte. In vielerlei Hinsicht sah das Häuschen eigenartig aus. Es besaß zwar, wie es hier Tradition war, auf jeder Seite der Haustür ein Fenster, aber es war auf der rechten Seite breiter als auf der linken, so als hätte der ständige Wind in Lancashire es aus der Balance gebracht. Aber die mit frischem Mörtel verputzten Steine schimmerten, die Fenster hatten neue Rahmen aus Eichenholz, und die geschnitzte Haustür mit dem eisernen Klopfer wirkte einladend für Besucher und schützte gleichzeitig die Bewohner. Das Cottage sah warm und freundlich aus und lag ein gutes Stück entfernt von dem Haus, das sie vor wenigen Minuten verlassen hatte. Es war perfekt.

Der erste Eindruck von außen wurde durch den Gang durch das Häuschen noch bestätigt. Es war erst vor Kurzem renoviert worden, und der Geruch nach Farbe hing noch in der Luft. Der Grundriss war einfach, aber gut durchdacht: An den beiden Seiten der Diele lagen das Wohnzimmer und das Esszimmer, und im hinteren Teil befand sich die Küche. Im ersten Stock gab es zwei große Schlafzimmer mit je einem angeschlossenen Bad, wofür man auf das dritte Schlafzimmer verzichtet hatte.

Tess' Erwartungen auf ein neues Zuhause waren bei Weitem übertroffen, und das Beste daran war, dass es günstig zu mieten war. Ruth arbeitete als Haushälterin in Ramblings und hatte Tess Cassie vorgestellt, eine der Treuhänderinnen der gemeinnützigen Stiftung, die das Anwesen verwaltete. Cassie hatte ihr erklärt, dass die Stiftung unter anderem zum Ziel hatte, für Bedürftige eine erschwingliche Unterkunft zur Verfügung zu stellen: junge Menschen aus dem Dorf, die nach einem ersten Heim suchten, ehemalige Ribblemiller, die in das Dorf zurückkehrten, und alle, die vorübergehend Zuflucht suchten und nicht wussten, wohin sie gehen sollten. Cobweb Cottage war das erste Haus auf dem Anwesen, das renoviert worden war, und Cassie freute sich darauf, dass jemand die Unterkunft testete und eine Rückmeldung gab, die bei der weiteren Arbeit berücksichtigt werden konnte.

Tess warf einen Blick aus dem Fenster des schmaleren Schlafzimmers – obwohl es kleiner war als das zweite, gefiel es ihr wegen des altmodischen Kamins und des Badezimmers besser –, als sie hörte, wie die Haustür geöffnet wurde und das Lachen eines Manns nach oben schallte. Cassie schien das nicht zu beunruhigen – im Gegenteil: Ein strahlendes Lächeln breitete sich auf ihrem Gesicht aus, und sie lief rasch die Treppe hinunter. Tess folgte ihr ins Wohnzimmer, wo Cassie die Hand eines attraktiven dunkelhaarigen Manns ergriffen hatte. Er kam ihr irgendwie bekannt vor, ebenso wie die vierte Person im Raum. Es war der Thornton-Bruder von vorhin. Obwohl er sich in eine Ecke drückte, schien er mit seiner an einen Rugbyspieler erinnernden Gestalt den ganzen Raum einzunehmen.

»Tess, das ist Barney«, stellte Cassie ihr den Mann an ihrer Seite vor. Mehr musste sie dazu nicht sagen. Tess hatte auf dem kurzen Weg von Ramblings zum Cobweb Cottage schon eine Menge über Barney erfahren.

»Tess?« Barney lächelte. »Tess Green, richtig? Warst du nicht in der Dorfschule ein Jahr unter uns?«

»Das stimmt, aber ich heiße jetzt Tess Bailey. Wie schön, dich wiederzusehen!«

»Noah kennst du ja bereits. Noah, du erinnerst dich an Tess?«

Noah musterte sie von oben bis unten. »Nur noch vage.« Seine Miene war undurchdringlich, und seine Stimme verriet, dass ihn weder die Erinnerung an sie noch das Wiedersehen mit ihr interessierte.

»Noah möchte das Cottage mieten«, sagte Barney zu Cassie. »Ich wollte ihn gerade herumführen. Vielleicht wird er unser erster Mieter.«

»Aber ich habe das Haus gerade Tess gezeigt …«

»Und ich finde es großartig!«, warf Tess ein. »Ihr habt es wunderbar renoviert. Ich würde es gern mieten. Tut mir leid«, fügte sie mit einem Lächeln in Noahs Richtung hinzu.

»Dafür gibt es keinen Grund. Ich habe es vor zehn Minuten bereits gemietet.«

»Ohne es besichtigt zu haben?«

Er zuckte mit den Schultern. »Alles ist besser, als auf einem Sofa in einem Haus zu schlafen, wo mehr los ist als im Old Trafford.«

Da war sich Tess nicht sicher – er hatte das Doppelzimmer im Haus ihrer Eltern noch nicht gesehen.

»Wann werdet ihr ein weiteres Häuschen fertig haben?«, fragte sie. Noah konnte vielleicht noch zwei oder drei Wochen warten und dann eine andere Unterkunft beziehen. Ganz offensichtlich ging es ihm nicht speziell um Cobweb Cottage, wohingegen sie in Gedanken bereits hier eingezogen war und es zu ihrem Heim machte.

»Die Wohnungen in den Stallungen werden nicht vor nächstem Jahr fertig, oder, Cassie?«

»Nein, die Umbauarbeiten haben erst vor einigen Wochen begonnen, nachdem sie hier beendet worden waren.« Cassie wandte sich an Tess und sah sie verständnisvoll an. »Ich weiß, dass du rasch eine Unterkunft brauchst.« Sie schaute zwischen Tess und Noah hin und her. »Mir ist klar, dass das keine ideale Lösung ist, aber könntet ihr euch vorstellen, das Häuschen gemeinsam zu bewohnen? Ihr hättet jeder ein eigenes Schlafzimmer mit Bad, und sogar ein eigenes Wohnzimmer, wenn wir das Esszimmer ein wenig umgestalten. Das ist mehr, als vielen Menschen zur Verfügung steht. Mehr, als ich früher hatte. Und ihr seid euch ja nicht ganz fremd.«

Tess wollte instinktiv ablehnen – das war eine verrückte Idee, oder? Sie warf einen Blick hinüber zu der Ecke, in der Noah stand, und erwartete eine ähnliche Reaktion von ihm, doch seine Miene war unbewegt, und der Ausdruck in seinen Augen – so blass, dass sie beinahe aussahen wie klares Glas – war nicht zu deuten. Er war kein Fremder, nicht im herkömmlichen Sinn, aber sie hatte ihn seit Jahren nicht gesehen, und er gehörte nicht zu der Art von Männern, mit denen sie vertraut war. Tim war umgänglich, höflich, gelassen und absolut ungefährlich. Noah hingegen sah aus, als sollte man ihn möglichst nicht ohne Leine und Maulkorb auf die Menschheit loslassen. Grace würde ihn verabscheuen. Er gehörte zu der Gattung der Männer, vor denen sie Tess in ihrer Jugend gewarnt hatte – unberechenbar und gefährlich. Aber welche Alternative gab es? Schließlich ging es nur darum, sich für ein paar Monate eine Unterkunft zu teilen, nicht um eine lebenslange Verpflichtung. Wie schlimm konnte das schon werden?

»Das ist eine großartige Idee!« Sie lächelte Noah an, aber er zeigte keine Reaktion. »Hier ist genug Platz. Wir werden uns kaum über den Weg laufen.«

Endlich kam er aus der Ecke hervor und schien den gesamten Raum in Besitz zu nehmen.

»Ich hoffe, das ist ein Versprechen.«

2

Tess nahm eine Abkürzung durch das Waldstück, das Ramblings umgab, zur Rückseite des Cobweb Cottage. Heute durfte sie endlich einziehen – nur eine Woche nach ihrer Rückkehr nach Ribblemill, aber nach der kurzen Zeit mit ihrer ständig besorgten Mutter hätte sie das Haus sogar mit Jack the Ripper geteilt. Da war Noah Thornton kein Problem für sie. Sie hatte ihn in den letzten Tagen nicht gesehen, wusste aber von Cassie, dass er auch heute hier einziehen würde. Das Haus war mittlerweile möbliert, und sie hatte beschlossen, rechtzeitig da zu sein, um das schönere Schlafzimmer mit dem anschließenden Bad für sich in Anspruch zu nehmen.

Sie ging um das Haus herum und lief prompt Noah über den Weg. Er lehnte mit geschlossenen Augen an einem der Fenstersimse an der Vorderseite des Hauses und rauchte.

»Was tust du hier?«, fragte Tess. Sie hatte ihn nicht als Frühaufsteher eingeschätzt. Ganz im Gegenteil – beide Male, als sie ihn vor Kurzem gesehen hatte, hatte er so zerknautscht ausgesehen, als wäre er soeben aus dem Bett gestiegen.

Er sah auf, wirkte aber trotzdem nicht viel munterer und blickte sie mit ausdrucksloser Miene an. »Ich ziehe hier ein.«

»Du kannst es wohl kaum erwarten.« Tess lächelte. Sie hatte damit gerechnet, allein zu sein, und ganz vergessen, ein freundliches Gesicht aufzusetzen. »Oder versuchst du auf raffinierte Weise, vor mir die besten Zimmer zu belegen?«

»Das ist nicht meine Art.« Er blies eine Rauchwolke aus. »Such dir aus, was du willst.«

»Okay. Danke.« Das war kein befriedigender Sieg, vor allem weil er sich damit moralisch überlegen gezeigt hatte – und sie hatte das ungute Gefühl, dass ihm das bewusst war. Der Wind wehte ihr eine Rauchfahne ins Gesicht. »Du wirst doch nicht etwa im Haus rauchen?« Tess deutete auf seine Zigarette.

»Gibt es schon eine Hausordnung?« Er warf den Zigarettenstummel auf den Pfad vor dem Haus und ging einen Schritt nach vorne, um ihn auszutreten. »Ich schlage dir einen Kompromiss vor: Ich werde nicht im Haus rauchen, wenn du keine dieser grässlichen Duftkerzen anzündest.«

»Von mir aus gerne.« Dieser Mann war nervtötend. Das würde ihr Badevergnügen deutlich beeinträchtigen. Woher wusste er überhaupt, dass sie Duftkerzen liebte? »Gehen wir hinein?«

Sie erreichten beide gleichzeitig mit dem Schlüssel in der Hand die Haustür.

Tess lachte. »Nach dir.«

Noah drehte den Schlüssel im Schloss und stieß die Tür

auf. Sie zögerten beide kurz an der Türschwelle, und Tess zuckte die Erinnerung an Tims Wohnung durch den Kopf. Als sie dort eingezogen war, hatte sie auf den Beginn einer langen gemeinsamen Zukunft gehofft, darauf, dass das die feste Beziehung war, nach der sie sich ihr ganzes Leben lang gesehnt hatte. Genau einen Monat zuvor hatte er sie mit einer Wochenendreise nach Rom überrascht und ihr, sehr zur Erheiterung vieler Touristen und Einheimischen, am Trevi-Brunnen vor ihr kniend einen Heiratsantrag gemacht. Sie hatte sofort ihre Mum angerufen, ohne darauf Rücksicht zu nehmen, welche Aufregung dieser unvorhergesehene Anruf mit sich bringen konnte, denn sie war sich ganz sicher gewesen, dass diese Neuigkeit ihre Mutter glücklich machen würde. Und dann hatte Tess zum ersten Mal mit einem Mann unter einem Dach gelebt – mit Ausnahme ihres Vaters. Sie hatte sich das bis dahin nicht vorstellen können.

»Hast du deine Meinung geändert?«

Das Bild von Tim – elegant, gepflegt, kultiviert – zersplitterte in tausend Stücke und wurde durch die raue Wirklichkeit ersetzt. Neben ihr stand Noah mit schlammverschmierten Stiefeln, einer Lederjacke und … Das Wort *erdig* fiel ihr plötzlich ein. Jedoch nicht im Sinne von muffig. Sie stand nahe genug neben ihm, um den frischen Geruch nach salzigem Meerwasser wahrzunehmen, den er ausströmte – von dem Zigarettenrauch abgesehen –, aber er hatte etwas Rohes, Ursprüngliches an sich, als hätte er sich erst am Morgen zwischen den Bäumen aus der Erde erhoben und wäre direkt hierhergestapft. Wie ging man mit einem solchen Mann um? Damit hatte Tess keine

Erfahrung. Sie lachte und hoffte, dass sich ihre übliche Taktik bewähren würde.

»Natürlich nicht! Ich freue mich schon darauf!«

Sie schob sich an ihm vorbei, vorsichtig darauf bedacht, ihn dabei nicht zu berühren, und betrat Cobweb Cottage. Bei ihrer Besichtigung vor einer Woche war es noch eine leere Hülle gewesen, doch nun wirkte es wie ein warmes, einladendes Heim. Der Holzboden im Flur, der zur Küche führte, glänzte, einige Haken an der Wand warteten geduldig auf Mäntel, auf einem Konsolentisch stand ein großer Krug mit Blumen und Ziergrün, die, wie Tess annahm, auf dem Grundstück gepflückt worden waren. Davor lag eine Karte. Tess hob sie auf.

»Willkommen im neuen Heim!«, hieß es auf der Vorderseite, und innen war in akkurater Handschrift hinzugefügt worden: »Für Tess und Noah. Wir wünschen euch viel Glück in Cobweb Cottage. Liebe Grüße von Cassie und Barney.«

»Ist das nicht nett?« Tess drehte sich um, um Noah die Karte zu zeigen, stellte aber fest, dass er ihr bereits über die Schulter geschaut hatte. Er brummte etwas Unverständliches, was nicht begeistert klang, aber Tess lächelte trotzdem. »Schauen wir uns jetzt das Haus an?«

Das größere Zimmer auf der rechten Seite des Flurs war hell und modern eingerichtet mit einem weich gepolsterten Sofa, einem Sessel und einem hochflorigen Läufer in neutralen Farben. Auf einem Schränkchen aus heller Eiche stand ein Fernseher, und ein kleines Regal war bereits zur Hälfte mit einer diversen Auswahl von Büchern gefüllt.

»Ein wunderschöner Ort, um sich zu entspannen«, erklärte Tess, bekam aber keine Antwort. Vielleicht legte Noah keinen Wert auf Entspannung? Tess verstärkte ihr Lächeln und ging über den Flur zu dem kleineren Zimmer, das ursprünglich als Esszimmer vorgesehen gewesen war.

Der Kontrast war verblüffend. Das erste Zimmer wirkte modern und minimalistisch. Dieses jedoch war beinahe mit Möbeln überfüllt, die alle aus einem Antiquitätenladen zu stammen schienen. An einer Wand stand eine Chaiselongue mit Klauenfüßen und taubenblauem Damastbezug, die dazu einlud, sich mit einem Buch darauf niederzulassen. Zwei mit verblichenem Chintz bezogene Sessel waren an den Kamin gerückt, zwischen ihnen ein kleiner, kunstvoll verzierter Mahagonitisch. Auf einem dazu passenden Schränkchen in der Ecke befand sich ein kleiner tragbarer Fernseher. Alles sah alt und oft benützt, aber sehr hübsch aus. Tess war begeistert.

Sie wandte sich an Noah. Er wirkte hier völlig fehl am Platz – wie ein Riese in einem Puppenhaus. Trotzdem sollte sie nicht vorschnell über seinen Geschmack urteilen.

»Was gefällt dir besser?«, fragte sie.

Er zuckte mit den Schultern. »Such du dir ein Zimmer aus. Ich nehme das, was du nicht haben möchtest.«

»Großartig! Dann nehme ich dieses, und du bekommst das größere.«

Er nickte und ging an ihr vorbei. Kurz darauf hörte sie seine schweren Schritte auf den Stufen. Sie lief ihm rasch nach und holte ihn auf dem Treppenabsatz ein. Noah spähte gerade in das kleinere Schlafzimmer. Es war schlicht möbliert – ein Doppelbett, ein einfacher weißer Kleiderschrank und ein beigefarbener Läufer, der über den Flur in das zweite Schlafzimmer führte. Tess hoffte, dass er nicht hineinging, denn das war *ihr* Schlafzimmer.

»Ich nehme dieses hier, denn ich habe unten bereits das größere Zimmer bekommen«, erklärte Noah.

»Nein!«

Er sah sie an und musterte ihr Gesicht, als würden ihre Gedanken dort für alle sichtbar in Großbuchstaben stehen.

Tess lachte. »Nett von dir, aber das ist nicht nötig. Du bist größer als ich, also ist es sinnvoll, das Haus entsprechend zwischen uns aufzuteilen, oder?« Sein Schweigen bewirkte mehr als ein Dutzend bohrender Fragen. Sie lächelte. »Würde es dir etwas ausmachen, mir dieses Schlafzimmer zu überlassen? Das anschließende Badezimmer hat nämlich …«

Noah hob den Arm, als wolle er weitere unerwünschte Informationen damit abblocken.

»Nimm es. Nimm alles, was du willst. Ich möchte hier nur Ruhe und Frieden haben.«

Er drehte sich um, ging in das andere Schlafzimmer und schloss nachdrücklich die Tür hinter sich. Tess ließ sich in ihrem Schlafzimmer aufs Bett fallen und seufzte. Es konnte alles nur besser werden, oder?

Die erste Person, die diese Ruhe und den Frieden störte, war Tess' Vater Len, der in Tess' Wagen vor dem Cobweb Cottage hielt, um ihr dabei zu helfen, die aus Sussex mitgebrachten Kisten auszuladen. »Bist du sicher, dass du dich hier draußen nicht einsam fühlen wirst, Liebling? Mich würde das nervös machen. Stell dir nur vor, was hier nachts alles um die Bäume schleicht.«

»Vor ein paar Eulen und Dachsen habe ich keine Angst. Und ich bin ja nicht allein.«

»Natürlich – der Junge von den Thorntons.« Ihr Dad lachte. »Ich hoffe, er schleicht nicht auch nachts umher. Er weiß doch, dass du in festen Händen bist, oder?«

Glücklicherweise schob Len mit der Schulter die Tür auf, ohne auf eine Antwort zu warten. Was hätte Tess darauf auch sagen sollen? Dass sie sich mit dem Mann, mit dem sie nun unter einem Dach wohnen würde, noch nicht richtig unterhalten hatte? Schon gar nicht über ihren oder seinen Beziehungsstatus. Sie fragte sich, in welcher Situation er sich befand. Hatte er vielleicht eine Freundin – oder sogar mehrere –, die ihn regelmäßig besuchten? Möglicherweise hätte Tess ebenfalls klarstellen sollen, dass ihr Ruhe und Frieden wichtig waren.

»Wenn man vom Teufel spricht«, sagte Len, als er den Flur betrat und Noah aus seinem Zimmer kommen sah. »Machen Sie sich nützlich und nehmen Sie mir das hier ab, junger Mann.« Len reichte ihm die Kiste, die er hereingeschleppt hatte, und Noah blieb nichts anderes übrig, als sie entgegenzunehmen. »Was hast du da hineingepackt, Tess? Töpfe und Pfannen? Ich habe gedacht, du hättest dein Haus vermietet. Kochen deine Mieter nicht?«

»Keine Ahnung.« Tess grinste. »Das sind meine Töpfe von Le Creuset. Die konnte ich nicht zurücklassen. Du hast doch nicht etwa auch Töpfe mitgebracht?«, fragte sie Noah, nachdem er die Kiste in der Küche abgestellt hatte.

»Nein. Das Haus ist möbliert, also bin ich davon ausgegangen, dass es auch Küchenutensilien gibt.«

»Genau das habe ich auch gesagt, aber anscheinend handelt es sich hier um ein typisches Beispiel für *männliche Kurzsichtigkeit.*« Len lachte. Das rief bei Noah ein Lächeln hervor – ein kurzer, unerwarteter Anblick, der ihn verwandelte, nicht gerade in eine Schönheit, aber weiter weg von einem Biest. Allerdings erstreckte sich das Lächeln nicht bis zu seinen Augen. »Können Sie mir dabei helfen, den Rest hereinzuholen? Unsere Tess reist nicht mit leichtem Gepäck. Bei dem ganzen Krempel könnte man glauben, sie sei nicht nur für ein Jahr, sondern für immer zurückgekehrt.«

Noahs unergründlicher Blick ruhte einen Moment lang auf Tess.

»Schon in Ordnung, du musst uns nicht helfen …«, begann sie und lächelte ihn an.

»Kein Problem.« Tess glaubte, an seinem Tonfall zu erkennen, dass sie ihn gestört hatten. Er folgte ihr nach draußen und blieb beim Anblick des vor dem Cottage geparkten Wagens stehen. Er war Tess' ganzer Stolz – ein knallgelber VW Käfer, verziert mit aufgemalten Gänseblümchen.

»Mein Auto heißt Betty«, verkündete Tess. »Sieht es nicht toll aus?«

»Es hat ein Blumenmuster.«

Offensichtlich war das nicht nach seinem Geschmack. Bevor Tess ihm das krummnehmen konnte, öffnete Noah bereits die Autotür und spähte in den Wagen. Die Rückbank war ebenso vollgestopft wie der Kofferraum, und auch auf dem Beifahrersitz war kein Zentimeter Platz mehr übrig.

»Dein Dad hat nicht übertrieben«, stellte er fest. »Das muss dein halber Hausrat sein.«

»Nein! Na ja, ich meine …« Tess hielt inne, als Noah sie wieder ansah. Sie beschlich das unbehagliche Gefühl, dass er zu den Menschen gehörte, die wenig sagten, aber alles wahrnahmen, die nicht nur zwischen den Zeilen lesen konnten, sondern auch das ganze Drumherum genau einzuschätzen wussten. Sie hatte nicht damit gerechnet, jemandem wie ihm zu begegnen – jemandem, der das Bild, das sie der Welt gern von sich vermittelte, durchschauen konnte, wenn sie nicht aufpasste. Sie lachte, aber dieses Mal klang es nicht so überzeugend wie sonst. »Das ist nur das Notwendigste. Du solltest mal sehen, was ich alles zurückgelassen habe! Um das alles zu transportieren, hätte ich einen Lkw statt Betty gebraucht.«

Am frühen Abend befanden sich ausreichend Lebensmittel für einen Monat im Kühl- und Gefrierschrank – und genügend Kuchen und Kekse, um Tess' Gewicht zu verdoppeln, wenn sie alles allein aufessen würde. Die gefühlte Hälfte der Dorfbevölkerung war vorbeigekommen, um Tess in ihrem neuen Heim willkommen zu heißen, und alle hatten Geschenke mitgebracht und in der Küche abgestellt. Tess hatte nicht erwartet, dass man sich noch an sie erinnerte, und schon gar nicht mit einem so herzlichen Empfang gerechnet, nachdem sie fast zehn Jahre im Süden verbracht hatte. Es kostete sie einige Mühe, ihr Lächeln beizubehalten und nicht in Tränen auszubrechen. Ribblemill war einzigartig. Es war nicht nur der Ort, an dem sie aufgewachsen war, es war ihre Heimat.

»Gütiger Gott, hört das denn nie auf?« Noah schlenderte in die Küche, wo Tess gerade frischen Tee für Ethel zubereitete, die den Gemischtwarenladen und das Postamt im Dorf betrieb. »Ist das Dorf etwa evakuiert worden?«

»Sei nicht so frech, Noah Thornton«, wies Ethel ihn zurecht. »Und bitte keine Gotteslästerung. Deine Mutter hat dir eine solche Ausdrucksweise nicht beigebracht. Und glaube ja nicht, dass ich ihr das nicht erzählen werde!«

»Ich bin mir sicher, dass du es ihr sagen wirst, Tante Ethel.«

Zu Tess' Überraschung umarmte Noah Ethel. Waren sie tatsächlich miteinander verwandt? Eine Ähnlichkeit war nicht festzustellen. Im Gegenteil – es sah so aus, als wäre ein Spatz in die Klauen eines Katers geraten. Aber Noahs Miene war plötzlicher weicher geworden, und zum ersten Mal sah sie eine Spur von Leben und Zuneigung in seinen kristallblauen Augen. Bis er sie ansah und jegliche Emotion wieder verschwand.

»Warum bist du hier?«, fragte er Ethel, aber seine Stimme klang sanfter als seine Worte.

»Um Tess zu sehen natürlich.«

»Du und die Hälfte der Dorfbewohner.«

»Was hast du denn erwartet? Alle mögen Tess.« Nicht alle, wenn man dem Zucken von Noahs Augenbrauen glauben durfte, mit dem er seinen Zweifel daran ausdrückte. »Und ich habe euch beiden ein paar Konservendosen mitgebracht. Bei allen ist das Haltbarkeitsdatum nur kurz überschritten. Sie werden euch sicher nicht schaden.«

Der Klang des Türklopfers schallte durch die Küche.

»Das sind sicher Ruth und Becca«, erklärte Ethel. »Sie waren soeben bei mir im Laden und sagten, sie würden vielleicht vorbeikommen. Soll ich sie hereinlassen?« Ohne eine Antwort abzuwarten, eilte sie zur Haustür.

»Tee?«, fragte Tess und nahm ein paar Tassen aus dem Schrank.

Noah schüttelte den Kopf. »Bier.« Er nahm sich eine Flasche aus dem Kühlschrank, und kurz darauf wurde seine Tür zwar nicht zugeknallt, aber nachdrücklich geschlossen.

»Wie verstehst du dich mit deinem neuen Mitbewohner?«, fragte Ruth lächelnd, als sie die Küche betrat. Sie sah sich um. »Hübsch sieht es hier aus. Die Sachen von Cath Kidston gefallen mir sehr gut.«

»Sie passen gut hierher, nicht wahr?« Ein paar farbenfrohe Stücke hatten den Raum in eine richtige Landhausküche verwandelt. Tatsächlich wirkten sie hier besser als in dem Neubau, den sie mit Tim bezogen hatte. Das schicke moderne Haus war seine Wahl gewesen, nicht ihre. Es war doppelt so groß, aber nicht so warm und gemütlich wie Cobweb Cottage. »Wenn wir uns erst aneinander gewöhnt haben, werden Noah und ich sicher gut zurechtkommen.«

»Er ist nicht sehr gesprächig, richtig?« Ruths Stimme war so laut, dass Tess befürchtete, Noah könnte sie hören.

»Lass ihn einfach in Ruhe«, empfahl Ethel und reichte die Teetassen herum. »Er hat eine schwere Zeit hinter sich. Und es geht ihm jetzt schon etwas besser.«

Es war schwer, sich vorzustellen, wie er sich wohl vorher benommen haben musste. Tess hätte gern mehr über diese schwere Zeit erfahren und gewusst, ob sie sich, jetzt wo sie mit ihm in einem Haus wohnte, über irgendetwas Sorgen machen musste. Aber Ruth, ihre Tochter Becca und Ethel hatten bereits am Küchentisch Platz genommen, und schon bald lenkte sie der ausführliche Dorfklatsch von den Gedanken an Noah ab.

»Wie auch immer«, sagte Ruth nach einer qualvollen Stunde, in der Tess das Gefühl bekam, dass sie nicht interessant genug war, um wieder in Ribblemill zu leben. »Wir sind nur vorbeigekommen, um dir das zu geben.« Sie kramte in ihrer Segeltuchtasche, zog ein Blatt Papier heraus und schob es über den Tisch zu Tess hinüber. »Das ist eine Liste aller unserer Aktivitäten auf Ramblings. Wir sind immer auf der Suche nach Helfern oder neuen Mitgliedern. Ich nehme an, du hast gehört, dass unser Gemeindehaus zurzeit nicht zur Verfügung steht.«

»Ja. Ethel hat mir von dem Unwetter in Ribblemill berichtet.« Tess lachte. Sie war noch nicht einmal fünf Minuten in dem Laden gewesen, als Ethel ihr in aller Breite die Geschichte darüber erzählt hatte, die sich mehr nach einem Katastrophenfilm aus Hollywood als nach einem Ereignis in diesem Dorf angehört hatte. »Aber warum konnte es noch nicht repariert werden?«

»Wegen des Streits mit der Versicherung«, erwiderte Ruth. »Sie behaupten, dass das Dach, durch das der Baum beim Sturm gekracht ist, bereits vorher baufällig gewesen sei. Also geben sie dem Eigentümer die Schuld daran, weil er es vorher nicht rechtzeitig instand gesetzt hat.« Sie zuckte mit den Schultern. »Ich verstehe das nicht. Glücklicherweise haben wir den Colonel und Barney, die sich darum kümmern. Vielleicht kannst du ihnen einen Rat geben? Du bist doch Anwältin, oder? Sie würden sich bestimmt darüber freuen, selbst wenn du dir gerade eine Auszeit nimmst oder wie immer du das nennen magst.«

»Ich wünschte, das könnte ich, aber das ist leider ein juristisches Gebiet, auf dem ich mich nicht auskenne«, erwiderte Tess. Sie nahm die Liste mit den Aktivitäten in die Hand und überflog sie. »Aber ich würde euch sehr gern bei einigen dieser Projekte helfen. Je mehr, desto besser. Das wird mich beschäftigten und mich davon abhalten, Tim allzu sehr zu vermissen. Ihr tut mir einen großen Gefallen, wenn ihr mir etwas zu tun gebt.«

»Wie wäre es mit dem Buchklub?«, schlug Ruth vor. »Cassie hat ihn ins Leben gerufen. Du darfst allerdings nicht zimperlich sein. Wir wechseln uns bei der Auswahl der Bücher ab, und in letzter Zeit lesen wir viel über Serienmörder. Im letzten Monat hatte ich etliche Albträume darüber, aufgehängt oder gevierteilt zu werden.«

»Das klingt wunderbar! Was kann ich sonst noch tun?«

»Da wäre noch der Klub der Senioren, die sich regelmäßig zum Mittagessen treffen. Wir bräuchten noch jemanden, der sie nach Ramblings und anschließend wieder nach Hause fährt.«

»Kein Problem!«

»Und dann gibt es noch den Bastelverein. Da du so nahe am Haus wohnst, könntest du dabei helfen, alles vorzubereiten und nachher aufzuräumen.«

»Natürlich!«

»Die Frauengruppe, Pilates, der Jugendklub am Freitagabend …« Tess nickte jedes Mal, während Ruth die Punkte auf der Liste abhakte. »Der Klub der Schmetterlingssammler …«

Tess zögerte. Für die meisten Dinge konnte sie Begeisterung heucheln, aber das ging zu weit.

»Das ist wohl nicht nach deinem Geschmack, oder?« Ruth grinste.

»Vielleicht sollte ich diesen Klub lieber auslassen.« Tess lachte. »Gibt es nichts mit Musik?«

»Wir veranstalten einmal im Monat einen Tanztee«, erwiderte Ruth. »Bei unseren Senioren ist er sehr beliebt.«

»Wie schön!« Das war nicht das, was Tess sich erhofft hatte, aber sie fand es bewundernswert, dass Ethel sich selbst nicht zu den Senioren zählte. Schließlich war sie auch schon fast siebzig. »Gibt es dort Livemusik? Ich könnte Klavier spielen oder singen …«

»Oh, das wäre dann ja wie bei *Let's Dance.*« Ethel war begeistert. »Derzeit haben sie nur einen CD-Player. Kannst du denn singen?«

»Ich war Mitglied in einem Chor in London. Wir sind sogar einmal in der Royal Albert Hall aufgetreten.«

Ethel zeigte sich beeindruckt – das schien ihr als Qualifikation zu genügen. Becca hingegen verzog das Gesicht.

»Falls du an den Kirchenchor gedacht hast, vergiss es. Er besteht nur aus sechs Mitgliedern, und das Durchschnittsalter liegt bei neunzig. Es wäre ein Wunder, wenn sie lange genug leben, um im Dezember auf meiner Hochzeit zu singen. Wahrscheinlich werden wir die Heiratsurkunde zu den Klängen von Spotify unterzeichnen.«

Tess lachte, aber ein weiterer Blick auf die Liste sagte ihr, dass in dem Angebot etwas fehlte. Es gab zwar einiges für jeden Geschmack und für jedes Alter, aber nichts für diejenigen, die gern sangen oder ein Musikinstrument spielten – beides gehörte zu ihren Lieblingsbeschäftigungen. Vielleicht konnte sie damit ihre Zeit in Ribblemill sinnvoll gestalten. Sie hatte so viel zurücklassen müssen, aber Musik war ihr Lebenselixier. Das durfte sie nicht auch noch verlieren.

»Soll ich dich also überall eintragen, wo noch freiwillige Helfer fehlen?«, fragte Ruth.

»Ja, natürlich. Ich helfe gern, während ich hier bin.«

»Großartig. Du kannst am Mittwochmorgen bei der Gruppe für Mütter und Kleinkinder anfangen.«

»Mütter und Kleinkinder?« Tess schaute von der Liste auf. Sie hatte versucht, diese Gruppe zu ignorieren, denn dort konnte sie unmöglich teilnehmen. War es zu spät, sich stattdessen für die Schmetterlingssammler zu entscheiden? »Machen die Mütter dort nicht alles selbst?«

»Schon, aber wir haben jetzt dort auch eine Leseecke und brauchen jemanden, der die Kisten mit den Kinderbüchern dorthin bringt und darauf achtet, dass am Ende alle wieder eingesammelt werden. Einige Kinder freuen sich auch, wenn man ihnen etwas vorliest. Schau nicht so beunruhigt drein«, fügte Ruth hinzu und lachte. »Sie beißen nicht. Zumindest nicht alle. Und für dich ist das eine gute Übung, oder? Wenn dein Tim in Dubai genügend Geld verdient hat, wollt ihr doch sicher auch eine eigene Familie gründen.« Sie schaute Tess an und erwartete offensichtlich eine Antwort, aber dazu war Tess nicht bereit.

»Uns bleibt noch genug Zeit«, sagte sie schließlich, wich

aber Ruths Blick aus und zwang sich zu einem Lächeln, das eher wie eine Grimasse wirkte.

Ruth seufzte und tätschelte ihr die Hand. »Warte nicht zu lange, Schätzchen. Manchmal glaube ich, die Hoffnung ist alles, was deine Mutter noch am Leben erhält.«

3

Tess öffnete die Küchentür und stieß einen Schrei aus. Noah stand am Fenster und schaute auf den Garten hinter dem Haus hinaus. Er wich zurück und ließ seinen Kaffeebecher fallen. Porzellan zerschellte auf dem gefliesten Boden, und an den Schränken zeichneten sich dunkle Spritzer ab.

Noah fuhr herum. »Was ist los?« Er starrte Tess mit großen Augen besorgt an. »Was ist passiert?«

»Nichts.« Tess blieb an der Türschwelle stehen. »Ich habe nur nicht erwartet, dich hier zu sehen. Ich dachte, du wärst zur Arbeit gegangen.«

Tess hatte geglaubt, das Haus sei leer; sie hatte bis kurz nach neun in ihrem Schlafzimmer gewartet und dann noch einmal zehn Minuten verstreichen lassen, aber sie hatte keinen Laut gehört. Wie lange stand er schon so still da? Auch jetzt bewegte er sich kaum. Er hatte die Hände zu Fäusten geballt und atmete schwer. Nur seine Augenlider zuckten heftig.

»Wir sollten das lieber gleich wegräumen.« Sie ging ein paar Schritte vorwärts und zuckte zusammen, als sich eine Scherbe der zerbrochenen Tasse in ihren nackten Fuß bohrte. Als sie das Bein anhob, tropfte Blut auf die Fliesen. Sie hopste zum nächsten Stuhl. »Könntest du mir bitte ein Stück feuchtes Küchentuch geben?«

Noah rührte sich nicht. Er starrte wie gebannt auf ihren Fuß und die Blutstropfen.

»Noah? Noah!« Erst als Tess wieder aufstand und einen Schritt nach vorne hüpfte, schien er wieder zu sich zu kommen.

»Setz dich.« Seine Stimme klang leise und dumpf, so als würde er die Worte nur mit Mühe und gegen seinen Willen aussprechen. »Ich hole den Verbandskasten.«

Er ging um den Scherbenhaufen mit Kaffee herum – der Kaffee war kalt, wie Tess festgestellt hatte, als sie versehentlich hineingetreten war – und eilte die Treppe hinauf. Eine Minute später kam er mit einem professionell aussehenden Verbandskasten zurück. Tess hatte nicht gewusst, dass sie so etwas im Haus hatten.

»Bist du Arzt?«, fragte sie, während er eine Schüssel mit Wasser füllte. Er zog sich einen Stuhl heran, sodass er sich ihr gegenüber darauf setzen konnte, und tauchte einen Wattebausch in das Wasser.

»Nein.« Er hob ihren Fuß an, legte ihn auf sein Knie und tupfte die Fußsohle mit der feuchten Watte ab. Seine warmen Hände waren so groß, dass ihr Fuß fast ganz darin verschwand, aber seine Berührung war überraschend sanft.

»Schon gut, das kann ich selbst machen.« Tess versuchte, sich nichts anmerken zu lassen, als die Wunde zu brennen begann.

Noah ignorierte sie und schaute nicht einmal auf. Tess musterte ihn. Seine Kiefermuskeln waren angespannt, so als würde er die Zähne zusammenbeißen, seine Atemzüge hörten sich unnatürlich gleichmäßig, wie bewusst kontrolliert an, und seine Hände zitterten, was er zu verbergen versuchte, indem er die Arme auf die Knie stützte. Was war los mit ihm?

Und was war los mit ihr? Viel zu spät wurde ihr klar, wie sie aussah. Sie hatte geglaubt, allein im Haus zu sein, und war in ihrem Schlafanzug aus angerauter Baumwolle nach unten gegangen. Ihr Haar war nach einer ruhelosen Nacht zerzaust, und sie war völlig ungeschminkt. Normalerweise bekam sie niemand so zu Gesicht. Das war nicht Tess Bailey. Das war eine ganz andere Person … jemand, den es so nicht geben durfte.

Sie zog ruckartig ihren Fuß aus Noahs Händen. »Danke! Ich bin sicher, das wird schon wieder. Schließlich ist es nur ein Kratzer.« Sie setzte ihr strahlendes Lächeln auf, das einzige Mittel, das ihr im Moment für ihre übliche Maskerade zur Verfügung stand, doch er schaute sie nicht an.

Er kramte in dem Verbandskasten und reichte ihr ein Pflaster. »Der Schnitt ist nicht sehr tief, aber du solltest ihn damit abdecken.«

Und dann sah er sie doch an. Es war nur ein kurzer, vorsichtiger Blick, und sie hatte das merkwürdige Gefühl, dass nicht nur sie sich Gedanken darüber machte, zu viel von sich verraten zu haben.

Noah war immer noch in der Küche, als Tess fünfzehn Minuten später wieder nach unten kam. Er musterte sie kurz und drehte sich dann, ohne ein Wort zu sagen, wieder zum Spülbecken um.

»Das war kein so guter Start in den Tag, richtig?«, sagte sie und lächelte, obwohl er ihr den Rücken zukehrte. Sie fühlte sich jetzt wieder mehr wie ihr übliches Selbst – sie trug eines ihrer geblümten Lieblingskleider, hatte das Haar gebürstet und ein komplettes Make-up aufgetragen. Das Pflaster an ihrem Fuß störte ein wenig, aber zumindest sah es niemand. »Du hättest nicht sauber machen müssen, das hätte ich schon erledigt.«

»Schließlich habe ich die Tasse fallen lassen.«

»Aber nur weil ich so laut geschrien habe. Keine Sorge, das wird nicht wieder vorkommen. Ich habe geglaubt, du wärst bei der Arbeit und das Haus wäre leer.«

»Du musst nicht hinter mir herräumen. Ich bin nicht auf der Suche nach einer Ehefrau.«

»Und ich bin nicht auf der Suche nach einem Ehemann!« Das klang aggressiver, als sie beabsichtigt hatte, aber zumindest drehte er sich nun zu ihr um. Sie hatte es allmählich satt, dass er ihr immer den Rücken zeigte, wenn sie mit ihm sprach, und sie wohnten erst seit drei Tagen gemeinsam in diesem Haus. »Schau.« Sie zog ihr Telefon aus der Tasche und suchte ein Foto heraus. »Das ist Tim. Mein Mann. Wir sind verheiratet.« Sie schob Noah das Telefon direkt vor die Nase, sodass er keine andere Wahl hatte, als sich das Bild anzuschauen.

»Ihr seht euch sehr ähnlich«, meinte er. »Ihr könntet beinahe Zwillinge sein.«

»Nein, das sehe ich nicht so!« Tess nahm rasch ihr Telefon wieder an sich, drückte das Foto weg und nahm Platz. Auf den Fliesen unter dem Tisch entdeckte sie einen Blutfleck; anscheinend machte er doch nicht so gut sauber, wie er selbst glaubte. Sie atmete tief durch und setzte wieder ein Lächeln auf. »Ich habe einen Bruder. Max Green. Wahrscheinlich erinnerst du dich von der Schule nicht mehr an ihn, weil er sieben Jahre älter ist als ich. Er lebt in Australien.«

Er war vor vielen Jahren aus Ribblemill geflüchtet und so weit weg wie nur möglich gezogen; er hatte eine Australierin geheiratet und sich für immer dort niedergelassen. Max und seine Frau waren beruflich sehr erfolgreich, besaßen ein luxuriöses Haus am Strand, hatten keine Kinder und wollten auch keine Familie gründen. Alle Hoffnungen ihrer Mum auf Enkelkinder ruhten nun auf Tess. Es war eine beinahe unerträgliche Bürde.

»Ich kann mich an ihn erinnern. Ein netter Kerl.«

Tess sah rasch auf, aber Noahs Miene war ausdruckslos wie immer. Vielleicht hatte sie sich das kurze Aufblitzen von Überraschung nur eingebildet, das man so deuten könnte, dass Max es wohl geschafft hatte, sie aber nicht. Sie stand auf, nahm eine Schale aus dem gemeinsamen Schrank und eine Packung Müsli aus »ihrem« Fach. Die Körner, die in die Schüssel rieselten, sahen so aus, als hätte sie sie am Morgen vom Waldboden aufgesammelt. Ihre Mum hatte einen Artikel darüber in der *Daily Mail* gelesen und ihn Tess geschickt – anscheinend enthielt dieses Müsli alles, was bei Frauen in einem bestimmten Alter die Gesundheit, die Vitalität und die Fruchtbarkeit förderte. Bisher hatte es noch keine wahrnehmbare Wirkung gezeigt, aber sie fühlte sich gesund. Aber würde sie das nicht ebenso tun – und sich besser fühlen –, wenn sie stattdessen hin und wieder mal eine Scheibe Toast essen würde?

»Wann gehst du normalerweise zur Arbeit?«, erkundigte sich Tess, als Noah sich auf den Weg zur Hintertür machte. Sie hatte vor, sich darauf einzustellen, um in Zukunft solche peinlichen Begegnungen in der Küche zu vermeiden.

»Ich arbeite nicht.« Noah blieb zögernd mit der Hand an der Türklinke stehen, offensichtlich darauf bedacht, Tess so schnell wie möglich entkommen zu können.

»Wie schön! Hast du montags immer frei?«

»Ich arbeite überhaupt nicht.«

»Oh!« Tess hatte es nicht für möglich gehalten, dass Noah sich noch mehr in sich zurückziehen konnte, doch nun schien er beinahe zu schrumpfen, obwohl seine Gestalt immer noch den Türrahmen ausfüllte. Die Unzufriedenheit, die er ausstrahlte, schien sich wellenförmig durch den gesamten Raum auszubreiten. Vielleicht war er gefeuert worden, und es handelte sich um die harte Zeit, die Ethel am Tag zuvor erwähnt hatte. Nun, das war keine Schande. Viele Menschen verloren ihre Jobs ohne eigenes Verschulden, und manchmal waren die Gründe für eine Kündigung absolut ungerechtfertigt. Das war Tess durchaus bewusst, und sie würde ihn sicher nicht dafür verurteilen, dass er im Moment arbeitslos war.

»Bist du auf der Suche nach einem neuen Job? Was machst du denn? Oh, warte, lass mich raten. Du siehst nicht so aus, als würdest du gern den ganzen Tag in einem Büro sitzen. Also eher eine Arbeit im Freien?«

Noah schien dieses Fragespiel nicht zu gefallen. Er zog die Tür wie einen Schutzschild vor sich. »Ein Job an der frischen Luft würde mir gefallen. Vor allem wenn ich dabei allein sein und meine Ruhe haben kann.«

Die Tür war nun fast schon geschlossen.

»Warte«, sagte Tess rasch. »Cassie hat erwähnt, dass Barney mehr Zeit auf seiner Farm verbringen möchte. Er würde sich sicher freuen, wenn ihm jemand bei der Verwaltung des Anwesens helfen würde. Soll ich sie danach fragen?«

»Ich kann für mich selbst sprechen.« Die Tür ging noch einmal einen Spalt auf, Noah streckte den Kopf herein und nickte Tess zu. »Danke.«

Tess warf einen Blick auf die Uhr: 2:27. Was hatte sie aufgeweckt? Sie blieb still liegen, hörte aber nichts. Hier mitten im Wald störte nichts die Ruhe. Zumindest kein Mensch ... Sie schlich zum Fenster und verschränkte die Arme vor der Brust, als die eisige Nachtluft unter ihren Schlafanzug kroch. Vorsichtig spähte sie durch den Spalt zwischen den Vorhängen und versuchte, eine Eule, einen Fuchs oder ein anderes Tier auszumachen, das dieses Geräusch von sich gegeben haben könnte, das sie vermeintlich gehört hatte. Aber die Dunkelheit war undurchdringlich. Alles, was sie sah, war ihr eigenes Spiegelbild mit weit aufgerissenen, verängstigten Augen.

Sie ging auf Zehenspitzen zur Tür und öffnete sie leise einen Spalt, doch im Haus war es ganz ruhig. Rasch lief sie zum Bett zurück, zog sich die Decke bis zur Nase hoch und schlief wieder ein.

Am Mittwochmorgen spazierte Tess den Pfad entlang zu Ramblings, bereit für ihre erste Begegnung mit der Mutter-Kind-Gruppe. Cassie zeigte ihr den kleinen Raum, in dem die Bücher aufbewahrt wurden. Er grenzte an den

Ballsaal, der als Ersatz für das Gemeindehaus diente. Alles war nach einem gut durchdachten System geordnet: Die Bücher für Erwachsene waren in verschiedene Kategorien eingeteilt und befanden sich auf doppelseitigen Regalen auf Rädern, die man am Samstagvormittag, wenn die Bücherei geöffnet hatte, in den Ballsaal rollen konnte. Die Kinderbücher wurden in bunten Holzkisten auf Rollen aufbewahrt; sie waren so bemalt, dass sie aussahen wie ein Zug mit vielen Waggons.

Tess schob den Zug in den Ballsaal und hatte gerade ein paar kleine Kinderstühle aus Plastik dazugestellt, als bereits die Türen aufflogen und laute Stimmen und geballte Energie den Raum erfüllten. Eine Horde Kleinkinder stürmte herein; alle steckten in wattierten Anoraks, wodurch sie eher watschelten als rannten. Unter Bommelmützen in allen Regenbogenfarben glänzten rosige Wangen. Die Kinder waren bezaubernd. Tess setzte rasch ein Lächeln auf und hoffte, es den ganzen Vormittag beibehalten zu können.

Hinter den Kindern folgten die Mütter; einige waren schwanger oder trugen Babys auf dem Arm. Tess kannte keine von ihnen, aber ein paar der Gesichter kamen ihr vertraut vor und erinnerten sie an einige Mitschülerinnen aus der Grundschule im Dorf. Als Grace darauf bestanden hatte, dass Max und Tess auf eine private weiterführende Schule gingen, während alle anderen jeden Tag mit dem Bus zur nächstgelegenen Gesamtschule fuhren, war der Kontakt zu den Mädchen aus dem Dorf verloren gegangen. Und viele Freundschaften konnten nicht aufrechterhalten werden, weil sie nicht ausgehen und auch niemanden nach Hause einladen durfte.

Zuerst stürzten sich die Kleinen auf die Spielsachen, und schon bald war der wunderschöne Parkettboden im Ballsaal mit Plastikautos, Tierfiguren und Bauklötzchen übersät. Tess glaubte schon, dass ihre Bücherkisten keine Chance hätten, und war begeistert, als ein stämmiges kleines Mädchen zu ihr kam, ein Buch aus einer der Kisten zog und es Tess mit einem breiten Lächeln reichte. »Eine Geschichte?«, fragte es hoffnungsvoll.

Tess begann vorzulesen, und es gelang ihr, die Reime richtig zu betonen und alle lustigen Geräusche und Stimmen nachzumachen. Sie war ein wenig enttäuscht, als ein kleiner Junge sich mit einem Metallxylofon neben sie setzte und während des letzten Drittels des Buches auf die Tasten haute. Als sie bemerkte, dass ihre Zuhörer sich am Ende der Geschichte nicht mehr auf sie konzentrierten, wandte sie sich dem Xylofonspieler zu.

»Soll ich dir zeigen, wie man darauf ein richtiges Lied spielt?«, fragte sie. Rasch überlegte sie, welches Kinderlied einfach zu spielen war, und entschied sich für »London's Burning«. Sie sang es ihm vor, während sie die Töne anschlug. Es schien gut anzukommen – zumindest rannte keines der Kinder davon. »Möchtest du es auch mal probieren?«

Der kleine Junge nickte und setzte sich zwischen Tess' Knie, und sie führte seine Hand zu den richtigen Stäben. Er stellte sich sehr geschickt an, und bevor Tess sichs versah, waren die Bücher vergessen, und sie war umringt von Kindern, die lautstark forderten, es auch einmal versuchen zu dürfen. Sie sang das Lied mindestens ein Dutzend Mal, und obwohl sie London liebte, wünschte sie sich schließlich beinahe, dass es endlich abbrennen würde und die Sache vorbei wäre. Doch dann kündigte ein Rattern am anderen Ende des Saals einen Servierwagen an, der, beladen mit Saft und Keksen, hereingerollt wurde. Innerhalb weniger Sekunden blieb Tess allein zurück.

»Das könnten Sie bereuen.«

Tess war gerade dabei, die Bücher wieder zu verstauen, und schaute auf. Vor ihr stand Nic, die Mutter, die sich um die Organisation dieser Gruppe kümmerte.

»Ich meine das Singen«, fügte Nic hinzu, als Tess mit einem Buch in der Hand innehielt. »Die Kinder waren begeistert davon, und obwohl sie noch sehr klein sind, haben sie bereits ein gutes Gedächtnis. Sie werden das nun jede Woche machen wollen.«

»Dagegen hätte ich nichts einzuwenden. Ich singe gern – ich mag alles, was mit Musik zu tun hat, und ich würde das gern öfter machen. Vielleicht mit einer Auswahl von mehreren Liedern. Allerdings dachte ich, dass man sich hier bei der Hilfe in der Leseecke abwechselt. Möglicherweise könnte es eine der anderen Freiwilligen ebenfalls versuchen?«

Nic lachte. »Ruth auf keinen Fall. Ich habe sie einmal in der Küche singen gehört. Es war ein Glück, dass dabei nicht alle Gläser zersprungen sind. Sie waren großartig – es war wie im Fernsehen. Sind Sie professionelle Musikerin?«

»Nein, nur eine Amateurin. Ich habe zwar Gesang, Klavier und Flöte studiert und singe und spiele, so oft ich kann, aber das ist nicht mein Beruf.« Tess zwang sich zu einem Lächeln, und es fiel ihr noch schwerer als sonst. Sie bemühte sich, ihren Plänen nicht nachzutrauern, denn sie hatte immer wieder erlebt, wie verheerend es war, wenn man immer nur daran dachte, was hätte sein können, anstatt sich mit der Realität abzufinden. Aber was die Musik anbelangte … Alle vernünftigen und logischen Überlegungen hinderten sie manchmal nicht daran, sich vorzustellen, was für ein anderes Leben sie als Musikerin führen würde – arm, immer auf der Suche nach Arbeit, aber überglücklich. Vielleicht wäre sie Musiklehrerin oder Musiktherapeutin geworden, hätte dabei anderen ihre Liebe zur Musik vermitteln und jeden Moment ihrer Arbeit genießen können, anstatt sich davor zu fürchten. Sie hatte versucht, erfolgreich zu sein, alles so gut wie nur möglich zu machen, um ihre Mutter zufriedenzustellen, aber mit Musik verhielt es sich anders. Jede Stunde, in der sie geübt hatte, war eine Freude und gleichzeitig eine Flucht für sie gewesen. In einem anderen Leben hätte sie sich die Freiheit gönnen können, sich selbst zu verwirklichen, die Musikbegabte in der Familie zu sein und sich in dem Bereich auszuzeichnen, den sie liebte. Aber immerhin konnte sie noch lächeln – zumindest darin war sie hervorragend.

Nic musterte sie nachdenklich. »Wären Sie vielleicht daran interessiert, den Kindern Musikunterricht zu geben? Falls es einen Tag gibt, an dem Sie nicht arbeiten müssen.«

»Ich arbeite zurzeit nicht. Das klingt großartig!« Tess lachte. »Aber ich bin keine qualifizierte Lehrerin und habe noch nie Unterricht gegeben. Würde da überhaupt jemand kommen?«

»Wir alle würden kommen!« Nic deutete auf die Gruppe, die hinter ihr stand. »Wir freuen uns über jeden Grund, aus dem Haus zu kommen. Nichts für ungut«, fügte sie rasch hinzu, aber Tess nahm ihr das nicht übel. »Wir haben schon oft darüber gesprochen. Es gibt einige Musikkurse für Kleinkinder, aber der nächstliegende findet zehn Meilen entfernt von hier statt. Wir sind alle ziemlich unmusikalisch, deshalb kann keine von uns den Kleinen etwas beibringen. Was halten Sie davon? Vielleicht probieren Sie es einfach mal aus, dann sehen wir weiter.«

Sollte sie es versuchen? Tess hatte keine Ahnung, wie man einen solchen Kurs organisierte, aber eigentlich konnte es nicht viel anders sein als die Aufgaben in ihrem Job. Was würde ihre Mum wohl davon halten? Würde sie stolz auf Tess sein? Aber ausnahmsweise stand diese Überlegung in Tess' Gedanken nicht an erster Stelle. Sie wollte das nicht tun, um jemandem zu gefallen, sondern für sich selbst – weil sie Musik liebte und weil sie die Glücksgefühle, die sie dabei empfand, mit anderen teilen wollte. Vielleicht war das der Grund, der sie nach Ribblemill zurückgebracht hatte. Wo könnte sie besser neu überdenken, was sie aus ihrem Leben machen wollte, als hier, wo alles begonnen hatte?

Also erklärte sie sich damit einverstanden, versuchsweise Musikunterricht zu geben, und hüpfte praktisch den ganzen Weg nach Hause.

4

Als Tess von der Mutter-Kind-Gruppe ins Cobweb Cottage zurückkam, stand eine fremde Frau in der Küche an der Spüle und schälte Kartoffeln.

»Ich mache euch einen Eintopf zum Abendessen«, erklärte sie, als Tess zögernd an der Türschwelle stehen blieb. »Sie sind doch keine Vegetarierin, oder?«

»Nein.« Tess hängte ihren Mantel an den Haken hinter der Tür, beschloss aber, in der Nähe der Haustür zu bleiben, falls sie schnell flüchten musste. Die Frau war zwar sehr klein und ging sicher schon auf die siebzig zu, aber sie hatte ein Messer in der Hand, mit dem sie beeindruckend geschickt umging. Tess wollte lieber kein Risiko eingehen. »Ich hoffe, Sie nehmen mir die Frage nicht übel. Wer sind Sie?«

»Brenda Thornton.« Die Frau ließ das Messer für einen Moment ruhen und starrte Tess an, als hätte sie eine absolut lächerliche Frage gestellt. »Noahs Mutter.«

Wie hätte Tess das wissen sollen? Soweit sie sich erinnerte, waren sie sich noch nie begegnet – zumindest nicht in den letzten zwanzig Jahren –, und zwischen der zierlichen Frau und dem großen, breitschultrigen Mann, den sie offensichtlich zur Welt gebracht hatte, gab es keinerlei Ähnlichkeiten. Aber als sie genauer hinsah, konnte Tess eine Verwandtschaft zu Ethel erkennen. Sie wagte ein paar Schritte in die Küche.

»Wie schön, Sie kennenzulernen! Ich habe nicht gewusst, dass Sie uns heute besuchen.«

»Ich müsste mich wohl bis Weihnachten gedulden, wenn ich auf eine Einladung warten würde. Und ich wollte mir die Frau anschauen, mit der Noah jetzt zusammenlebt.«

»Wir teilen uns nur das Haus, das ist alles …«

»Ich weiß schon, wie so etwas läuft.« Brenda fuchtelte mit dem Messer vor Tess' Nase herum. Wahrscheinlich wollte sie ihr damit nicht drohen, sondern nur ihren Worten Nachdruck verleihen. »Gedämpftes Licht, eine Flasche Wein, ein romantischer Film, und dann ist klar, wie der Abend endet. Mein Noah hat eine schwere Zeit hinter sich, und ich passe gut auf ihn auf, also seien Sie vorsichtig.«

Vielleicht wollte sie ihr mit dem Messer tatsächlich drohen, aber Tess machte sich nichts daraus. Noah konnte von Glück sagen, Brenda an seiner Seite zu haben – viel mehr, als ihm wahrscheinlich bewusst war. Wenn überhaupt, war sie vielleicht ein wenig eifersüchtig, aber sie fühlte sich nicht angegriffen. Tess' Mum würde niemals so etwas für sie tun; sie brauchte ihre Energie, um Unterstützung einzufordern, und nicht dafür, sie zu geben. Grace war nicht in der Lage, mit schwierigen Zeiten zurechtzukommen, wie auch immer sie gestaltet sein mochten. Tess fragte sich wieder, was Noah wohl zugestoßen war – seine

Mutter und seine Tante hatten die gleiche Formulierung verwendet. Vielleicht ging es um eine schwierige Scheidung. Das würde auch erklären, warum Brenda sich Gedanken um ihre Beweggründe machte. Nun, was das anbelangte, konnte sie Noahs Mum beruhigen.

»Möchten Sie eine Tasse Tee?« Tess füllte den Wasserkocher. Sie drehte sich um und lächelte Brenda an. »Bitte machen Sie sich keine Sorgen um meine Absichten. Ich bin verheiratet.«

»Das glaube ich Ihnen gern, aber seit wann ist das heutzutage ein Hindernis?« Brenda nahm jedoch eine Tasse Tee entgegen und ließ die Kartoffeln liegen, um sich mit Tess an den Tisch zu setzen und ihn zu trinken.

Als Noah hereinkam, lachten und scherzten die beiden miteinander, als würden sie sich schon seit Jahren kennen. »Was machst du denn hier?«, fragte er.

Tess öffnete den Mund, um ihm zu antworten – denn sie nahm an, dass Noah von Brendas Besuch wusste –, doch Brenda kam ihr zuvor.

»Ich habe mir gedacht, du würdest dich über einen Eintopf zum Abendessen freuen, also habe ich mir deinen Schlüssel ausgeliehen und ihn nachmachen lassen.«

»Das hättest du nicht tun sollen.« Noah drückte Brenda einen Kuss auf den Scheitel, und sie tätschelte ihm den Arm und lächelte ihn so stolz und liebevoll an, dass Tess den Blick abwenden musste, weil sie es sonst vor Neid nicht geschafft hätte, weiterhin zu lächeln.

»Das ist sehr freundlich von Ihnen, aber Sie müssen nicht für mich kochen«, sagte sie. »Ich koche sehr gern selbst.«

»Ach ja?« Brenda schien überrascht zu sein. »Sie sehen nicht so aus, als würden Sie sich gern die Hände schmutzig machen.«

Noah öffnete den Kühlschrank und warf einen Blick hinein, und Tess sah, dass über sein sonst unbewegtes Gesicht ein leichtes Lächeln huschte.

»Ich würde mich freuen, wenn ich mir sicher sein könnte, dass Sie Noah gut versorgen. Ich schreibe Ihnen auf, was er am liebsten isst.«

»Mum!« Noah goss Milch in ein Glas und verschüttete dabei die Hälfte auf der Arbeitsfläche. »Sie muss nicht für mich kochen. Ich kann mich sehr gut um mich selbst kümmern.«

»Wie du meinst.« Brenda wischte die verschüttete Milch auf. »Aber es wäre nicht sehr sinnvoll, wenn jeder von euch jeden Abend für sich allein kocht. Wenn ihr euch die Mahlzeiten teilt, könnt ihr Geld sparen. Arbeiten Sie auch nicht?«, fragte sie Tess.

»Ich habe mich für ein Jahr beurlauben lassen.«

»Ach ja? Sind Sie nicht schon ein bisschen zu alt für eine solche Auszeit?« Brenda wandte sich an Noah. »Da ihr beide arbeitslos seid, müsst ihr jeden Pfennig zweimal umdrehen.«

»Ich bin nicht arbeitslos.«

»Oh! Hast du den Job bei Barney bekommen?« Tess schenkte Noah ein Lächeln, aber er erwiderte es nicht.

»Worum geht es?« Brenda stupste ihn am Arm an. »Du hast mir gar nichts von einem Job erzählt. Bist du denn schon so weit, dass du wieder arbeiten kannst?«

»Ja.«

Brenda starrte ihn so lange an, bis er sich gezwungen fühlte weiterzusprechen.

»Ich werde hier auf Ramblings arbeiten. Als Gärtner und Assistent der Gutsverwaltung.«

»Das klingt großartig! Gut gemacht!«

Noah reagierte nicht auf Tess' begeisterten Ausruf.

»Das klingt nach viel körperlicher Arbeit. Bist du sicher, du schaffst das?«, fragte Brenda. »Solltest du nicht vorher mit deinem Arzt darüber sprechen?«

»Natürlich schaffe ich das. Ich bin schließlich kein verdammter Krüppel!« Noah stapfte hinaus.

Brenda lächelte Tess an, wirkte dabei aber etwas unsicher. Tess war zu erfahren darin, um das nicht zu erkennen. Ihr Lächeln verriet sehr viel Liebe, aber auch Besorgnis, wobei Letzteres überwog.

»Er ist ein guter Junge«, erklärte Brenda. »Er benimmt sich nicht immer so. Ich bin sicher, Sie werden sich schon bald blendend miteinander verstehen.«

Brendas Eintopf schmeckte köstlich. Tessa wärmte ihn unter Einhaltung von Brendas Instruktionen auf, deckte den Tisch für zwei Personen und freute sich darauf, nicht allein essen zu müssen – auch wenn Noah nicht gerade ihre erste Wahl für einen Tischgenossen war. Sie nahm an, dass die Mahlzeit schweigend ablaufen würde, also suchte sie auf ihrem Mobiltelefon Hintergrundmusik heraus und rief Noah, als alles fertig war.

»Das wäre nicht nötig gewesen.« Er starrte Tess über den Tisch hinweg an, während sie in ihrer Lieblingsschürze von Cath Kidston den Eintopf austeilte. »Lass dich nicht von meiner Mum herumkommandieren. Ich kümmere mich gern selbst um meine Angelegenheiten.«

»Sie hat mich nicht herumkommandiert – sie war ganz reizend!« Tess stellte einen Teller vor ihn auf den Tisch und nahm die Schürze ab, bevor sie ihre Portion holte.

»Du hast noch nicht mir ihr zusammengelebt. Sie mischt sich ständig in alles ein.«

»Sie macht sich nur Gedanken um dich – sie würde alles tun, um dich glücklich zu sehen. Das solltest du zu schätzen wissen.«

Das hörte sich wehmütiger an, als sie beabsichtigt hatte. Wenn sie ein wenig vorsichtiger gewesen wäre, hätte sie das gar nicht gesagt. Noah musterte sie, und sie hatte das Gefühl, als würde er sie zum ersten Mal bewusst wahrnehmen. Das gefiel ihr nicht. Rasch setzte sie sich und begann zu essen, ohne darauf Rücksicht zu nehmen, ob er es ihr gleichtat.

»Morgen koche ich.«

Das war eine Feststellung, kein Angebot. Noah nahm ihr gegenüber Platz, und sie aßen schweigend. Merkwürdigerweise war es kein unangenehmes Schweigen. Noah erwartete nichts von ihr; soweit sie das beurteilen konnte, war es ihm völlig gleichgültig, wer oder was sie war und ob sie hier war oder nicht. Diese Freiheit war schwindelerregend. Tess schaltete ab, genoss das Essen, lauschte der Musik und fühlte sich in Gesellschaft einer anderen Person entspannter als in all den letzten Jahren.

»Was ist das?«

Noahs Stimme holte sie zurück in die Gegenwart. Er starrte auf ihr Telefon.

»Die Musik? Das *Adagio for Strings* von Samuel Barber. Wunderschön. Und so entspannend.« Sie hatte eine Abspielliste mit beruhigenden Titeln ausgewählt, da sie der Meinung war, dass ihm das guttun würde.

»Ich verstehe nichts von klassischer Musik.«

»Tatsächlich? Hörst du dir nie so etwas an? Ich könnte ohne diese Musik nicht leben.«

»Ich könnte ohne Ruhe und Frieden nicht leben.«

Tess trug ihren leeren Teller zur Spüle. »Dann sollte ich dir wohl jetzt sagen, dass mein Klavier an diesem Wochenende eintrifft.«

»Du machst wohl Witze.«

»Nein.« Tess drehte sich lächelnd zu ihm um. »Eine weitere Hausregel. Ich beschwere mich nicht über den Lärm des Motorrads, das du an der Seite des Hauses versteckt und nicht erwähnt hast, wenn du nichts gegen mein Klavier einzuwenden hast.«

Und dann geschah es wieder: Ein Ausdruck der Belustigung huschte über sein Gesicht, so schnell wie ein Blitz am dunklen Himmel. Seine Gesichtszüge entspannten sich, und er sah plötzlich ganz anders aus. Nicht wirklich attraktiv – er war weit davon entfernt, Tess' Vorstellung von einem gut aussehenden Mann zu entsprechen –, aber eindeutig liebenswerter als bisher. Vielleicht würde diese Vereinbarung, sich dieses Häuschen zu teilen, doch nicht so katastrophal werden, wie sie befürchtet hatte.

Der Samstag begann mit diesem herrlichen Wetter, bei dem alle von einem Altweibersommer sprachen und noch einmal kurze Hosen und T-Shirts hervorholten, um es zu genießen, bevor der Winter Einzug hielt. Tess schlenderte nach dem Frühstück in den Garten und fütterte die Vögel mit Brotresten. Der Garten war noch nicht neu gestaltet worden. Am hinteren Ende überwucherte Efeu die Bäume, die Blumenbeete waren mit Brennnesseln bewachsen, und auf dem Pfad, der zu einem Tor in den Wald führte, schob sich Unkraut durch unsichtbare Ritzen und bedeckte die alten roten Ziegel mit einem grünen Teppich.

Aber als Tess sich auf eine Bank setzte und versuchte, eine neugierige Blaumeise mit leisen Lauten näher zu sich heranzulocken, fiel ihr auf, dass der Garten nicht mehr ganz so zugewachsen war wie bei ihrem Einzug vor einer Woche. Das Vogelfutterhäuschen an einem verschnörkelten Metallpfosten war entweder neu oder jetzt erst sichtbar geworden. Der Teil des Gartens um die Bank herum, der dem Häuschen am nächsten lag, war gerodet worden, und die Erde in den Beeten war umgegraben und bereit zum Bepflanzen. Es war nur ein kleiner Anfang, aber er reichte aus, um sich eine Vorstellung davon zu machen, wie der Garten bald aussehen könnte. Das musste Noahs Werk sein, obwohl sie ihn nicht hier draußen hatte arbeiten sehen. Anscheinend hatte er sich an die Arbeit gemacht, während sie nicht hier gewesen war, und seine Bemühungen aus irgendwelchen Gründen verheimlicht.

Während sie über seine sensible, kreative Seite nachdachte, die sich so sehr von seinem Auftreten unterschied, hörte sie seine Stimme am offenen Küchenfenster. Und noch eine weitere Stimme, die sie nicht erkannte.

»Wo ist deine Mitbewohnerin?«, fragte der andere Mann. »Ich hätte sie gerne kennengelernt.«

»Keine Ahnung.« Sein Tonfall verriet, dass es ihn nicht interessierte. Tess wich auf der Bank zurück. »Wahrscheinlich ist sie im Wald unterwegs und unterhält sich mit den Vögeln und anderem Getier. Sie benimmt sich wie eine gedopte Disney-Prinzessin. Hinter jedem Satz, den sie von sich gibt, macht sie tausend Ausrufezeichen.«

»Ach komm, so schlimm kann es doch wohl nicht sein.«

»Doch. Wenn man sie in einen Fluss stoßen würde, würde sie mit einem strahlenden Lächeln auftauchen und erklären, dass das Wasser wunderbar sei. Diese ständige Heiterkeit ist nervtötend.«

Vor dem Fenster ertönte ein leises Lachen. Es kam nicht von Noah. Tess hatte ihn zwar noch nie lachen gehört, aber sie war sich sicher, dass sie den Klang erkennen würde.

»Aber sie hat einen Vorteil. Mum hat mich im Dorf schon auf sie hingewiesen. Sie sieht nicht schlecht aus, richtig?«

»Sie ist verheiratet. Und selbst wenn sie es nicht wäre …« Das folgende Schweigen dauerte sehr lange, und Tess nahm an, dass die beiden die Küche verlassen hatten. Doch dann hörte sie Noah wieder sprechen, und der Schmerz in seiner Stimme war beinahe greifbar, als seine Worte zu ihr herüberdrangen. »Ich nutze niemandem etwas, richtig? Zumindest nicht, wenn es darauf ankommt. Ich bin nicht in der Lage, mich um jemanden zu kümmern.«

»Wie läuft es mit Judy?«

»Ich habe geglaubt, alles sei in Ordnung, aber neulich abends …«

Tess sprang von der Bank auf und scheuchte die Vögel auf, als sie den Pfad entlang zu dem Tor zum Wald rannte.

Noah zu belauschen, wenn er über sie sprach, war eine Sache – sie war neugierig und hatte nicht widerstehen können –, aber sie wollte nicht zuhören, wenn er über seine Freundin sprach. Judy. Er hatte sie bisher noch nie erwähnt, und sie hatte ihn auch noch nie besucht, seit Tess hier war. Vielleicht hatte *sie* auf so kreative Weise den Garten so hübsch gestaltet. Nein – das musste Noah gewesen sein, da war sich Tess sicher. Obwohl es lächerlich war zu glauben, dass sie ihn nach einer schweigsamen Woche ihrer Wohngemeinschaft bereits gut kannte, war sie der Meinung, dass manchmal nicht viele Worte nötig waren, um den Charakter eines Menschen zu verstehen. Sie hatte beobachtet, wie er sich bewegte – überraschend geschmeidig für einen Mann seiner Größe. Und sie hatte bemerkt, wie sehr er sich aufs Kochen konzentrierte, wenn er an der Reihe war, eine Mahlzeit zuzubereiten. Er achtete dabei auf jedes Detail, arbeitete nicht pedantisch, aber sehr sorgfältig. Sie wusste inzwischen auch sein Schweigen zu deuten – es wirkte manchmal gequält, war aber nie unfreundlich. In ihm steckte mehr, als sie auf den ersten Blick erkannt hatte.

Am entlegenen Ende des Gartens befand sich ein Holztor, durch das man direkt in den Wald gelangte. Tess schob mit Mühe den Riegel auf, der so selten benutzt wurde, dass er bereits eingerostet war, und drückte das Tor auf. Es war so morsch, dass sie es wahrscheinlich mit einem leichten Tritt zum Einsturz hätte bringen können. Das Tor war Teil eines Holzzauns, der von beiden Seiten mit einer dornigen Hecke und hohen Büschen so überwuchert war, dass man ihn kaum noch sehen konnte.

Als Tess durch das Tor ging, hörte sie ein scharrendes

Geräusch, und die Zweige eines großen Busches neben ihr bewegten sich. Sie nahm an, dass es sich um ein Kaninchen oder ein anderes Wildtier handelte, und blieb still stehen, in der Hoffnung, dass es gleich auftauchen würde. Als nach einigen Sekunden nichts geschehen war, der Busch aber immer noch wackelte, ging sie vorsichtig ein paar Schritte näher heran. Sie hörte ein Schniefen – es kam zweifellos von einem menschlichen Wesen.

Tess schob die Zweige auseinander. Vor ihr, inmitten des stachligen Gestrüpps, saß ein kleiner fremder Junge, der sie aus großen Augen erschrocken anstarrte.

5

Tess blickte auf den kleinen Jungen hinunter. Sie sprachen beide kein Wort. Dichtes blondes Haar bedeckte seinen Kopf und sein halbes Gesicht wie eine Wollmütze. Er trug eine Brille mit einem blauen Plastikgestell und Gläsern so dick wie der Boden eines Marmeladenglases. Die großen blauen Augen dahinter wirkten verängstigt. Er sah so liebenswert aus, dass Tess ihn sofort in ihr Herz schloss.

»Hallo«, sagte sie in dem gleichen Tonfall, in dem sie vor ein paar Minuten die Vögel angelockt hatte. »Ich bin Tess. Und wer bist du?«

Er zwinkerte heftig, zog sich noch weiter in den Busch zurück und gab keine Antwort.

»Bist du mit deiner Mummy oder deinem Daddy hier?« Tess warf einen Blick in den Wald, konnte aber niemanden sehen. »Spielst du Verstecken?«

Immer noch keine Antwort. Es war beinahe wie eine Unterhaltung mit Noah. Doch als der Junge sie weiterhin anstarrte, bemerkte Tess, dass er den Kopf ganz leicht schüttelte, was sie als Nein interpretierte. Wenn er also nicht Verstecken spielte, was tat er dann hier vor dem

Cobweb Cottage? Und dann wurde ihr klar, wie begriffsstutzig sie sich verhielt. Im Haus befand sich ein Fremder, und hier draußen war ein kleiner unbekannter Junge. Sie gehörten sicher zusammen.

»Wartest du hier einen Moment auf mich?«, fragte sie den kleinen Jungen. »Ich gehe rasch ins Haus und bin gleich wieder bei dir.«

Er blieb stumm. Tess hastete zurück durch das Tor den gepflasterten Weg entlang und stürmte durch die Küchentür. Noah stand immer noch da – mit einem Mann, der mit Sicherheit einer seiner Brüder war. Die Ähnlichkeit war bemerkenswert – allerdings hatte der Fremde längeres Haar, war nicht ganz so muskulös und lächelte breit. Eine Offenbarung. Würde Noah so aussehen, wenn er glücklich wäre? Es war, als hätte sich ein zweidimensionales Foto in einen dreidimensionalen Farbfilm verwandelt.

»Hallo! Ich bin Tess.«

»Und ich bin Abel Thornton. Der ältere Bruder von diesem verkommenen Kerl, mit dem ich für meine Sünden büßen muss.« Abel lachte, und bevor Tess ihm ausweichen konnte, kam er mit einigen großen Schritten auf sie zu, packte sie an den Schultern und drückte ihr einen Kuss auf beide Wangen. Sie fühlte sich wie eine Maus, die in den Fängen einer Eule davongetragen wurde, aber merkwürdigerweise empfand sie das nicht als unangenehm.

»Du bist also die tapfere Frau, die sich das Haus mit Noah teilt. Ich bin froh, dass es nicht mich getroffen hat – ich spreche aus jahrelanger Erfahrung.«

»So schlimm ist es nicht. Zumindest noch nicht. Vielleicht hat er sich bisher von seiner besten Seite gezeigt.«

»Du meinst, so wie man es in den Flitterwochen tut? Da kannst du recht haben. Und bevor du dich versiehst, liegen überall seine Socken auf dem Boden herum, und die Klobrille ist ständig nach oben geklappt.« Abels Lachen war ansteckend, doch dann sah Tess Noahs wenig amüsierten Gesichtsausdruck und erinnerte sich daran, warum sie ins Haus gekommen war.

»Hast du deinen Sohn mitgebracht?«, fragte sie Abel. »Ich glaube, ich habe ihn draußen gesehen.«

»Meinen Sohn? Ich habe keinen Sohn.« Abel grinste. »Zumindest keinen, von dem ich weiß. Aber ich hätte nichts dagegen einzuwenden, wenn du mit von der Partie bist …«

»Sie ist verheiratet.«

»Das stört mich nicht, wenn's dich nicht stört …«

Tess ignorierte seine Scherze. »Im Garten versteckt sich ein kleiner Junge hinter den Büschen«, erklärte sie. »Wenn es nicht dein Sohn ist, zu wem gehört er dann? Ich habe sonst niemanden gesehen.«

»Keine Ahnung. Ich bin nur der Tierarzt im Dorf. Für verloren gegangene Kinder ist eher Noah zuständig.«

»Nein.«

Tess hätte nicht gedacht, dass Noah sich noch mehr in sich zurückziehen konnte. Er stand zwar immer noch aufrecht da, aber er umklammerte die Arbeitsplatte so fest, dass seine Fingerknöchel weiß hervortraten. Und sein Geist schien sich in die Ecke eines dunklen Raums mit doppelt verriegelter Tür verkrochen zu haben. Der Anblick war schmerzlich. Er musste sich schrecklich fühlen, wenn er so reagierte.

Abel wurde plötzlich ernst und ging zu seinem Bruder hinüber. Sie berührten sich nicht – das war nicht nötig. Das Band zwischen ihnen war so deutlich zu erkennen, als hätte Abel seinen Mantel um Noah und sich gelegt, um beide zu schützen. Tess verschlug es einen Moment lang den Atem; diese Nähe und der bedingungslose Rückhalt lösten einen Anflug von Eifersucht in ihr aus. Wie wäre es wohl gewesen, wenn sie mit einer so starken Bindung zu jemandem aufgewachsen wäre?

»Wahrscheinlich spielt er nur im Wald«, meinte Abel. »Wir haben das früher ständig getan. Aber wenn du dir Sorgen machst, solltest du nach Ramblings gehen. Die Bücherei hat heute Vormittag geöffnet. Wahrscheinlich sind seine Eltern dort.«

»Das ist eine gute Idee. Danke.« Tess warf Noah einen verstohlenen Blick zu. Er starrte an die Küchenwand, aber sie bezweifelte, dass er sie wahrnahm. »Ich werde versuchen, ihn dorthin zu bringen.«

Tess hastete in den Garten zurück und wusste nicht, ob sie eher erleichtert oder enttäuscht war, dass der kleine Junge immer noch an der Stelle in den Büschen kauerte, wo sie ihn zurückgelassen hatte.

»Hallo! Ich bin's wieder, Tess. Warst du heute Morgen in der Bücherei in Ramblings?« Keine Reaktion. Sie deutete an den Bäumen vorbei. »Ramblings ist das riesige Haus dort drüben. Soll ich dir den Weg dorthin zeigen?«

Er reagierte immer noch nicht, aber Tess glaubte, an seinen Augen zu sehen, dass sich seine Panik ein wenig gelegt hatte. Das war ein gutes Zeichen, aber wie sollte sie ihn nun aus den Büschen locken? Im Haus gab es genügend Kuchen und Kekse, aber irgendwie kam es ihr nicht richtig vor, ihn mit Süßigkeiten zu bestechen. In ihrer Verzweiflung dachte sie an ihre letzte Begegnung mit kleinen Kindern, die sehr gut auf Musik reagiert hatten. Es war einen Versuch wert.

»Sollen wir auf dem Weg zum Haus ein Lied singen?«, fragte sie. Aber welches Lied? Sie schätzte ihn auf sechs oder sieben, also wahrscheinlich zu alt für »London's Burning«. Außerdem würden sie beide durchdrehen, wenn sie diese Zeilen immer wieder singen müssten. Sie versuchte, sich an ein längeres Lied zu erinnern. »Wie wäre es mit ›Zehn in einem Bett‹? Kennst du das?« Sie sang ihm die ersten Zeilen vor. »Was hältst du davon? Wollen wir versuchen, nach Ramblings zu kommen, bevor alle aus dem Bett gefallen sind?«

Sie streckte eine Hand aus und wartete. Als sie sich schon eingestehen wollte, dass das nicht funktionierte, schob sich eine kleine schmutzige Hand in ihre. Sie griff danach und zog den Jungen aus den Büschen, bevor er es sich anders überlegen konnte. Es kostete sie keine große Mühe – er wog fast nichts, und seine Hand fühlte sich in ihrer sehr knochig an. Sie musterte ihn von oben bis unten. Sein rotes Sweatshirt war verblichen und ausgeleiert, und die Ärmelbündchen saßen einige Zentimeter über den Handgelenken. Diese waren so dünn, dass man sich kaum vorstellen konnte, wie Muskeln, Blut und Knochen unter der Haut Platz fanden. Seine Jeans war abgewetzt, und zwischen dem Saum und seinen ramponierten Turnschuhen sah man einen breiten Streifen von ehemals weißen Socken. Tess war den Tränen nahe, aber das half hier nicht weiter. Sie setzte rasch ein strahlendes Lächeln auf.

»Soll ich anfangen? Und du singst mit, wenn du bereit dazu bist.«

Sie fühlte sich auf unangenehme Weise wie der Rattenfänger von Ribblemill, als sie das Lied den ganzen Weg nach Ramblings sang. Der Junge stimmte nicht ein, aber er hörte offensichtlich genau zu. Als sie eine Stelle absichtlich falsch sang und eine Strophe wiederholte, um das Lied zu verlängern, zuckte die kleine Hand in ihrer. Am Schluss erfand sie noch ein paar Zeilen dazu – denn es erschien ihr viel zu traurig, ein einziges Wesen allein zurückzulassen –, sodass schließlich alle in einem neuen, größeren Bett wieder glücklich vereint waren. Genau zum richtigen Zeitpunkt, als sie die riesige, bogenförmige Eingangstür erreichten.

In der Eingangshalle herrschte Chaos. Ein älterer Mann mit einem Schnurrbart und militärischem Auftreten gab einer kleinen Gruppe von Dorfbewohnern Befehle. Tess' Dad beugte sich mit einigen anderen über eine auf dem Tisch ausgebreitete Landkarte. Zwei Frauen liefen hin und her und sprachen aufgeregt in ihre Telefone. Als der Junge sich hinter Tess versteckte und ihr dabei den Arm verdrehte, tauchte Barney auf der Treppe auf.

»Im ersten Stock ist er nicht«, erklärte er. »Cassie schaut sich im Speicher um. Hat Ruth …«

Er blieb stehen, starrte Tess an und warf einen Blick über ihre Schulter.

»Hast du ihn gefunden?«

»Keine Ahnung. Nach wem sucht ihr denn? Ich habe diesen kleinen Jungen entdeckt.« Tess versuchte, ihn nach vorne zu schieben, aber für ein solches Leichtgewicht war er erstaunlich widerständig. Barney lief um Tess herum und ging vor dem Jungen in die Hocke.

»Hallo, bist du Kyle? Ich glaube, wir haben nach dir gesucht.«

Der Kleine blieb stumm und klammerte sich noch fester an Tess' Hand.

»Das ist Kyle«, erklärte eine der Frauen, die soeben telefoniert hatten. »Er ist seit letzter Woche in meiner Klasse. Hat jemand Jackie verständigt?« Sie ging zu Barney hinüber und bückte sich. »Du kennst mich doch, Kyle, oder? Ich bin Miss Lester, deine Lehrerin. Du hast uns einen gehörigen Schrecken eingejagt, junger Mann. Lauf nie wieder einfach davon!«

»Gut gemacht, Schätzchen.« Tess' Dad Len kam zu ihr herüber und klopfte ihr auf die Schulter. »Du bist die Heldin des Tages. Wo ist er denn gewesen?«

»Er hat sich in der Nähe des Cottage in den Büschen versteckt. Habt ihr tatsächlich alle schon nach ihm gesucht?«

»Der Colonel hat uns Befehle gegeben und uns gesagt, wie wir das Grundstück absuchen sollen. Armer Kerl, er ist jetzt sicher enttäuscht, dass alles schon vorüber ist. Er hat sich gefühlt wie in den guten alten Zeiten.«

»Ist seine Mum hier?« Tess senkte die Stimme, sodass Kyle sie nicht verstehen konnte. »Er hat kein Wort gesprochen, also war ich mir nicht sicher, ob ich ihn hierherbringen sollte.«

»Er ist einer von Jackies Zöglingen und erst letzte Woche angekommen.« Als Tess ihn verständnislos ansah, formte Len lautlos mit den Lippen das Wort »Pflegekind«.

In diesem Moment rannte eine Frau aus der gegenüberliegenden Ecke der Eingangshalle herbei. Sie war mittleren Alters, von durchschnittlicher Größe und Gewicht, hatte kurzes graues Haar und trug bequeme Jeans und einen Pullover. Tess nahm an, dass das Jackie war. Sie wirkte tüchtig und fürsorglich und sah genauso aus, wie man sich eine ganz normale Mutter vorstellte. Sie verlangsamte ihren Schritt, als sie sich Kyle näherte, und beugte sich lächelnd zu ihm hinunter.

»Von Büchern hältst du wohl nicht viel, richtig? Kein Problem, wir finden etwas anderes, was dich interessiert. Aber wenn du dich das nächste Mal zu einem Abenteuer aufmachst, solltest du mir vorher Bescheid geben. Vielleicht habe ich dann auch Lust darauf. Ich bin noch nicht zu alt dafür, verstehst du?«

Sie lachte und strich ihm über die Schulter, aber als sie sich wieder aufrichtete, sah Tess an den Fältchen um ihre Augen, wie angespannt sie war. Sie drückte Tess' Arm. »Vielen Dank.« Mehr war nicht nötig, denn ihre Dankbarkeit zeigte sich deutlich an ihrer Miene; ihre Gesichtszüge verrieten auch ihre Sorge, aber auf eine gute, normale Weise, ohne bedrückend zu wirken. »Sollen wir jetzt nach Hause gehen, Kyle? Ich finde, nach all der Aufregung haben wir uns ein paar warme Hefeküchlein zum Mittagessen verdient.«

Sie streckte den Arm aus, und nach einer quälenden Pause kam Kyle schließlich hinter Tess hervor und ließ sich von Jackie an die Hand nehmen. Sie führte ihn durch die Halle, und als sie die Tür erreicht hatten, drehte sich Kyle noch einmal zu Tess um. Er hob die Hand zu einem Winken, aber die Bewegung war so schnell, dass sie sich nicht sicher war, ob sie sich das nicht nur eingebildet hatte. Und dann war er verschwunden.

»Das hätte übel ausgehen können«, meinte Ruth und stellte sich neben Tess. »Mit ihm wird sie es nicht leicht haben, auch wenn er so unschuldig aussieht. Armer kleiner Kerl. Jackie sagte, er habe seit seiner Ankunft noch kein einziges Wort gesprochen.«

»Wo sind seine Eltern?«, erkundigte sich Tess.

»Oh, sie verrät uns keine Einzelheiten.« Ruth klang enttäuscht. »Entweder sind sie nicht hier, oder sie können sich nicht um ihn kümmern. Jackie hat uns erzählt, dass er nur kurz bei ihr bleiben wird, bis die Adoption geregelt ist. Ich weiß nicht, wie sie es erträgt, sich an diese Kleinen zu binden und sie dann wieder hergeben zu müssen. Nur gut, dass du ihn gefunden hast, Tess.«

Die anderen kamen ebenfalls zu ihr und lobten sie, bis es ihr peinlich wurde und sie sich zum Gehen wandte.

»Tess?« Ihr Vater folgte ihr nach draußen. »Wenn du nicht zu sehr beschäftigt bist, würdest du dann bitte bei deiner Mutter vorbeischauen, Schätzchen? Sie regt sich schrecklich darüber auf, dass du jetzt hier draußen wohnst. Du würdest mir einen großen Gefallen tun, wenn du sie ein wenig beruhigen könntest.«

Sie wussten beide, dass sie dabei wohl keinen großen Erfolg haben würde, aber Tess nickte lächelnd. Ihr Vater kam ihr oft vor wie ein Heiliger, aber eigentlich war es viel einfacher. Er liebte Grace seit dem Moment, als er sie zum ersten Mal gesehen hatte, und die für ihn unbedeutende Tatsache, dass sie jetzt ein ganz anderer Mensch war als damals, änderte nichts daran. Tess hatte sich ihr ganzes Leben lang nach einer solchen bedingungslosen Liebe gesehnt.

»Ist es in Ordnung, wenn ich sie erst später besuche? Ich muss am Nachmittag auf die Lieferung meines Klaviers warten. Leider weiß ich nicht genau, wann es ankommt.«

»Mach dir deswegen keine Sorgen. Ich gehe zum Cottage hinüber und bleibe dort, bis du von deiner Mutter zurückkommst. Ist Noah nicht dort?«

»Doch, aber ich will ihn nicht damit belästigen …«

»Das will wohl niemand.« Len lachte. »Er kann mir Gesellschaft leisten.«

Eine eigenartige Gesellschaft. Tess konnte sich nicht vorstellen, dass die beiden sich angeregt unterhalten würden. Und in gewisser Weise hoffte sie sogar darauf. Welche Geheimnisse würde ihr Dad sonst Noah vielleicht verraten? *Nur diejenigen, die er kannte*. Sie lächelte.

»Du wirst aber nicht versuchen, beim Tragen zu helfen, wenn das Klavier geliefert wird, oder?«

»Ich bin noch nicht altersschwach, Schätzchen. Und auch nicht verblödet. Warum sollte ich dabei helfen, wenn Noah im Haus ist? Er sieht aus, als könnte er in jeder Hand ein Klavier tragen, ohne dabei außer Atem zu geraten. Geh du zu deiner Mutter und überlass uns alles andere.«

»Len? Len, bist du das?« Grace' Stimme schallte durch den Flur, als Tess das Haus betrat.

»Ich bin's, Tess.« Als sie die Wohnzimmertür öffnete, schlug ihr ein erdrückend warmer Luftstrom entgegen.

Ihre Mum saß wie immer vor dem Kamin, neben sich ein Rätselheft.

»Ist dein Vater nicht bei dir?«, fragte sie mit weit aufgerissenen Augen. Ihre Lippen zitterten in der Vorahnung schlechter Nachrichten. »Ist ihm etwas zugestoßen? Er sollte schon längst von der Bücherei wieder zurück sein. Normalerweise braucht er nie so lange. Ich mache mir Sorgen um ihn …«

»Es geht ihm sehr gut.« Tess drückte ihrer Mutter einen Kuss auf die Wange, die jedoch so mit ihrer Aufregung beschäftigt war, dass sie das gar nicht zu bemerken schien. »Schau, ich habe dir deine Bücher mitgebracht.«

Grace warf einen flüchtigen Blick auf den Stapel Bücher, den Tess auf den Beistelltisch gelegt hatte. »Ich glaube, das oberste kenne ich schon«, sagte sie knapp. »Wo ist Len? Was hält ihn so lange auf?«

»Heute Morgen hat sich auf Ramblings ein kleines Drama abgespielt.« Tess setzte sich auf das Sofa. »Ein kleiner Junge ist aus der Bücherei davongelaufen, und sie wollten gerade das ganze Gelände nach ihm absuchen, als ich ihn vor dem Cottage entdeckt habe. War das nicht ein Glücksfall?«

»Gott sei Dank hast du ihn gefunden.«

Tess streckte den Arm aus und drückte Grace' Hand.

»Warum haben sich seine Eltern nicht um ihn gekümmert? Ihm hätte alles Mögliche zustoßen können. In den Nachrichten hört man ständig von so schrecklichen Dingen …«

»Er ist bei einer Frau namens Jackie in Pflege. Kennst du sie?«

»Ich glaube nicht. Diese armen, verlassenen Kinder, um die sich niemand kümmert. Es bricht mir das Herz, vor allem weil es doch kinderlose Menschen gibt, die so viel Liebe zu bieten haben …« Grace wischte sich mit ihrem immer präsenten Taschentuch über die Augen.

Tess wünschte, sie hätte dieses Thema nicht angeschnitten. »Du hast Glück, Mum. Du hast Kinder«, erwiderte sie dann – es gelang ihr nicht, rasch zu etwas anderem überzugehen. »Du hast Max. Und mich.« Tess wünschte sich, ihre Mutter würde darauf reagieren – sie anlächeln, ihr das Knie tätscheln, ihr auf irgendeine Art zeigen, dass sie sich über ihre Existenz freute. Das hätte ihr zehnmal mehr bedeutet als all das Lob in Ramblings, aber ihre Mutter schniefte nur und betupfte mit dem Taschentuch ihre Nase.

»Soll ich die Heizung etwas runterdrehen?«, fragte Tess, stand auf und bemühte sich, weiter zu lächeln. »Es ist erstickend heiß hier drin.«

»Nein, lass sie an. Dein Vater war heute Morgen etwas verschnupft, also muss ich das Haus für ihn warm halten. Ist er auf dem Heimweg, Tess? Er sollte bei diesem Wetter nicht zu lange draußen bleiben, wenn er sich nicht gut fühlt.«

Tess warf einen Blick aus dem Fenster. Selbst durch die gelben Gardinen sah man den strahlenden Sonnenschein.

»Er wartet im Cottage, bis ich zurückkomme. Mein Klavier wird heute angeliefert.«

Grace seufzte. »Ich wünschte, du würdest noch einmal darüber nachdenken, ob du nicht doch hier wohnen möchtest. Dort oben wartet ein wunderschönes Schlafzimmer auf dich. Hier bei uns wärst du sicher. Es gefällt mir nicht, dass du dich in diesem Cottage eingemietet hast. Mitten im Wald – sicher ist es von oben bis unten feucht. Ist es überhaupt ein richtiges Haus? Gibt es dort drin eine Toilette?«

»Es wurde vor Kurzem renoviert und ist in tadellosem Zustand.« Was größtenteils Noah zu verdanken war. Es hatte Tess verblüfft, wie ordentlich er war. Viel ordentlicher als sie. Sie hatte ihn zwar noch nie mit einem Staubtuch oder einem Putzmittel in der Hand gesehen, aber die Küche und die gemeinsam benutzten Räume waren immer blitzsauber. Vielleicht war das alles nur Show, und in seinen eigenen Zimmern herrschte heillose Unordnung, aber das bezweifelte sie.

»Aber was ist mit diesem Mann, mit dem du dort zusammenwohnst? Hat Tim nichts dagegen? Er klingt nicht wie ein geeigneter Mitbewohner, Tess. Wie ich gehört habe, ist er arbeitslos und fährt ein Motorrad. Versprich mir, dass du dich davon fernhältst. Wahrscheinlich trinkt und raucht er und hat eine Tätowierung …«

Sie hatte Noah ganz gut beschrieben – so wie den unerwünschten Mann, vor dem Tess ihr ganzes Leben lang gewarnt worden war. Bis auf die Tätowierung. Falls er wirklich eine hatte, dann an einer Stelle, die Tess noch nicht gesehen hatte und auch nicht sehen wollte.

»Ich glaube nicht, dass er mich in die Nähe seines Motorrads lassen würde.« Ebenso wenig wie in seine Nähe, wenn man bedachte, was er am Morgen zu seinem Bruder gesagt hatte. Bei der Aufregung um Kyle hatte sie noch keine Zeit gefunden, über seine Äußerungen nachzudenken, aber sie hatte sie nicht vergessen. Sie waren wie ein blauer Fleck, verborgen unter ihrer Kleidung, den sie irgendwann genauer betrachten musste. »Wir haben getrennte Bereiche und sehen uns kaum.«

»Ich kann mir nicht helfen – ich mache mir große Sorgen deswegen.« Grace schüttelte den Kopf und ließ sich nicht beruhigen. »Wenn du wenigstens einen Job hättest, bei dem du aus dem Haus kommst. Hättest du nicht ein Jahr in Manchester arbeiten können? Bei deiner Qualifikation und deiner Berufserfahrung in London hättest du mit Sicherheit bei einigen Anwaltskanzleien gute Chancen gehabt.«

»So einfach ist das nicht.« Ganz im Gegenteil. Tess stand auf und drehte trotz des Protests ihrer Mutter die Heizung runter. Es war unerträglich heiß im Raum. Sie wischte sich die Hände am Rock ihres Kleids ab und setzte sich wieder. »Außerdem bin ich unter anderem deshalb nach Hause zurückgekommen, um dich und Dad öfter sehen zu können, und das wäre nicht möglich, wenn ich ständig arbeiten würde, richtig? Langweilig wird mir mit Sicherheit nicht. Ich habe mich für fast jede Gruppe in Ramblings als Freiwillige gemeldet, also werde ich jeden Tag mindestens eine Aufgabe übernehmen. Und ich habe mich bereit erklärt, Musikunterricht für Kinder im Vorschulalter zu geben. Das wird sicher großen Spaß machen.«

»Oh, Tess, ist das bei deiner glanzvollen Karriere nicht ein Abstieg?«

»Ich habe auch daran gedacht, Klavierstunden zu geben. Damit habe ich dann genug zu tun.« Sie lächelte, obwohl sie nicht wusste, ob sich das bewahrheiten würde. Der

Gedanke war ihr erst vor ein paar Minuten gekommen. Durfte sie ohne entsprechende Qualifikation überhaupt Klavierunterricht geben? Das würde sie zuerst herausfinden müssen. Ihre großartige Karriere half ihr nicht dabei, diese Frage zu beantworten.

Ihre Mum schien nicht beeindruckt zu sein und zupfte an dem Taschentuch auf ihrem Schoß.

»Und ich möchte auch einen Chor ins Leben rufen. So ähnlich wie den, in dem ich in London gesungen habe.« Eine weitere spontane Idee, bei der Grace aber zumindest den Kopf hob.

»Der Chor, der in der Royal Albert Hall aufgetreten ist?« Tess nickte und versuchte, sich ihre Wehmut nicht anmerken zu lassen. Ein Mitglied dieses Chors zu sein hatte ihr sehr viel bedeutet, und sie konnte sich nicht vorstellen, hier die gleiche Erfüllung zu finden.

»Woran hast du gedacht? An eine Aufführung in der Bridgewater Hall in Manchester?«

Tess hatte sich noch gar nichts dazu überlegt – wenn überhaupt, dachte sie eher an eine Gruppe von Dorfbewohnern, die sich in Ramblings trafen und nur zum Spaß gemeinsam sangen. Aber es kam so selten vor, dass ihre Mutter an etwas Interesse zeigte – und sogar Begeisterung, soweit ihr das möglich war –, dass Tess plötzlich Hoffnung und Ehrgeiz verspürte.

»Würdest du kommen?« Sie beugte sich vor und griff nach Grace' Hand. »Wenn wir einen Auftritt in Bridgewater Hall hätten, würdest du dann kommen und uns zuhören, Mum?«

Sie drückte Grace' Hand und wartete verzweifelt auf

ihre Erwiderung – und hoffte, dass sie so ausfiel, wie sie es sich wünschte. Doch sie erhielt die gleiche Antwort wie immer.

»Ich werde es versuchen, Tess. Du weißt, dass ich mich immer bemühe.«

6

Noah hatte seinen Job auf Ramblings wohl am Montag angetreten. Tess hatte sich in ihrem Zimmer sorgfältig angezogen und zurechtgemacht, wie es sich für Tess Bailey gehörte, aber nur eine abgespülte Tasse und eine Schüssel neben dem Spülbecken deuteten darauf hin, dass er hier gewesen war. Kurz nach fünf kam er nach Hause. Er war schmutzig und erschöpft und so entspannt, wie Tess ihn noch nie gesehen hatte. Und er wirkte noch größer und aufrechter, so als hätte er bei der Gartenarbeit auf Ramblings auch einiges Unkraut entfernt, das ihn selbst nach unten gedrückt hatte.

Beim Kochen lauschte Tess auf das rauschende Wasser über ihrem Kopf, als Noah duschte. Anhand der Geräusche konnte sie erraten, was er gerade tat: Der Rhythmus des Wassers veränderte sich, als er in die Dusche stieg, sich umdrehte, sein Haar shampoonierte und schließlich ausspülte. Es gefiel ihr, dabei zuzuhören. Nicht weil dort oben ein nackter Mann stand – schließlich war es *Noah* –, sondern weil sie dadurch wusste, dass sie nicht allein war. Sie war nicht gern allein, dafür war sie nicht bestimmt, und selbst ein schweigsamer Gefährte war besser als keiner.

Tausendmal besser, dachte sie, als Noah hereinkam, sauber, mit feuchtem, schimmerndem Haar und einen leichten Duft nach Orangen verströmend.

Tess schenkte ihm ein Lächeln und sagte: »Das Abendessen ist in ungefähr fünfzehn Minuten fertig.«

Er nickte und nahm sich eine Flasche Bier aus dem Kühlschrank. Sie erwartete, dass er in sein Zimmer zurückging – wenn er kochte, legte er keinen Wert auf ihre Gesellschaft, und er schien anzunehmen, dass sich das umgekehrt genauso verhielt –, doch nun blieb er an der Tür stehen.

»Hast du gesungen?«

»Ja!« Es war ihr gar nicht in den Sinn gekommen, dass er sie ebenso gut hören konnte wie sie ihn. Aber das störte sie nicht. Sie sang gut. Allerdings überraschte es sie, dass er eine Unterhaltung mit ihr begonnen hatte. »Tut mir leid! War ich zu laut? Du wirst doch hoffentlich nicht auf eine Hausregel bestehen, die Singen verbietet, oder? Da würde ich meine Zustimmung verweigern! Meistens bemerke ich es gar nicht, wenn ich singe.«

Merkwürdigerweise konnte sie sich nicht daran erinnern, in den letzten Monaten in dem Haus in Sussex gesungen zu haben. Sie hatte oft Klavier gespielt, sich ganz auf die Tasten konzentriert, darauf eingehämmert und dabei versucht, bei lauten Missklängen ihre Gefühle zu befreien. Oder sie hatte dem Klavier mit zarten Berührungen wehmütige Töne entlockt, die sie wie ein schützender Kokon eingehüllt, ihr aber trotzdem nicht den erwünschten Trost gegeben hatten. Und nun befand sie sich an einem Ort, dem sie eigentlich für immer den Rücken hatte kehren wollen, lebte mit einem Mann von der Sorte zusammen, vor der man sie immer gewarnt hatte, und plötzlich sang sie aus vollem Herzen. Was war da los?

Noah beobachtete sie und schien zu warten, bis sie ihre Gedanken geordnet hatte. Das war natürlich lächerlich – er war schließlich kein Gedankenleser. Aber diese neugierigen hellen Augen schienen alles zu sehen, was getan oder nicht getan, gesagt oder nicht gesagt wurde. Tess überfiel ein unerklärliches Bedürfnis, ihm alles zu beichten.

»Du singst gut.«

»Danke!« Dieses Mal fiel ihr das Lächeln leicht.

»Machst du das beruflich?« Noah umklammerte seine Bierflasche, und die Worte kamen nur langsam und bemüht heraus, als würde er im Dunkeln vorwärtsstolpern und dabei versuchen, sich bei den einzelnen Silben an den Weg zu erinnern.

»Nein. Musik war immer nur ein Hobby für mich.« Aber eigentlich entsprach das nicht ganz der Wahrheit. Es war mehr als das: Musik war ihr Leben. Und sie hatte sich so oft gewünscht, dass sie sie auch zu ihrem Beruf hätte machen können. Vor einigen Jahren hatte sie sich auf eine Zeitungsanzeige hin sogar einen Prospekt für Kurse in Musiktherapie schicken lassen. Als sie ihn Seite für Seite genau studiert hatte, war ihre Überzeugung, dass das genau die richtige Aufgabe für sie war, immer stärker gewachsen. Doch dann hatte sie die Unterlagen in ihrer besonderen Blechschachtel verstaut und mit niemandem darüber gesprochen. Ihre Mum war so begeistert gewesen, als Tess die Zulassung als Anwältin und einen guten Job in London bekommen hatte; für sie war Tess nun gut untergebracht und sicher. Solche Momente der Anerkennung waren zu selten und zu hart erkämpft, um leichtfertig wieder auf sie zu verzichten.

Noah sah sie immer noch aufmerksam an.

Tess lächelte wieder. »Wenn dir Gesang gefällt, dann kann ich dich vielleicht dazu überreden, einer Singgruppe beizutreten. Ich möchte gerne im Dorf eine gründen. Du könntest mein erstes Mitglied sein!«

Noahs Miene wurde wieder ausdruckslos. »Eine Singgruppe? Und die Treffen würden hier stattfinden?«

»Vielleicht … Über die Einzelheiten habe ich mir noch keine Gedanken gemacht. Wäre das ein Problem für dich?«

Einen Moment lang huschte ein Ausdruck von Panik über sein Gesicht, der anscheinend zu stark war, um sich hinter seiner Maske verbergen zu lassen. Als Tess einen Schritt auf ihn zuging, öffnete er die Küchentür.

»Nein. Lass mich nur wissen, wann ihr euch trefft, dann verschwinde ich vorher.«

Die Pläne für den Musikunterricht für Vorschulkinder nahmen schon bald Gestalt an. Nic spornte sie an, also erklärte sich Tess einverstanden, in der kommenden Woche mit der ersten Stunde zu beginnen, solange das anfängliche Interesse noch vorhanden war. Ihrer Neigung entsprechend hätte sie gern noch mehr Zeit gehabt, um alles bis ins kleinste Detail vorzubereiten. Sie hatte nicht viel Erfahrung mit Kindern, aber sie kannte sich mit Musik gut genug aus, sodass sie notfalls sicher würde improvisieren können.

Sie meldete sich noch einmal freiwillig für die Mutter-Kind-Gruppe am Mittwoch, um die Werbetrommel für den Musikkurs zu rühren. Ruth war dankbar, dass sie ihren Dienst übernahm, und Tess hatte das Glück, eine der Lehrerinnen der Dorfschule kennenzulernen. Sie befand sich gerade im Mutterschutzurlaub und schlug Tess vor, sich für ihren Unterricht Musikinstrumente von der Schule auszuleihen. Tess rief am Abend die Schuldirektorin an und überzeugte sie davon, dass es eine ausgezeichnete Idee war, den zukünftigen Erstklässlern bereits vor Schulantritt Musikunterricht zu erteilen.

Nicht einmal der Nieselregen und die unwillkommenen Vorzeichen des Herbstes, die die letzten Überreste des Sommers davonfegten, konnten Tess' Laune trüben, als sie die Tür zum Cottage aufschloss. Sie war an der Reihe, das Kochen zu übernehmen, aber sie beschloss, ein wenig zu schummeln und eines der Schmorgerichte aus dem Gefrierschrank aufzuwärmen, die die Dorfbewohner bei ihrem Einzug mitgebracht hatten. Noah musste das ja nicht erfahren …

Sie öffnete die Küchentür und blieb stehen. Noah saß am Küchentisch und studierte einige große Papierseiten. Vom Herd waberte ein köstlicher Duft, und die Küche war makellos sauber und ohne jegliche Spuren vom Kochen. Als Tess gegangen war, hatte es hier noch anders ausgesehen. Sie hatte ihr Geschirr vom Mittagessen stehen gelassen, in der Annahme, dass sie vor Noahs Rückkehr noch genügend Zeit haben würde, um sauber zu machen. Nun war alles abgespült und aufgeräumt, und sie versuchte, darin keinen stummen Vorwurf zu sehen.

»Hallo!« Sie setzte rasch ein Lächeln auf. »Es duftet herrlich! Aber wäre nicht ich an der Reihe gewesen?«

Noah zuckte mit den Schultern, ohne aufzusehen. »Mir macht das nichts aus.«

»Was ist das? Hausaufgaben?« Tess spähte über seine Schulter, was gar nicht so einfach war. Noah maß im Stehen mindestens einen Meter vierundachtzig, war auch im Sitzen noch sehr groß und hatte, wie ihr aus der Nähe noch deutlicher bewusst wurde, sehr breite Schultern. Sein Nacken war bis auf einen blasseren Streifen direkt unter seinem Haaransatz sonnengebräunt. Tess richtete den Blick wieder auf die Unterlagen. Es schien sich um irgendwelche Pläne zu handeln, aber das Papier war vom Alter vergilbt und an den geknickten Stellen rissig, und sie konnte kaum etwas erkennen. Sie zog sich einen Stuhl heran, setzte sich neben Noah und beugte sich über den Tisch, um besser sehen zu können.

»Cassie hat sie in Ramblings in einer Schublade gefunden. Wir glauben, dass es sich um die Originalpläne für den ummauerten Garten handelt.«

»Ich wusste nicht, dass es so etwas hier gibt.« Soweit sie sich erinnerte, war Ramblings immer in Privatbesitz gewesen, und in den letzten Jahren hatte die ältere Eigentümerin sehr zurückgezogen dort gelebt; selbst die öffentlichen Fuß- und Reitwege waren so überwuchert gewesen, dass niemand sie nutzen konnte. Nach ihrer Rückkehr nach Ribblemill hatte sie begeistert festgestellt, dass das Haus und das Grundstück mittlerweile zum Mittelpunkt des Dorflebens geworden waren. Sie deutete auf den Plan. »Das ist also …«

»Eine Hecke, die durch die Mitte des Gartens führt und ihn in zwei Teile trennt. Der Teil näher am Haus war etwas förmlicher gestaltet und diente dazu, Blumen und exotische Pflanzen zu züchten. Die Familienangehörigen konnten ihn durch ein verschnörkeltes schmiedeeisernes Tor betreten. Die andere Hälfte war der Küchengarten. Hier sind Obstbäume eingezeichnet, dort Gemüsebeete und ein Teich, aus dem die Gärtner Wasser holten.« Während er sprach, strich er mit den Händen über die Pläne – mit den starken und zupackenden Händen eines Arbeiters. Zuverlässige Hände, fuhr es ihr unvermittelt durch den Kopf. Tess musterte sein Gesicht. Sie hatte ihn bisher noch nie so viel sagen gehört. Mit einem Mal schimmerte ein wenig Leben unter seiner sonst unbewegten Miene hervor.

»Und das ist alles noch da?«

»Wahrscheinlich. Schwer zu sagen bei diesem Durcheinander. So wie es aussieht, hat sich seit Jahren niemand darum gekümmert.«

»Dann könnte all das unter dem Gestrüpp darauf warten, neu entdeckt zu werden? Sollst du für Barney diesen Garten wiederherstellen?«

»Vielleicht.« Er strich mit einem Finger über einen Falz, um ihn zu glätten. »Ich würde es gern machen. Der Garten ist nicht sehr groß, nur ein paar Morgen, aber er wird viel Arbeit kosten, und es gibt noch so viele andere Dinge zu tun …«

»Du hast schon hier im Garten gearbeitet, richtig? Macht dir diese Arbeit Spaß?«

Das war eine unkomplizierte Frage, aber Noah schien es Schwierigkeiten zu bereiten, darauf etwas zu erwidern. Er starrte auf die Unterlagen vor sich und vermied den Augenkontakt mit ihr. Als er schließlich antwortete, war sie überrascht.

»Ich habe festgestellt, dass es für mich die beste Möglichkeit ist … zu vergessen.«

Was zu vergessen? Tess brannte darauf, ihn danach zu fragen, aber sie tat es nicht. Sie verstand ihn. Ihre Möglichkeit, allem zu entkommen, war die Musik. Damit konnte sie alles hinter sich lassen – wer sie war, wer sie zu sein vorgab und wer sie vielleicht hätte sein können. Es war eine Sache, die nur ihr gehörte, ihr ganz allein. Wenn für ihn das die Gartenarbeit war, wollte sie ihm das keinesfalls zerstören, indem sie ihn ausfragte.

»Kann ich dabei helfen?«

Er drehte sich zu ihr um und sah sie an. Seine Miene war nicht ganz so ausdruckslos wie üblich, aber immer noch schwer zu deuten.

Tess lächelte. »Mit dem ummauerten Garten. Das ist eine große Aufgabe, und ich habe viel Freizeit.«

Er schwieg.

Sie lächelte noch strahlender. »Der Garten, den wir in Sussex hatten, war zu klein, um daraus etwas zu machen, aber ich bin sicher, dass ich mich beim Jäten von Unkraut nicht allzu ungeschickt anstelle.«

»Hatten?«

Es dauerte einen Moment, bis sie begriff, dass sie unwillkürlich die Vergangenheitsform benutzt hatte. »Haben. Hatten. Jetzt kümmern sich die Mieter darum. Und ich hoffe, dass sie einen grünen Daumen haben!« Sie lachte, aber es klang bemüht und hohl. Sie hoffte, er hörte das nicht und würde nicht mehr wissen wollen. Mit einem Mal empfand Tess seine Nähe und seinen Blick erdrückend. Sie ging rasch zur Spüle und hielt ihre Hände unter das fließende Wasser, bis sie so kalt waren, dass sich ihre Finger taub anfühlten.

»Ich habe eine tolle Idee!« Sie wandte sich zu Noah um, während sie ihre Hände abtrocknete. »Warum machen wir daraus nicht ein Gemeindeprojekt? Falls Barney einverstanden ist. Ich bin sicher, dass viele der Dorfbewohner sich gern daran beteiligen würden, den Garten zu roden. Du könntest dich im Pub nach Freiwilligen erkundigen. Es ist immer gut besucht und der ideale Ort, um Leute für so etwas zu gewinnen.«

»Nein.« Das Wort hallte wie ein Donnerschlag durch den Raum. Noah lehnte sich nach hinten und schien vor dieser Idee oder vor Tess zurückzuweichen – oder vielleicht vor beidem.

»Warum nicht? Das wäre ein guter Anfang. Du kannst nicht alles allein machen.«

»Das kann ich nicht …« Er fuhr sich mit der Hand über die Wange. »Kein Pub. Keine Menschenmenge.« Sein Unbehagen war so deutlich wahrnehmbar wie eine dritte Person im Zimmer.

»Kein Problem! Wenn du nicht ins Pub gehen willst, erledige ich das. Ich möchte dort ohnehin ein paar Mitglieder für meine Singgruppe anwerben. Also werde ich am Freitagabend …« Tess stieß unvermittelt einen spitzen Schrei aus, als etwas über ihren Fuß lief.

»Was ist los? Was ist passiert?« Noah sprang auf und warf dabei seinen Stuhl um.

»Ich glaube, das war eine Maus. Tu ihr nicht weh. Sie sucht wahrscheinlich nur den Weg nach draußen. Schau …« Sie deutete auf den winzigen Spalt zwischen der

Fußleiste und dem Boden, wo ein kleiner Mäuseschwanz verschwand. »Sie ist weg.«

Sie drehte sich zu Noah um. Er rührte sich nicht von der Stelle, kniff die Augen so fest zusammen, als könnte er keinen Lichtstrahl ertragen, und presste eine Hand auf den Kopf. Vielleicht litt er an einer Mäusephobie, aber dafür war diese Reaktion eigentlich zu heftig. Tess glaubte eher an eine Angst vorm Leben – und sie wusste nicht, wie sie sich jetzt verhalten sollte.

»Noah?« Sie rief zweimal seinen Namen, und als er darauf nicht reagierte, ging sie durch die Küche und berührte ihn am Arm. Er riss beide Arme hoch und schlug ihr dabei mit der Hand hart gegen das Kinn. Instinktiv stieß sie einen Schrei aus, und er riss die Augen auf. Sie wünschte, er hätte es nicht getan, denn darin lag ein unbeschreiblicher Schmerz, wie sie ihn noch nie zuvor gesehen hatte. Als sie noch einmal den Arm ausstreckte, wich er zurück.

»Tut mir leid.« Er machte einen Bogen um sie, soweit ihm das in der engen Küche möglich war, ging zur Hintertür und schlug sie hinter sich ins Schloss.

Als Tess zu Bett ging, war Noah immer noch nicht zurückgekommen. Sie hatte die Hälfte der von ihm zubereiteten Mahlzeit gegessen, die Pläne auf dem Tisch studiert und im Internet viel zu lange nach ummauerten Gärten recherchiert. Es war faszinierend. Sie hatte nicht gewusst, dass es so viele gab – bereits fertiggestellte und solche, die gerade wiederhergestellt wurden –, und wenn es nicht schon dunkel gewesen wäre, hätte sie sofort versucht, diesen Garten auf dem Anwesen zu finden, um sich selbst einen Überblick zu verschaffen, wie viel Arbeit dort nötig sein würde. Sie hoffte, sie würde Noah überzeugen können, ihn ihr zu zeigen; auch wenn er sich bisher nicht über ihre Gesellschaft gefreut hatte, würde er vielleicht ein wenig auftauen, wenn er sah, dass sie von diesem Projekt wirklich begeistert war. Nur allzu überschwänglich durfte sie sich nicht verhalten.

Sie hatte die Hintertür unverschlossen gelassen, da sie sich nicht sicher war, ob er den Hausschlüssel mitgenommen hatte. In den frühen Morgenstunden schreckte sie aus dem Schlaf hoch und hatte vor Angst Gänsehaut am ganzen Körper. Sie blieb still liegen und lauschte. Das Geräusch, das sie aufgeweckt hatte, ertönte noch einmal: eine Stimme, ein Schrei, hier im Haus.

Eher Feigheit als Mut zwang sie dazu, aus dem Bett zu steigen und zur Schlafzimmertür zu schleichen; in ihrem Kopf liefen so schreckliche Vorstellungen über die Herkunft des Lärms ab, dass es ihr weniger schlimm vorkam, aufzustehen und der Sache nachzugehen, als im Bett liegen zu bleiben. Sie öffnete die Tür und legte ein Ohr an den Spalt.

»Schafft sie hier weg! Sie wollen sie holen!«

Tess zog die Tür ganz auf und trat auf den Flur hinaus. Das war kein Eindringling, sondern Noah. Seine Schlafzimmertür war nur angelehnt. So viel dazu, dass er nichts von Pubbesuchen hielt. Sie hoffte, dass es nicht zur Gewohnheit wurde, dass er sich dort betrank. Als sie nach der Klinke griff, um seine Tür zu schließen – mit einem kräftigen Ruck, um ihren Unmut zu zeigen –, stöhnte er wieder laut auf. Das Geräusch war so beängstigend, dass es

Tess durch und durch ging und ihr für einen Moment den Atem nahm. Sie schaltete das Licht im Flur ein und schob Noahs Tür auf.

»Noah?«

Die Lichtstrahlen fielen in sein Zimmer, und sie sah, dass er in der Mitte des Doppelbetts lag – allein, wie sie erleichtert feststellte. Vielleicht hätte sie sich darüber Gedanken machen sollen, bevor sie einfach in sein Schlafzimmer eindrang. Seine Kissen waren auf dem Boden verstreut, und seine Bettdecke lag ganz unten auf dem Bett, sodass er nur mit einem dünnen Laken bedeckt war.

Sie blieb zögernd stehen, doch dann bäumte er sich plötzlich auf und fuchtelte mit den Armen vor seinem Gesicht durch die Luft.

»Ratten! Scheucht die Ratten weg! Sie hat Angst vor Ratten!«

Tess lief rasch an sein Bett. Das Laken war verrutscht und verhüllte jetzt kaum noch das Nötigste. Noahs Gesicht und seine Brust glänzten vor Schweiß, und sein Haar klebte feucht am Kopf. Seine Augen waren weit geöffnet, aber er starrte nicht Tess an, sondern irgendetwas, wovon sie nichts wusste.

Sie wollte ihn wecken, denn offensichtlich befand er sich an einem grauenhaften, angsteinflößenden Ort, wo immer das auch sein mochte, und es war furchtbar, ihn dort gefangen zu sehen. Aber sie hatte als Studentin eine Weile mit einem Mädchen zusammengewohnt, die an Albträumen gelitten hatte, und wusste daher, dass es falsch wäre. Außerdem wollte sie nicht noch einen Schlag von seinen kräftigen Armen riskieren. Tess zog das Laken höher, wobei sie es sorgsam vermied, seinen nackten Körper anzuschauen, und setzte sich auf den Boden, um auf ihn aufzupassen. Sie würde alles tun, um zu verhindern, dass er sich selbst körperlichen Schaden zufügte, aber wie sie aus seinem Gesichtsausdruck schloss, gab es wohl einige psychische Narben, gegen die man nichts mehr tun konnte.

7

Als Tess am Freitagabend das No Name betrat, war das Pub, wie sie gehofft hatte, brechend voll. Das Kaminfeuer in der Mitte des Raums verströmte Hitze nach beiden Seiten und sorgte für rote Wangen und Nasen, und ein verführerischer Duft nach Pommes frites und Curry hing in der Luft.

Tess winkte an fast jedem Tisch jemandem zu, als sie sich den Weg zur Theke bahnte und sich ein Glas Weißwein bestellte. Ihre Hilfe bei den verschiedenen Aktivitäten in Ramblings war eine großartige Gelegenheit gewesen, alte Bekanntschaften zu erneuern und neue Freunde unter den Dorfbewohnern zu finden; es gab kaum ein Gesicht im Pub, das sie nicht kannte. Sie hatte mit der Inhaberin Mel vereinbart, dass sie eine Ankündigung wegen des ummauerten Gartens machen würde, und kaum hatte Tess ein paarmal an ihrem Wein genippt, läutete Mel die Glocke hinter der Bar, bis alle im Pub verstummten.

»Verflixt, das ging aber schnell heute!«, rief jemand aus dem Hintergrund. »Meine Frau wird sich fragen, wo ich war, wenn ich stocknüchtern nach Hause komme.«

»Keine Sorge, du hast noch genug Zeit, um dich zu

betrinken«, erwiderte Mel, und alle brachen in Gelächter aus. »Das war nicht der Aufruf für die letzte Bestellung. Ich habe geläutet, weil Tess euch etwas sagen möchte.«

Tess lächelte, als sie mit Beifallsrufen, anerkennenden Pfiffen, Trommeln auf den Tischen und höflichem Applaus von Ethels Gruppe begrüßt wurde. Sie trat einen Schritt vor und hoffte, dass sie von beiden Seiten des Pubs gesehen werden konnte.

»Hallo! Bitte esst und trinkt weiter. Je mehr ihr trinkt, umso eher werdet ihr vielleicht auf meinen Vorschlag eingehen.« Sie lachte. »Nach meiner Rückkehr nach Ribblemill habe ich begeistert festgestellt, dass das Anwesen Ramblings mittlerweile zu einem sehr lebendigen Teil des Dorfs geworden ist. Ich bin sicher, dass die meisten von euch das Haus an mindestens einem Tag in der Woche besuchen, um in die Bücherei zu gehen oder in einem der Vereine aktiv zu sein. Und vielleicht wart ihr auch im August bei dem Gartenfest – es muss ein wunderschöner Tag gewesen sein. Aber habt ihr gewusst, dass es, versteckt auf dem Anwesen, einen ummauerten Garten aus der Viktorianischen Zeit gibt? Einen originalen geheimen Garten?«

Einige Gäste schüttelten den Kopf, andere schauten verständnislos drein. Ermutigt dadurch, dass zumindest ein paar Leute zuhörten, fuhr Tess rasch fort. »Ich habe bisher nichts über ummauerte Gärten gewusst, also habe ich ein wenig recherchiert und einige Bilder für euch ausgedruckt.« Sie deutete auf einen Papierstapel auf dem Tresen. »Es ist ein wunderschöner Ort, der auf vielerlei Weise genutzt werden kann – zum Anbau von Obst und Gemüse oder Blumen und Bäumen oder einfach nur als eine friedliche Stätte zum Spazierengehen und Nachdenken. Im Moment ist dieser Garten in Ramblings stark überwuchert, aber wir sind im Besitz der Originalpläne. Wir möchten ihn gern wieder in seinen ursprünglichen Zustand zurückversetzen und daraus einen besonderen Ort für die Dorfbewohner machen. Und deshalb hoffe ich, dass sich einige von euch daran beteiligen! Wir brauchen ein Team von Freiwilligen, das uns bei der Restaurierung hilft.«

»Gibt es auf dem Anwesen nicht bereits bezahlte Gärtner?«, wollte jemand wissen.

»Ja, eine Firma kümmert sich um den eigentlichen Garten, den man vom Haus aus sehen kann, aber der Rest wurde der Natur überlassen. Noah Thornton hat vor Kurzem begonnen, Barney bei der Pflege des Anwesens zu helfen, aber er kann den ummauerten Garten nicht allein wiederherstellen. Wäre es nicht großartig, ein Projekt zu haben, an dem wir alle gemeinsam arbeiten? Und jeder könnte sich daran beteiligen, unabhängig davon, wie viel Zeit er dafür aufbringen kann und ob er etwas von Gartenarbeit versteht oder noch ein Neuling auf diesem Gebiet ist. Es gibt wohl kaum jemanden, der sich damit weniger auskennt als ich! Schaut euch die Bilder an und seht, was wir erreichen könnten. Das ist es, was Ribblemill ausmacht und warum ich es immer für einen magischen Ort gehalten habe – wir kümmern uns umeinander, und wir pflegen diese Gegend für diejenigen, die nach uns kommen werden. Der ummauerte Garten könnte unser Vermächtnis für die nächste Generation sein!«

»Oh, sie spricht wie der junge Churchill!« Ethels Stimme

schallte durch das Pub, nachdem Tess ihre Ansprache beendet hatte. »Ich bin dabei!«, fügte sie hinzu und fuhr mit der Hand durch die Luft wie ein übereifriges Kind, das die Aufmerksamkeit des Lehrers erregen wollte. »Wo soll ich mich eintragen?«

»Ich werde von jedem, der Interesse daran hat, die Kontaktdaten notieren«, erklärte Tess. »Und ich habe noch ein Anliegen: Ich würde gern eine Singgruppe im Dorf ins Leben rufen, also kommt bitte zu mir, wenn ihr mitmachen wollt. Vielen Dank fürs Zuhören!«

Als sie sich umdrehte, sah sie, dass Mel ihr Glas nachfüllte. »Das geht aufs Haus.« Mel zwinkerte ihr zu. »Unter der Bedingung, dass du noch eine Weile hierbleibst, während du dir die Namen der Freiwilligen aufschreibst. Wenn die Leute einmal hier an der Bar stehen, lasse ich sie erst wieder gehen, wenn sie noch einen Drink bestellt haben.«

»Mich kannst du für beides aufschreiben.« Mels Ehemann Akram tauchte an der Theke auf. »Ich halte beide Pläne für großartig. Und ich kann dein Pavarotti sein.« Er schlug sich lachend auf seinen gewaltigen Bauch. »Falls du nichts gegen eine indische Version aus Yorkshire hast.«

»Das klingt wunderbar!« Tess schob ihm zwei Blatt Papier zu. »Damit bist du der erste von mir angeworbene Teilnehmer.«

Er blieb nicht der einzige; Tess konnte kaum fassen, wie viele Leute zu ihr kamen, um mit ihr über den Garten zu sprechen, sich die Bilder anzuschauen und sich dann als Freiwillige einzutragen. Schon nach einer halben Stunde hatte sie zwanzig Freiwillige auf einem DIN-A4-Blatt notiert. Einige gaben auch noch die Namen ihrer Partner und von Verwandten und Freunden an, die ihrer Meinung nach ebenfalls interessiert waren. Auf der Liste für die Singgruppe standen bisher nur sechs Namen von Interessenten, von denen Tess allerdings nicht wusste, ob sie überhaupt einen Ton halten konnten. Dafür musste sie offensichtlich noch mehr Werbung machen, und als Ethel mit einem leeren Sherryglas in der Hand zu ihr schlenderte, ergriff sie die Gelegenheit beim Schopf.

»Darf ich dich auf einen Sherry einladen, Ethel?«, fragte sie. »Und als Gegenleistung bekomme ich vielleicht ein paar Unterschriften?«

»Schon überredet. Nicht diesen!«, rief Ethel, als Mel nach einer Flasche griff. »Tess bezahlt, also nehme ich den guten.«

Mel grinste und holte eine andere Flasche.

»Kannst du singen?«, erkundigte sich Tess, während sie Ethel ein Glas mit dunkelbrauner Flüssigkeit reichte. Der Geruch erinnerte Tess an Weihnachten, an all die Verwandten und Nachbarn, die davon immer ein Glas bekamen, wenn sie vorbeischauten – zu der Zeit des Jahres, in der sich die Greens, wenn sie zu Hause blieben und die Vorhänge gegen die Kälte zuzogen, kaum von anderen Familien unterschieden.

»Natürlich kann ich singen.« Ethel steckte die Nase in ihr Glas und atmete tief das Aroma ein, bevor sie einen Schluck trank. »In meinem letzten Jahr an der Grundschule wurde ich für ein Solo ausgewählt, und als ich das Lied beendet hatte, war kein Auge mehr trocken.«

Tess fragte lieber nicht nach, ob der Grund dafür eine außergewöhnlich gute oder eine furchtbar schlechte Darbietung gewesen war. »Großartig!«, erwiderte sie lächelnd. »Ich freue schon darauf, deine Stimme zu hören. Können wir im Postamt Werbeplakate für die Gartenarbeit und die Singgruppe aufhängen? Vielleicht finden wir damit noch ein paar mehr Freiwillige, die heute nicht hier waren.«

»Ich werde mir eine gute Stelle dafür aussuchen«, versprach Ethel. »Und da du es bist, kannst du eine DIN-A4-Seite für den Preis einer Postkarte aufhängen.«

Tess fing Mels Blick auf und konnte nur mit Mühe ein Lachen unterdrücken. Glücklicherweise gesellte sich Becca zu ihnen.

»Bist du fertig?«, fragte sie. »Ich habe schon gedacht, der Strom der Leute würde gar nicht mehr abreißen.«

»Alle lieben Tess«, stellte Ethel fest und tätschelte Tess den Arm. »Sie war ein entzückendes kleines Mädchen. Immer ein Lächeln auf den Lippen und niemals ein böses Wort. Ein Wunder unter diesen Umständen …«

Becca runzelte die Stirn und öffnete den Mund, aber Tess sah ihre Frage so deutlich vor sich, als wäre sie in Leuchtschrift an die Wand geschrieben, und unterbrach sie rasch. »Wolltest du mich etwas fragen? Oder möchtest du dich auf eine der Listen eintragen?«

»Du willst mich sicher nicht singen hören. Selbst meine Dusche schaltet sich unter Protest ab, wenn ich loslege. Ich würde gern bei der Gartenarbeit mithelfen, aber da kommt es auf den Zeitpunkt an. Im Augenblick bin ich mit den Hochzeitsvorbereitungen komplett ausgebucht. Kommst du bitte mit mir und setzt dich neben mich? Ich habe etwas für dich.«

Tess nahm ihr Glas in die Hand – das auf wundersame

Weise schon wieder voll war – und folgte Becca an den Tischen und Stühlen vorbei in eine entlegene Ecke des Pubs.

»Ich habe mir diesen Platz ausgesucht, damit Mel uns nicht sieht.« Becca winkte Tess zu sich heran und deutete auf einen Stuhl. Sie ließ sich auf einer Sitzbank an der Wand nieder, auf der eine ausgebeulte Tragetasche stand. »Ich war mir nicht sicher, ob sie damit einverstanden ist.«

»Ach ja? Was ist denn in der Tasche? Du willst doch nicht etwa selbst gebrautes Bier auf dem Schwarzmarkt verkaufen?«

Becca lachte. »Keine schlechte Idee. Ich kannte mal jemanden, der selbst Cider braute, so stark, dass er jeden aus den Socken haute. Nein, es ist viel besser als Alkohol. Zumindest ist das meine Meinung, und ich hoffe, du denkst gleich genauso.« Sie senkte die Stimme. »Mum hat mir von dem kleinen Besucher erzählt, der vor Kurzem bei dir war.«

»Besucher?«, wiederholte Tess. »Meinst du Kyle? Das Pflegekind?«

»Nein.« Becca beugte sich über den Tisch. »Die Maus«, flüsterte sie.

»Oh!« Tess fragte nicht nach, woher die Information kam. Das war Ribblemill – hier hatte selbst der Wind Ohren und ein Klatschmaul. Sie lachte. »Das war kein Problem. Damit muss man rechnen, wenn man auf dem Land lebt.«

»Tatsächlich?« Becca lehnte sich zurück. »Du siehst so aus, als würdest du schon ausflippen, wenn sich eine einzige Ameise über die Türschwelle wagt. – Nichts für ungut!«, fügte sie hinzu.

»Schon in Ordnung.« Ihr war es lieber, wenn man annahm, dass sie sich vor Insekten und Nagern fürchtete, als wenn man sie für eine kitschige Disney-Prinzessin hielt, die mit solchen Tieren Freundschaft schloss. Es war beruhigend zu erfahren, dass nicht alle so über sie dachten wie Noah. »Ich bin härter im Nehmen, als ich aussehe.«

Becca wirkte immer noch skeptisch, aber schließlich zuckte sie mit den Schultern und fuhr fort. »Wie auch immer. Als Mum mir von deinem Problem erzählte, fiel mir sofort die perfekte Lösung dafür ein.« Sie bückte sich, hob einen Karton hoch und stellte ihn in die Mitte des Tischs. »Bitte schön.«

»Was ist das?« Tess stand auf, öffnete den Deckel und spähte hinein. Zwei glänzende Augen funkelten sie an. »Ist das eine …?« Bevor sie die Frage beenden konnte, wurde ein ungehaltenes Maunzen laut. Dann tauchten zwei Vorderpfoten und ein flauschiger Kopf auf. »Oh, wie süß!«

Sie hob das Kätzchen aus dem Karton und drückte es sich vorsichtig an die Brust. Es versteifte sich einen Moment lang, anscheinend immer noch empört über diese würdelose Transportmethode, doch dann entspannte es sich und belohnte Tess für die Befreiung, indem es ihr die Finger leckte. Tess verlor sofort ihr Herz an das Kätzchen.

»Psst!«, zischte Becca und lehnte sich zur Seite, um Tess über die Schulter zu schauen. »Mel darf es nicht sehen.«

»Warum nicht? Mag sie keine Tiere? Hier im Pub sind doch ständig Hunde.«

»Ja eben. Sie gehört wahrscheinlich zu den Leuten, die Hunde Katzen vorziehen.« Becca riss bei dem Gedanken daran entsetzt die Augen auf.

»Wer könnte einem so bezaubernden Wesen widerstehen?« Tess drückte dem Kätzchen einen Kuss auf den Kopf. »Ist es ein Männchen oder ein Weibchen? Gehört es dir?«

»Ein Weibchen. Und nein, es ist jetzt deins.«

»Meins?« Tess riss den Blick von dem Kätzchen los.

»Sie wird die Mäuse fangen. Und außerdem tust du mir einen Gefallen damit«, fuhr Becca hastig fort, bevor Tess protestieren konnte. Eigentlich hatte sie gar nichts dagegen einzuwenden, aber wenn Noah sie jetzt dabei beobachten könnte, wie sie das Kätzchen knuddelte, wäre sein Bild der Disney-Prinzessin zweifellos bestätigt. Er wäre geblendet von ihrer glitzernden Tiara und ihren gläsernen Schuhen. »Ich habe vor einigen Monaten in einer Schachtel bei meinem Laden neben den Mülltonnen einen Wurf Katzen entdeckt. Alle anderen konnte ich schon vermitteln, nur für diese habe ich noch kein Zuhause gefunden. Sie dürfte etwa sechs Monate alt sein und ist stubenrein. Du nimmst sie doch, oder?«

»Nun …«

»Ich habe bereits zwei Katzen, und drei sind einfach zu viel. Dann hätte ich ein Problem weniger bei all der Aufregung wegen der Hochzeit.« Becca grinste. »Du willst doch sicher nicht, dass ich mit tiefen Sorgenfalten im Gesicht vor den Altar trete.«

Tess lachte. »Natürlich nicht. Ich würde sie sehr gern nehmen, aber …«

»Großartig!«, unterbrach Becca sie rasch. »In der Tasche hier ist alles, was du in den ersten Tagen für sie brauchst.«

»Aber ich weiß nicht, was Noah dazu sagen wird«, beendete Tess unbeirrt ihren Satz. »Möglicherweise ist er allergisch gegen Katzen.«

Wie Tim: Er begann in Gegenwart einer Katze sofort, heftig zu niesen, und konnte nicht mehr damit aufhören. Das war wirklich schade. Tess hatte gehofft, ein Haustier halten zu können, wenn sie ein eigenes Haus hatte und nicht mehr durch die Ängste ihrer Mutter eingeschränkt war, die jedes Tier für bazillenverseucht hielt. Sie drückte das Kätzchen fester an die Brust. Jetzt konnte sie nichts mehr davon abhalten.

Becca schnaubte. »Ich kann mir nicht vorstellen, dass so etwas Unbedeutendes wie eine Allergie Noah Thornton Probleme bereiten könnte.« Sie beugte sich mit funkelnden Augen vor. »Wie kommst du mit ihm zurecht? Ihr seid schon ein merkwürdiges Paar.«

»Ach ja?«

»Na ja, du bist so ...« Becca suchte nach den richtigen Worten und musterte Tess von oben bis unten.

Tess wartete neugierig.

»So damenhaft«, fügte Becca schließlich hinzu. »Und er ist so ... männlich.«

Tess fand, dass der verträumte Ausdruck in Beccas Augen nicht angemessen für eine Frau war, die kurz vor ihrer Hochzeit stand. Aber zumindest hatte sie nun erfahren, dass Becca Noah in einem ganz anderen Licht sah als sie.

»Männlich? Meinst du damit, dass du ihn für attraktiv hältst?«

»Sag bloß, das ist dir noch nicht aufgefallen? Mir haben allerdings schon immer diese raubeinigen Typen gefallen;

du weißt schon, Männer die dich sofort über ihre Schulter werfen und dich zu ihrer Höhle tragen würden, wenn du sie darum bittest. Mein Callum ist ein solcher Typ – ein richtig schöner Highlander. Ich nehme an, du ziehst eher den einfühlsamen, gebildeten Typ vor, oder?«

Auf Tim und die wenigen anderen Freunde, die Tess vor ihm gehabt hatte, traf das mit Sicherheit zu. Einfühlsam und gebildet, geistreich und charmant … Genau danach hatte sie immer in einem Partner gesucht, weil es der Typ Mann war, den ihre Mutter sich für sie wünschte. Tess war in dem Glauben erzogen worden, dass nur ein solcher Mann sie glücklich machen würde. Das waren doch die wichtigen Dinge, die dafür sorgten, dass eine Beziehung klappte, richtig? Sicher wichtiger als breite Schultern und eine Figur, bei der man unwillkürlich hinschaute, selbst wenn sie nur von einem dünnen Laken bedeckt war.

Tess wurde durch einen unwirschen Aufschrei aus Noahs Zimmer aus dem Schlaf gerissen. Seit seinem Albtraum ließ sie ihre Schlafzimmertür einen Spalt offen, damit sie hörte, wenn ihn wieder einer plagte, doch bisher waren die Nächte immer ruhig verlaufen. Sie sprang aus dem Bett und lief über den Flur direkt in Noahs Zimmer.

Sie hatte sich nicht die Mühe gemacht anzuklopfen, denn sie ging davon aus, dass er schlief. Es war schwer zu sagen, wer mehr überrascht war: Noah, der sie uneingeladen in sein Schlafzimmer rennen sah, oder Tess, die verblüfft feststellte, dass er hellwach in seinem Bett saß.

Durch die Vorhänge drang genügend Morgenlicht, um ihr einen ausgezeichneten Blick auf Noahs nackten Brustkorb zu erlauben, aber glücklicherweise war dieses Mal die Bettdecke an der richtigen Stelle und verdeckte alles, was sich weiter unten befand.

»Was zum Teufel ist das?« Noah griff unter die Bettdecke, und Tess trat instinktiv einen Schritt zurück. Sie seufzte erleichtert auf, als seine Hand wieder auftauchte und nichts Gefährlicheres hielt als ein vertrautes dreifarbiges Kätzchen.

»Oh! Das ist Morag! Ungezogenes Kätzchen. Wie ist sie hier hereingekommen?«

Natürlich durch Tess' offene Schlafzimmertür, das war offensichtlich, aber sie beschloss, das nicht zu erwähnen. Noah schien sich nicht an seinen Albtraum zu erinnern und wusste wohl auch nicht, dass Tess eine Stunde lang in seinem Zimmer auf dem Boden verbracht hatte, um auf ihn aufzupassen. Sie glaubte nicht, dass er es wissen wollen oder ihre Besorgnis schätzen würde.

»Jetzt hast du auch noch eine Katze? Und ein Klavier und …« Er schüttelte den Kopf, anscheinend überwältigt von den vielen Dingen, mit denen sie ihm auf die Nerven ging.

»Eigentlich ist sie unsere Katze. Becca hat sie mir gestern Abend im Pub gegeben.« Noah war bei Tess' Rückkehr schon in seinem Schlafzimmer gewesen, also hatte sie beschlossen, die Vorstellung auf den nächsten Morgen zu verschieben. »Sie soll eine gute Mäusefängerin sein.«

Sie betrachteten beide das Kätzchen, das sich auf Noahs Brust gelegt hatte und sich geziert das Pfötchen leckte. Wahrscheinlich war es unfair, zu früh ein Urteil zu fällen, aber sie sah aus wie eine Katze, die fest davon überzeugt war, ein Luxusleben verdient zu haben und auf keinen Fall hart arbeiten zu müssen.

»Morag?«

»Beccas Verlobter ist Schotte.« Tess ging zum Bett hinüber. »Ist sie nicht entzückend?«

Morag tapste über die Bettdecke, und Tess setzte sich, hob sie hoch und rieb ihre Wange an Morags Fell.

»Du bist nicht allergisch gegen Katzen, oder?«

»Natürlich nicht.«

»Dann können wir sie behalten? Katzen sind sehr sauber, und ich bin sicher, dass sie keine Bazillen oder Krankheiten übertragen wird. Aber natürlich werde ich für alle Fälle besonders sorgfältig putzen, und es macht mir auch nichts aus, die weniger angenehmen Aufgaben zu übernehmen …«

»Tess.«

Sie hielt inne und sah ihn an.

»Wir können die Katze behalten.«

Vielleicht lag es daran, dass er zum ersten Mal ihren Namen ausgesprochen hatte und dass seine Stimme dabei unerwartet sanft geklungen hatte … Als sie in Noahs helle Augen schaute, vergaß sie, dass sie auf dem Bett eines nackten Mannes saß, den sie kaum kannte, dass sie ihren bequemen Schlafanzug trug, dass sie nicht geschminkt war und dass sich ihre Frisur im Schlaf wahrscheinlich in wirre Locken verwandelt hatte. Sie entspannte sich auf eine Art, wie sie es üblicherweise nur konnte, wenn sie sich in ihre Musik vertiefte, und dieses Mal kam ihr Lächeln wie von selbst.

8

Also haben wir jetzt eine Katze – na ja, ein kleines Kätzchen. Was hältst du davon?« Das würde sie wohl nie erfahren. Das Grab war still wie immer. »Sie heißt Morag und gibt schon jetzt im Haus den Ton an. Selbst Noah ist vernarrt in sie. Er würde es nie zugeben, aber ich habe ihn vor ein paar Tagen mit sanfter, beinahe einschmeichelnder Stimme mit ihr reden gehört.«

Tess konnte kaum glauben, wie sehr sich alles seit Morags Ankunft in Cobweb Cottage verändert hatte. Die Türen durften nicht mehr geschlossen werden, da Morag freien Zugang zu allen Zimmern im Haus haben wollte und offensichtlich entschlossen war, ihre Gunst zu gleichen Teilen Tess und Noah zukommen zu lassen. Also standen die Wohnzimmer- und Schlafzimmertüren einen Spalt offen, damit sie sich frei bewegen konnte. Tess und Noah unterhielten sich mehr miteinander, und nicht nur über die Katze. Noah gab immer öfter ganze Sätze von sich – manchmal sogar mehrere hintereinander –, und hin und wieder erhellte ein Lächeln seine sonst so düstere Miene.

»Und die erste Unterrichtsstunde für die Vorschüler heute Morgen ist gut gelaufen«, fuhr Tess fort und beugte sich für einen Moment vom Grabstein weg und nach vorne, um ihre Jacke enger um sich zu schlingen und sich gegen die Herbstkälte in der Luft zu schützen. »Acht Kinder sind gekommen, und es wären noch mehr gewesen, wenn im Dorf nicht die Windpocken ausgebrochen wären. Es war jedoch schwieriger, als ich es mir vorgestellt hatte – alle diese Mütter mit ihren Kindern, die ein so einfaches, unkompliziertes Leben führen. So normal. Ich weiß, ich sollte nicht eifersüchtig sein, aber …«

Es war unmöglich. Und tragisch, weil sie sich nicht nach Reichtum oder Luxus sehnte. Nur nach einem normalen Leben. Aber es war zu spät. Es war schon am Tag ihrer Geburt zu spät gewesen.

»Und nein, bevor du fragst, ich habe es Mum immer noch nicht gesagt. Ich habe es niemandem gesagt außer dir. Es gibt nur diese eine Hoffnung, die sie am Leben erhält. Ich kann sie ihr doch nicht zerstören, oder? Ich hasse es, so zu leben und Stillschweigen bewahren zu müssen, aber ich sehe keinen anderen Weg. Zumindest im Augenblick, so lange, bis meine Zeit abgelaufen ist …«

Tess hielt inne, als sie Schritte in der Nähe hörte, die neben ihr plötzlich anhielten. Als sie aufschaute, stand Kyle vor ihr. Er trug noch dieselbe viel zu kleine Kleidung wie bei ihrer letzten Begegnung, dazu allerdings einen Anorak, der ihm viel zu groß war. Er sagte kein Wort, sondern starrte sie nur aus seinen durch die dicken Brillengläser enorm vergrößerten Augen an.

»Hallo!« Tess rappelte sich rasch hoch. War er wieder davongelaufen? Er trug keine Schuluniform. Sie ließ den Blick über den Friedhof schweifen und sah, dass eine der

Grundschullehrerinnen einer Gruppe von Schülern die Gräber zeigte. »Wie schön, dich wiederzusehen«, begann Tess. »Macht ihr einen Schulausflug?«

Er gab keine Antwort.

»Als ich klein war, habe ich auch diese Schule besucht. Es macht Spaß, richtig?«

Kyle zeigte keine Reaktion, und Tess versuchte heimlich, der Lehrerin ein Zeichen zu geben. »Kannst du dich noch erinnern, dass du in meinem Haus im Wald warst?«

Er nickte.

»Wenn du mal keine Schulaufgaben machen musst, könntest du mit Jackie noch einmal zu uns kommen. Wir haben jetzt eine kleine Katze. Sie wird dir sicher gefallen.« Sie sah einen Funken Interesse in seinen Augen aufleuchten, doch in diesem Augenblick rief die Lehrerin seinen Namen. »Du gehst besser wieder zu deiner Klasse zurück«, sagte Tess. »Ich habe mich sehr gefreut, dass du zu mir gekommen bist.«

Kyle kramte in seiner Hosentasche und zog ein schmutziges, zerknülltes Taschentuch hervor. Schweigend reichte er es ihr, drehte sich dann um und rannte ohne einen Blick zurück zu seiner Lehrerin. Sie wischte sich mit dem Tuch die Augen, ohne sich darum zu kümmern, woher es kam; es war ihr ein wenig peinlich, dass er sie ertappt hatte.

»Oh, Tessie.« Sie zuckte zusammen, als ihr Dad hinter ihr auftauchte und ihr eine Hand auf die Schulter legte. »Was machst du denn hier?«

Als ob er sie das fragen müsste. Sie hatte sich schon immer hierher geflüchtet. Len verstand die unausgesprochene Antwort und verstärkte den Druck seiner Hand.

»Ist das dein Werk?«, fragte Tess und deutete auf den Blumenschmuck auf dem Grab. »Oder war Mum hier?«

»Das stammt von deiner Mutter.«

Tess nickte. Damit hatte sie gerechnet, obwohl sie es nicht hatte hören wollen. Es tat immer noch weh – und das würde sich nicht ändern –, wenn sie feststellen musste, dass Grace es zwar schaffte, das Haus zu verlassen, um hierherzukommen, aber Tess nicht besuchen konnte.

»Warum bringst du sie nicht zum Cottage?«, fragte sie. »Ihr könntet am Sonntag zum Mittagessen kommen oder zum Tee oder auf eine Tasse Kaffee …«

Sie verstummte, als sie den mitfühlenden Ausdruck auf Lens Gesicht sah.

»Ich werde es ihr vorschlagen«, erwiderte er. »Und dann warten wir ab, in Ordnung?« Aber sie wussten beide, dass es aussichtslos war. »Ich kann deinen Kuchen nicht widerstehen, Schätzchen. Wenn du also einen Testesser brauchst …«

Tess lächelte, berührte den Grabstein zum Abschied und machte sich mit ihrem Vater auf den Rückweg durch den Friedhof.

»Ich habe gehört, dass du am Freitagabend im No Name warst. Die Sache mit dem ummauerten Garten klingt sehr interessant.«

»Das ist sie wirklich.« Tess ergriff rasch diese Rettungsleine. »Die Reaktion auf meinen Aufruf für Freiwillige war großartig. Wir werden am nächsten Wochenende mit der Arbeit beginnen.« Sie warf ihrem Dad einen Blick zu. »Mum ist Expertin, was Blumen betrifft. Würde sie vielleicht …«

»Ich bin sicher, dass sie dir gern ein paar Ratschläge

geben wird, wenn du das möchtest.« Das hatte Tess nicht gemeint, und Len wusste es und hakte sich bei ihr unter. »Aber wenn du noch einen Freiwilligen brauchst und nichts gegen die Gesellschaft deines alten Vaters einzuwenden hast, helfe ich gern mit. Für dich bin ich immer da, Schätzchen. Du bist doch mein Liebling.«

Kyle besuchte sie früher, als Tess erwartet hatte. Noah war am Samstagmorgen aus dem Haus gegangen, um die Tore zum ummauerten Garten freizuräumen, damit die Freiwilligen am nächsten Tag ungehinderten Zugang hatten. Tess nutzte die Gelegenheit und widmete sich ein paar Stunden ihren Klavierübungen. Morag saß auf dem Klavier, lauschte aufmerksam und zeigte mit ihrer Miene, dass sie davon noch nicht beeindruckt war.

Eine Bewegung am Fenster ließ Tess innehalten. Ein paar Sekunden später wurde sie wieder abgelenkt, als ein blonder Haarschopf am Fensterbrett auftauchte und sofort wieder verschwand. Sie unterbrach das Stück, das sie gerade gespielt hatte, und schlug die Klänge von »Zehn in einem Bett« an. Der helle Schopf tauchte wieder auf, dieses Mal gefolgt von Kyles Gesicht.

Tess lächelte und winkte, obwohl Panik in ihr aufstieg. War er schon wieder davongelaufen? Und wenn ja, war es ihre Schuld, weil sie ihn dazu ermutigt hatte, das Kätzchen zu besuchen? Was wusste sie schon über den Umgang mit Kindern? Sie hastete zur Eingangstür und entdeckte Kyle direkt davor. Und zu ihrer großen Erleichterung sah sie Jackie über den Pfad zum Cottage laufen.

»Hallo!«, rief Jackie. »Er ist einfach zu schnell für mich!«

Als sie die Haustür erreicht hatte, beugte sie sich leicht nach vorne und schnappte nach Luft. »Wir wollen heute noch einmal in die Bücherei gehen, aber ich dachte, es wäre eine gute Idee, vorher hier vorbeizuschauen. Also nichts wie los. Sie haben doch nichts dagegen, oder?«

»Natürlich nicht. Ich habe Kyle gesagt, dass er kommen und sich das neue Kätzchen anschauen kann.« Tess ging vor Kyle in die Hocke. »Möchtest du es sehen?«

Er nickte.

»Okay. Aber du musst ganz ruhig und behutsam mit ihm umgehen, bis es verstanden hat, dass du sein Freund bist.« Sie führte Jackie und Kyle in ihr Wohnzimmer. »Kyle, das ist Morag. Morag, das ist Kyle. Benimm dich anständig!«

Morag warf Tess einen verächtlichen Blick zu, der ausdrückte, dass sie sich niemals danebenbenahm, starrte dann Kyle eine Weile an und tapste schließlich zu ihm hinüber. Sie schnüffelte an seinen Füßen und rieb sich an seinen Beinen, und Kyle schaute Tess an. Seine Miene verriet, dass er begeistert war, sich aber nicht traute, das zu zeigen.

»Sie mag dich.« Tess lächelte, und auf Kyles Gesicht breitete sich ein zahnlückiges Grinsen aus, das alle Schatten wegfegte. »Setz dich hin. Ich bringe dir ein paar ihrer Spielsachen.«

Kyle ließ sich an Ort und Stelle auf dem Fußboden nieder, und Tess gab ihm einen Weidenkorb mit Spielzeug. Die vielen Angebote im Internet waren einfach zu verlockend gewesen, und nun war Morag zweifellos das verwöhnteste Haustier der Welt. Tess zeigte ihm, wie er einige davon benutzen konnte. Morags Lieblingsspielzeug war ein Plastikstab mit glitzernden Federn an einem Ende, und Tess führte ihm vor, wie er damit wedeln sollte, damit die Katze hochsprang und nach den Federn schlug.

»Vielen Dank.« Jackie folgte Tess, als sie in die Küche ging, um für alle etwas zu trinken zu holen. »Ich bin schon zwanzig Jahre lang Pflegemutter, aber das ist eine der schwierigsten Situationen, die ich jemals erlebt habe. Er ist nicht unartig, ganz und gar nicht. Aber er zeigt einfach keinerlei Reaktionen. Er hat noch kein …« Sie hielt inne und griff nach Tess' Arm. »Was war das?«

Tess wollte gerade erwidern, dass sie nichts gehört habe, aber dann hallte ein Kichern durch den Flur, gefolgt von einem leisen Ausruf: »Morag!«

Tess lachte. »Keine Angst, sie ist zwar ein bisschen frech, hat aber ein freundliches Wesen.« Sie bemerkte, dass Jackie Tränen in den Augen hatte. »Was ist los? Soll ich Morag lieber wegsperren?«

»Nein!« Jackie lächelte und fuhr sich mit den Fingern über die Augen. »Seit seiner Ankunft hat er noch keinen einzigen Ton von sich gegeben. Das wollte ich Ihnen gerade erzählen. Kein Stöhnen, kein Lachen, kein einziges gesprochenes Wort …« Sie drückte Tess' Hand. »Tut mir leid, ich werde auf meine alten Tage wohl gefühlsduselig. Wir sollten noch ein paar Minuten hierbleiben, bevor wir wieder zu ihm gehen.«

Sie hielten sich noch eine Weile in der Küche auf, lauschten dem vorsichtigen Lachen und zögerndem Flüstern aus dem Wohnzimmer und tauschten stolze Blicke aus, als hörten sie ein Baby seine ersten Worte sprechen.

Als sie ins Wohnzimmer zurückgingen, verstummte die Unterhaltung, und Morag, die anscheinend genug gespielt hatte, sprang auf das Klavier und streckte sich auf einem sonnenbeschienenen Fleckchen aus. Kyle folgte ihr, doch als er sich vorbeugte, um sie zu streicheln, landete er mit einer Hand auf den Tasten, und ein lauter Missklang ertönte. In dem Blick, den er Tess über die Schulter zuwarf, lag pures Entsetzen, so als befürchtete er, für das Berühren eines ihrer Dinge bestraft zu werden. Es zerriss ihr das Herz.

»Ziemlich laut, oder?« Sie ging zum Klavier hinüber und lächelte ihn strahlend an. »Weißt du, was mir an einem Klavier am besten gefällt? Dass es so viele verschiedene Töne hervorbringen kann. Wenn ich schlecht gelaunt oder wütend bin, dann spiele ich so wie du eben.« Sie setzte sich auf den Hocker und schlug ein paar laute, misstönende Klänge an. »Und wenn ich traurig bin, dann hört es sich so an.« Die Töne klangen leise und verhalten. »Und wenn ich glücklich bin, spiele ich so etwas.« Ihre Finger glitten flink über die Tasten, und eine fröhliche Melodie erklang. »Ist das nicht großartig? Möchtest du es mal versuchen?«

Kyle zögerte und nickte dann.

»Okay, ich spiele ein paar Töne, und du machst es mir nach. Drück erst einmal nur mit deinem Zeigefinger auf dieselben Tasten. Bereit?« Er nickte wieder und streckte den rechten Zeigefinger aus. Tess schlug die ersten vier Töne von »London's Burning« an und wartete, bis Kyle es ihr mit dem Zeigefinger nachmachte. Dann spielte sie die nächsten vier Töne und hielt wieder inne, bis Kyle sie wiederholt hatte. Auf diese Weise entstand eine langsame, aber erkennbare Version des Lieds.

»Na bitte!«, rief Tess, als sie geendet hatten. »Hast du das gehört? Du hast dein erstes Lied auf dem Klavier gespielt!«

»Gut gemacht, Kyle!« Jackie klatschte Beifall, und Kyle lächelte ein wenig verwirrt, als sei er Lob nicht gewöhnt. »Nun hast du mir etwas voraus. Ich habe in meinem ganzen Leben noch nie ein Instrument gespielt.«

»Möchtest du Klavierspielen lernen?«, fragte Tess Kyle.

Er nickte, schlug noch einmal eine Taste an und lächelte, als er einen langen, tiefen Ton zustande brachte.

»Ich bin nicht sicher, ob ...«, begann Jackie, aber Tess drehte sich rasch auf dem Hocker um und unterbrach sie.

»Bitte erlauben Sie es mir. Ich habe ohnehin daran gedacht, Klavierstunden zu geben, und Sie würden mir einen Gefallen erweisen, wenn ich mit jemandem üben könnte – umsonst natürlich.« Sie schaute Kyle an. »Du könntest mir dabei helfen. Du müsstest mir sagen, ob ich es gut mache, was dir Spaß macht und was du langweilig findest. Glaubst du, du könntest das tun?«

»Ja.«

Tess warf Jackie einen Blick zu. Bei dem piepsig, aber fest entschlossen geäußerten Wort schimmerten ihre Augen feucht, und auch Tess musste blinzeln, um ihre aufsteigenden Tränen zurückzuhalten.

Jackie nickte.

»Großartig! Wenn du willst, können wir sofort mit der ersten Unterrichtsstunde beginnen.«

»Ja.«

»Na ja, wir waren gerade auf dem Weg zu Bücherei ...«

Jackie schaute von Kyle zu Tess und seufzte. »Die Bücher können warten. Nur gut, dass wir in Ramblings keine Mahngebühren zahlen müssen. Was meinst du, Kyle? Möchtest du lieber bei Tess bleiben und eine Klavierstunde haben, anstatt in die Bücherei zu gehen?«

»Ja.« Das kam von Herzen, und Tess und Jackie lachten. Jackie ließ sich auf der Chaiselongue nieder, und Tess schob den Klavierhocker für Kyle zurecht, sodass er darauf sitzen konnte, während sie sich über ihn beugte und ihm zeigte, wie er seine Hand in der richtigen Haltung über die Tasten legen musste. Für einen ersten Versuch gelang ihm das schon recht gut, aber Tess wurde schnell klar, dass sie ein paar Bücher brauchte, um ihm die Grundlagen des Notenlesens beizubringen. Sie holte ein paar Notenblätter hervor – von einem ihrer Lieblingsstücke von Einaudi – und versuchte, ihm kurz zu erklären, worum es dabei ging.

»Das sieht jetzt vielleicht kompliziert aus«, sagte sie, »aber eines Tages wirst du diese Noten ebenso leicht lesen können wie den Text eines Buches.« Sie hoffte, dass er lesen konnte, sonst würde ihm der Vergleich nicht weiterhelfen. »Du wirst ein solches Blatt Papier in der Hand halten, und du wirst diese Linien, Punkte und Schnörkel verstehen, und deine Augen, dein Verstand und deine Finger werden zusammenarbeiten und daraus eine wunderschöne Melodie machen.«

»Spiel es.«

»Ich soll dir das vorspielen?«

Kyle nickte. Tess zögerte, unsicher, ob das das richtige Musikstück für ein Kind war. Kyle dachte anscheinend, sie warte auf ein weiteres Wort von ihm, und fügte leise hinzu: »Bitte.«

Tess konnte ihm diese Bitte nicht abschlagen. Morag beobachtete sie von ihrem Platz auf dem Klavier, und Kyle stand neben ihr, als sie zu spielen begann. Schon bald war sie so in ihr Spiel vertieft, dass außer ihr und dem Klavier nichts mehr existierte. Die Musik schien nicht mehr von dem Instrument, sondern aus ihrer Seele zu kommen und durch den Raum zu fließen.

Als sie das Stück beendet hatte und die Welt um sie herum wieder Gestalt annahm, richtete sie unwillkürlich den Blick auf die Tür. Noah lehnte am Türpfosten. Er war barfuß, trug seine schmutzigen Arbeitsklamotten und hatte die Arme vor der Brust verschränkt. Seine Augen waren geschlossen, und über seine Wangen liefen Tränen.

»Wie hat dir das gefallen?«, fragte Tess ihren kleinen Schüler fröhlich. Er nickte lächelnd, und als Tess sich noch einmal zur Tür umwandte, war Noah verschwunden.

9

Für den ersten Tag im ummauerten Garten auf Ramblings hatten sich zweiundzwanzig Freiwillige angekündigt, und als Tess den Pfad zum Haus entlangstapfte, hoffte sie, dass der Nieselregen sie nicht vom Kommen abhalten würde. Das Gemeindeprojekt war ihre Idee gewesen, und sie hatte es organisiert – es musste einfach ein Erfolg werden. Der Garten hatte Noahs Lebensgeister geweckt und Begeisterung in ihm hervorgerufen. Sie durfte ihn jetzt nicht im Stich lassen.

»Hallo, Schätzchen!« Ihr Vater begrüßte sie auf der Auffahrt vor dem Haus. »Ein herrlicher Tag für unser Vorhaben, nicht wahr?«

»Findest du?« Tess schaute zum Himmel, und ein Windstoß blies ihr feine Regentropfen ins Gesicht. »Und wenn der Regen nun die Leute abschreckt?«

»Das ist nicht die Art der Ribblemiller. Außerdem, was glaubst du, wem diese Autos gehören?« Er deutete auf die sechs oder sieben Wagen, die neben seinem geparkt waren. »Du bist eine der Letzten.«

»Aber wir haben doch zehn Uhr vereinbart …« Es war noch nicht einmal halb zehn. Tess war absichtlich so früh gekommen, um die ganze Truppe empfangen zu können.

»Auf uns wartet viel Arbeit. Wir müssen das Tageslicht nutzen.« Er tätschelte ihr die Schulter. »Und sicher haben nicht alle eine halbe Stunde auf ihr Make-up und ihre Frisur verwendet. Bist du sicher, dass du für diese Aufgabe bereit bist? Du gehst in einen verwahrlosten Garten und nicht nach Glastonbury.«

»Natürlich! Es wird sicher großen Spaß machen!« Glastonbury, von wegen! Als ob sie einen blassen Schimmer davon hätte, was die Leute in Glastonbury trugen – Grace hatte ihr nie erlaubt, das Festival zu besuchen. Die Entscheidung, was sie anziehen sollte, war ihr am Morgen nicht leichtgefallen, da sie ihren Tess-Bailey-Stil mit Zweckmäßigkeit kombinieren wollte. Mittlerweile bedauerte sie ihre Wahl bereits, denn zwischen dem Rand ihrer pinkfarbenen Shorts und den Gummistiefeln mit Blumenmuster waren ihre Beine nackt. Sie spähte durch das Fenster in den Wagen. »Mum ist nicht mitgekommen?«

»Heute nicht. Sie war am Morgen noch sehr müde. Vielleicht beim nächsten Mal.«

Das war nur Wunschdenken, aber Tess nickte.

»Sie schickt dir liebe Grüße.«

Das tat sie immer, aber Tess konnte darin keine Liebe spüren. Sie atmete tief durch und lächelte. »Soll ich dir mit der Schubkarre helfen?«, fragte sie und legte die Hände auf die Griffe. »Los geht's!«

Tess hatte versucht, sich den Garten anzuschauen, aber das Haupttor war so dicht mit Efeu bewachsen gewesen, dass es sich nicht öffnen ließ, also hatte sie nur durch die kunstvoll verschnörkelten Eisenstäbe in die Wildnis gespäht. Noah hatte offensichtlich inzwischen hart gearbeitet, denn das Tor war zwar immer noch rostig, aber freigelegt, und es ließ sich leicht öffnen. Dahinter führte ein holpriger Pfad ein paar Meter hinein, der sich dann nach links und nach rechts gabelte, sodass man den Garten ganz umrunden konnte.

Wie ihr Dad ihr bereits gesagt hatte, herrschte schon viel Betrieb in dem Garten. Einige Leute waren bereits fleißig dabei, das wuchernde Gestrüpp zu entfernen. Der frühere Blumengarten im vorderen Teil war mit dicken orangefarbenen Seilen in einzelne Parzellen aufgeteilt worden, und offensichtlich war jedem Helfer eine Fläche zugeteilt. Tess war erleichtert und begeistert, dass sich so viele Dorfbewohner eingefunden hatten.

Ein lauter Pfiff schallte durch die Luft. Alle schauten auf und winkten Tess und Len zu. Noah stand etwas entfernt von den anderen auf einem Beet neben seinem Bruder Abel, dessen Grinsen verriet, dass er den Pfiff ausgestoßen hatte. Noah reagierte als Letzter darauf. Als er auf Len und Tess zuging, hinkte er stärker, als Tess es bisher wahrgenommen hatte. Sie fragte sich, ob er sich vielleicht zu viel zugemutet hatte, aber sie würde es auf keinen Fall wagen, ihn danach zu fragen.

Noah musterte Tess, und sein Blick blieb kurz an ihren nackten Beinen hängen.

»Hier sind überall Brennnesseln und dornige Zweige. Du wirst dir die Beine verbrennen und zerkratzen.«

»Keine Sorge, damit habe ich kein Problem!« Ein genauerer Blick verriet ihr allerdings, dass die Pflanzen höher waren, als sie gedacht hatte, und über den Rand ihrer Gummistiefel hinausreichten. Alle anderen waren vernünftig gekleidet – oder traditioneller, wie sie sich selbst verbesserte –, trugen Jeans oder Cordhosen und Kapuzenpullover oder Anoraks. Aber das war eben deren Kluft, und sie trug, was sie wollte.

»Das kannst du dir sparen«, sagte Len und schlug Noah auf die Schulter. »Ich bin überrascht, dass du das noch nicht begriffen hast. Unsere Tess zeigt sich niemals in allzu legerer Kleidung.«

Das entsprach nicht ganz der Wahrheit. Noah war einer der wenigen Menschen, die sie schon ganz anders gesehen hatten: im Schlafanzug, mit verstrubbeltem Haar und ohne Make-up – so wie sie eigentlich war. Aber er ließ sich nicht anmerken, dass er sich daran erinnerte.

»Es schadet nicht, wenn man sich ein bisschen Mühe gibt«, verteidigte sie sich.

»Hier nützt es dir aber auch nichts, Schätzchen. Es interessiert niemanden, wie du aussiehst.«

Wahrscheinlich stimmte das, aber das hatte sie vorher nicht wissen können. Es hätte schließlich jemand hier sein können, der Interesse an ihr zeigte; Hoffnung war eine hartnäckige Begleiterin, die sich nicht an Erfahrungswerte hielt. Außerdem hatte sie sich ihr Leben lang sorgfältig zurechtgemacht und versucht, so mädchenhaft wie nur möglich auszusehen; sie hatte den Stil beibehalten, den ihre Mum für sie gewählt hatte, in der Hoffnung, Grace damit glücklich zu machen. Was blieb denn noch übrig, wenn sie auf schicke Kleidung und Make-up verzichtete? Über eine Antwort auf diese Frage wollte sie lieber nicht nachdenken.

»Du kannst mit meinem Beet weitermachen«, sagte Noah. »Das Gröbste habe ich schon entfernt. Len, du kannst dir eine freie Fläche aussuchen, so nah am Tor wie möglich. Wir arbeiten von außen nach innen.«

Len nickte und reichte Tess einen Spaten und eine Gartenschere. Sie folgte Noah zu der Stelle, die er bereits gerodet hatte.

»Wozu dient diese Aufteilung?«, fragte sie mit einem Blick auf die vielen etwa vier mal vier Meter großen Quadrate. Es sah beinahe so aus, als wäre jeder Person eine Art Gefängniszelle zugeteilt worden, um die sie sich kümmern musste. Das entsprach nicht dem Gemeinschaftsgeist, den sie sich vorgestellt hatte. Sie hatte gedacht, sie würden alle gemeinsam anpacken und Seite an Seite arbeiten. Hatte Noah alle voneinander getrennt, weil er keine Menschenansammlung ertragen konnte? Ihr war nicht bewusst gewesen, dass das hier draußen ein Problem für ihn darstellen könnte, und Schuldgefühle stiegen in ihr auf, weil sie in ihrem Bestreben zu helfen nicht an seine Gefühle gedacht hatte.

»Die Sache muss organisiert werden«, erklärte er. »Nur wenn wir an einem Ende beginnen und uns von dort aus vorarbeiten, können wir den Fortschritt erkennen.«

»Und wenn jeder sein eigenes Stück Land bearbeitet, kann er am Ende des Tages sehen, was er geschafft hat?«

Noah nickte.

»Das ist eine großartige Idee!« Die allerdings unerwartet kam. Wer hätte gedacht, dass er so planmäßig vorgehen und auf die Motivation der Freiwilligen achten würde? *Seiner* Freiwilligen, das war offensichtlich. Falls sie geglaubt hatte, das sei ihr Projekt, hatte sie sich geirrt. In Noah

Thornton steckte mehr, als sie vermutet hatte. Nur wusste sie nicht so recht, ob das gut oder schlecht war.

Sie duckte sich unter dem Seil hindurch und betrachtete ihre Parzelle. Noah hatte ausgezeichnete Arbeit geleistet und war bereits viel weiter gekommen als die Freiwilligen; die meisten schnitten noch Pflanzen zurück, von denen einige in der Nähe der Mauer größer waren als sie selbst. Tess konnte auf ihrem Stück Land an manchen Stellen den Boden sehen, und es sah so aus, als ob einige der Steinfliesen, die früher die Pfade eingesäumt hatten, noch an Ort und Stelle waren.

Sie setzte den Spaten an einer Brennnesselstaude an und bemerkte, dass Noah sie beobachtete. Glaubte er etwa, sie sei unfähig und habe keine Ahnung, wie sie damit umgehen musste? Schwungvoll stellte sie einen Fuß auf den Spaten und unterdrückte ein Stöhnen, als sich die Kante durch die dünne Stiefelsohle drückte. Aber sie machte weiter, bis Noah schließlich zur Parzelle nebenan schlenderte. Hin und wieder begrüßte er weitere Freiwillige am Tor und wies ihnen schnell und effizient eine Stelle zu.

»Ich nehme an, dass wir uns bei dir dafür bedanken können.« Abel tauchte hinter ihr auf und ertappte sie dabei, dass sie Noah beobachtete, anstatt zu arbeiten.

»Wofür?«

Er deutete mit einer Kopfbewegung in die Richtung, in die Tess ohnehin schon schaute. Noah war an Lens Arbeitsplatz stehen geblieben und schaute sich mit ihm irgendetwas auf dem Boden an. Len sagte etwas, und Noah lachte – ein kurzes, tiefes Lachen, das über den Garten schallte.

»Genau das, was er braucht. Das gibt ihm wieder Kraft.«

»Es war nicht meine Idee, den Garten wiederherzustellen. Ich wünschte, ich hätte diesen Einfall gehabt! Es ist großartig, nicht wahr?«

»Aber der heutige Tag war deine Idee. Alle sind wegen dir gekommen. Danke. Wir sind dir alle dankbar dafür.« Wieder ertönte lautes Gelächter. »Der Kontakt mit den Leuten wird ihm guttun. Wir haben ihn schon lange nicht mehr lachen gehört.«

Abel legte eine Hand auf Tess' Schulter – eine kurze, platonische Freundschaftsgeste –, und natürlich tauchte genau in diesem Moment Noah neben ihnen auf.

»Arbeitet ihr fleißig?«, fragte er und stakste an ihnen vorbei. Sein Lachen war verstummt, und auf seiner Miene war keine Spur mehr davon zu sehen. »Schade, dass dein Mann nicht hier sein kann, um uns zu helfen«, fügte er mit einem Blick über die Schulter hinzu.

Abel verdrehte die Augen, lächelte und ging zu seiner Parzelle zurück.

Der Vormittag zog sich dahin. Nach Noahs Bemerkung war Tess fest entschlossen, ihm keinen Grund zu geben, sie des Trödelns beschuldigen zu können, aber nach einigen Stunden Schaufeln und Jäten taten ihr die Schultern und der Rücken weh. Als Ethel und Brenda nach ihrer Frühschicht auftauchten und alle zusammentrommelten, war sie erleichtert.

»Juchhu! Essenszeit!«, rief Ethel. Der Nieselregen hatte sich fast gelegt, aber sie hatte ihre Kapuze immer noch so fest verschnürt, dass nur ihre Nase und ihre Brillengläser hervorschauten. »Kommt und holt euch etwas! Wir haben

Sandwiches und Würstchen im Schlafrock, reife Bananen und Kekse, bei denen das Haltbarkeitsdatum erst vor zwei Wochen abgelaufen ist.«

Wer konnte da schon widerstehen? Die meisten der Freiwilligen kamen zum Tor, um sich etwas von dem Essen zu holen, obwohl Tess einige Kühltaschen und Feldflaschen gesehen hatte. Die besser organisierten Gärtner hatten sich Klappstühle mitgebracht, die sie nun im Kreis aufstellten, um sich beim Essen miteinander unterhalten zu können.

»Ich kann nicht lange bleiben«, erklärte Ethel, nachdem sie alles verteilt hatte, bis auf einige schwarz verfärbte Bananen, die keine Abnehmer gefunden hatten. »Ich habe mich heute Morgen ein wenig verschnupft gefühlt, und ich will mir auf keinen Fall vor der Chorprobe nächste Woche eine Erkältung einfangen.«

»Geht es um Tess' Chor?«, fragte Abel.

Ethel nickte und hielt sich schützend die Hand an die Kehle.

Abel wandte sich Tess zu. »Ich habe schon davon gehört. Ist es schon zu spät, sich dafür anzumelden?«

»Natürlich nicht! Ich würde mich freuen! Eigentlich ist es eher eine Singgruppe, nur zum Spaß und nicht so förmlich wie ein Chor. Bisher sind wir zu acht, und unser erstes Treffen wird am Donnerstagabend im Cottage stattfinden. Passt dir das?«

»In unserem Cottage?«, warf Noah ein, bevor sein Bruder antworten konnte. »Diese Woche?«

»Ich bin sicher, dass ich dir das bereits gesagt habe.« Offensichtlich hörte er ihr nie zu. »Es ist nur eine vorläufige Lösung. Ich hoffe, dass wir uns in Ramblings treffen können, wenn die Mitgliederzahl steigt«, fügte sie hinzu. »Wir werden in meinem Zimmer bleiben und dich nicht stören.«

»Aber ich werde euch hören.«

»Das ist gut! Dann kannst du uns sagen, wie wir klingen!«

»Ich werde das Haus verlassen.«

Tess lächelte. Das war wahrscheinlich am besten. Sie konnte sich gut vorstellen, dass er kein Blatt vor den Mund nehmen würde, und sie hatte keine Ahnung, ob einer der Dorfbewohner, die sich für die Gruppe eingetragen hatten, überhaupt singen konnte.

»Kannst du singen?«, fragte sie Abel und drückte die Daumen, dass sie Glück hatte. Bisher war die männliche Dorfbevölkerung sehr zurückhaltend – sie hatte erst zwei Namen auf ihrer Liste. Abel wäre also eine wunderbare Ergänzung.

»Einigermaßen. Ich kann zumindest einen Ton halten. Welche Art von Liedern werden wir singen?«

»Alles Mögliche. In meinem Chor in London haben wir hauptsächlich Madrigale und Chorstücke gesungen, aber wahrscheinlich haben wir in dieser Gruppe nicht alle nötigen Stimmen dafür. Vielleicht sollten wir es mit ein paar traditionellen Volksliedern versuchen. Oder mit beliebten Stücken, die wir alle kennen. Ich bin für alle Vorschläge offen. Mir ist es gleichgültig, was wir singen – Hauptsache, wir haben Spaß dabei.«

»Madrigale?« Ethel lachte. »Das klingt komisch, und die meisten Leute in diesem Dorf sind ohnehin schon ein bisschen seltsam. Was ist das?«

»Das sind Stücke ohne instrumentale Begleitung, meistens aus dem Zeitalter der Renaissance oder des Barocks. Einige der Texte sind wunderschön und sehr emotional. Sie gehören zu meinem Lieblingsbereich in der Musik.«

»Dann lass uns mal was hören. Zeig uns, was du kannst.«

»Jetzt?« Tess schaute sich um. Ethel legte den Kopf zur Seite und wartete; die meisten Freiwilligen hatten die Unterhaltung verfolgt und sahen sie gespannt an. Noah stand etwas abseits und drehte Tess den Rücken zu. Als Tess ihrem Dad einen Blick zuwarf, nickte er ihr zu, stolz und voll Vertrauen in sie. Sie durfte ihn nicht enttäuschen.

»Okay, okay!« Tess lachte. »Aber ich habe schon eine Weile nicht mehr geübt, und ich bin auch nicht aufgewärmt, also beurteilt mich nicht zu hart.«

Sie atmete tief durch, und sobald sie begonnen hatte, riss die Musik sie mit, und sie verlor sich in dem Text und der Melodie und genoss es, wieder einmal zu singen. Tess vergaß alles um sich herum und konzentrierte sich nur auf die poetischen Worte und darauf, ihre Stimme zu heben und zu senken. Das Lied handelte von einer Person, die ihre große Liebe verzweifelt anflehte, wieder zu ihr zurückzukehren und sie aus ihrer leidvollen Einsamkeit zu befreien. Als sie das Stück beendet hatte, war es im Garten mucksmäuschenstill. Dann begann jemand zu klatschen, und alle anderen stimmten ein.

»So etwas können wir nicht singen.« Ethel fuhr sich mit einem Finger unter ihre Brille, um sich die Augen zu wischen. »Das würde uns zu sehr mitnehmen. Mach dir keine Sorgen, Tess. Dein junger Mann wird sicher bald kommen. Er besucht dich doch an Weihnachten, oder?«

»Das weiß ich noch nicht. Aber das war kein persönliches Lied …« Sie lächelte und warf ihrem Dad einen Blick zu. Len schaute jedoch so besorgt drein, wie er es sonst nur in Grace' Gegenwart tat. Noah stand hinter ihm und musterte Tess, als wäre sie ein Notenblatt, das er soeben erst entziffert hatte. Len sagte etwas zu ihm, und Noah schüttelte murmelnd den Kopf. Tess wandte sich Abel zu.

»Das ›einigermaßen‹ nehme ich zurück«, sagte er lächelnd. »Falls das der Standard ist, den du von uns erwartest, habe ich keine Chance, das Vorsingen zu bestehen.«

»Oh, es gibt kein Vorsingen. Jeder kann teilnehmen. Wenn du dich dafür begeistern kannst, bist du dabei.«

»Das dürfte kein Problem sein. Es wird sicher wunderbar!« Abel drehte sich lachend zu Noah um. Wahrscheinlich um diesen Witz mit ihm zu teilen – auf Tess' Kosten. Sie erinnerte sich an die Unterhaltung zwischen den beiden, die sie im Cottage belauscht hatte; Noah hatte sich darüber beklagt, dass sie immer alles als *wunderbar* bezeichnete. Er hatte es wahrscheinlich nicht böse gemeint, aber seine Worte brannten immer noch in ihrer Brust, und sie wandte sich rasch ab, um Noahs Grinsen nicht sehen zu müssen. Doch als er antwortete, lag nicht einmal ein Anflug von Belustigung in seiner Stimme.

»Die Vorstellung ist vorbei. Wir sollten uns wieder an die Arbeit machen.«

Nicht alle Freiwilligen konnten den ganzen Tag über bleiben; einige der Helfer, die bereits am Morgen gekommen waren, mussten am Mittag gehen. Ein paar weitere kamen, um sie abzulösen, darunter auch Cassie und Barney, die eigentlich auf zwei angrenzenden Parzellen arbeiten sollten, es aber anscheinend unerträglich fanden, getrennt zu sein, wenn auch nur durch ein dünnes Seil. Nach einer Weile konnte Tess es nicht mehr ertragen zu beobachten, wie sehr die beiden sich aneinander erfreuten. Als sie sich abwandte, entdeckte sie Jackie und Kyle am Tor. Jackie winkte ihr zu, und Tess legte ihren Spaten weg und ging zu ihr hinüber.

»Wir wollten nicht stören«, sagte Jackie, ohne Kyles Hand loszulassen – eine vernünftige Vorsichtsmaßnahme angesichts seiner Vorgeschichte. »Wir machen einen Spaziergang und wollten nur einen Blick auf das Gelände werfen. Ich werde mich nie wieder über den Zustand meines Gartens beklagen!«

»Vielleicht kann ich Sie ja dazu überreden, uns zu helfen? Es gibt noch viel zu tun!« Tess lachte. »Und was ist mit dir, Kyle? Kannst du Erde umgraben?«

»Ja.«

Tess warf Jackie einen Blick zu; sie zuckte lächelnd mit den Schultern.

»Großartig! Dann komm und schau dir an, was wir hier machen. Aber pass auf die Brennnesseln auf. Weißt du, wie sie aussehen?«

Kyle nickte und folgte Tess mit Jackie zu ihrem Stück Land.

»Sie waren sehr fleißig«, stellte Jackie fest. »Sie sind schon weiter als alle anderen.«

»Das habe ich hauptsächlich Noah zu verdanken.« Er schaute auf, als er Tess seinen Namen aussprechen hörte. »Er hat mir sein Beet abgetreten, weil ich nicht passend gekleidet bin.« Tess deutete lachend auf ihre nackten Beine.

»Na ja, da hat er nicht ganz unrecht …« Jackie lächelte. »Und ich befürchte, Kyle trägt zum Helfen auch nicht die richtigen Klamotten. Es sind nämlich seine besten Kleidungsstücke.« Er trug die gleichen Sachen, mit denen Tess ihn bisher gesehen hatte. Jackie beugte sich zu Tess vor und senkte die Stimme. »Er hat nichts anderes mitgebracht und weigert sich, etwas anderes anzuziehen, außer seinem Schlafanzug.«

»Ich möchte helfen!«

Das war der längste Satz, den Tess bisher von Kyle gehört hatte, und offensichtlich ging es Jackie genauso. Sie bückte sich und schaute ihn bedauernd an.

»Für Gartenarbeit braucht man alte Klamotten, weil sie dabei schmutzig werden oder sogar zerreißen. Du möchtest doch deine hübschen Sachen nicht kaputt machen, oder?«

Er schüttelte den Kopf, aber seine Körperhaltung und sein Gesicht zeigten deutlich seine Enttäuschung.

»Hier.« Noah stand plötzlich neben Tess. Er zog seinen Kapuzenpullover aus und reichte ihn Kyle. »Zieh ihn über deine Kleidung. Er wird wahrscheinlich alles bedecken.«

Tess war davon überzeugt, dass Kyle dieses Angebot ablehnen würde. Für eine unbehaglich lange Zeit starrte er Noah an, als versuchte er, ihn einzuschätzen. Trotz Tess' Befürchtungen verzog Noah bei dieser eingehenden Musterung keine Miene, sondern wartete geduldig, bis Kyle den Pullover an sich nahm und Jackie ihm half, ihn überzustreifen. Er sah so komisch damit aus, dass sich alle das Lachen verkneifen mussten. Der Saum reichte weit über seine Knie, und die Ärmel baumelten über seine Hände.

»Perfekt!« Ausnahmsweise musste Tess ihr Lächeln nicht erzwingen, sondern zurückhalten. »Aber wir müssen deine Hände herausholen.« Sie krempelte die Bündchen hoch und zog die Ärmel zurecht. Nun sah er zwar aus, als hätte er Schwimmflügel an den Handgelenken, aber zumindest waren seine Finger sichtbar.

»Ich bin schon gespannt, was du alles ausgraben wirst.« Sie schaute sich nach einem für Kyle geeigneten Werkzeug um. Bis jetzt hatte sie nicht bedacht, dass er nicht viel größer war als ihr Spaten, und die Gartenschere konnte sie ihm auf keinen Fall überlassen. Doch Kyle schenkte ihr keine Aufmerksamkeit mehr; er war Noah zu seiner Parzelle gefolgt und beobachtete ihn beim Graben. Tess hatte sich bemüht, Noah nicht anzuschauen, nachdem er seinen Pullover ausgezogen hatte, doch jetzt ließ sich das nicht mehr vermeiden. Er trug nur noch ein ärmelloses T-Shirt, das seinen kräftigen Rücken und seine breiten Schultern betonte. Und noch etwas wurde sichtbar: eine tätowierte rote Rose, ungefähr fünf Zentimeter groß, direkt unterhalb seiner linken Schulter. Es war eine ausgezeichnete Darstellung, aber … eben eine Tätowierung. Sie konnte sich nur allzu gut vorstellen, was ihre Mum dazu sagen würde. Nun besaß er das komplette Paket der unerwünschten Eigenschaften. Noch etwas, was Tess vor ihr geheim halten musste.

»Kyle!«, rief sie. Er ignorierte sie, aber Noah schaute auf und zuckte sichtlich zusammen, als er Kyle neben sich stehen sah.

»Willst du nicht Tess helfen?«

Kyle schüttelte den Kopf.

Noah warf Tess einen Blick zu, und sie zuckte lächelnd mit den Schultern. Offensichtlich war sie nicht mehr Kyles Favoritin – zumindest nicht in diesem Garten. Noah musste sich nun von Kyle helfen lassen oder ihn zu Jackie zurückschicken. Sie sah das Unvermeidliche bereits kommen – Noah würde mit Sicherheit keinen Preis für seine umgängliche Art gewinnen –, doch nach einer scheinbar endlosen Pause hob er eine kleine Schaufel auf und reichte sie Kyle. Der kleine Junge und der große Mann gruben nun schweigend Seite an Seite, und Tess wandte sich nach einer Weile ab. Sie konnte es sich nicht erklären, aber sie fühlte sich bei diesem für beide so wichtigen Moment wie ein Eindringling. Ihre Nase kribbelte, als sie gegen ihren Willen Tränen in sich aufsteigen spürte.

Etwa eine halbe Stunde lang ging alles gut. Jackie half Tess auf ihrer Parzelle, da sie nicht dafür ausgerüstet war, den Kampf mit den wuchernden Riesengewächsen auf den anderen Landstücken aufzunehmen, und während sie mit Tess plauderte, behielt sie ständig Kyle im Auge. Plötzlich durchbrach ein Schrei das leise Vogelgezwitscher, die Unterhaltungen und das Klirren der Werkzeuge – die Hintergrundmusik im Garten. Als Tess aufschaute, sah sie, wie Kyle sich auf den Boden setzte und eine Hand mit der anderen umklammerte.

Tess duckte sich unter dem Seil hindurch und rannte, gefolgt von Jackie, zu ihm hinüber. Barney sprang auf, bahnte sich den Weg durch die Büsche und das Gestrüpp und untersuchte sofort Kyles Hand. Tess sah, dass aus einem Schnitt am Handrücken Blut floss.

»Nur ein Kratzer, kein Grund zur Besorgnis«, beruhigte

Barney Jackie. Er lächelte Kyle an. »Haben dich diese Dornen gepikst? Mich haben sie auch schon erwischt. Aber du bist sehr tapfer, gut gemacht. Wir kleben jetzt ein Pflaster drauf, und dann ist alles bald wieder in Ordnung. Hat jemand ein Pflaster dabei?«

»Noah hat einen Erste-Hilfe-Kasten bei sich«, antwortete Tess. Sie hatte ihn am Tag zuvor aus seinem Rucksack herausragen sehen. Rasch drehte sie sich um und ging davon aus, dass Noah ihn ihr reichen würde, aber er rührte sich nicht von der Stelle. Sie war sich nicht sicher, ob er sie überhaupt gehört hatte. Er wirkte wie erstarrt und umklammerte den Griff seines Spatens wie einen Rettungsanker, so fest, dass seine Fingerknöchel weiß hervortraten. Sein Gesicht war grau und feucht, und seine Augen waren auf einen Punkt in der Ferne gerichtet, den außer ihm niemand sehen konnte.

»Tess, kannst du ein Pflaster suchen?« Barney sprang auf und ging zu Noah hinüber. Er legte ihm eine Hand auf die Schulter und sprach leise auf ihn ein. Abel kam ihm von der anderen Seite zu Hilfe. Was sagten sie zu ihm? Tess konnte die Worte nicht verstehen, obwohl sie näher herantrat und in Noahs Tasche nach dem Erste-Hilfe-Kasten suchte. Was auch immer es war, es schien zu wirken: Noah kam langsam wieder zu sich. Tess wischte Kyles Hand mit einem Desinfektionstuch ab und klebte ein Pflaster darauf, ohne den Blick ganz von Noah abzuwenden. Er hatte die Hände auf seinen Kopf gepresst, so als wollte er sämtliche Gedanken herauszwingen, aber zumindest war er sich wieder bewusst, dass er sich in diesem Garten befand, und er reagierte auf Barneys Worte.

Bei Kyles Schrei hatten alle ihre Arbeit unterbrochen, und nun starrten sie Noah neugierig an. Tess hatte keine Ahnung, was genau los war, aber das spielte auch keine Rolle. Sie kannte ihn mittlerweile gut genug und wusste, dass ihm diese Aufmerksamkeit höchst unangenehm war – es war ein Eindringen in seine Gefühlswelt. Viel konnte sie nicht tun, um ihm das zu ersparen, also griff sie zu dem einzigen Mittel, das sie beherrschte.

»Wer kennt das Lied ›In an English Country Garden‹?«, rief sie. »Sollen wir es singen, während wir weiterarbeiten?«

Dieses Mal war sie bei dem Schrei sofort hellwach und rannte, ohne zu zögern, über den Flur in Noahs Zimmer. Morag war schneller als sie, sprang auf Noahs Bett und tapste über die Bettdecke zu seinem Kopf.

»Morag, runter da«, befahl Tess im Flüsterton. Wenn Noah wieder anfing, mit den Armen um sich zu schlagen, hatte die kleine Katze keine Chance. Aber Morag rührte sich nicht von der Stelle, also ging Tess zum Bett hinüber, um sie herunterzuheben.

Noah bewegte den Kopf, und seine Augen waren geschlossen und nicht vor Panik weit aufgerissen wie beim letzten Mal. Vielleicht hatte sie überreagiert, und das war kein Albtraum. Doch als er den Kopf wieder drehte, fiel das Licht aus dem Flur auf sein Gesicht, und Tess sah, dass ihm Tränen über die Wangen liefen.

Sie wollte gerade gehen, als er einen so qualvollen Schrei ausstieß, dass es Tess einen Stich in die Brust versetzte. Er richtete sich auf; er war wach, seine Augen waren fokussiert, aber mit Tränen gefüllt, und er atmete so heftig, als wäre er soeben um sein Leben gerannt. Er sah Tess an, und sein Blick war nicht mehr leer. Stattdessen lag ein Ausdruck von Trostlosigkeit auf seinem Gesicht; er sah aus, als hätte er in die Zukunft geschaut und nichts Gutes gesehen.

Tess dachte keinen Moment darüber nach, was sie nun tun sollte. Sie setzte sich auf sein Bett und nahm ihn in die Arme. Und er schluchzte an ihrer Schulter, bis seine Tränen versiegten.

10

Ethel war verständlicherweise überrascht, als Tess sie im Postamt aufsuchte, um zu erfahren, wo Noahs Mutter wohnte.

»Brenda?«, wiederholte sie. »Meine Schwester Brenda? Noahs Mum?«

Tess nickte und wünschte, Ethel würde etwas leiser sprechen. Wahrscheinlich konnte man diese Unterhaltung bis ins No Name hören. Sie hatte gehofft, ihren Besuch geheim halten zu können – sicher eine Herausforderung in Ribblemill, aber doch wohl nicht unmöglich.

»Aber warum hast du nicht Noah gefragt?«

Eine ausgezeichnete Frage, die sie jedoch nicht beantworten wollte. Wie hätte sie Noah fragen können, ohne ihm damit zu verraten, dass sie hinter seinem Rücken etwas mit seiner Mutter besprechen wollte? Und außerdem zeigte er ihr unmissverständlich, dass er keinen Kontakt zu ihr haben wollte. Seit sie gemeinsam in dem ummauerten Garten gearbeitet hatten – und seit sie seinen nackten, vor Kummer zitternden Oberkörper in den Armen gehalten hatte –, waren zwei Tage vergangen, in denen sie ihn nicht gesehen hatte. Sein Motorrad war verschwunden, und sie hörte keine Geräusche aus seinem Zimmer. Tess war sich nicht einmal sicher, ob er in den letzten zwei Nächten im Cottage geschlafen hatte. Sie sagte sich zwar, dass er ein erwachsener Mann war und sie das alles nichts anging, aber immerhin teilten sie sich ein Haus. Und eine Katze. Das gab ihr doch das Recht, sich Sorgen zu machen, oder etwa nicht?

»Ich wollte nicht, dass er es erfährt.« Tess spielte die Wahrheit mit einem strahlenden Lächeln herunter, und das wirkte wunderbar. Ethel erwiderte ihr Lächeln sofort.

»Oh, eine Überraschung! Ich liebe Überraschungen. Falls es sich um eine Party handelt, hoffe ich, dass du mich einlädst!« Sie griff unter die Ladentheke und holte eine Schachtel hervor. »Bring Brenda diese Kekse mit. Die Packung ist mir aus der Hand gerutscht, als ich die Regale eingeräumt habe, und ich befürchte, die Kekse sind zerbrochen, also kann ich sie nicht mehr verkaufen.«

Tess nahm die Kekspackung entgegen und ging die Straße an dem zerstörten Gemeindehaus vorbei zu der Siedlung, wo Brenda wohnte. Das Thornton-Haus war eine erweiterte Doppelhaushälfte. Der zweimalige Anbau, der sich weder mit gutem Design noch mit angemessenen Proportionen hervortat, war einigen Nachbarn sicher ein Dorn im Auge. Aber auch wenn das Haus die hässliche Schwester in der Straße war, so war es bei Weitem das gepflegteste. Der Garten war makellos – der Rasen frisch gemäht, auf dem Schotterweg lag jedes Steinchen an seinem Platz, und auf den Blumenbeeten schimmerten grünes Blattwerk und die letzten farbenprächtigen Blüten des Jahres. Ohne Zweifel war das Noahs Werk – oder der Ort, an dem er seine Fähigkeiten gelernt hatte.

Brenda öffnete ihr die Tür und führte Tess in einen Flur, der mit der Art von dunkel gemustertem Teppich ausgelegt war, die man üblicherweise in Pubs fand. Eine Tapete mit schwungvollem Blumenmuster, die jedoch wegen der vielen Bilder und Fotos nur an einigen Stellen zu sehen war, zierte eine der Wände. An beiden Seiten des Gangs befanden sich lange Regale mit einer Sammlung aufwendig verzierter Porzellanteller. Die Dekoration war wild zusammengewürfelt und überhaupt nicht stimmig. Und trotzdem … Tess verglich das Haus mit dem Heim, in dem sie aufgewachsen war. Hier herrschten Leben und Fröhlichkeit. Sie konnte sich gut vorstellen, wie jemand einen Fußball durch den langen Gang kickte und gegen die Fußleisten donnerte; sie sah kleine Jungen vor sich, die lärmend und lachend durch die beiden Eingänge in das Haus und wieder hinaus liefen. Sie hätte liebend gern mit ihnen getauscht.

»Kekse von Ethel?«, fragte Brenda, während sie Tess in die Küche im hinteren Teil des Hauses führte. Ein abgewetzter Tisch, an dem mindestens zwölf Personen Platz fanden, nahm den größten Teil des Raums ein. »Lass mal sehen.« Sie schüttelte die Kekse aus der Packung auf einen Teller und wandte sich mit einem fröhlichen Lächeln Tess zu. »Sie hat sich geirrt! Nur drei Kekse zerbrochen. Diese Packung hätte sie problemlos verkaufen können. Aber darüber wollen wir uns nicht beschweren, richtig? Sollen wir den Tee im Wohnzimmer trinken? Ich nehme an, die Küche ist nicht gut genug für dich.«

Obwohl Tess protestierte, führte Brenda sie in ein gemütliches Wohnzimmer, das ähnlich gestaltet war wie der

Flur. Tess setzte sich auf das Sofa und fragte sich, ob Noah darauf geschlafen hatte, bevor er in das Cobweb Cottage gezogen war. Bequem war es für ihn sicher nicht gewesen – es war nur ein Zweisitzer, auf dem Tess Schwierigkeiten gehabt hätte, sich auszustrecken. Sie konnte sich kaum vorstellen, wie es Noah gelungen war. Während sie an ihrem Tee nippte, ermahnte sie sich, nicht an Noahs Körper zu denken, schon gar nicht in Gegenwart seiner Mum.

»Ich bin wegen Noah hier«, begann Tess schließlich ohne Umschweife. Brenda blieb abwartend sitzen und nickte, verzog aber leicht die Lippen. Tess sah das als Warnung an: Brenda mochte sich über zerbrochene Kekse amüsieren, aber wenn es um ihre Kinder ging, ließ sie nicht mit sich spaßen. »Er hat mich schon ein paarmal aufgeweckt, weil er offensichtlich von Albträumen geplagt war und schrie und weinte.«

»Oh, ich verstehe.« Brenda knallte ihre Tasse so heftig auf den Tisch, dass Tess zusammenzuckte. »Noch so eine.«

»Wie meinst du das?«

»Seine sogenannte Verlobte hat ihn rausgeschmissen, weil er sie um ihren Schönheitsschlaf gebracht hatte. Und nun du auch noch? Und das, wo er sich in dem Cottage so wohlzufühlen schien! Ihr jungen Frauen seid alle gleich. Ich habe gedacht, du wärst aus härterem Holz geschnitzt, auch wenn du nicht so aussiehst.«

Das musste Tess erst einmal verdauen. Eine Verlobte? Ihr Aussehen? Rasch konzentrierte sie sich auf das, was ihr in diesem Moment am wichtigsten erschien. »Ich will ihn nicht rauswerfen! Das Cottage gehört uns beiden. Er hat das gleiche Recht, sich dort aufzuhalten, wie ich.«

»Was willst du dann?«

»Ich möchte wissen, ob es meine Schuld ist. Habe ich etwas getan oder gesagt, was seine Albträume ausgelöst hat? Falls ich etwas falsch gemacht habe, möchte ich das wissen, um es in Zukunft zu vermeiden.«

»Willst du mir damit sagen, dass du es nicht weißt? Er hat es dir nicht erzählt?«

»Was denn? Ich weiß im Moment nicht einmal, wo er ist. Ich habe ihn seit Sonntag nicht mehr gesehen.«

»Sag bloß ... Und du hast ihn die ganze Zeit für einen Miesepeter gehalten?« Brenda lächelte. »Er ist für ein paar Tage weggefahren, um sich mit Judy zu treffen.«

»Mit Judy? Seiner Freundin?« Ein völlig unangemessenes Gefühl der Wut stieg in Tess auf. Sie machte sich große Sorgen um ihn und sein mysteriöses Verschwinden, während er die ganze Zeit ... Nun, sie wollte sich nicht genau ausmalen, was er gerade tat, aber es war mit Sicherheit angenehmer als alles, was sie sich vorgestellt hatte. Und warum hatte er nicht einmal den Anstand besessen, ihr mitzuteilen, dass er wegfuhr? Wenn sie nun selbst hätte verreisen wollen? Wer hätte dann Morag gefüttert?

»Judy ist nicht seine Freundin!« Brenda lachte. »Meine Güte, sie würde sich schön bedanken. Und er wäre, wenn man ihr Alter bedenkt, auch nicht damit einverstanden. Judy ist seine Therapeutin.«

Tess stellte ihre Tasse vorsichtig auf den Tisch. Noah war in therapeutischer Behandlung? Das stand nicht einmal auf Grace' Liste der unerwünschten Eigenschaften. Wahrscheinlich würde das sogar alles andere überwiegen. Warum hatte sie das nicht gewusst?

»Es war dumm von ihm, es dir nicht zu erzählen«, meinte Brenda. »Ich schätze, er hat dir einen gewaltigen Schrecken eingejagt. Er schämt sich, darüber zu sprechen. Judy sagt ihm seit Monaten, dass es sich um eine völlig normale Reaktion handelt, aber das will er nicht akzeptieren.«

»Eine normale Reaktion worauf?« Tess platzte fast vor Spannung. Was war geschehen, dass er sich in Therapie hatte begeben müssen? Hatte es etwas mit seiner sogenannten Verlobten zu tun? Oder mit seinem Job? Einer ihrer Kollegen im Büro war zwei Monate krankgeschrieben worden, weil ihn die Termine und die Arbeit bis spät in die Nacht hinein und an den Wochenenden an den Rand der Erschöpfung gebracht hatten. »War die berufliche Belastung zu groß?« Vielleicht hatten sie mehr gemeinsam, als sie gedacht hatte. »Welchen Beruf hat Noah?«

Brenda ging zur Kommode hinüber und zog ein gerahmtes Foto aus einer Schublade.

»Hier.« Sie reichte es Tess. »Das ist eines meiner Lieblingsbilder, aber ich darf es nicht mehr aufstellen. Er kann die Erinnerung daran nicht ertragen.«

Das Foto zeigte die drei Thornton-Brüder – Abel, Noah und Reuben – genau so, wie Tess sie aus der Schulzeit in Erinnerung hatte: Schulter an Schulter, selbstbewusst und immer Unfug im Kopf, gemeinsam bereit, dem Leben die Stirn zu bieten. Doch das waren keine Kinder, sondern erwachsene Männer – attraktive Männer –, alle drei energiegeladen und vital.

»Er ist Polizist?« Tess starrte verblüfft auf Noahs Uniform. Das hatte sie nicht gewusst. Aber woher auch? Die Uniform war nicht auf seinen Körper tätowiert, aber vielleicht hätte sie trotzdem darauf kommen können. Wenn sie mehr auf die Anzeichen geachtet hätte. Das war mehr als nur ein Job für ihn: Dieser Beruf spiegelte seinen Charakter wider, einen Charakter, den sie möglicherweise unterschätzt hatte.

»Was ist passiert?«

»Das Zugunglück am Foxcombe Cross vor knapp zwei Jahren. Hast du davon gehört?«

Tess nickte. Es war eines der schrecklichen Ereignisse gewesen, über die wochenlang in den Nachrichten berichtet worden war. Ein Zug aus London war direkt vor dem Bahnhof entgleist. Vier oder fünf Passagiere waren dabei zu Tode gekommen, darunter ein Kind, dessen Foto auf der Titelseite jeder Zeitung abgebildet worden war, nicht nur zum Zeitpunkt des Unglücks, sondern auch danach, als die Untersuchungen liefen und schließlich das dafür verantwortliche Unternehmen angeklagt worden war. Grace war in Panik geraten und hatte von Tess verlangt, sie jedes Mal anzurufen, wenn sie im Büro und später wieder zu Hause angekommen war, obwohl Tess nie auf dieser Strecke gefahren war. Aber Noah vielleicht.

»War Noah in diesem Zug?« Sie dachte an sein leichtes Hinken und an das Entsetzen, das sie in seinen Augen gesehen hatte. Wenn er ein Passagier dieses Zugs gewesen war, würde das alles erklären.

»Nein, er war einer der Polizeibeamten, die zum Unfallort gerufen wurden – einer der ersten, die dort ankamen.«

Tess musterte Brenda. Da war noch etwas, das sah sie ihr an.

»Noah hat Emily Bright, das arme kleine Ding, gefunden. Er hat versucht, sie zu befreien, aber ein Teil des Waggondachs stürzte ein und begrub sie beide auf den Schienen. Er hat mir nicht viel darüber erzählt, aber es muss furchtbar gewesen sein – die Schmerzen, die Schreie, die Ratten …« Brenda schauderte. »Er hat sie in seinen Armen gehalten, als sie starb.«

Tess streckte den Arm aus und griff nach Brendas Hand. Ihr fehlten die Worte. Es gab nichts Aufmunterndes, Positives zu sagen; das war etwas, was man nicht schönreden konnte.

»Mich brauchst du nicht zu bemitleiden.« Brenda wischte sich die Augen. »Mein Kind ist nach Hause zurückgekommen. Verletzt, aber am Leben. Und dafür werde ich ewig dankbar sein.«

»Verletzt?«, fragte Tess nach. Wahrscheinlich war sie zu neugierig, aber sie musste es einfach wissen.

»In seinem Bein waren einige Knochen gebrochen. Mittlerweile geht es ihm wieder gut, aber der Heilungsprozess war sehr schwierig. Und dann diese posttraumatische Belastungsstörung. Eine schreckliche Sache für jeden, der daran leidet. Judy hat schon wahre Wunder bewirkt, und er hat jetzt kaum noch Flashbacks und Albträume. Aber er ist nicht der Noah, der er einmal war.«

Ein Blick auf das Foto bestätigte das. Tess' Mitbewohner Noah hatte das Temperament und die Lebendigkeit verloren, die er auf dem Bild in ihrer Hand ausstrahlte. Sie fragte sich jedoch, ob der Mann, der er jetzt war, möglicherweise auch etwas hinzugewonnen hatte: Ruhe, die Fähigkeit zur Selbstbeobachtung und die Wertschätzung von einfachen Dingen.

»Und seine Verlobte?« Das ging sie natürlich gar nichts an, aber sie konnte sich die Frage nicht verkneifen. Schließlich könnte diese Frau ja jederzeit im Cottage auftauchen. Und darauf musste sie vorbereitet sein, oder etwa nicht?

»Schon lange fort.« Brenda verzog das Gesicht, als hätte sie einen schlechten Geschmack im Mund. »Er wollte nie in London leben, aber sie hat ihn dorthin gezerrt, und sechs Wochen später war er in das Zugunglück verwickelt. Fünf Monate danach hat sie ihn vor die Tür gesetzt, weil er nicht mehr der Mann war, den sie hatte heiraten wollen. Ein Glück, dass wir sie los sind, das ist meine Meinung dazu!«

»Und dann ist er nach Hause gekommen?«

»Natürlich. Aber das weißt du doch selbst. Welche Mutter würde sich nicht um ihr Kind kümmern, wenn es am Boden liegt?«

Tess schwieg. Hier ging es nicht um sie, sondern um Noah.

»Er besitzt ein eigenes Haus, eines der Cottages am Dorfanger, aber die Mieter haben ein Schulkind, also wollte er ihnen nicht kündigen. Eine Weile ist er bei Reuben untergekommen – er ist zurzeit in Snowdonia –, aber dort fühlte er sich nicht wohl. Ich hatte sein Zimmer bereits untervermietet, also ist er mit dir zusammengezogen.« Brenda lächelte, konnte ihre Sorge aber nicht verbergen. »Hab Geduld mit ihm, Schätzchen. Sein Heilungsprozess ist noch nicht abgeschlossen. Gib ihm noch ein bisschen Zeit.«

Damit hatte Tess nicht gerechnet: Als sie durch die Küchentür in den Gang trat, hörte sie, wie jemand unbeholfen ein paar Töne auf dem Klavier anschlug. Sie blieb an der Schwelle zu ihrem Wohnzimmer stehen. Noah stand vor dem Klavier, und Morag klammerte sich wie ein Papagei an seiner Schulter fest.

»Du bist wieder da!«, rief Tess, und er zuckte so heftig zusammen, dass Morag von ihrem Sitzplatz rutschte und mit einem protestierenden Miauen in seinen Armen landete. »Hattest du eine gute Reise?«

Für diese dumme Frage hätte sie sich ohrfeigen können. Natürlich hatte er keine gute Reise gehabt – er war bei seiner Therapeutin gewesen. Und außerdem sollte sie eigentlich gar nicht wissen, dass er weggefahren war. Sie lächelte rasch. »Morag hat dich vermisst. Sie war nicht begeistert, als sie heute Morgen schon wieder von mir ihr Frühstück bekommen hat. Sie wird dich heute sicher den ganzen Tag nicht aus den Augen lassen.«

»Ich habe gehört, wie sie hier drin etwas umgeworfen hat, sonst wäre ich nicht hereingekommen.«

»Kein Problem! Hier gibt es keine Geheimnisse!« Ihr Lachen klang nicht ganz überzeugend. Keine Geheimnisse? Dieses Zimmer stank förmlich danach. Sie wusste, dass sie es mit ihrer betont munteren Art etwas übertrieb, aber was sollte sie sonst machen? Als sie Noah das letzte Mal gesehen hatte, hatte er nackt in ihren Armen gelegen. Und nun, da sie verstand, warum er so geworden war – soweit das jemand überhaupt verstehen konnte –, sah sie ihn natürlich mit anderen Augen. Es war unmöglich, nicht daran zu denken.

»Du kommst genau im richtigen Moment zurück«, erklärte sie. »Deine Mum hat uns eine Lasagne gemacht. Sie sieht köstlich aus!«

»Sie war hier?«

»Nein, ich habe sie besucht.«

»Warum?«

»Ethel hat mich gebeten, ihr ein paar zerbrochene Kekse vorbeizubringen.« Sie war angenehm überrascht, wie flüssig ihr diese Lüge über die Lippen kam – sie machte eindeutig Fortschritte –, doch dann richtete Noah den Blick auf sie. Das waren die Augen eines Polizisten, rief sie sich ins Gedächtnis, darauf geschult, Lügen zu durchschauen. »Spielst du Klavier?«, fragte sie und ließ die Finger leicht über die Tasten gleiten.

»Nein, ich habe es nie gelernt.«

»Möchtest du es lernen? Ich könnte es dir beibringen.« Sie setzte sich auf den Klavierhocker und lächelte ihn an. Er blieb stehen und streichelte Morag, die zufrieden auf seinem Arm schnurrte.

»Nein. Aber …« Er zögerte, als fiele ihm dieses Geständnis nicht leicht. »Ich habe nichts dagegen, dich spielen zu hören.«

»Tatsächlich?« Tess strahlte ihn begeistert an und freute sich noch mehr, als Noah daraufhin seine Lippen zu einem leichten Lächeln verzog. »Das ist gut, denn ich kann mir ein Leben ohne Klavierspielen nicht vorstellen. Für mich war Musik schon immer die beste Therapie.«

Noahs Lächeln verschwand, und er marschierte aus dem Zimmer.

11

Das erste Treffen der Singgruppe verlief gut. Zehn Leute waren gekommen, und obwohl es in Tess' Wohnzimmer etwas eng wurde, waren sich alle einig, dass es vorläufig der beste Treffpunkt war. Zumindest bis die Anzahl der Mitglieder steigen und sie einen größeren Raum brauchen würden – und in dieser Hinsicht waren sie sehr zuversichtlich.

»Das sollte ich aber vorher noch mit Noah abklären«, wandte Tess ein. Sie hatte gehört, wie er vor der Ankunft der Besucher das Haus verlassen hatte, und seit sie von Brenda wusste, was er bei dem Zugunglück durchgemacht hatte, war ihr mehr denn je bewusst, dass er sich manchmal durch Lärm und die Anwesenheit vieler Menschen überfordert fühlte. »Ich habe ihm gesagt, dass wir uns hier voraussichtlich nur einmal treffen würden.«

Aber Abel beruhigte sie. »Er ist sicher zu Mum gegangen und lässt sich von ihr nach Strich und Faden verwöhnen. Und er hat nichts gegen Gesang einzuwenden – früher hat er unter der Dusche selbst oft das eine oder andere Lied geträllert. Vielleicht entscheidet er sich beim nächsten Mal dazu hierzubleiben, wenn er hört, wie großartig wir sind.«

Es war nicht der Klang, an den Tess gewöhnt war. Ihr Chor in London war größer gewesen und hatte über mehr unterschiedliche Stimmen verfügt, von denen einige professionellen Standard hatten. Aber die Ribblemiller konnten alle einen Ton halten, und drei oder vier von ihnen waren erstaunlich gut – darunter auch Ethel, die auf ein Vorsingen bestand und alle zum Schweigen brachte, als sie zwar leise, aber in perfekter Tonlage »Jerusalem« zum Besten gab. In Tess stieg die Hoffnung auf, dass sie in einiger Zeit mit richtigem Chorgesang beginnen konnten, aber im Moment wollte sie sich auf Volkslieder beschränken. Sie wählte »Scarborough Fair« aus, denn alle wussten, wie es sich anhören sollte. Nach eineinhalb Stunden Üben, mit einer kleinen Tee- und Toilettenpause, klang es schon sehr gut. An den lächelnden Gesichtern sah Tess, dass es den anderen ebenso großen Spaß gemacht hatte wie ihr.

»Wer möchte weitermachen und nächste Woche wiederkommen?«, fragte sie, während sie die schlafende Morag von dem Berg der abgelegten Mäntel hob; das Kätzchen hatte Ethels Kunstpelz nicht widerstehen können. Sie drückte im Geiste die Daumen, aber das wäre gar nicht nötig gewesen. Als sie sich umdrehte, streckten alle lächelnd die Hand in die Luft.

»Wunderbar! Gleicher Tag, gleiche Zeit?«

»Könnten wir eine halbe Stunde später anfangen?«, fragte Ethel. Sie knöpfte ihren Mantel zu und setzte sich eine dazu passende Pelzkappe auf, was ihr eine beinahe unheimliche Ähnlichkeit mit einem bebrillten Affen verlieh. Abel sah Tess' Blick, zwinkerte ihr zu und versuchte, sein Grinsen zu verbergen. »An diesem Abend findet das letzte

Treffen des Bonfire-Komitees statt. Das dürfen wir nicht versäumen, richtig, Pat?«

Pat nickte, also wurde beschlossen, die nächste Probe später anzuberaumen.

»Wann findet die Bonfire-Nacht statt?«, fragte Tess.

»Samstag in einer Woche. Hast du das noch nicht mitbekommen? Überall hängen Plakate! Du musst unbedingt kommen. Wir feiern sie jetzt auf Ramblings, und seit Barney und Cassie die Organisation übernommen haben, ist es ein eindrucksvolles Spektakel – sogar Leute von außerhalb kommen deswegen hierher. Es ist ganz anders, als du es aus deinen Kindertagen in Erinnerung hast.«

Damit hatte sie sicher recht, denn Tess war niemals bei einer Bonfire-Nacht in Ribblemill dabei gewesen. Für Grace war das ohnehin eine schlechte Jahreszeit, und fliegende Funken, unberechenbare Feuerwerkskörper und nicht genügend durchgegartes Essen stellten in ihren Augen eine große Gefahr dar. Die Familie Green war jedes Jahr zu Hause geblieben und hatte sich den Spaß durch die Fenster angeschaut. Manchmal hatte Tess das Gefühl, dass sie ihr ganzes Leben damit verbracht hatte, alles durch Fensterscheiben aus Sicherheitsglas zu betrachten.

»Das klingt wunderbar!« Tess setzte rasch ein Lächeln auf. »Natürlich werde ich kommen.«

»Und was ist mit deinem Tim?«, wollte Ethel wissen. »Du hast ihn nun schon eine Weile nicht mehr gesehen. Es ist nicht gut für junge Paare, so lange getrennt zu sein. Bei einer Trennung erkalten die Gefühle, das ist meine Meinung. Kann er dich nicht besuchen? In Dubai gibt es sicher keine Bonfire-Nacht mit Feuerwerk, oder?«

»Das weiß ich nicht.« Mit dieser Frage und Ethels prüfendem Blick hatte Tess nicht gerechnet. Sie verstärkte ihr Lächeln. »Aber er wird sicher nicht zur Feier in Ribblemill kommen können – das ist zu kurzfristig. Schade, dass ich nicht früher daran gedacht habe. Aber es wird bestimmt trotzdem lustig, und da ihr alle da seid, bin ich ja auch nicht allein.« Tess öffnete die Haustür, um alle hinauszubegleiten und diese Unterhaltung zu beenden.

»Mach dir keine Sorgen, Prinzessin.« Abel berührte sie leicht, als er an ihr vorbeiging. »Wir werden dafür sorgen, dass du Spaß hast und um Mitternacht wieder wohlbehalten zu Hause bist.«

Ethel hatte nicht übertrieben: Die Bonfire-Nacht in Ribblemill war tatsächlich ein großes Spektakel – ob es allerdings einen Besucher aus Dubai hierherlocken könnte, blieb dahingestellt. In einer großen Koppel hinter dem Hauptgarten von Ramblings schlugen die Flammen über einem riesigen, pyramidenförmigen Holzstoß hoch in die Luft. Kreisförmig angeordnete Kohlenpfannen mit loderndem Feuer erhellten das Feld, auf dem einige Buden aufgestellt worden waren: Getränke von Mel und dem No Name, Hotdogs, Zuckerwatte und kandierte Äpfel, gespenstische Gesichtsbemalung, Schmuckstücke, die im Dunkeln leuchteten, Leuchtstäbe und alle möglichen Kleinigkeiten, die man sich für wenig Geld kaufen konnte. Es gab sogar ein traditionelles Jahrmarktkarussell in einer weit vom Feuer entfernten Ecke.

Tess schlenderte durch die Menge und ließ den Geruch nach Feuer und Zwiebeln, die lauten Rufe und das

Gelächter auf sich wirken. Einige Pärchen schmiegten sich aneinander, um sich zu wärmen; ein paar Teenager alberten herum und hatten für eine Weile ausnahmsweise ihre Handys vergessen; Familien mit kleinen Kindern bummelten umher und genossen den Anblick und die Atmosphäre. Das hatte sie in ihrer Jugend vermisst – das war das Leben, das sich vor ihrer Tür abgespielt hatte, während sie in der Sicherheit des Hauses hatte bleiben müssen. Und es war herrlich – der Lärm, die Gerüche, der überwältigende Trubel. Sie war begeistert von der Kameradschaft, von dem Gemeinschaftssinn, der alle vereinte, und von der Wärme, die sowohl von den Menschen als auch von dem Holzfeuer ausströmte.

Sie versuchte, bekannte Gesichter zu entdecken, aber das war nicht so einfach, weil die meisten Besucher sich wegen der Kälte mit Schals und Mützen eingemummt hatten und kaum etwas von ihnen zu sehen war. Für alle Fälle lächelte sie jeden freundlich an, während ihre Füße sie fast wie von selbst zu dem Rand des Felds führten, wo eine Coverband beliebte Songs nachspielte. Sie spielte sehr gut, und etliche Zuhörer hatten sich auf den Strohballen, die als Sitzgelegenheiten dienten, niedergelassen. Vor ihnen hüpften ein paar Kinder auf und ab und versuchten, zur Musik zu tanzen.

Tess zog ihren Wollschal enger um den Hals, setzte sich auf das freie Ende eines Ballens und beobachtete den Gitarristen. An diesem Instrument hatte sie sich bisher noch nicht versucht, aber jetzt, wo sie nicht mehr Vollzeit arbeitete, erschien es ihr verlockend. Noah hatte sich bereits an die Klaviermusik im Haus gewöhnt, also würde er sicher auch nichts gegen Gitarrenklänge einzuwenden haben, oder? Es könnte schlimmer sein – zumindest hatte sie nicht vor, ein Schlagzeug aufzustellen.

»Tess! Hallo, Tess!«

Erst als Jackie sie anstupste, erkannte Tess, wer sich den Strohballen mit ihr teilte.

»Hallo!« Sie rutschte zur Seite und zuckte zusammen, als ein scharfer Strohhalm sie in den Oberschenkel pikste. »Sind Sie allein hier? Wo ist Kyle?«

Jackie deutete auf eines der hüpfenden Kinder am Rand der Gruppe, das nicht wirklich dazuzugehören schien, sich aber auch nicht abseitshielt. Der Junge war ganz in Schwarz gekleidet, er trug einen flatternden Umhang, und auf seiner Stirn über seiner Brille schimmerte eine Harry-Potter-Narbe.

»Er trägt andere Kleidung! Das ist großartig! Oder hat er seine alten Klamotten darunter versteckt?«

»Nein, sie hängen in seinem Schrank.« Jackie grinste. »Er trägt jetzt sogar seine Schuluniform. Ich hätte nie gedacht, dass ich das noch erlebe. Noah ist in meinen Augen ein Superheld.«

»Noah?« Tess sah sich rasch um. War er hier? Sie konnte ihn nicht entdecken. »Was hat Noah getan?«

»Ein solches Vorbild hat der arme kleine Junge bisher wahrscheinlich noch nie gehabt. Seit dem ersten Sonntag im Garten verehrt Kyle ihn wie einen Helden. Ich musste ihn jeden Tag nach der Schule für eine halbe Stunde dorthin bringen, damit er Noah helfen konnte. Wahrscheinlich stand er ihm eher im Weg! Er ist ein großartiger Kerl, nicht wahr?«

Tess gab ein unverbindliches »Hmmm« von sich, nicht sicher, ob Jackie damit Kyle oder Noah meinte.

»Im Garten geht es gut voran, richtig? Ihr habt beim Roden schon große Fortschritte gemacht.«

»Das ist nicht mein Verdienst!« Tess lachte. »Je nach Wetterlage kommen am Sonntag mehr oder weniger Freiwillige, aber eine Kerngruppe von etwa sechs oder sieben Dorfbewohnern arbeitet jeden Tag dort. Im Augenblick beschäftigen sie sich hauptsächlich damit, die Mauern vom Gestrüpp zu befreien, und anschließend wollen ein paar Studenten kommen und die beschädigten Ziegel restaurieren. Noah …«

Tess unterbrach sich, als sie in der Menge eine bekannte Schiebermütze entdeckte. Heute Abend war er doch sicher nicht allein unterwegs. Vielleicht bedeutete das, dass … Sie sprang auf.

»Tut mir leid, Jackie. Ich habe da soeben jemanden entdeckt, mit dem ich sprechen möchte. Viel Spaß beim Feuerwerk!«

Sie lief los und schob sich mit einem entschuldigenden Lächeln durch die Menge, bis sie den Mann mit der Kappe erreicht hatte.

»Dad!« Sie zupfte Len am Ärmel, um seine Aufmerksamkeit auf sich zu ziehen. »Was tust du hier?« Sie ließ den Blick über die Leute neben ihm schweifen. »Wo ist Mum? Ist sie hier?«

»Nein, Schätzchen, heute nicht.« In dem Licht der Kohlenpfanne neben ihnen sah Tess das Mitgefühl in seinen Augen. »Ihr war es ein bisschen zu kalt, und du weißt ja, dass sie diese Veranstaltung ohnehin nicht mag.«

Tess nickte. Natürlich wusste sie das. Sie wusste das bereits seit ihren ersten Atemzügen und würde sich auch bei ihren letzten noch daran erinnern. Aber deshalb würde sie die Hoffnung nicht aufgeben, denn was wäre sie ohne dieses Gefühl, das sie von Kopf bis Fuß durchdrang. Manchmal glaubte sie, dass nur die Hoffnung sie aufrechterhielt und ihr es ermöglichte, einen Fuß vor den anderen zu setzen.

Ihr Dad legte ihr einen Arm um die Schultern und führte sie durch die Menge der Feiernden zu einem ruhigen Ort unter einer Lampe. »Ich habe nur kurz vorbeigeschaut, um nach dir zu sehen. Und ich habe schon befürchtet, dass meine Mühe bei diesem Gedränge vergebens war.« Er griff in seine Tasche und zog ein Kuvert und ein kleines Päckchen hervor. »Ich wollte dir das geben. Morgen kann ich deine Mutter nicht allein lassen, aber du weißt, dass ich an dich denken werde.« Er zog sie in seine Arme. »Du hast mich vom Tag deiner Geburt an sehr glücklich gemacht. Vergiss das nie.«

Tess legte den Kopf an seine Schulter und nickte, bevor sie einen Schritt zurücktrat und die Geschenke in ihrer Tasche verstaute.

»Ich will jetzt keine Tränen sehen.« Len wischte ihr mit seinem Taschentuch das Gesicht ab. »Meine Tessie soll nur lächeln. Es gibt nichts, weswegen du traurig sein müsstest. Du hast ein hübsches Zuhause, einen netten Mann und einen guten Job. Du hast so viel erreicht, also gibt es keinen Grund für Tränen. Wir sind sehr stolz auf dich, Schätzchen.«

Noch nie war es Tess so schwergefallen, sich zu einem Lächeln zu zwingen.

»Dad …«, begann sie und hielt dann inne. Sie wollte ihm zwar die Wahrheit sagen, aber eigentlich wollte sie nicht, dass er sie erfuhr. Wie sollte sie dieses Dilemma lösen? Der Moment war vorüber, bevor sie versuchen konnte, sich zu entscheiden. Len tätschelte ihr die Schulter.

»Ich sollte jetzt lieber wieder zurückgehen. Viel Spaß noch in der Bonfire-Nacht. Das Feuer ist großartig, oder? Und die Gartenabfälle wurden nicht verschwendet.«

Tess warf einen Blick zu dem brennenden Holzstoß hinüber. Noah hatte die im Garten abgeholzten Sträucher regelmäßig auf eine Schubkarre geladen und abtransportiert, aber sie hatte nicht gewusst, dass er sie hierhergebracht hatte. Als sie sich wieder umdrehte, war ihr Dad verschwunden, und sie sah nur noch seine Kappe in der Menge wippen, als er zurück zu ihrer Mum eilte.

Aus dem Programm, das sie mit ihrer Eintrittskarte erhalten hatte, entnahm sie, dass das Feuerwerk erst in einer halben Stunde beginnen würde. Tess schaute sich um und überlegte, wo sie nun hingehen sollte, da entdeckte sie Cassie, die eine Schar Kinder in gruseliger Verkleidung anführte. Alle schwenkten Taschenlampen und Laternen.

»Buh!«

Tess schrie unwillkürlich auf und drehte sich um.

Hinter ihr stand Abel und grinste. »Was ist los? Du hast doch wohl keine Angst vor Hexen und Vampiren?« Er deutete auf die Kinder. »Dem Letzten würde ich allerdings nicht begegnen wollen. Ist er als Werwolf verkleidet, oder wurden ihm noch nie die Haare geschnitten …«

»Sei nicht so gemein.« Tess lachte, dankbar für die Ablenkung. »Sie sehen alle süß aus!«

»Findest du?« Abel verzog das Gesicht. »Meine Vorstellung von süß ist anders. Ich sehe da eher blonde Locken unter einer hübschen pinkfarbenen Mütze hervorlugen …« Er beugte sich vor, und Tess konnte seinen warmen Atem an ihrer Wange spüren. »Bist du allein hier?«

»Wohl kaum! Ich habe das Gefühl, dass halb Lancashire hier ist! Das Fest findet großen Anklang.« Sie wich einen Schritt zurück – nicht sehr feinfühlig, aber notwendig. »Wo ist Noah?«, fragte sie lächelnd. »Ich dachte, er würde dich begleiten.« Abel war im Cobweb Cottage angekommen, um Noah zum Mitkommen zu überreden, als sie sich gerade auf den Weg gemacht hatte.

»Ich hasse es, erwachsen zu sein«, erwiderte Abel. »Als wir noch Teenager waren, waren alle Mädchen hinter dem älteren Bruder her. Und nun sind plötzlich alle an der jüngeren Ausgabe interessiert …« Er lachte. »Noah ist drüben am Stand vom No Name und unterhält sich mit Barney. Wir sind zu dem alten Muster von Jägern und Sammlern zurückgekehrt. Er kümmert sich um die Getränke und ich mich ums Essen. Möchtest du einen Hotdog?«

»Aber Barney ist wie Cassie Jurymitglied bei der Beurteilung der besten Verkleidung. Und Noah ist nicht bei ihm.«

Abel schaute in die Richtung, in die Tess zeigte. »Mist! Wo steckt er?« Das Lächeln auf seinem Gesicht verschwand, während er den Blick über die Menge schweifen ließ. Seine Größe verschaffte ihm dabei Tess gegenüber einen Vorteil. »Ich kann ihn nicht sehen. Ich versuche, ihn anzurufen.« Er zog sein Telefon aus der Tasche. »Oh, er hat mir eine SMS geschickt.«

Abel zeigte sie Tess. *»Tut mir leid. Zu viel. Bin nach*

Hause gegangen.« Er seufzte. »Vielleicht haben wir uns zu viel vorgenommen. Aber er hat bereits große Fortschritte gemacht, sich mit den Leuten im Garten getroffen und ...« Er strich sich über den Kopf. »Ich werde besser nach ihm sehen.«

»Nein.« Tess stellte sich vor ihn hin. »Ich werde gehen. Wenn du kommst, weiß er sofort, dass du ihm nachgegangen bist. Bei mir ist es nicht so offensichtlich.«

»Aber ...« Abel musterte sie. »Du weißt nicht ...«

»Doch. Deine Mum hat es mir erzählt. Und ich habe die Stimmungen und die Albträume miterlebt. Natürlich verstehe ich nicht alles, aber ich weiß Bescheid. Und ich weiß auch, dass er kein großes Aufheben um seine Person will. Wenn ich jetzt nach Hause komme, wird ihm das nicht verdächtig vorkommen.«

»Dann verpasst du aber das Feuerwerk.«

»Feuerwerk wird oft überbewertet.« Tess lächelte. Sie wäre gern geblieben, um es sich anzuschauen, aber die andere Sache war wichtiger. »Wer braucht schon diese Knallerei, die grellen Lichter und die sprühenden Funken?«

»Lässt du mich bitte per SMS wissen, ob es ihm gut geht?«

Tess nickte und ging durch die Koppel zur Rückseite des Hauses, wo der Pfad nach Cobweb Cottage abzweigte. Sie richtete den Strahl ihrer Taschenlampe auf den holprigen Boden und lief, so schnell sie konnte. Als sie das Cottage erreichte, war sie erleichtert, und ihr fiel ein Stein vom Herzen, als sie in Noahs Wohnzimmer Licht sah. Im Haus war alles still: kein Geräusch aus Noahs Zimmer und keine Begrüßung von Morag, was sehr ungewöhnlich war.

»Morag?«, rief sie. »Morag? Bist du da?«

Das Kätzchen schien ein Identitätsproblem zu haben und sich eher für einen Hund als für eine Katze zu halten – normalerweise rannte es sofort zur Tür, wenn es jemanden kommen hörte. Als es nicht auftauchte, warf Tess zuerst einen Blick in ihr Wohnzimmer und dann in die Küche und rief dabei laut nach ihm. Das war der perfekte Vorwand. Sie klopfte an Noahs Tür und spähte in das Zimmer. Noah saß auf dem Sofa, hatte seine Beine ausgestreckt und übereinandergelegt, den Kopf an die Lehne gestützt und die Augen geschlossen. Morag hatte sich zufrieden in seinen Armen zusammengerollt, doch als sie Tess sah, begann sie zu zappeln. Noah schlug die Augen auf.

»Ha!«, rief Tess, als er blinzelte und langsam den Blick auf sie richtete. »Du bist mir zuvorgekommen!«

»Was?« Noah zog die Beine an und setzte sich auf. Morag nützte die Gelegenheit, sprang auf den Boden und rieb sich an Tess' Beinen. Tess hob sie auf und drückte ihr einen Kuss zwischen die Ohren.

»Wir hatten anscheinend den gleichen Gedanken. Ich habe mir auch Sorgen um Morag gemacht.«

»Morag?«

»Ja! Sie ist doch noch ein Baby. Ich hatte Angst, dass sie sich vor dem lauten Feuerwerk fürchten könnte, also bin ich gekommen, um nach ihr zu sehen. Aber du warst schon vor mir da. Alles in Ordnung mit ihr?«

»Alles okay.« Noah beugte sich vor und zog seine Socke zurecht, an der Morag wahrscheinlich gekaut hatte. »Das Feuerwerk hat noch nicht angefangen. Ich bleibe bei Morag, und du kannst zurückgehen.«

»Nein, ich glaube nicht, dass ich noch einmal den dunklen Pfad riskieren möchte – nicht mit diesen Schuhen!« Sie hob ein Bein, und Noah warf höflich einen Blick darauf. Seine Miene zeigte deutlich, was er von ihren hochhackigen Stiefeln hielt. Natürlich waren sie völlig ungeeignet, das wusste sie, auch ohne seine hochgezogenen Augenbrauen zu sehen. »Außerdem kommt ein Film, den ich mir gern anschauen möchte.« Sie kraulte Morag am Kopf und setzte sie auf den Boden. »Ich werde mir vorher ein Bad einlassen. Kannst du dich um Morag kümmern?«

Er schaute sie an, und sie setzte das unschuldigste und am wenigsten verdächtige Lächeln auf, das sie zustande bringen konnte. Aber diese klaren Augen waren darauf geschult, Verdächtiges zu entdecken. Sie zog sich rasch zurück, bevor er seine Fähigkeiten an ihr anwenden konnte, und während sie sich ein Bad einließ, schrieb sie eine kurze SMS an Abel, um ihm mitzuteilen, dass Noah zu Hause war und, soweit sie das beurteilen konnte, sich benahm wie immer.

Das Feuerwerk ging los, als sie in der Badewanne lag, vom Hals bis zu den Zehen mit nach Orangenblüten duftendem Schaum bedeckt. Tess beobachtete durch das Badezimmerfenster, wie ein Farbenmeer den dunklen Nachthimmel erleuchtete: Streifen wie Schweife von Sternschnuppen, Sternregen, der sanft auf die Erde niederfiel, und eine rasche Explosion von vielen verschiedenfarbigen Lichtpunkten im Dunkeln. Es war ein herrlicher Anblick, aber es knallte so laut, als wäre das Haus unter Beschuss. Tess sprang aus der Badewanne, hüllte sich in ein Handtuch und spähte über das Treppengeländer. Es war nichts zu sehen, aber in Noahs Zimmer lief der Fernseher mit voller Lautstärke.

Tess zögerte. Sie war heute eher dran als sonst; üblicherweise badete sie später und ging danach gleich zu Bett. Im Moment wollte sie nur ihren Schlafanzug und ihren Bademantel anziehen und es sich vor dem Fernseher gemütlich machen – und genau das hätte sie jetzt getan, wenn sie allein leben würde. Musste sie sich jetzt wirklich noch einmal anziehen, frisieren und ihr Make-up auffrischen, nur für den unwahrscheinlichen Fall, dass sie Noah noch einmal begegnen würde? Es widersprach ihren lebenslangen Instinkten, sich jemandem zu zeigen, wenn sie nicht perfekt zurechtgemacht war, aber sie waren beide inzwischen geübt darin, sich so im Haus zu bewegen, dass sie sich abends nicht über den Weg liefen. Und selbst wenn ... Der Gedanke überraschte sie; das war eine Erkenntnis, die sie sich selbst nicht erklären konnte. Selbst wenn er sie so sehen würde, wäre das so schlimm? Sie war bereits im Schlafanzug vor ihm gestanden, und er hatte es wahrscheinlich nicht einmal bemerkt. Schließlich hatte Noah sich bereits in ihren Armen ausgeweint. Warum sollte sie sich also Sorgen darüber machen, ihm ihr wahres Selbst zu zeigen?

Tess schlich sich nach unten, eingehüllt in ihren flauschigen Bademantel, mit Hausschuhsocken an den Füßen und das feuchte Haar zu einem unordentlichen Pferdeschwanz zurückgebunden. Unbemerkt schlüpfte sie in ihr Zimmer – zumindest hatte sie das gedacht. Doch kaum fünf Minuten später hörte sie ein vertrautes Kratzgeräusch an der Tür.

»Morag«, flüsterte sie, nachdem sie die Katze hereingelassen hatte. »Warum bist du denn nicht bei Noah? Er braucht dich heute Abend mehr als ich.«

Morag sprang auf Tess' Knie und drückte damit unmissverständlich aus, dass sie sich auf der flauschigen Decke niederlassen wollte, die sich Tess anscheinend übergeworfen hatte. Zehn Minuten lang döste sie zufrieden, doch dann sprang sie auf und kratzte wieder an der Tür, um hinausgelassen zu werden. Das Spielchen wiederholte sich dreimal in immer kürzer werdenden Abständen, bis Tess schließlich entnervt die Tür aufriss.

»Morag!« Sie drohte der Katze mit dem Finger. »Hast du irgendwelche Pillen gefressen? Du bist heute die lästigste Katze der Welt. Und du musst dich jetzt entscheiden: Willst du zu ihm oder zu mir?«

Morag gab sich ganz und gar unschuldig. Und Noah, der an der Tür zu seinem Zimmer aufgetaucht war, wirkte auf unerwartete Weise sehr belustigt.

»Pillen?« Seine Stimme vibrierte vor unterdrücktem Lachen. »Du willst einem Tier ein Ultimatum stellen?«

»Nicht irgendeinem Tier. *Morag.*«

Er nickte, als würde er diesen Unterschied für gut befinden. Tess hatte ihn oft genug im Umgang mit dem Kätzchen beobachtet und wusste, dass er es ebenso liebte, wie sie es tat.

»Also gut, Morag. Nun ist eine Entscheidung fällig.« Noah schaute die Katze an. »Mit wem willst du den Abend verbringen?« Morag legte sich hin und rollte sich zwischen Tess und Noah auf dem Boden. »Natürlich bin ich im Nachteil, weil ich keine Decke anhabe.«

Er lächelte – sehr zögernd, aber doch bestimmt, so als würde er zum ersten Mal auf einem Fahrrad ohne Stützen fahren. Irgendetwas an diesem großen, tapferen Mann mit seinen unvorhersehbaren Launen, seinen schrecklichen Erinnerungen und seinem vorsichtigen Lächeln berührte Tess, und sie vergaß alles um sich herum und wusste nur noch, dass sie sich in diesem Moment normal, ganz wie sie selbst und so zufrieden fühlte wie nie zuvor.

Die laute Melodie eines bekannten Werbespots schallte gleichzeitig aus beiden Wohnzimmern.

»Gefällt dir der Film?«, fragte Tess.

»Er ist nicht schlecht.« Noah trat zwei Schritte in sein Zimmer zurück, zögerte dann und warf einen Blick über die Schulter. »Mein Fernseher ist größer. Möchtest du …« Er starrte auf einen Punkt hinter Tess' Schulter. »Möchtest du ihn dir hier zu Ende anschauen?« Er fuhr sich mit der Hand über den Kopf. »Vielleicht beruhigt Morag sich dann.«

Es gab wahrscheinlich tausend Gründe, warum Tess sein Angebot ablehnen sollte. Aber sie ignorierte sie und ließ nur den einen gelten, der dafür sprach, darauf einzugehen.

»Okay«, erwiderte sie. »Wenn es Morag glücklich macht …«

12

Das Klingeln des Festnetztelefons am nächsten Morgen war eine Überraschung. Tess hatte es seit ihrem Einzug noch nie gehört. Sie schaute Noah an, dessen Miene ein wenig sanfter wirkte als üblicherweise. Irgendetwas hatte sich gestern verändert; sie hatten es sich auf seinem Sofa bequem gemacht, um sich den Film anzuschauen, und Morag hatte zufrieden neben ihnen gedöst. Ein zarter Faden des gegenseitigen Verständnisses hatte sich zwischen ihnen entsponnen, beinahe so, als hätten sie stillschweigend einen Pakt geschlossen, dass das Leben außerhalb des Zimmers nicht existierte und dass sie sich gegenseitig nicht beurteilen würden.

Keiner von beiden rührte sich, während das Telefon weiter klingelte, bis Noah schließlich den Hörer abnahm.

»Hallo?« Seine Miene verdüsterte sich für einen kurzen Moment. »Tessie? Ja, sie ist hier.« Er reichte Tess das Telefon. »Es ist Tim.«

»Tim?« Tess starrte so gebannt auf den Hörer, als würde er sich in ein Bild von Tims Gesicht verwandeln und das beweisen. »Tim?«, wiederholte sie. »Bist du sicher?«

»Ich denke schon.«

Noah trat einen Schritt näher, und sie streckte den Arm aus. Ihr war klar, dass ihm das Zittern ihrer Hand nicht entgehen würde, aber sie konnte es nicht unterdrücken. Rasch legte sie den Hörer an ihr Ohr.

»Tim?« Sie hörte, wie unsicher ihre Stimme klang, und hoffte, dass Noah das nicht bemerkt hatte.

Und dann vernahm sie ein lautes Lachen und stieß den angehaltenen Atem aus. Natürlich war das nicht Tim. Das hätte sie schon bei dem Spitznamen Tessie wissen müssen. Er hatte sie nie so genannt. Was hatte sie sich nur gedacht? Anderen etwas vorzuspielen war eine Sache, aber sich selbst zu täuschen sollte nun wirklich nicht sein.

»Hi, Tess!« Es war ihr Bruder Max, dessen ursprünglicher Lancashire-Akzent nun einen leichten australischen Klang hatte. »Was ist los? Hat Tim etwa noch nicht angerufen? Nimm's ihm nicht übel. Wahrscheinlich hat er ebenso wie ich versucht, dich auf deinem Handy zu erreichen. Ist es kaputt?«

»Oh … nein … ich habe gestern Abend vergessen, es aufzuladen.« Sie hatte zu viele andere Dinge im Kopf gehabt. Als sie aufschaute, sah sie, wie Noah die Küche verließ.

»Das kann schon mal passieren, wenn man das hohe Alter von zweiunddreißig Jahren erreicht hat. Von da an geht's nur noch bergab.« Max lachte. »Warte nur, bis dein vierzigster Geburtstag vor der Tür steht, so wie bei mir. Wenn du plötzlich Kinder bitten musst, dir die neueste Technik zu erklären, dann weißt du, dass du deine besten Jahre hinter dir hast. Aber das hast du ja alles noch vor dir.«

»Wahrscheinlich.« Zumindest das Älterwerden.

»Hey, Tessie, alles in Ordnung? Du klingst gar nicht wie sonst.« Er hielt inne, aber sie gab keine Antwort. Was sollte sie darauf sagen? Das *war* sie: kein Lächeln, kein Lachen, keine Ausrufezeichen. Nur war das nicht das, was die Leute von ihr wollten oder erwarteten. Aber durfte sie nicht einmal an diesem Tag ehrlich sein? »Warst du auf dem Friedhof?«

»Ja, schon am Morgen.« Früh, aber nicht früh genug. Grace war schon dort gewesen und wieder verschwunden wie der Morgennebel, nachdem sie das Grab liebevoll mit Blumen geschmückt hatte. Tess hatte ihre Chance verpasst. Sie würde ihre Mum heute nicht mehr sehen.

»Ist wirklich alles okay?«

»Natürlich!« Tess lächelte, eher zu ihrem eigenen als zu seinem Nutzen. Sie musste sich zusammenreißen und eine bessere Vorstellung bieten.

»Also, was hast du heute vor? Ich hoffe, du feierst dieses Jahr eine wilde Party – jetzt, wo Tim nicht da ist, um ganz vernünftig alles unter Kontrolle zu halten.«

Tess lachte.

»Wild wird es schon, aber nicht so, wie du denkst. Hast du von dem ummauerten Garten auf Ramblings gehört? Ein wunderbarer Ort! Und ich werde heute dort beim Roden helfen.«

»Meinst du damit, dass du dekorativ dabeistehst und motivierende Gespräche führst? Ich kann mir nicht vorstellen, dass du richtig zupackst und dabei riskierst, Erde unter den Fingernägeln zu haben.« Max lachte wieder. »Ich habe schon von dem Garten gehört. Dein Mitbewohner Noah Thornton ist dafür zuständig, richtig? Wie läuft es mit ihm? Für deinen Geschmack ist er wohl ein wenig zu ungehobelt. Dad scheint ihn zu mögen. Offensichtlich seid ihr beide ganz besessen.«

»Ich bin nicht besessen von Noah!«

In der Leitung zwischen Australien und Ribblemill entstand ein langes Schweigen.

»Ich meinte damit den ummauerten Garten«, erklärte Max schließlich.

»Ich weiß – das war nur ein Witz!« Tess war froh, dass er die Schamesröte auf ihrem Gesicht nicht sehen konnte. »Der Garten ist wirklich toll! Das muss ich dir unbedingt erzählen …«

Noah hatte erwähnt, dass er in der kommenden Woche von Donnerstagmorgen bis zum Freitagabend nicht hier sein würde, also war Tess überrascht, als sie am Donnerstagvormittag das Haus verließ und ihn mit einer fast aufgerauchten Zigarette vor dem Eingang nervös hin und her gehen sah. Sie hatte mittlerweile festgestellt, dass er nur rauchte, wenn er unter Stress stand. Sie konnte nicht widerstehen, ihm ihre Hilfe anzubieten, anstatt es zuzulassen, dass er wegen seines Problems weiterhin den Waldboden zertrampelte.

»Alles in Ordnung?«, fragte sie, während er seine Zigarette fallen ließ und sie wütend austrat. »Ich dachte, du würdest heute wegfahren.«

»Das wollte ich auch.« Er fuhr sich mit der Hand durchs Haar. »Abel sollte mich fahren, aber er wurde zu einem Notfall auf Old Tom's Farm gerufen. Er wird es nicht rechtzeitig schaffen.«

»Rechtzeitig wofür? Wohin willst du denn?«

»Nach Yorkshire. Zu einigen restaurierten ummauerten Gärten.« Er schlug mit der rechten Faust so fest gegen die Hausmauer, dass es ihm mit Sicherheit wehtat. »Dumme Kuh.«

Tess hoffte, dass er damit das kranke Tier und nicht sie meinte. Ein Blick auf seine Miene sagte ihr, dass sie ihn lieber nicht danach fragen sollte. »Kannst du nicht später losfahren? Oder an einem anderen Tag?«

»Ich habe mich mit den Besitzern der Gärten verabredet. Sie haben nur noch diese Woche geöffnet, bevor sie für den Winter schließen.«

»Kannst du nicht mit dem Zug fahren? Oh!« Ihre Wangen begannen zu brennen, als ihr das Blut ins Gesicht schoss. »Nein, natürlich kannst du das nicht.« Tess wandte den Blick ab. Warum hatte sie das gesagt? Es war ihr einfach so herausgerutscht. Sie hatte helfen wollen und einen Vorschlag gemacht – und ihn dann schnell wieder zurückgenommen, ohne darüber nachzudenken. Sie sollte doch eigentlich nichts darüber wissen. Er hatte ihr nichts von seiner Vergangenheit erzählt, nichts über das Zugunglück, und nun würde er daraus schließen, dass sie hinter seinem Rücken mit jemandem über ihn gesprochen hatte. Am liebsten wäre sie im Erdboden versunken. Vielleicht würde er ihr dabei helfen und sie in den Boden stampfen wie seinen Zigarettenstummel … »Und mit dem Fahrrad?« Sie wagte einen vorsichtigen Blick in seine Richtung. Er rieb sich die Hände und schaute auf den Wald hinaus.

»Das wäre eine Möglichkeit, aber sie ist nicht ideal. Ich möchte ein paar Pflanzen mitbringen.«

»Ich kann dich fahren.« Es war nicht ihre Hilfsbereitschaft, die sie zu diesem spontanen Angebot veranlasst hatte – zumindest nicht nur. Sie fühlte sich schuldig, weil sie ihn an das erinnert hatte, was er zu verdrängen versuchte. Es war ein verzweifelter Versuch, ihn rasch davon abzulenken. »Ich habe heute keinen Musikunterricht, und den Bastelkurs kann ich auslassen.«

»Wir wollten über Nacht bleiben. Eine der Verabredungen ist für morgen früh geplant.«

»Oh!« Tess zögerte, aber jetzt hatte sie sich bereits verpflichtet, und sie wollte ihn auf keinen Fall enttäuschen, da ihm der Garten offensichtlich sehr viel bedeutete. »Kein Problem. Ich muss nur am Abend zum Treffen der Jugendgruppe wieder hier sein.«

»Wir haben nur ein Zimmer gebucht.«

Trotz der Mischung aus Schuldgefühlen und Hilfsbereitschaft konnte sie daran nichts Gutes finden. Aber … war sie vielleicht übertrieben prüde? Wahrscheinlich hatten sie ein Zimmer mit zwei Betten gebucht. Sie hatte bereits in seinem Schlafzimmer auf dem Boden geschlafen – auch wenn er das nicht wusste –, und das war nicht viel anders, oder? Sie waren beide erwachsen und vernünftig und konnten sich doch ein Zimmer teilen, ohne dass irgendetwas Ungehöriges passieren würde. Sie fühlten sich nicht zueinander hingezogen. Er hielt sie für eine dumme Disney-Prinzessin, und sie ihn für einen … Darüber wollte sie nicht weiter nachdenken.

»Jetzt mitten im November werden wir sicher noch ein freies Zimmer finden.« Und wenn nicht … nun, darüber würde sie sich Gedanken machen, wenn es so weit war.

»Warum willst du das tun?« Auf seinem Gesicht lag wieder der vertraute Ausdruck von Skepsis. Er dachte sicher, dass sie nur Mitleid empfand, und auch ohne weitere Worte war ihr klar, dass er ihre Hilfe unter dieser Voraussetzung nicht annehmen würde.

Sie lächelte. »Weil ich möchte, dass der Garten in Ramblings ein Erfolg wird. Genau wie du. Ich bin nur ein Jahr hier – das ist meine Chance, etwas Sinnvolles daraus zu machen.«

Er dachte eine gefühlte Ewigkeit darüber nach und musterte sie dabei gründlich. Schließlich nickte er. »Wenn du willst.«

»Prima! Gib mir zehn Minuten Zeit zum Packen.«

Sie hatte die Türschwelle bereits überschritten, als sie hinter sich ein leises »Danke« hörte.

Die Fahrt über die Penninen dauerte lange. Tess hatte nicht erwartet, dass Noah ständig mit ihr plaudern würde, aber nachdem er in den Wagen gestiegen war und ihr die Adresse genannt hatte, hatte er die Augen geschlossen, den Kopf zurückgelegt und die ganze Fahrt über kein Wort gesprochen. Erst als Tess auf dem Parkplatz vor dem ersten Garten den Motor abstellte, schlug er die Augen wieder auf.

»Was war das für eine Musik?«, fragte er.

»Bach.« Sie lächelte; sie hatte sich gefragt, ob er tatsächlich eingeschlafen war. »Wunderschön, richtig?«

»Sie fühlt sich an …« Er legte eine Hand auf die Brust. »Als würde dich jemand öffnen und dann mit einem großen Holzlöffel rühren.«

»Die Musik hat dich bewegt! Das ist großartig!«

»Ach ja?« Er zuckte mit den Schultern, drehte sich um und ging über den Parkplatz zum Kassenhäuschen hinüber. Wie man auf dem Schild am Eingang lesen konnte, war der Garten der Öffentlichkeit zugänglich, und von den Eintrittsgebühren wurde die Instandhaltung finanziert. Noah fragte nach der Besitzerin Clare, und kurz darauf kam eine Frau Anfang fünfzig in einer abgewetzten Öljacke und schmutzigen Gummistiefeln zu ihnen und lächelte sie strahlend an.

»Hallo! Ich bin Clare Marshall, und Sie müssen Noah sein.« Sie zog einen erdverschmierten Gartenhandschuh aus, reichte Noah die Hand und schenkte Tess ein Lächeln. »Und Sie sind Mrs Noah? Ich hätte mir denken können, dass Sie zu zweit kommen! Immer paarweise, so wie in der Bibel. Sehr viel mehr weiß ich leider nicht darüber. Wie hieß Noahs Frau gleich noch? Sie spielte keine Hauptrolle, nicht wahr? Glücklicherweise haben sich die Zeiten geändert – obwohl wir bei dem Wetter in letzter Zeit beinahe täglich mit einer Flut rechnen können. Gut, dass Sie sich Gummistiefel angezogen haben. Gehen wir in den Garten?«

Clare war schon durch das Tor verschwunden, bevor Tess ihren Namen nennen oder darauf hinweisen konnte, dass sie nicht Mrs Noah war. Sie lächelte Noah an, und er wich zurück, um ihr den Vortritt zu lassen. Sie war sich nicht sicher, ob er nur höflich sein wollte oder nur nicht in die Schusslinie von Clares nächstem Wortschwall geraten wollte.

Sie schlenderten eine Stunde lang durch den Garten. Er

war etwa doppelt so groß wie der auf Ramblings, und an einem Ende stand ein aufwendiges Gewächshaus aus Glas, das sich von einer Ecke zur anderen erstreckte. Clare zeigte ihnen einige der selteneren Pflanzen und gab ihnen Ratschläge, wie man sie am besten pflegte, während Noah alles in ein Heft schrieb, das verdächtig nach dem Notizbuch eines Polizisten aussah. Tess saugte alle Informationen auf und war fasziniert, wie bedacht alles geplant war, wie hart hier gearbeitet wurde und wie leidenschaftlich und enthusiastisch Clare sich dieser Aufgabe widmete. Sie war beeindruckt und zweifellos auch neidisch. Wie schön war es wohl, seine Tage mit Arbeit zu verbringen, die man liebte? Sie dachte an den Prospekt für Kurse in Musiktherapie, den sie in ihrer besonderen Schachtel verstaut hatte. Würde sie jemals den Mut haben, das herauszufinden?

Nach der Führung durch den Garten brachte Clare sie zu ihrem Büro, das sich in einem alten Schuppen befand, servierte ihnen Tee und Kekse und zeigte ihnen ein Tagebuch, das sie während der Restaurierung geführt hatte. Im Vergleich zu dem Garten, den sie auf den Fotos sahen, war der auf Ramblings nur wenig überwuchert. Clare hatte eine Machete gebraucht, um sich einen Weg zu bahnen. Wenn keine gesundheitlichen und sicherheitstechnischen Gründe dagegen gesprochen hätten, wäre sie in Versuchung geraten, alles komplett niederzubrennen. Es war kaum zu glauben, dass der Dschungel auf den Bildern sich in diesen herrlichen Garten verwandelt hatte.

»Es hat sehr lange gedauert«, erzählte Clare und lachte über Tess' Ausrufe beim Durchblättern des Tagebuchs. »Sie sollten heute einen guten Rat mitnehmen: Haben Sie

Geduld. Im ersten Jahr werden Sie schon einen kleinen Erfolg sehen – vielleicht mit ein paar Einjahrespflanzen, um ein wenig Farbe hineinzubringen, und etwas Gemüse, falls Sie das anbauen wollen. Ich würde es Ihnen empfehlen, denn nach all der Knochenarbeit ist das eine wahre Freude, aber es wird Jahre dauern, um einen schönen Garten zu haben. Was Sie dort draußen sehen, ist das Ergebnis von fünfzehn Jahren Arbeit, und wir haben noch einen langen Weg vor uns.«

»Fünfzehn Jahre!« Tess' Mut sank. Sie hatte nicht einmal eine Ahnung, wo sie sich in einem Jahr aufhalten würde, geschweige denn in fünfzehn Jahren. Würde sie den Garten auf Ramblings nach der Restaurierung jemals in all seiner Pracht zu sehen bekommen? Vielleicht könnte sie als Besucherin vorbeikommen, so wie an diesem Tag, aber diese Vorstellung betrübte sie; ihr Traum von ihrer Rolle in der Geschichte des Gartens verflog wie eine Blüte im Wind. »Mir war nicht bewusst, dass es so lange dauert.«

»Ein Garten ist niemals ganz fertig«, erwiderte Clare und lachte. »Dieser hier wird noch bearbeitet werden, wenn es mich schon lange nicht mehr gibt. Wir haben ein paarmal falsch angefangen, weil wir noch nicht entschieden hatten, was wir daraus machen wollen. Sie haben aber schon einen festen Plan, oder?«

Noah nickte. »Wir möchten einen Musikgarten gestalten. Einer der Treuhänder von Ramblings kennt einen Gartendesigner. Er wird sich um das Layout kümmern und uns Ratschläge zur Bepflanzung geben.«

»Musikgarten?« Davon hatte Tess nichts gewusst. »Das

klingt wunderbar! Aber willst du dich nicht an den Originalplan halten, den du mir gezeigt hast?«

»Bis zu einem gewissen Punkt schon, aber wir wollen aus den ursprünglichen zwei Teilen eine Fläche machen. Und in der Mitte soll als Blickpunkt eine Wasserskulptur errichtet werden. Und das plätschernde Wasser klingt anscheinend wie Musik.« Noah klang nicht ganz überzeugt.

»Das hört sich wunderbar an!«

»Falls es klappt. Mein Bruder ist damit beauftragt.«

»Abel?«

»Reuben. Er ist Bildhauer.«

»Wow!« Tess war einen Moment lang sprachlos. Wenn sie an die drei Thornton-Brüder dachte, erinnerte sie sich vor allem an ihr Selbstbewusstsein – fast schon Großspurigkeit – und an ihre gewaltige körperliche Präsenz. Sie hatten sich auf eine Weise entwickelt, die sie nicht erwartet hatte: Einer war ein fürsorglicher Tierarzt, einer ein empfindsamer Bildhauer und einer … Sie warf einen Blick auf Noah. Ein Held, obwohl er das nie so sehen würde.

»Was haben Sie sonst noch vor, um das Thema Musik herauszustellen?«, fragte Clare. »Hoffentlich keine Hintergrundmusik.«

Tess beobachtete enttäuscht, wie Noah den Kopf schüttelte; ihr gefiel die Vorstellung, sich durch eine Lücke in einer Buchsbaumhecke zu zwängen und von einer Fanfare von Händel begrüßt zu werden.

»Die Inspiration dazu kommt vom Haus Ramblings«, erklärte Noah und rutschte auf dem umgedrehten Eimer hin und her. In dem Büro gab es nur zwei Stühle, und er hatte darauf bestanden, dass Tess auf einem davon Platz nahm, obwohl sie von ihrer Größe her viel besser auf den Eimer gepasst hätte als er. »Die meisten der Schlafzimmer dort sind nach Hauptstädten benannt, und einige davon sind auch im Stil des jeweiligen Landes eingerichtet. Der Garten wird in verschiedene Abschnitte aufgeteilt und nach diversen Komponisten benannt. Die einzelnen Bereiche sollen dann in den Farben und im Stil des Geburtslandes des jeweiligen Komponisten gestaltet werden. Vielleicht importieren wir einige Pflanzen, wenn wir hoffen können, dass sie in Lancashire gedeihen. Es ist ein Tribut an die Vorbesitzerin, die klassische Musik liebte.«

»Das ist ein großartiger Plan. Wir haben hier einige Pflanzen aus dem Ausland in allen möglichen Farben. Geben Sie mir Bescheid, wenn die Auswahl der Länder feststeht, dann kann ich Ihnen vielleicht etwas Passendes geben.«

»Hast du die Komponisten schon ausgewählt?«, fragte Tess.

»Nein, aber ich habe bereits mit Barney und Cassie darüber gesprochen. Sie möchten sich nicht nur auf die großen Namen beschränken, aber wir verstehen alle nicht genug von Musik.« Noah klappte sein Notizbuch zu, schob den Stift in die dafür vorgesehene Lasche und steckte es in die Tasche. Auch wenn es unwahrscheinlich war – Tess hätte schwören können, dass er es bewusst langsam tat, um sie auf die Folter zu spannen. Als er sie schließlich ansah, lag in seinen Augen ein verdächtiges Funkeln, das sie vorher noch nie bei ihm gesehen hatte. Er legte den Kopf schräg, als würde er sie erst jetzt in Betracht ziehen. »Könntest du uns dabei helfen?«

»Ja! Liebend gern!«

Sie blieben in dem Garten, bis er geschlossen wurde, und fuhren dann in der Abenddämmerung weiter zu dem Marktstädtchen, in dem Noah ein Zimmer gebucht hatte und das in der Nähe des zweiten Gartens lag. Sie hatten keine Zeit für ein Mittagessen gehabt, und Tess hatte seit dem Frühstück nur ein paar von Clares Keksen gegessen. Als sie in einem hübschen Ort an einer Kreuzung warten mussten, knurrte ihr Magen laut, und sie rutschte auf dem Sitz hin und her, um das Geräusch zu unterdrücken.

»Hungrig?«, fragte Noah.

Tess nickte.

»Sollen wir anhalten und etwas essen?«

Sie wusste nicht, was sie darauf antworten sollte. Sie waren schon an einigen Pubs vorbeigefahren, aber soweit sie wusste, ging er in Ribblemill nur ungern ins No Name, und sie nahm an, dass er weder den Lärm noch die Menschenmenge in einem Pub mochte. Aber welche Alternativen gab es? Für ein Restaurant waren sie mit ihrer mit Schlamm verschmierten Kleidung nicht richtig angezogen. Und sie konnte sich ihn auch nicht in einem der Lokale vorstellen, in die Tim sie immer ausgeführt hatte – mit höflicher Konversation bei Kerzenlicht und dem leisen Klirren von Geschirr und Gläsern im Hintergrund. »Was hättet ihr gegessen, wenn Abel mitgekommen wäre?«, fragte sie.

»Wahrscheinlich Fish and Chips auf einer Parkbank.«

Tess bremste abrupt, lenkte den Wagen an die Seite und parkte etwas schief am Randstein.

»Was ist los?« Noah warf einen Blick durch das Rückfenster. »Hast du etwas überfahren?«

»Natürlich nicht!« Sie deutete auf ein hell erleuchtetes Gebäude auf der anderen Straßenseite, vor dem einige Leute Schlange standen. »Fish and Chips.«

»Ist das dein Ernst?«

»Warum nicht?«

Eine Straßenlampe in der Nähe warf Schatten auf Noahs Gesicht, aber seine Augen funkelten, als er sie ansah.

»Ein Abendessen an einer Pommesbude passt nicht zu dir.«

Er hatte recht. Grace traute Imbissbuden nicht und schickte Tess regelmäßig Zeitungsartikel, in denen über die zweifelhafte Hygiene in solchen Läden und über die allgemeinen Gesundheitsrisiken von Fertiggerichten berichtet wurde. Im Lauf der Jahre hatte sie eine tiefe Abneigung gegen Fast Food entwickelt, und Tim war oft ungehalten gewesen, wenn Tess sich geweigert hatte, ein Curry liefern zu lassen. Aber jetzt, wo Noah so nah neben ihr saß, dass sie seinen Atem spüren konnte, ihr der Magen knurrte und der verführerische Duft nach Pommes frites und Essig in das Auto zog, war Grace' Einfluss auf ihre Gedanken und ihr Verhalten mit einem Mal erstaunlich gering. Es war alles ganz einfach: Tess war hungrig, Noah ebenso, und sie mussten nur ein paar Schritte gehen, um etwas zu essen zu bekommen. Warum sollte sie darüber noch weiter nachdenken?

Sie griff nach ihrer Handtasche auf dem Rücksitz.

»Ich besorge uns Fish and Chips«, erklärte sie. »Und du suchst uns eine Parkbank.«

Zehn Minuten später saßen sie auf einer Holzbank mit Blick auf einen Ententeich und genossen den beschaulichen Ort ebenso wie früher Doris und Henry Prestell, deren Namen auf der Messingtafel an der Rückenlehne zu lesen waren. Das Päckchen mit Fish and Chips wärmte Tess' Knie, und der von dem Essen aufsteigende Dampf mischte sich in der kalten Abendluft mit ihrem Atem. Sie schob sich mit einer Holzgabel Happen in den Mund, leckte sich das Salz und das Fett von den Fingern und fragte sich, welche anderen einfachen Genüsse ihr wegen der Ängste ihrer Mutter versagt geblieben waren.

»Wir haben doppelt so viele Pflanzen mitgenommen, als mir versprochen wurden.« Noahs Worte durchdrangen unerwartet die Dunkelheit und das angenehme Schweigen, das sie umgeben hatte. »Clare mochte dich.«

Tess lachte. »Das klingt überrascht. Die meisten Menschen mögen mich.« Sie leckte sich wieder das Salz von den Fingern. »Und bevor mein Jahr Auszeit vorüber ist, wirst du mich sicher auch ein bisschen mögen.«

Im Licht der Straßenlampe sah sie, wie für einen kurzen Moment auf Noahs Gesicht ein seltenes, zögerndes Lächeln aufleuchtete und sofort wieder verschwand, als hätte jemand ein Streichholz angezündet und wieder ausgeblasen.

»Was spielt das für eine Rolle?«, fragte Noah. Er knüllte das Einwickelpapier zu einem Ball zusammen. »Warum legst du so großen Wert darauf, dass dich jeder mag?«

Seine Worte berührten sie so sehr, als hätte er auf ihren Musikantenknochen geschlagen; Schmerzen schossen ihr durch alle Glieder. Er durchschaute sie so genau, dass es ihr schwerfiel, sich in seiner Gegenwart zu entspannen. Es war wahr: Sie brauchte es, von anderen gemocht zu werden, darum hatte sie sich schon immer bemüht. Sie musste die Beste sein, die Erfolgreichste, die Beliebteste. Doppelt so gut wie alle anderen, doppelt so gefällig und leistungsfähig – vielleicht würde ihre Mutter dann stolz auf sie sein. Bisher hatte sich nichts verändert, aber sie würde es immer weiter versuchen. Das konnte sie Noah jedoch nicht erklären. Er würde es nicht verstehen.

»Warum ist es dir nicht wichtig?«, konterte sie und schob sich den Rest ihres Essens in den Mund. »Warum ist es dir gleichgültig, ob man dich mag oder nicht?«

»Weil das Leben zu wertvoll und zu vergänglich ist, um auch nur eine Sekunde auf die Meinung anderer Leute zu verschwenden.« Noah nahm ihr den Abfall ab und trug ihn zu einer Mülltonne. Dann stellte er sich vor die Bank und ragte vor ihr auf, aber auf eine Weise, von der sie sich nicht bedroht, sondern beschützt fühlte. »Es gibt nur eine Handvoll Menschen, die mir wirklich etwas bedeuten. Wenn ich glücklich bin, dann sind sie es auch. Die Meinung aller anderen zählt für mich nicht. Ich will nicht vorgeben, jemand zu sein, der ich nicht bin, nur um jemandem zu gefallen. Warum sollte ich das tun?«

Aus seinem Mund klang das so einfach. Vielleicht war es das auch, wenn man ein geborener Thornton war, aber in der Familie Green war nichts einfach. Sie wünschte, es wäre so. Sie wünschte, sie könnte ihre gesamte Vergangenheit auslöschen und noch einmal von vorne beginnen, tun, was sie glücklich machen würde, und sich sicher sein können, dabei bedingungslose Unterstützung zu haben. Wie

Noah. Das wäre großartig. Aber es war eine Sache, sich einmal heimlich Fast Food schmecken zu lassen, und eine ganz andere, Grace' Seelenfrieden zu gefährden und mit ihrer unvermeidlichen Enttäuschung zurechtzukommen. Das brachte sie nicht fertig. Aber als Noah ihr eine Hand entgegenstreckte und sie von der Bank hochzog, schien sie beinahe zu schweben, und ausnahmsweise empfand sie ihre Vergangenheit nicht als so große Bürde wie sonst.

Ein zweites Hotelzimmer zu bekommen war, wie Tess vorhergesehen hatte, zu dieser Jahreszeit kein Problem. In dem Haus, das zu einer günstigen Hotelkette gehörte, herrschte kaum Betrieb. Sie bekamen Kartenschlüssel für Zimmer auf demselben Stockwerk und stiegen schweigend die Treppe hinauf.

Tess' Zimmer lag direkt am Anfang des Flurs. Sie steckte die Karte ins Schloss und wartete, bis das Lämpchen grün aufleuchtete.

»Gute Nacht.« Sie drückte die Klinke herunter. Noah nickte, ging ein paar Schritte weiter und drehte sich noch einmal um.

»Ich habe die Geburtstagskarte gefunden«, sagte er. Tess' Hand erstarrte an der Klinke. »Wann war dein Geburtstag?«

»Am Samstag. Wo hast du sie entdeckt?«

»Morag hat die Tüte mit dem Altpapier umgeworfen, und sie fiel heraus.«

Tess schwieg.

»Eine Karte?«, fuhr Noah fort. »Nur eine Karte von deinem Dad. Keine von anderen Familienangehörigen oder Freunden. Keine von Tim.«

Er hatte sich offensichtlich seine Polizeikappe aufgesetzt und den Müll gründlich durchsucht. Tess musterte sein Gesicht. Er wusste es nicht, da war sie sicher. Auch wenn er einen kleinen Beweis hatte, fehlten ihm die unumstößlichen Fakten. Noch. Sie versuchte zu lächeln, aber ihre Lippen zitterten.

»Wir machen kein großes Aufheben um Geburtstage«, erklärte sie und zuckte wegwerfend mit den Schultern. »Das ist kein Geheimnis.«

»Ach ja? Erzähl mit etwas über Phoebe.«

Tess' Lächeln erstarb. Das hatte sie nicht erwartet. Sie hatte nicht damit gerechnet, dass seine Fragen in eine andere Richtung zielen würden. Aber das war keine Erleichterung. Das war ein Thema, über das sie ebenso wenig sprechen wollte. Sie rannte in ihr Zimmer und knallte die Tür hinter sich zu.

13

»Halt den Wagen an.«

Tess trat auf das Bremspedal und schlug sich bei dem abrupten Halt das Knie an der Unterseite des Armaturenbretts an. Sie spähte über die Motorhaube, voller Angst, dass sie vielleicht ein Tier überfahren hatte. Oder im schlimmsten Fall sogar Morag. Sie waren nur noch ein paar Meter von Cobweb Cottage entfernt. Wenn die Katze sich nun aus Beccas Haus, wo sie die Nacht verbracht hatte, davongeschlichen hatte und nach Hause gelaufen war? Tess lehnte sich auf ihrem Sitz zurück, presste die Hände ans Lenkrad und wagte es nicht, einen weiteren Blick nach vorne zu werfen.

»Warte hier.«

Tess nickte und beobachtete, wie Noah aus dem Wagen stieg. Sie hatte erwartet, dass er seine Aufmerksamkeit auf den Boden richten würde, doch er ging zum Cottage, lehnte sich gegen die Tür und marschierte hinein. Wie war das möglich? Er hatte die Tür vor ihrer Abfahrt verschlossen, wie immer übertrieben auf Sicherheit bedacht. Und dann fiel ihr noch etwas auf, obwohl es bereits dämmerte: Das Fenster ihres Wohnzimmers stand halb offen und hing schräg in den Angeln. Als sie gestern nach Yorkshire aufgebrochen waren, hatte es ganz anders ausgesehen.

Eine dumpfe Vorahnung beschlich sie, als sie Noahs Anweisung missachtete und ihm in das Cottage folgte. Er hatte die Haustür offen gelassen, und das Licht im Flur wirkte warm und einladend wie immer. Aber das war nicht mehr der gemütliche Raum zwischen ihren Zimmern mit den alten Drucken, Eichenmöbeln und der Garderobe hinter der Tür, an der ihre Mäntel Schulter an Schulter hingen. Hier herrschte Chaos. In der Wand steckten leere Bilderhaken wie zerquetschte Fliegen, auf dem Holzboden verliefen kreuz und quer schlammige Fußspuren, der Konsolentisch war umgekippt – ein Bein war abgebrochen und lag in einer Wasserpfütze und den Scherben der zersplitterten Blumenvase.

Anscheinend hatte sie unbewusst einen Laut von sich gegeben, denn Noah tauchte am anderen Ende des Flurs an der Küchentür auf. Er presste sein Telefon ans Ohr, und sie warfen sich über die Unordnung hinweg einen Blick zu. Schließlich bahnte er sich vorsichtig seinen Weg an den Fußspuren vorbei zu Tess. Er nahm ihre Hand in seine und drückte sie, ohne sein Gespräch zu unterbrechen.

»Die Polizei ist unterwegs«, berichtete er, nachdem er das Telefonat beendet hatte. »Ich habe dir doch gesagt, du sollst draußen bleiben.«

»Ist bei uns eingebrochen worden? Wie schlimm ist es? Was haben sie gestohlen?«

»Beide Fernseher. Meinen Laptop. Ich weiß nicht, was du in deinem Zimmer hattest. Tess …«

Er versuchte, sie zurückzuhalten – er hielt immer noch

ihre Hand fest –, aber sie riss sich los und spähte durch die offene Tür in ihr Wohnzimmer. Ihr Klavier stand am geöffneten Fenster, und auf der Oberfläche sah sie Kratzer und Schrammen, als ob jemand darübergeklettert wäre, um sich Zutritt zu verschaffen. Auf dem Eckschränkchen, wo ihr kleiner Fernseher gestanden hatte, war ein heller, von ein wenig Staub umgebener Fleck, und die Steckdose hing aus der Wand und gab den Blick auf die Drähte frei. Offensichtlich hatte jemand mit brutaler Gewalt den Stecker herausgerissen. Die Schränke neben der Kaminnische waren offen, und der Inhalt quoll heraus. Ihr Laptop war verschwunden.

»Meine Musik!«, flüsterte sie kaum hörbar und begann zu schluchzen. Ihr Klavierbänkchen war aufgeklappt, und ihre Notenblätter lagen zerknittert und zerrissen auf dem Boden verstreut. Auf einer Seite sah sie einen halben, matschigen Fußabdruck. Sie trat einen Schritt nach vorne, aber Noah hielt sie zurück.

»Du darfst nichts anfassen. Die Polizei wird alles nach Fingerabdrücken und Fußspuren absuchen.«

Wie konnte er nur so ruhig bleiben? Wahrscheinlich lag das an seinem Beruf. Er war an den Anblick von Tatorten gewöhnt und hatte wahrscheinlich schon Schlimmeres gesehen. Doch als sie sich umdrehte und sein Gesicht sah, wurde ihr klar, dass seine Gelassenheit nur eine dünne Schale war, die jederzeit aufbrechen konnte. Er blickte nicht auf irgendeinen Tatort, sondern, wie sie, auf ihr Zuhause, das überfallen und ausgeplündert worden war.

»Ich werde mich oben umschauen. Du wartest hier.«

Glaubte er etwa, dass sich noch jemand im Haus befand? Auf keinen Fall würde sie allein bleiben. »Ich komme mit.«

Er öffnete den Mund, um ihr zu widersprechen, wie sie annahm, aber dann nickte er. »Zieh deine Schuhe aus. Pass auf die Glasscherben auf. Tritt nicht in die Fußabdrücke und fass nichts an.«

Sie schlichen die Treppe hinauf. Noah voran, Tess dicht hinter ihm, den Blick fest auf Noahs Rücken gerichtet. Auf dem Treppenabsatz wandte er sich erst seinem Schlafzimmer zu. Die Türen des Kleiderschranks standen offen, die Schubladen der Kommode und des Nachtkästchens waren herausgezogen, aber sonst war der Schaden viel geringer als im Erdgeschoss.

»Geringe Ausbeute«, meinte Noah. »Ich besitze nichts Wertvolles.«

Sie gingen über den Flur zu Tess' Tür, und ein Blick reichte aus, um die Tränen zum Fließen zu bringen, die sie bisher hatte zurückhalten können. Ihr Zimmer war zweifellos das Hauptziel gewesen. Das Chaos war unbeschreiblich. Man konnte den Teppich kaum noch sehen; alles, was sich in ihrem Schrank und in den Schubladen befunden hatte, lag verstreut auf dem Boden, so als hätte jemand hektisch etwas gesucht. Ihre Schuhschachteln waren aufgerissen, ihre Handtaschen ausgeleert, und sogar die Reißverschlüsse ihrer Stiefel waren auf der Suche nach Wertgegenständen aufgezogen worden. Ihr Hochzeitskleid war aus der Plastikhülle herausgezogen und achtlos auf den Boden geworfen worden. Tess wurde übel, als sie sah, dass ihre Unterwäsche auf dem Bett verstreut lag und nur noch ein spitzenbesetzter Slip einsam an einem Schubladengriff hing. Fremde Menschen hatten dieses wunderschöne Zimmer, ihr privates Refugium, beschmutzt. Fremde Hände hatten in ihren intimsten Dingen gewühlt … Sie schlug die Hand vor den Mund, rannte die Treppe hinunter und übergab sich auf dem Pfad vor dem Cottage.

Noah reichte ihr eine Rolle Klopapier und ein Glas Wasser. Sie wischte sich den Mund ab, trank einen Schluck Wasser und fühlte sich einen Moment lang wieder wie ein Mensch, bis ihr erneut die Bilder von ihrem Schlafzimmer vor Augen standen.

»Bleib im Wagen sitzen, bis die Polizei kommt«, sagte Noah. »Ich würde dich gern wegschicken, aber sie werden wissen wollen, was dir fehlt.«

»Meine Blechschachtel. Sie war unten im Kleiderschrank. Hast du sie gesehen?«

»Nein, aber …« Er brauchte den Satz nicht zu beenden. Ihr Schlafzimmer war so verwüstet, dass man unmöglich sagen konnte, was sich in dem Chaos möglicherweise noch befand. »Was war darin?«

»Alles. Schmuck, wichtige Dokumente – meine Geburtsurkunde und meine Heiratsurkunde …« Sie zögerte. »Mein Pass, Briefe …«

Sie schlang die Arme um ihren Körper, als ihr ein Laut entwich, der sich fast unmenschlich anhörte. Ihr Verlobungsring. Der wunderschöne Solitär, der ihren schmalen Finger beinahe erdrückt hatte, war auch in der Schachtel gewesen. Die Einbrecher hatten ihn mit Sicherheit nicht zurückgelassen. Für sie war er wertvoll, für Tess aber unbezahlbar. Sie würde niemals den Gesichtsausdruck ihrer

Mum vergessen, als Tess ihr den Ring gezeigt und ihr von der Verlobung mit Tim erzählt hatte. Es war eine der seltenen Gelegenheiten gewesen, wo ihre Mutter tatsächlich stolz auf sie war …

Als die Polizei eintraf, war es bereits dunkel. Die beiden jungen Beamten, die an das Autofenster klopften, um sich bemerkbar zu machen, erschreckten sie beinahe zu Tode. Sie hatte Noah schon eine Weile nicht mehr gesehen, doch als Tess die Polizisten zur Eingangstür begleitete, tauchte er hinter dem Cottage auf.

»Unter diesem Fenster befindet sich ein deutlicher Fußabdruck«, erklärte er und richtete den hellen Strahl seiner Taschenlampe auf den Boden unter Tess' Wohnzimmerfenster. Der Abdruck befand sich in der Nähe der Stelle, wo Tess sich übergeben hatte, aber davon war nichts mehr zu sehen. »Ich habe mich umgeschaut, bevor es dunkel wurde, und keine anderen Hinweise entdeckt.« Er lenkte den Strahl seiner Taschenlampe auf seine andere Hand. »Aber das hier habe ich zwischen den Bäumen neben dem Pfad gefunden.«

Im Lichtstrahl wurde Tess' Blechschachtel sichtbar. Der Deckel war geschlossen, und sie sah unbeschädigt aus. In ihr keimte Hoffnung auf.

»Ist sie noch verschlossen?«

»Nein. Sie ist leer, aber ich habe in der Nähe deinen Pass gefunden.«

»Und sonst nichts?«

»Nein. Ich habe gesucht, bis ich den Wagen kommen hörte.«

Das kurze Gefühl der Erleichterung wich sofort wieder

Verzweiflung. Sie folgte den Polizisten ins Haus, wartete aber in der Diele, während Noah die Beamten nach oben führte; sie war noch nicht bereit, noch einmal in ihr Schlafzimmer zu gehen. Als die Polizisten wieder nach unten kamen, sah sie auf ihren Mienen Mitgefühl für das, was sie soeben entdeckt hatten, und trotz aller Bemühungen flossen abermals Tränen.

Sie weinte während des folgenden Gesprächs, in dem sie alle vermissten Gegenstände auflisten, beschreiben und ihren möglichen Wert angeben musste. Und sie weinte immer noch, als der Spezialist für Spurensicherung eintraf, auf der Suche nach Fingerabdrücken silbernen Staub im Haus verteilte und damit das Chaos noch größer machte. Die Tränen flossen auch noch, als die Polizisten schließlich abrückten und ihr betrübt mitteilten, dass es keine große Chance gab, die gestohlenen Gegenstände wieder zu beschaffen. Es war beinahe so, als ob die Waage der Gefühle nun ausbalanciert würde und sie für jedes Lächeln in der Vergangenheit eine Träne vergießen müsste.

Sie ging langsam in die Küche und suchte nach einem Papiertaschentuch. Noah schenkte zwei Gläser Wein ein, reichte eines Tess und behielt das andere in der Hand. Ungewöhnlich, denn normalerweise trank er lieber Bier.

»Diese verdammten Einbrecher haben mein Bier gestohlen«, stellte er zornig fest. Wenn man den Zustand des Hauses betrachtete, klang seine wütende Bemerkung über dieses Detail so absurd, dass Tess hysterisch zu lachen begann. Zumindest versiegten nun ihre Tränen. Noah schob ihr einen Küchenstuhl zurecht.

»Setz dich und trink etwas.«

Sie stürzte den Wein hinunter, ohne ihn zu schmecken und in der verzweifelten Hoffnung, dass der Alkohol den scharfen Schmerz des Schocks und des Kummers betäuben würde. Noah füllte ihr Glas nach, und sie trank auch das zweite rasch aus.

»Morag! Ich hätte sie abholen sollen …« Sie war nun bereits beim dritten Glas. Aber sollten sie das Kätzchen hierherbringen? Es war nicht sicher – auf dem Boden lagen überall Glasscherben.

»Ich habe Becca angerufen. Sie wird Morag heute Nacht bei sich behalten.«

»Hast du ihr erzählt, dass …« Tess fuhr mit der Hand durch die Luft. Sie brachte es nicht fertig, es auszusprechen. Noah nickte, aber Tess sah an seiner Miene, dass es noch etwas gab, was er ihr noch nicht gesagt hatte. »Was ist los?«

Er füllte sein Glas nach. »Wir sind nicht die Einzigen. Sie haben auch im Dorf zugeschlagen. In einigen der anderen leer stehenden Häuser wurde eingebrochen. Und im Postamt.«

»Nein! Auch in Ethels Geschäft?«

»Ich habe ihr zu Rollläden aus Metall geraten, aber sie fand sie zu hässlich …«

Er schlug mit der Faust auf die Arbeitsfläche. Tess schwieg. Ihr fehlten die Worte. Es gab nichts Gutes, Positives, Schönes, was sie über diese Situation hätte sagen können. Trotz all der vielen Jahre Übung gelang es ihr nicht, eine fröhliche Miene aufzusetzen. Sie war so traurig, dass sich ihre Lippen anfühlten, als seien sie aus Stahl, und selbst wenn sie sich verzweifelt bemühte, hätte sie sie nicht zu einem Lächeln verziehen können.

Noah warf einen Blick auf seine Armbanduhr, und Tess tat es ihm gleich; es war bereits nach zehn, später, als sie gedacht hatte. Zu spät, um sich über eine Mahlzeit Gedanken zu machen, obwohl sie beide mittags nichts gegessen hatten. Sie hatte ohnehin keinen Appetit.

»Ich muss auf den Schlüsseldienst warten«, sagte er. »Aber du musst nicht aufbleiben.«

»Ich kann nicht ins Bett gehen. Nicht hier. Das ist zu …« Zu chaotisch? Zu fremd? Zu furchteinflößend? Ihr logischer Verstand sagte ihr, dass sich jetzt niemand mehr im Haus befand, aber sie würde trotzdem noch die Anwesenheit der Eindringlinge in ihrem Zimmer spüren. Sie konnte hier nicht mehr schlafen, bis sie alle Fenster aufgerissen hatte, um frische Luft hereinzulassen, und jeden Zentimeter gründlich geschrubbt hatte.

»Du solltest für ein paar Tage nach Hause gehen.«

»Ich habe kein Zuhause.«

»Ich meinte das Haus deines Dads.«

»Nein. Ich kann sie jetzt nicht anrufen. Mum würde einen solchen Anruf um diese Uhrzeit nicht verkraften.« Auch nicht zu einer anderen Zeit und ohne solche Nachrichten. Sie machte sich ohnehin große Sorgen, weil Tess hier wohnte, und wenn sie schon in ihrer Vorstellung einen riesigen Berg von Problemen vor sich sah, wie würde sie dann erst reagieren, wenn sie konkrete Informationen bekam? Tess trank ihr Glas aus – sie hatte den Überblick verloren, wie viel Wein sie schon getrunken hatte, aber auf nüchternen Magen war es auf jeden Fall zu viel. Der Alkohol hatte ihre übliche Wachsamkeit gedämpft, und Noahs kritischer Blick verursachte ihr Unbehagen.

»Du kannst in meinem Zimmer schlafen. Ich lege mich wieder auf Mums Sofa.«

Das war eine ausgezeichnete Lösung – und sehr großzügig von ihm –, aber ihre Antwort kam prompt. »Nein, ich kann nicht allein hier bleiben.«

In dem folgenden Schweigen klang das Summen des Kühlschranks erschreckend laut. Einige Minuten vergingen, bevor Noah fortfuhr. »Du kannst mein Bett haben. Ich räume die Couch ab und schlafe hier unten.«

Der Kühlschrank brummte immer noch. Tess überlegte, ob sie das Angebot ablehnen sollte. Sie konnte genauso gut auf dem Sofa schlafen wie er – sogar bequemer, da sie viel kleiner war –, aber es fiel ihr schwer, das zu sagen. Ein weiches Bett und Schlaf, bei dem sie alles vergessen konnte – das konnte sie nicht ablehnen.

»Danke.«

Sie hob ihre Reisetasche auf – Noah musste sie aus dem Auto geholt haben –, stieg die Treppe hinauf und ging direkt in sein Zimmer, ohne sich nach links nach der geschlossenen Tür zu ihrem umzuschauen. Im Bad zog sie sich rasch ihren Schlafanzug an und wischte sich die kläglichen Reste ihres Make-ups vom Gesicht. Darunter zeigten sich blasse, fleckige Haut und verschwollene Augen mit tiefen Ringen darunter. Sie sah schrecklich aus, aber ausnahmsweise war ihr das gleichgültig. In diesem Augenblick war nichts wichtig. Sie hatte sich noch nie so wenig wie Tess Bailey gefühlt.

Das Bett war kalt und roch nach Noah – eine erstaunlich tröstliche Entdeckung –, und Tess zog sich die Bettdecke bis zum Kinn und hoffte, sofort einschlafen zu können. Aber es wollte ihr nicht gelingen. Der Wein, der Schock, der Kummer, das Entsetzen darüber, dass jemand ihre persönlichen Sachen durchwühlt hatte – sie konnte sich nicht entspannen. Die Stille, die an anderen Abenden beruhigend gewirkt hatte, schien nun bedrohlich, und der Schrei einer Eule im Wald versetzte sie derart in Panik, dass sie sich noch tiefer unter der Bettdecke vergrub.

Eine lange Weile nachdem sie den Schlosser kommen und gehen gehört hatte, kam Noah nach oben ins Badezimmer. Der Klang seiner Schritte auf der Treppe beruhigte sie. Er blieb an der Türschwelle stehen, und Tess blieb ganz still unter der Decke liegen und stellte sich schlafend. Sie hatte das Licht auf der anderen Seite des Betts brennen lassen, damit er sich zurechtfinden konnte. Ein verstohlener Blick zeigte ihr, dass er zum Fenster ging und sich versicherte, dass es verschlossen war.

Nach einem kurzen Aufenthalt im Badezimmer nahm er das zweite Kissen neben Tess' Kopf an sich. Dann spürte sie, wie sich das Bett bewegte. Sie wartete mit angehaltenem Atem und fragte sich, was er vorhatte, und als sich nichts mehr rührte, drehte sie vorsichtig den Kopf. Noah saß in Boxershorts und einem T-Shirt auf der Bettkante, stützte die Ellbogen auf die Knie und hatte die Hände an seinen gesenkten Kopf gepresst. Was war los mit ihm? Er bewegte sich nicht. Ging es ihm nicht gut, oder hatte er wieder einen Flashback? Schuldgefühle schnürten Tess die Kehle zu. Warum hatte sie es zugelassen, dass er sich um das Chaos kümmern musste, wo sie doch über seine Vergangenheit Bescheid wusste? Sie setzte sich auf.

»Stimmt irgendetwas nicht?«

Er zuckte zusammen, als er ihre Stimme hörte, und warf einen Blick über die Schulter. Das Leuchten auf seinem Gesicht, das sie in letzter Zeit gesehen hatte, war verschwunden; seine Augen wirkten wie eingesunken.

»Das hätte nicht passieren dürfen. Ich kann nicht einmal ein verdammtes Haus beschützen.«

»Das war nicht deine Schuld.« Tess streifte die Decke ab und schob sich ein Stück vor, sodass sie auf dem Bett neben ihm kniete. Sie griff nach seinem Arm. Er war steinhart, da er die Hand zur Faust geballt hatte. »Wir sind beide in Ordnung. Nur das zählt. Es ist kein wirklicher Schaden entstanden.«

»In Ordnung?« Er drehte sich zu ihr um, und sein nackter Oberschenkel berührte ihre Knie. »Und was ist das?« Er fuhr mit einem Finger über ihre Wange und hielt ihn dann in die Höhe. Im Schein der Lampe glitzerten ihre Tränen darauf. Er wiederholte diese Berührung auf ihrer anderen Wange. »Und das? Das ist nicht in Ordnung.«

»Hör auf damit.« Sie packte seinen Finger und schob ihn nach unten. »Mir geht es gut.« Aber das war nicht die Wahrheit. Sie fühlte sich merkwürdig – ihr war ein wenig schwindlig, und sie hatte Mühe, ruhig zu atmen.

»Das glaube ich dir nicht. Dein Lächeln fehlt.« Er fuhr mit seinem Daumen über ihre Lippen. »Sonst lächelst du immer.«

Sie lächelten beide nicht. Und sie sprachen auch nicht. Im sanften Licht der Nachttischlampe, das Schatten in das Zimmer zauberte, sahen sie sich schweigend an, als würde es außer ihnen nichts auf dieser Welt geben. Tess schauderte, und bevor sie sich versah, lag sie in Noahs Armen und schmiegte sich an seine Brust. Er rieb ihr mit den Händen kräftig über den Rücken, um sie zu wärmen. Und das zeigte nur allzu gut Wirkung – ihre Haut brannte plötzlich auch an einigen Stellen, die er nicht berührte. Sie legte den Kopf in den Nacken und sah ihn an, und was auch immer er in ihren Augen las, es bewegte ihn dazu, sich über sie zu beugen und sie zu küssen.

Ihre harten Lippen wurden weich. Plötzlich konnte sie sie wieder bewegen und bei jedem Kuss auf seinen Mund reagieren. Seine großen Hände waren überall: in ihrem Haar, auf ihrem Gesicht, unter ihrem Schlafanzug. Sie schob sein T-Shirt nach oben und fuhr mit den Fingerspitzen über seinen breiten Rücken, bevor sie über seine Schultermuskeln strich. Alles war anders und neu: seine kräftige Gestalt, sein Gewicht, seine raue Zärtlichkeit, mit der er ihre Haut erforschte und sie auf wunderbare Weise zum Leben erweckte. Der Schlaf hatte ihr kein Vergessen gebracht, aber das hier würde ihr vielleicht helfen. Und außerdem wollte sie es. Mit einer Leidenschaft, die ursprünglicher war als alles, was sie bisher erlebt hatte – und so intensiv, dass es sie beinahe erschreckte.

Sie ließ sich auf das Bett zurückfallen und zog ihn mit sich. Einen Augenblick lang lag er auf ihr, doch dann richtete er sich auf, nahm ihr Gesicht in beide Hände und begann, sie langsam vom Hals bis zur Brust mit Küssen zu bedecken. Er griff nach ihren Händen, als Tess den Kopf hob und die Hüften so bewegte, dass seine Beine zwischen ihre glitten. Und plötzlich erstarrte er.

Tess wartete mit klopfendem Herzen. Er bewegte sich nicht. Sein Kopf war so tief gesenkt, dass seine Haarspitzen ihre nackte Haut kitzelten. Sie hob ihre Hüfte an und drückte sie gegen seine; hier lag das Problem nicht.

»Noah?«

Er rappelte sich hoch und wandte sich von ihr ab, und ihre Haut, die nun der kalten Luft ausgesetzt war, brannte vor Scham und nicht mehr vor Leidenschaft. Mit seiner rechten Hand hielt er noch immer ihre linke fest. Er zog sie zu sich heran, sodass er mit seinem Daumen über den Ehering an ihrem Finger fahren konnte.

»Nein«, sagte er. »Nein.«

Er ließ ihre Hand los, sprang aus dem Bett und rannte polternd die Treppe hinunter.

14

Tess wachte mit dem quälenden Gefühl auf, dass irgendetwas nicht stimmte. Ein Bündel Sonnenstrahlen fiel auf ihr Gesicht. Das war merkwürdig; sie schlief immer auf der rechten Seite, und üblicherweise wärmte ihr die Morgensonne den Hinterkopf. Sie schlug die Augen auf, und nachdem sie einige Sekunden lang verwirrt nachgedacht hatte, kamen die Erinnerungen so langsam hervor wie eine widerwillige Armee auf dem Weg zur Front. Der Einbruch, der Zustand ihres Zimmers, die Dinge, die sie verloren hatte, Noahs Bett, die Küsse und noch mehr und sein abrupter Aufbruch … Sie schlug die Hände vors Gesicht, aber das half nichts. Die anklagenden Augen waren nicht im Zimmer, sondern in ihrem Kopf, und sie konnte ihnen nicht entkommen. Wie hatte sie das nur zulassen können?

Tess streckte vorsichtig ein Bein auf die andere Seite des Betts, fühlte aber nur kalte Laken. Sie ließ die Hände sinken und hob den Kopf. Keine Spur von Noah. Ihre trügerischen Gefühle schwankten zwischen Erleichterung und Enttäuschung. Rasch duschte sie – und benutzte Noahs Duschgel mit dem beunruhigenden Effekt, dass sie ihn auch danach noch auf ihrer Haut riechen konnte –, bürstete sich anschließend das Haar, bis die Locken schimmerten, und trug Make-up auf. Schließlich schaute ihr aus dem Spiegel eine annehmbare Version von Tess Bailey entgegen. Der Effekt wurde jedoch ruiniert, weil sie ihre Kleidung vom Tag zuvor wieder anziehen musste, einschließlich ihrer getragenen Unterwäsche – das war der Weg der Schande, den sie nun gehen musste, und das hatte sie verdient.

Die Küche war leer, aber eine halb volle Tasse mit lauwarmem Kaffee ließ darauf schließen, dass Noah in der Nähe war. Während Tess sich einen Tee kochte, kam er durch die Hintertür herein. In seiner Hand hielt er ein leeres, zerdrücktes Zigarettenpäckchen.

Als er sie sah, blieb er abrupt an der Türschwelle stehen. Es war beschämend. Was glaubte er denn, was sie vorhatte? Dachte er, sie würde ihm die Kleidung vom Leib reißen und ihn auf den Boden zerren? Nun ja, schließlich hatte sie das letzte Nacht beinahe getan.

»Es tut mir leid«, begann sie und stellte sich sofort der peinlichen Situation. »Gestern Abend … Es war der Wein auf nüchternen Magen, der Schock …«

Sie hielt inne, als er ihr kurz in die Augen schaute. Einen Moment lang glaubte sie, ihre Behauptung, sie habe ihn nur begehrt, weil sie betrunken war, hätte ihn verletzt. Doch dann war seine Miene wieder so ausdruckslos wie an dem Tag, an dem sie gemeinsam hier eingezogen waren.

»Ich werde dir noch beim Aufräumen helfen, dann ziehe ich aus.«

»Was? Wohin?«

»Zu meiner Mutter. Oder ins Pub, wenn es nicht anders

geht … Ich finde schon eine Unterkunft.« Noah schloss die Tür hinter sich, ging zum Tisch hinüber und griff nach seiner Kaffeetasse, ohne Tess anzuschauen.

»Aber warum? Du musst nicht ausziehen. Ich möchte nicht, dass du gehst.«

Sein Kopf zuckte leicht. Sie konnte sich nicht vorstellen, nach diesem Einbruch allein zu bleiben. Es war undenkbar, ohne Noah in diesem Haus zu wohnen.

»Ich muss gehen.«

»Nein, musst du nicht. Was gestern Abend geschehen ist …« Sie umklammerte ihre Teetasse. Das war eine Qual für sie. »Es wird nicht wieder vorkommen.«

»Es hätte nie passieren dürfen. Alles, was ich anfasse, geht schief … und nun habe ich auch noch deine Ehe ruiniert.« Er fuhr sich mit den Fingern durch das Haar.

»Das ist nicht wahr«, erwiderte Tess. Sie hätte noch viel mehr dazu sagen können – und sie hätte es auch tun sollen –, aber ihre Kehle war vor Panik wie zugeschnürt, und ihre Zunge fühlte sich taub an. Und sie hörte selbst, dass ihre Worte klangen wie eine bedeutungslose Beschwichtigung, weit weg von der Wahrheit.

»Jemand wie du hätte niemals in meine Nähe kommen dürfen. Ich richte nur Schaden an. Ich habe Unglück über dieses Haus gebracht. Schau nur, was ich dir angetan habe! Kein Besitz mehr, kein Lächeln, keine Ehe … Meine Güte, ich habe dir alles kaputt gemacht …« Er hob den Arm, und die Kaffeetasse flog durch die Luft und zersplitterte an der Hintertür. Rinnsale von schwarzem Kaffee liefen über die frische weiße Farbe.

»Das stimmt nicht«, entgegnete Tess. Es war schrecklich, mit anzusehen, dass er sich für etwas beschuldigte, was nicht sein Fehler war. Er war derjenige, der sich richtig verhalten hatte, nicht sie; er hatte am Abend zuvor die Sache rechtzeitig abgebrochen, nicht sie. Und was alles andere betraf … Ihr Leben war bereits vom Tag ihrer Geburt an verkorkst gewesen, und sie hatte dieses Muster auch ohne seine Hilfe zweiunddreißig Jahre lang aufrechterhalten. Sollte sie ihm das erklären? Sein Mitleid oder seine Verachtung wären kaum zu ertragen, aber wenn sie damit seine Schmerzen lindern konnte …? Bevor sie sich zu einer Entscheidung durchringen konnte, klopfte es an der Tür. Cassie und Barney tauchten am Küchenfenster auf, und die Gelegenheit war verstrichen.

»Es tut mir so leid«, sagte Cassie, als Tess die Tür öffnete. Sie trat auf die Scherben der Kaffeetasse, ohne es zu bemerken, und umarmte Tess. »Das sollte eigentlich ein sicherer Ort sein, weit weg von allem Bösen. Du bist jetzt bestimmt am Boden zerstört.«

Tess genoss einen Moment das behutsame Mitgefühl und wich dann einen Schritt zurück.

»Eine sehr unangenehme Sache«, sagte sie und zwang sich zu einem Lächeln, weil Cassie offensichtlich den Tränen nahe war. Was hätte sie sonst auch tun sollen? Wäre sie jetzt auch noch in Tränen ausgebrochen, hätte das niemandem geholfen. »Aber wir waren glücklicherweise nicht zu Hause, als es passiert ist. Und mein Kleiderschrank musste ohnehin mal gründlich ausgemistet werden.«

Noah starrte sie an, als hätte sie sich vor seinen Augen in eine der Gorgonen verwandelt. Was war los mit ihm? Gerade noch hatte er sich darüber beklagt, dass sie nicht mehr lächelte, und nun, da sie es tat, gefiel ihm das auch nicht. Er wollte doch sicher nicht, dass sie sich, wie am Abend zuvor, wie ein heulendes Nervenbündel benahm, oder? Verstand er denn nicht, wie viel Kraft es sie kostete, ihre wahren Gefühle zu verbergen? Als sie sich zur Seite wandte, sah sie, dass Barney die Stirn runzelte. Noch jemand, der mehr sah, als er sollte.

»Tee? Kaffee?«, fragte sie. »Zumindest haben sie uns den Wasserkocher nicht geklaut.«

»Nein, wir wollen nicht lange stören«, erwiderte Barney. »Die Versicherungsgesellschaft braucht eine Liste der gestohlenen oder beschädigten Dinge, die wir bei ihr versichert haben.« Als er einen Schritt nach vorne trat, knirschten die Scherben der Tasse unter seinen Füßen. Er starrte auf den Boden und dann auf die frischen Kaffeeflecken an der Tür. »Alles in Ordnung?«

»Ja, offensichtlich.« Noah vermied es, Tess anzuschauen. »Ich werde euch alles zeigen.«

Tess blieb in der Küche, während die drei durchs Haus gingen, und räumte rasch die Scherben der Tasse weg. Sie wusste nicht so recht, ob sie sich über Cassies und Barneys Besuch freuen sollte. Hätte sie sich Noah geöffnet, wenn sie noch ein paar Minuten mit ihm allein gewesen wäre? Schwer zu sagen. Es war auch schwer zu verstehen, warum sie das überhaupt in Erwägung gezogen hatte, denn dieses Thema war so tief in ihr verwurzelt, dass sie nie darüber sprach. Selbst bei Tim hatte es achtzehn Monate gedauert, bis sie ihm einige Fakten erzählt hatte, die sie schon ihr ganzes Leben lang mit künstlichem Lächeln und erzwungenem Gelächter zu überspielen versuchte.

Sie hatte gerade die Kaffeeflecken weggewischt, als es an der Haustür klingelte. Über ihrem Kopf hörte sie die Holzbretter knarren – ein Zeichen, dass Noah noch oben war. Sie wischte sich rasch die Tränen vom Gesicht und öffnete die Tür. Vor ihr standen Brenda, Ethel, Ruth und Becca, bewaffnet mit einigen Kübeln, Schrubbern und Besen und Taschen voll mit Reinigungsmitteln.

»Du armes Ding«, sagte Brenda, betrat uneingeladen das Haus und drückte Tess an sich, soweit ihre vollen Hände das zuließen. »Eine schreckliche Sache. Wenn ich diesen Mistkerl in die Hände bekäme, würde ich ihm diesen Besen dorthin schieben, wo die Sonne nicht scheint.«

Ethel, Ruth und Becca folgten ihr und drückten ebenfalls ihr Mitgefühl und ihre Rachegelüste aus. Bevor Tess fragen konnte, was sie vorhatten, hatten sie bereits ihre Mäntel ausgezogen, unter denen sie Schürzen und bunte Hauskittel aus Nylon trugen.

»Wir sind gekommen, um dir beim Putzen zu helfen. Viele Hände und so. Wo sollen wir anfangen? Ist deine Mum schon hier? Ich möchte nicht, dass sie sich von uns auf den Schlips getreten fühlt.«

»Nein, sie ist nicht hier.«

»Dann kommt sie sicher später, oder?«

»Nein …«

»Brenda!« Ruth stieß ihr den Ellbogen in die Seite. »Ich habe es dir doch schon gesagt. Tess' Mum ist nicht ganz gesund«, formte sie lautlos mit den Lippen.

»Mag sein, aber unter diesen Umständen …« Brenda wurde unterbrochen, als Noah, Cassie und Barney die Treppe herunterkamen. »Was machst du hier?«, fragte

Noah seine Mutter in dem mittlerweile überfüllten Flur und warf Tess einen Blick zu. »Hast du sie eingeladen?«

»Ich habe nichts damit zu tun«, erklärte sie mit einer Stimme, die sich gar nicht nach Tess Bailey anhörte. »Aber ist es nicht wunderbar! Sie sind gekommen, um uns beim Aufräumen zu helfen.«

»Ich helfe euch auch gern, wenn ihr mir ein paar Utensilien zur Verfügung stellt«, warf Cassie ein.

»Das kommt nicht infrage. Du musst dich ausruhen.« Barney nahm ihre Hand und lächelte sie auf eine Weise an, die ihr die Röte in die Wangen trieb. »Aber wenn ihr meinen Kochkünsten vertraut, seid ihr alle heute auf unserer Farm zum Abendessen eingeladen.«

»Ist sie schwanger?«, fragte Ethel, kurz nachdem die Tür hinter Cassie und Barney ins Schloss gefallen war. »Ruth?«

»Nicht dass ich wüsste. Allerdings würde es mich nicht wundern. Die beiden können ja kaum die Hände voneinander lassen.« Sie lächelte. »Wie schön. Mrs S. würde sich sehr darüber freuen. Also gut, wo fangen wir an?« Sie schob die Türen der Wohnzimmer auf und verzog das Gesicht. »Ethel, du und Noah, ihr arbeitet unten mit mir. Die anderen fangen oben an. Gummihandschuhe und Putzmittel findet ihr in diesen Tüten. Wir hören nicht auf, bis jeder Zentimeter im Haus geschrubbt, gebleicht und desinfiziert ist.«

Tess nahm sich ein Paar Handschuhe und eine Rolle mit Mülltüten und folgte Brenda und Becca zögernd die Treppe hinauf. Seit gestern hatte sie keinen Blick mehr in ihr Schlafzimmer geworfen. Sie hatte auch wenig Lust dazu, vor allem als sie oben angekommen waren und Becca entsetzt nach Luft schnappte.

»Diese dreckigen kleinen Mistkerle!«, stieß Brenda hervor. »Wer gibt ihnen das Recht, so etwas zu tun? All deine hübschen Sachen!«

»Ich nehme an, sie haben nach Schmuck gesucht«, meinte Becca. »Haben sie viel gefunden?«

»Alles.« Tess starrte an die Wand und hatte Mühe, den Raum zu betreten. »Ich habe nicht viel besessen. Es war alles in einer Blechschachtel. Noah hat sie leer draußen gefunden. Die Sachen hatten keinen großen Wert, bis auf meinen Verlobungsring.«

Becca atmete wieder hörbar ein, was nicht sehr hilfreich war. »Sie haben deinen Verlobungsring gestohlen?« Sie griff rasch nach ihrem eigenen, einem hübschen Silberring mit einem Amethyst. »Das ist schrecklich. Ich würde es nicht überleben, wenn mir meiner abhandenkäme. Hast du ihn nicht getragen? Ich nehme meinen niemals ab.«

»Ich wollte ihn nicht verlieren.« Sie versuchte rasch, sich noch etwas Fröhlicheres einfallen zu lassen, aber die Aussicht, ihr Schlafzimmer wieder betreten zu müssen, raubte ihr alle positiven Gedanken. Aus dem Augenwinkel sah sie, wie sich Brenda vorsichtig einige Schritte hineinwagte.

»Wo hast du die letzte Nacht geschlafen?«, wollte Brenda wissen und drehte sich zu Tess um. »Hier drin sicher nicht. Wenn ich gewusst hätte, in welcher Lage du dich befindest, hätte ich sicher ein Bett für dich gefunden.«

»Noah hat mir seines zur Verfügung gestellt …« Sie unterbrach sich. Zwei neugierige Augenpaare starrten sie an; Becca wirkte amüsiert, Brenda eher misstrauisch. »Das war sehr freundlich von ihm. Er hat sich irgendwo anders einen Schlafplatz gesucht.« Ihre Haut prickelte, und ihr wurde heiß, als die Erinnerungen an letzte Nacht in ihr aufstiegen. Schließlich zwang sie sich dazu, ihr Schlafzimmer zu betreten. »Wollen wir anfangen?«

Tess gelang es, den ganzen herzzerreißenden Vormittag ihre Tränen zu unterdrücken, obwohl Brenda und Becca sie mit ihrem Mitgefühl und ihrer Unterstützung immer wieder an den Rand des Zusammenbruchs brachten. Sie sortierten alle Kleidungsstücke, die verstreut auf dem Boden lagen, und legten sie auf drei Häufchen: Teile, die gewaschen werden mussten, andere, die für wohltätige Zwecke gespendet wurden, und Dinge, die im Müll landeten. Ihre gesamte Unterwäsche landete in einem großen Sack und wurde entsorgt. Es war nicht logisch zu begründen und reinste Verschwendung, aber selbst Brenda bot ihr nur kurz an, alles auszukochen, und drängte sie danach nicht weiter. Fremde Hände hatten ihre intimsten Dinge berührt – sie konnte sie nicht mehr tragen.

Auch beim Lunch riss sie sich zusammen – eine köstliche Mahlzeit aus Sandwiches mit Schinkensalat und Kuchen von Ruth und Ethel –, und das, obwohl sie immer wieder zu hören bekam, wie schrecklich diese Situation war und wie am Boden zerstört Tess nun sein musste. Ethel wehrte alle Mitleidsbezeugungen ab; ein Fenster ihres Ladens war eingeschlagen worden, und die Einbrecher hatten ein paar Flaschen mit alkoholischen Getränken gestohlen, aber offensichtlich waren sie durch die Alarmanlage in die Flucht geschlagen worden. Und, wie sie immer wieder betonte, der Laden war schließlich nicht ihr Zuhause. Tess fühlte sich jedoch nicht besser, als ihr vor Augen geführt wurde, dass es Cobweb Cottage am schlimmsten getroffen hatte.

Nach dem Mittagessen wurde Tess' Entschlossenheit, sich fröhlich zu geben, noch einmal auf eine harte Probe gestellt. Es klingelte an der Haustür, aber Tess wusste, dass Noah sich irgendwo unten im Haus befand, und ignorierte es deshalb. Wenige Sekunden später rief er sie. Als sie nach unten kam, standen Kyle und Jackie an der Türschwelle. Kyle hielt eine Plastikdose in den Händen.

»Für dich«, sagte er und reichte ihr die Dose. »Um dich aufzumuntern.«

Sie öffnete den Deckel und schaute auf einen Stapel Kekse in verschiedenen Größen und Formen. Alle waren mit hellgrüner Glasur bestrichen und mit Liebesperlen verziert.

»Wir haben sie selbst gebacken«, fügte Kyle hinzu. Er steckte seinen Finger in die Dose und drückte auf einen der Kekse. Als er ihn wieder herauszog, war er grün. »Sie sind noch nicht ganz trocken.«

»Aber sie sehen köstlich aus! Ich wusste gar nicht, dass du genauso gut Kekse backen wie Klavier spielen kannst.« Sie drückte die Schachtel an die Brust und zwinkerte verzweifelt, um die Tränen zurückzuhalten. »Vielen Dank dafür, dass du sie mir gebracht hast. Damit hast du mich wirklich aufgeheitert!« Aber ihre Stimme schwankte, also drehte sie sich rasch um, damit Kyle nicht sah, dass sie den Tränen nahe war. Noah stand neben ihr und bemerkte es natürlich. Schließlich war er darin geschult. Und im Augenblick befürchtete sie, dass seine Fähigkeit, andere Menschen zu durchschauen, stärker war als ihre, sie zu täuschen. Sie schniefte, drehte sich wieder um und setzte für Kyle ein strahlendes Lächeln auf. »Möchtest du hereinkommen und ein paar von den Keksen essen?«

Kyle fühlte sich offensichtlich in Versuchung gebracht, doch dann warf er einen Blick an Tess vorbei in den Flur. Ruth und Ethel standen vor der Tür zu Tess' Schlafzimmer. Und Brenda und Becca beugten sich mit ihren Staubtüchern in der Hand im ersten Stock über das Treppengeländer.

»Ziemlich voll hier, richtig?«, sagte Noah zu ihm. »Ich habe auch genug von all den Frauen im Haus. Sollen wir in den Garten gehen und dort arbeiten, solange das Wetter noch gut ist?«

Schließlich waren es keine Worte, sondern die Stille, die Tess wieder an den Rand des Zusammenbruchs brachte. Am Nachmittag war ihr Schlafzimmer wahrscheinlich aufgeräumter und sauberer als vor dem Einbruch. Alles stand wieder an seinem Platz oder befand sich in den Müllsäcken, die noch abtransportiert werden mussten. Das Bett war mit frischen weißen Laken neu bezogen, der Teppich war so gründlich gesaugt worden, dass er mindestens ein Drittel seines Flors verloren hatte, alle Oberflächen schimmerten und funkelten, und der Geruch nach Politur und Desinfektionsmitteln hing in der Luft. Oberflächlich betrachtet schien alles wieder in Ordnung zu sein, so als wäre nichts geschehen – genau wie in ihrem Leben, dachte Tess unwillkürlich. Doch als sie sich auf den Weg in Noahs Zimmer machen wollten, zog Brenda etwas aus ihrer Tasche.

»Das haben wir unter einem Kleiderstapel beim Schrank gefunden«, erklärte sie.

Sie hielt in jeder Hand ein Stück Metall; dünnes, filigranes Silber, das behutsam und geschickt zu aufwendigen Blättern und Blüten geformt worden war. Es war verbogen und in der Mitte entzweigebrochen, aber noch als die Tiara erkennbar, die Tess an ihrem Hochzeitstag getragen hatte. Sie hatte sie in einem mit Seide ausgeschlagenen Kästchen sorgfältig aufbewahrt, um sie einmal ihrer Tochter bei deren Hochzeit zu überreichen. Diese Träume waren schon seit einiger Zeit weit weg, und nun war es unmöglich, dass sie jemals wahr werden würden.

Tess starrte auf die zwei Teile. Brenda kam zu ihr, nahm sie in den Arm, strich ihr übers Haar und murmelte etwas Unverständliches, um sie zu trösten. Die Wärme, die Güte und die Mütterlichkeit dieser Geste, die Tess sofort als solche erkannte, obwohl sie ihr fremd war, trieben ihr wieder Tränen in die Augen. Sie riss sich rasch los und rannte aus dem Haus.

»Ich habe mir schon gedacht, dass ich dich hier finden würde, Schätzchen.«

Tess zuckte beim Klang der Stimme ihres Vaters zusammen. »Hast du mich gesucht?«

»Allerdings. Ich wollte wissen, warum ich von Noah erfahren musste, dass bei euch eingebrochen wurde.«

»Noah?« Tess stand auf und strich sich ihr Kleid glatt. Es fühlte sich feucht an, weil sie, mit dem Rücken an den Grabstein gelehnt, im Gras gesessen hatte. Sie schaute sich um. »Ist er hier?«

»Nein, er hat mich angerufen und mir gesagt, dass du ziemlich aufgewühlt davongelaufen bist.«

So viel zu den vielen Stunden, in denen sie heute versucht hatte, sich fröhlich zu geben. Ein schwacher Moment hatte alles verdorben, und natürlich war es dumm von ihr gewesen zu hoffen, dass er es nicht bemerkt hatte.

»Noah hat deine Telefonnummer?«

»Ja.« Len betonte seine Antwort auf eine Weise, als halte er die Frage für überflüssig. »Er ist ein guter Kerl.«

Tess fragte sich, ob ihre Mum seine Meinung teilen würde, wenn sie ihr Noah Thornton anstelle von Tim Bailey als ihren Verlobten vorgestellt hätte. Wäre sie dann auch so erfreut gewesen, so sicher, dass Tess sich in guten Händen befand? Wohl kaum. Während ihrer Jugend hatte Tess gelernt, dass der Typ von Mann, den sie heiraten musste, um Grace' Ängste zu beschwichtigen, auf der evolutionären Skala am entgegengesetzten Ende von Noah lag.

»Es tut mir leid, dass ihr ausgeraubt worden seid, Schätzchen.« Len legte einen Arm um Tess' Schultern, und sie schmiegte sich an ihn. »Das ist eine schlimme Sache. Bist du versichert? Ich weiß, das ist nicht die Hauptsache, aber es würde ein wenig helfen.«

»Ja. Ich nehme an, es ist alles abgedeckt. Aber manche Dinge kann man nicht ersetzen.«

»Soll ich mit dir kommen? Und dir helfen, alles wieder in Ordnung zu bringen?«

»Das ist alles schon erledigt. Noahs Mutter ist mit ein paar Freundinnen vorbeigekommen.« Tess hob den Kopf und schaute ihren Dad an. »Du erzählst es Mum nicht, okay?«

Er schüttelte den Kopf; dazu gab es nicht viel zu sagen.

»Solange es dir gut geht, müssen wir sie nicht beunruhigen, richtig?« Er zögerte und umarmte Tess dann noch einmal. »Sie liebt dich, Tessie, vergiss das nicht. Wenn du sie hättest sehen können, als sie schwanger war! Nach Max hatte sie so lange darauf gewartet, und wir dachten schon, es würde nie mehr so weit sein ... Sie war so glücklich, so aufgeregt. Alles, was sie sich wünschte, war ein hübsches kleines Mädchen.«

Alles, was sie sich wünschte, aber trotzdem nicht genug. Tess würde weiter versuchen, die Lücke zu füllen und doppelt so gut zu sein. So wie sie es ihr ganzes Leben getan hatte. Sie wusste nicht, wie sie je damit aufhören sollte.

Im Cottage herrschte Stille, als Tess die Haustür aufstieß; von der Putztruppe war keine Spur mehr zu sehen, und auch sonst schien niemand mehr im Haus zu sein. Vor ihrem Wohnzimmer zögerte sie, aber schließlich öffnete sie vorsichtig die Tür und ging hinein. Es sah vollkommen anders aus als beim letzten Mal. Wenn sich die Erinnerung daran nicht unauslöschlich in ihr Gehirn eingebrannt hätte, würde sie glauben, dass dieses Zimmer nie verwüstet worden war. Alles war ordentlich und sauber. Auf dem Wandschränkchen, wo der Fernseher gestanden hatte, befand sich nun eine große Vase mit Blumen, die Steckdose war wieder an der Wand, und es roch nach Möbelpolitur. Sie hob den Deckel ihrer Klavierbank. Ihre Notenblätter lagen wieder gestapelt darin, die zerknitterten obenauf. Sie nahm sie heraus; lieber würde sie sich neue kaufen, als noch einmal von diesen zu spielen.

»Wir waren uns nicht sicher, ob du diese Noten behalten willst.«

Noah lehnte am Türrahmen. Nicht einmal seine Zehen befanden sich in Tess' Zimmer. Er stand da, als würde ihn Befangenheit wie ein starker Arm davon abhalten, ihr näher zu kommen.

»Ich will sie nicht mehr.« Tess legte die Notenblätter aufs Klavier. Das Holz war blank poliert, aber die Kratzer waren sehr tief und würden sich auch mit viel Mühe nicht mehr entfernen lassen. »Du solltest dich freuen. Jetzt musst du dir diese Stücke nicht mehr anhören.«

Noah erwiderte ihr Lächeln nicht. »Das haben wir im Garten gefunden. Im Dunkeln habe ich es nicht gesehen. Gehört es dir?«

Tess riss ihm die Broschüre aus der Hand und presste sie an die Brust. Es war der Prospekt für Musiktherapie, für die Kurse, die sie gern besucht hätte, um vielleicht danach in einem schönen Leben einen wunderbaren Beruf auszuüben. Der Prospekt war in ihrer Blechschachtel versteckt gewesen, ein winziges Stück ihres wahren Ichs, das niemand sehen sollte.

»Hast du sonst noch etwas gefunden?«

»Nein. Kyle hat großartige Detektivarbeit geleistet.« Das entlockte Noah nun doch ein Lächeln, und er deutete auf die Broschüre. »Planst du einen Berufswechsel?«

»Nein.«

»Schade. Das klingt ideal für dich.«

Das wusste sie – es war tatsächlich perfekt für sie, aber nicht für Tess Bailey; nicht für die Person, die sie sein musste, um ihre Mum stolz auf sie zu machen und ihr zu zeigen, dass ihr die tolle Karriere gelungen war, die Grace von ihrer Tochter erwartete. Sie sah Noah an. Diese hellen Augen schienen direkt in ihre Seele zu schauen – eine noch größere Intimität als das, was sie am Abend zuvor geteilt hatten. Bei der Erinnerung daran wurde ihr heiß, und ihre Wangen röteten sich.

»Barney hat angerufen. Wir essen um sieben. Becca wird sich um Morag kümmern.« Noah ging über den Gang und blieb dann noch einmal stehen. »Gib mir Bescheid, wann Tim kommt. Ich übernachte dann bei Mum.«

»Tim?« Tess zögerte und warf Noah einen argwöhnischen Blick zu. »Wie kommst du jetzt auf ihn?«

»Ich dachte, nach dem, was passiert ist, wird er dich sehen wollen.«

»Es war ein Fehler! Der Schock, der Alkohol …«

»Ich meinte den Einbruch.«

Tess' Wangen brannten. Natürlich hatte er sich auf den Einbruch bezogen. Warum hatte sie geglaubt, er würde etwas anderes ansprechen? Weil sie immer noch die Hitze spürte, die er in ihr entfacht hatte. Das musste sie schnell in den Griff bekommen, wenn sie weiterhin mit ihm zusammen im Cottage wohnen wollte. Er schien bereit dazu, es zu vergessen, und das musste sie auch tun. Sie hatte sich ihre Rolle selbst gewählt, und Noah kam in ihrem Skript nicht vor. Sie verzog die Lippen zu einem Lächeln und erhielt es mit aller Kraft aufrecht.

»Er wird nicht kommen. Das ist auch nicht nötig. Mir geht es gut, und er hat unglaublich viel zu tun.«

»Zu viel, um dich zu besuchen? Wie an deinem Geburtstag? Ich verstehe.«

Tess hoffte, dass er das nicht tat, aber bevor sie noch etwas dazu sagen konnte, ging er in sein Zimmer und schloss die Tür mit festem Druck hinter sich.

15

Der Dezember brachte das erste Schneetreiben nach Ribblemill. Cobweb Cottage hatte noch nie so bezaubernd ausgesehen. Der Schnee bedeckte den Pfad, sodass das Häuschen aussah, als wäre es vom Himmel gefallen und in einem magischen, vereisten Wald gelandet.

Die frostige Luft draußen glich der im Cottage. Noah hatte sich wieder in sich zurückgezogen – es war nicht ganz so schlimm wie bei ihrer ersten Begegnung, aber Tess bemerkte die Veränderung und wünschte, sie hätte nicht stattgefunden. An den meisten Tagen nahmen sie ihre Mahlzeiten noch gemeinsam ein, aber sie unterhielten sich dabei kaum, und wenn, dann drehte sich das Gespräch um Morag. Er versuchte ganz offensichtlich, ihr aus dem Weg zu gehen; oft ging seine Zimmertür auf, nur wenige Sekunden nachdem sie ihre geschlossen hatte, also bestand daran kein Zweifel. Und als sich ihre Arme versehentlich beim Einräumen des Geschirrspülers berührt hatten, war er ruckartig zurückgewichen. Sie hatte schon befürchtet, er habe sich an einem Messer verletzt, aber es lag nur an ihr. Schuldgefühle und Verlegenheit schnürten ihr im Cottage die Kehle zu.

Trotz des Wetters nutzte Tess jede Chance, um das Haus zu verlassen und sich von den Erinnerungen an den Einbruch und all seinen Konsequenzen abzulenken. Sie stürzte sich mit noch mehr Enthusiasmus auf alle Aktivitäten in Ramblings, aber auch das hielt sie nicht davon ab, sich ständig Gedanken darüber zu machen, was sie nicht hätte tun und was sie hätte sagen sollen. Sie brauchte noch mehr, etwas, was sie noch stärker erfüllte, und eine Woche nach dem Einbruch bot sich die ideale Gelegenheit dafür.

Nic, die ursprüngliche Initiatorin der Musikgruppe für Kleinkinder, blieb nach dem Treffen noch länger, um Tess beim Aufräumen zu helfen. Allerdings rannte ihr Kleiner mit jedem Instrument, das Tess verstaut hatte, schnell wieder davon und behinderte damit ihre Bemühungen.

»Diese Gruppe ist fantastisch«, erklärte Nic und nahm ihrem Sohn ein Tamburin aus den Händen. »Es ist wunderbar für uns, einen solchen Kurs in der Nähe zu haben. Wir würden uns alle wünschen, Ihnen mehr bezahlen zu können, damit er öfter als nur einmal in der Woche stattfinden könnte.«

»Das würde ich mir auch wünschen.« Tess lachte. Der Betrag, den sie für den Musikkurs bekam, war nur ein Bruchteil des Stundenhonorars, das sie als Anwältin verdiente, aber jedes Pfund war zehnmal so viel wert, weil ihr diese Aufgabe so viel Freude bereitete.

»Haben Sie unter der Woche noch Freizeit? Oder sind Sie mit Musikunterricht und all den anderen Aktivitäten hier bereits ausgelastet?«

»Ich habe zwar an den meisten Tagen etwas zu tun, aber ich kann nicht behaupten, ausgebucht zu sein. Die Dominogruppe ist eher ein Zeitvertreib für mich. Ich würde mich freuen, noch mehr machen zu können.«

»Großartig!« Nic sauste in den Ballsaal und kam mit ihrem zappelnden Kind unter dem Arm wieder zurück. »Wenn das so ist, möchte ich Ihnen einen etwas gewagten Vorschlag machen. Sie dürfen ihn natürlich ablehnen. Ich werde Ihnen das dann auch nur ein oder zwei Jahre nachtragen.«

Tess ging durch den Raum und sammelte die überall verstreuten Triangeln ein. Sie schaute auf und lächelte. »Nur zu!«, erwiderte sie. »Ich habe schon seit Jahren kein gutes Angebot mehr bekommen.«

»Also gut. Einer meiner Neffen ist Autist und besucht die Daffodil-Trust-Schule etwa sechzehn Kilometer von hier. Haben Sie davon schon gehört? Die Schüler dort haben verschiedene körperliche Handicaps oder Lernschwierigkeiten. Mein Bruder unterrichtet dort, und als ich ihm von dieser Gruppe erzählt habe, meinte er, er würde liebend gern einen ähnlichen Kurs für seine Schüler anbieten, aber es gebe niemanden im Lehrkörper, der musikalisch begabt ist.«

»Wenn Instrumente vorhanden sind, können sie den Kindern zeigen, wie man sie benutzt – selbst wenn sie nur auf eine kleine Handtrommel schlagen, ist das schon ein guter Anfang. Soll ich mit Ihrem Bruder sprechen und ihm dazu ein paar Tipps geben?«

»Eigentlich möchten wir Sie für diesen Unterricht gewinnen.«

»Mich?« Tess lächelte, und einen Moment lang war sie begeistert von dieser Idee, doch ihre Freude verflog rasch wieder. »Das würde ich sehr gern machen, aber ich kann nicht. Mit Kleinkindern Lieder zu singen ist kein Problem, aber für mehr bin ich nicht qualifiziert.«

»Die Schule kann sich auch keine qualifizierte Lehrkraft leisten, also passt das wunderbar!« Nic lachte. »Ich schenke Ihnen lieber gleich reinen Wein ein. Sie können gar nichts dafür bezahlen. Die Schule ist eine Wohlfahrtseinrichtung, die auf jeden Penny schauen muss. Die Lehrer und die Kinder sind sehr nett, und ich bin sicher, dass es Ihnen Spaß machen würde, ehrenamtlich dort zu arbeiten. Ihr Entgelt dafür wäre lediglich die Freude an der Arbeit, aber davon reichlich. Habe ich Sie schon überredet?«

Tess geriet in Versuchung – wie auch nicht? Es war eine Möglichkeit, in dem Bereich, über den sie so oft in dem Kursprospekt gelesen hatte, Erfahrung zu gewinnen. Nachdem sie mit Nics Bruder Martin ein Gespräch über die Erwartungen der Schule und ihre eigenen Fähigkeiten geführt hatte, stand ihr Entschluss fest. Sie hielt einen Probeunterricht ab, und die zwei Stunden, in denen sie einem der Lehrer assistierte, waren die glücklichsten und befriedigendsten Arbeitsstunden ihres bisherigen Lebens. Kinder, die nur wenige Worte sprechen konnten und ihre Freude durch das Schütteln von Rumbakugeln und das Schlagen einer Trommel ausdrückten; die Begeisterung auf den Gesichtern der Schüler, die durch ihre körperlichen Einschränkungen nur zuhören konnten … das war eine vollkommen andere Welt als die der Juristen, in der es immer nur um Termine, Ziele und Geld ging. Hier konnte sie ihre Fähigkeiten anwenden, ihre Leidenschaft zum Einsatz bringen und etwas verändern – wenn auch nur für ein paar Minuten.

»Du strahlst heute übers ganze Gesicht«, merkte Ruth an, als sie mit Tess während einer Pause beim monatlichen Tanztee Tee und Kekse servierten. »Das freut mich. Lass dich nur nicht von diesen Einbrechern runterziehen. Hat die Polizei schon etwas herausgefunden?«

»Nein. Es gab keine Fingerabdrücke, und der Fußabdruck stammt von einem häufig verkauften Sportschuh. Sie gehen nicht davon aus, dass sie die Täter oder deren Beute finden werden.«

»Das ist eine gute Entschuldigung dafür, mal wieder einkaufen zu gehen!« Ruth tätschelte mitfühlend Tess' Arm. »Vor ein paar Tagen habe ich dich schon früh am Morgen vorbeilaufen gesehen. Hattest du einen Einkaufsbummel vor? Wolltest du dir einen schönen Tag machen?«

»Nein, ich war auf dem Weg zur Daffodil-Trust-Schule.« Tess' Lächeln wurde noch strahlender.

»Ist das die Schule auf der anderen Seite von Clitheroe? Ich kaufe hin und wieder Lose für ihre Tombola.« Ruth packte einen weiteren Teller mit Keksen aus. »Was wolltest du dort? Du denkst doch nicht etwa an einen Berufswechsel, oder?«

»Nein, natürlich nicht.« Tess' Lächeln wurde schwächer. »Ich arbeite ehrenamtlich dort. Die Probestunde kam gut an, also hat man mich gebeten, zweimal pro Woche Unterricht zu geben. Ich finde es wunderbar!«

»Schade, dass es sich nur um eine ehrenamtliche Tätigkeit handelt«, erwiderte Ruth, praktisch denkend wie immer. »Dein Gehalt aus London fehlt dir sicher. Ich nehme an, dass Tim genug für euch beide verdient, aber es ist doch immer besser, zusätzlich ein eigenes Einkommen zu haben.

Für all die Kleinigkeiten, von denen Ehemänner nichts erfahren müssen«, fügte sie mit einem Augenzwinkern hinzu.

»Ich habe inzwischen einige Privatschüler, denen ich Musikunterricht gebe, und damit verdiene ich ein bisschen Geld.« Es war nicht viel, aber da die Miete für Cobweb Cottage so günstig war, kam sie gut zurecht und musste nur hin und wieder ihre Ersparnisse angreifen. Sie hätte noch Zeit für weitere Stunden, aber sie war sich nicht sicher, ob Noah damit einverstanden wäre. Einige ihrer Schüler hatten vorher noch nie Musikunterricht gehabt, und die Klänge, die sie erzeugten, waren gewöhnungsbedürftig. »Und es geht mir auch nicht ums Geld. Ich wünschte, du hättest sehen können, wie viel Freude die Kinder daran hatten und wie gut sie ihre Sache gemacht haben. Es war großartig. Das Beste, was ich jemals getan habe!«

»Besser als dein toller Job als Anwältin, von dem Grace uns immer erzählt?« Ruth lachte. »Ehrlich gesagt konnte ich mir nie vorstellen, dass du in einem Kostüm mit Schulterpolstern in einem todschicken Büro sitzt. Das hier klingt viel mehr nach etwas, was dir wirklich liegt.« Ruth reichte Tess lächelnd eine Tasse Tee.

»Das ist nur vorübergehend«, erwiderte Tess und konnte nicht verhindern, dass ihre Stimme wehmütig klang. »Der Versuch verlief so gut, dass sich die Schule nun um eine Förderung für einen qualifizierten Musiktherapeuten bemüht.«

»Tja, da du nur für ein Jahr hier bist, kommst du dafür wohl nicht infrage. Mach einfach das Beste daraus, solange du kannst.«

Tess stimmte ihr zu: Sie würde jede Unterrichtsstunde

genießen. Daher war es besonders unerfreulich, dass ihr Wagen nicht ansprang, als sie zu ihrem vierten Termin in der Schule fahren wollte. Sie versuchte immer wieder, den Schlüssel im Zündschloss zu drehen, drückte jeden Knopf, betätigte alle Schalter und las sich das Kapitel zur Fehlersuche in der Betriebsanleitung durch. Vergeblich. Nach fünf Minuten öffnete Tess die Motorhaube und spähte hinein. Und wurde darin bestätigt, was sie bereits vermutet hatte: Sie hatte keinen blassen Schimmer, wonach sie suchen sollte.

Sie warf einen Blick zum Cottage hinüber. Am Fenster im ersten Stock bewegte sich etwas – Noah war offensichtlich noch zu Hause. Konnte sie ihn um Hilfe bitten? Wohl eher nicht. So wie die Dinge derzeit zwischen ihnen standen, würde er sich wahrscheinlich gleich zur Hintertür hinausschleichen, wenn er sie vor dem Haus entdeckte. Tess warf einen Blick auf ihre Armbanduhr. Sie könnte ein Taxi rufen, aber es gab keine örtlichen Unternehmen, und bis der Wagen in Ribblemill angekommen und sie dann zur Schule gebracht hätte, wäre es zu spät. Natürlich könnte sie auch ihren Dad um Hilfe bitten, aber ein Anruf so früh am Morgen würde Grace in Angst versetzen, und sie würde sich Sorgen machen, ob das Auto überhaupt sicher war, also war das keine gute Möglichkeit.

»Hast du ein Problem?« Tess war so damit beschäftigt gewesen, über eine Lösung nachzudenken, dass sie Noah nicht kommen gehört hatte. Er stand ein paar Meter von ihr entfernt, die Hände in den Hosentaschen, und zeigte durch seine Körperhaltung sein Widerstreben, sich einzumischen, unabhängig davon, was er sagte.

»Nein! Alles in Ordnung, danke.« Tess lächelte.

Noah rührte sich nicht von der Stelle. »Warum steht dann die Motorhaube offen?«

Eine gute Frage. Leider hatte Tess keine gute Antwort darauf.

»Ich wollte Frostschutzmittel nachfüllen. Ziemlich kalt heute! Ich habe ganz vergessen, wie streng die Winter hier oben sein können.«

»Dein Auto springt nicht an, richtig?«

Tess nickte. Man musste kein schlauer Detektiv sein, um zu bemerken, dass sie kein Frostschutzmittel in der Hand hielt und dass sie minutenlang hinter dem Steuer versucht hatte, den Motor zu starten.

»Ist dir das Benzin ausgegangen?«

»Natürlich nicht!«

Noah schlenderte näher heran und warf einen Blick auf den Wagen.

»Verstehst du etwas von Motoren?«, fragte sie hoffnungsvoll.

»Nein, aber wenn beim Startvorgang mit dem Schlüssel nichts passiert, ist wahrscheinlich die Batterie leer.«

»Okay.« Tess schlug die Motorhaube zu. Wenn das stimmte, konnte sie im Augenblick nichts dagegen tun. Für Starthilfe hatte sie keine Zeit. Sie besaß nicht einmal ein Starthilfekabel. »Ich rufe später die Werkstatt an und lass den Wagen überprüfen. Danke.«

Sie holte ihre Handtasche aus dem Wagen und zog ihr Handy heraus. Dann würde sie eben auf Plan B zurückgreifen müssen: Sie würde sich ein Taxi rufen und die Schule informieren, dass sie sich verspätete. Wahrscheinlich würde sie den Großteil der ersten Stunde versäumen und die Kinder enttäuschen. Ein schrecklicher Gedanke, aber was sonst sollte sie tun?

»Musst du heute Morgen nicht zur Daffodil-Trust-Schule?«

»Ja.« Tess war überrascht, dass er sich daran erinnerte. Sie hatte ihm am Abend nach ihrem Probeunterricht beim Essen alles darüber erzählt – sie war zu aufgeregt gewesen, um es für sich zu behalten –, aber da er keine Reaktion gezeigt hatte, war sie der Meinung gewesen, dass er gar nicht richtig zugehört hatte. »Ich werde mit einem Taxi hinfahren. Hoffentlich kommt der Wagen bald, damit ich nicht mehr als eine halbe Stunde verpasse …«

Sie stand schon an der Tür zum Cottage, als er ihr antwortete.

»Ich werde dich fahren.« Er hatte seine Hände wieder in die Hosentaschen gesteckt und die Schultern gekrümmt. Ganz offensichtlich triumphierte sein Anstand über sein instinktives Widerstreben.

»Tatsächlich?« Tess lächelte zuerst, doch dann runzelte sie die Stirn, was nur sehr selten vorkam. Wie sollte er sie dorthin fahren? Er hatte kein Auto. Schlug er etwa vor …? Wohl kaum, oder? »Meinst du etwa … mit dem Motorrad?«

»Ich habe nicht vor, dich huckepack zu tragen.« Ein flüchtiges Lächeln huschte über sein Gesicht und war sofort wieder verschwunden.

»Lieber nicht.« Tess wich einen Schritt zurück. Auf dem Soziussitz eines Motorrads? Das war unmöglich. Zweiunddreißig Jahre lang war ihr das vermittelt worden. Wahrscheinlich gehörte Motorradfahren zu den fünf wichtigsten Punkten auf Grace' Liste der verbotenen Aktivitäten. Wenn sie davon nun erfuhr? Falls sie es überlebte, würde sie mit der Reaktion ihrer Mum fertigwerden müssen …

»Es ist gefährlich.«

»Das ist Autofahren auch. Und Wanderungen. Und Zugfahrten.« Er strich sich mit der Hand über den Kopf. »Man kann an allem etwas Gefährliches finden. Und was ist dann die Konsequenz? Willst du dein ganzes Leben in deinen vier Wänden verbringen?«

So wie Grace es tat … Ob er das wusste? Sie glaubte nicht. Sein Blick deutete nicht auf eine spitze Bemerkung hin. Er schaute an ihr vorbei, wahrscheinlich zurück in die Vergangenheit. Wie war gleich noch der Name des Mädchens, das bei dem Zugunglück ums Leben gekommen war? Emily. Sie war erst acht Jahre alt gewesen und hatte nie die Chance gehabt, ihre Leidenschaften auszuleben, einen Beruf zu wählen, der ihr Spaß machte, auf einem Motorrad mitzufahren … Tess standen alle diese Möglichkeiten offen, aber sie nützte sie nicht. Und warum nicht? Nur wegen eines tief verwurzelten Bedürfnisses, Grace zu gefallen? Sollte sie nicht endlich diesen eingefahrenen Weg verlassen? Konnte sie das überhaupt?

»Okay.« Das Wort war ihr entschlüpft, bevor ihr Verstand eingewilligt hatte. »Ich fahre mit dir.«

»Dann komm mit.« Noah ging an ihr vorbei ins Haus und kam mit zwei Helmen zurück. Er führte Tess hinter das Cottage, wo er sein Motorrad abgestellt hatte, und reichte ihr einen der Helme. Mit zitternden Händen nahm sie ihn entgegen.

»Wahrscheinlich hast du gar keine Zeit«, sagte sie, den Helm immer noch in der Hand. »Du wirst zu spät zur Arbeit kommen. Ich sollte mir doch lieber ein Taxi rufen.«

»Barney hat sicher nichts dagegen, wenn ich etwas später komme.« Noah schloss seinen Helm und setzte sich auf das Motorrad. »Aber wir sollten trotzdem keine Zeit mehr verschwenden.«

Tess schwang vorsichtig ihr Bein über den Sitz und ließ sich hinter ihm nieder. Sie war nicht für eine solche Fahrt angezogen. Ihr Rock rutschte fast bis zu ihrem Slip hinauf, und obwohl sie eine dicke Strumpfhose und Stiefel trug, fühlte sie sich auf unangenehme Weise entblößt. Sie wollte gerade wieder absteigen, als der Motor ansprang und ihr Körper zu vibrieren begann.

»Halt dich fest!«, rief er ihr zu. Sie legte die Arme um seine Taille, schloss die Augen und unterdrückte die aufsteigende Übelkeit, als das Motorrad über den holprigen Boden hinter dem Cottage schlingerte, bis sie den Pfad erreicht hatten. Und dann ... Dieses Erlebnis würde Tess nie vergessen. Ihr taten die Arme weh, weil sie sich so fest an Noah klammerte; ihre Knie schmerzten bei dem Bemühen, sie eng an das Motorrad zu pressen, der kalte Wind fuhr ihr über die Wangen und wirbelte ihre Locken, die aus dem Helm herausschauten, wie Luftschlangen hinter ihr her. Sie öffnete die Augen, als sie durch Ribblemill und über die Landstraßen zur Schule brausten. Sie flitzten an Autoschlangen vorbei und sausten um Kurven, und sie empfand keine Spur von Unruhe oder Angst. Sie fühlte sich sicher und belebt – und lebendiger als jemals zuvor.

In Rekordzeit erreichten sie die Daffodil-Trust-Schule, und Noah stellte den Motor ab.

»Du kannst mich jetzt loslassen.«

Tess nahm die Arme von seiner Taille und kletterte von der Maschine. Sie versuchte, den Helm abzunehmen, aber ihre Finger waren von der Kälte ganz taub. Noah beugte sich zu ihr vor, öffnete den Verschluss des Riemens und zog ihr den Helm vom Kopf. Er ließ den Blick forschend über ihr Gesicht gleiten, bevor er ihr sanft eine Locke von der Wange strich. Sicher sah sie schrecklich aus, aber das war ihr gleichgültig. Sie hatte jede Sekunde der Fahrt genossen und strahlte ihn mit echter Begeisterung an.

»So solltest du öfter lächeln«, erklärte er. »Und später hole ich dich wieder ab.« Damit drehte er sich um und brauste davon, ohne noch einmal zurückzuschauen.

Tess liebte Weihnachten. Diese Zeit war im Haus der Greens immer erstaunlich normal verlaufen, dank Len, der sich um die Dekoration und die Geschenke gekümmert und es dabei immer übertrieben hatte, so als könnte er damit den Rest des Jahres wiedergutmachen. Schon Anfang Dezember fing Tess an, ihre Zimmer im Cobweb Cottage mit Lichtern, Lametta, Papierketten und Weihnachtskugeln zu schmücken, bis es bei jedem ihrer Schritte überall raschelte und funkelte. Morag wusste ihre Bemühungen zu schätzen und schien zu glauben, dass das alles nur für sie veranstaltet wurde. Tess hätte auch gern den Flur und die Küche dekoriert, doch als Noah an ihrem offenen Wohnzimmer vorbeiging und überrascht zurückzuckte, war ihr klar, dass er für das komplette Programm noch nicht bereit war. Also stellte sie nur eine Vase mit ein paar Stechpalmenzweigen auf den Tisch im Gang. Wenn sie jeden Tag eine Kleinigkeit hinzufügte, konnte sie vielleicht das ganze Haus schmücken, ohne dass es ihm sofort auffiel. Zumindest war es einen Versuch wert.

Weihnachten in Ribblemill versprach in diesem Jahr ein besonderes Fest zu werden. Ramblings würde zwei Wochen lang der Öffentlichkeit zugänglich sein, mit Ausnahme des Sonntags, an dem Becca heiratete – der Empfang würde im Ballsaal stattfinden. Im Sommer war eine Raumausstatterin ins Dorf gezogen und hatte angeboten, die Räume so zu dekorieren, dass die Besucher einem bestimmten Weg durch die Räume folgen konnten. Das Thema lautete »Traditionelles Weihnachten« – ein wirtschaftlich guter Plan, denn so konnten sie all die alten Dekorationsgegenstände verwenden, die im Keller in Ramblings gelagert wurden. Cassie hatte beschlossen, dass die gesamten Einnahmen dieser probeweisen Öffnung *Refuge*, der Stiftung für Opfer häuslicher Gewalt, zukommen sollte.

Cassie hatte Tess und Becca vor ein paar Tagen alles erklärt, als sie sie zum Mittagessen auf die Farm eingeladen hatte, und sie dann dazu überredet, dem Team beizutreten, das frische Stechpalmenzweige, Efeu und andere geeignete Laubzweige in der Umgebung sammeln sollte, um in der Woche vor der Öffnung für Besucher letzte Hand an die Dekoration zu legen. Das Problem mit Cassie war, wie Tess festgestellt hatte, dass sie jeden mit sanfter Überredungskunst dazu brachte, eine Aufgabe bereits halbwegs erledigt zu haben, bevor derjenige bemerkte, dass er sich dafür verpflichtet hatte. An einem feuchten, trüben Morgen, an dem der Nebel so tief hing, dass sie das Gefühl hatte, ständig eine Gardine zur Seite schieben zu müssen, um voranzukommen, klopfte Tess daher an Beccas Tür, um sie zum Zweigesammeln abzuholen.

Es dauerte eine Weile, bis Becca öffnete, und als sie endlich auftauchte, war sie für ihre Aufgabe nicht richtig gekleidet: Ein Einteiler im Giraffendesign und Hausstiefel aus Plüsch waren bei diesem Wetter nicht gerade ideal.

»Das ist ja ein hübsches Outfit«, sagte Tess und lachte, »aber …« Als sie Beccas Miene sah, hielt sie inne. Ohne ihr übliches Make-up sah sie beinahe aus wie ein Teenager, und in ihren Augen standen Tränen. »Was ist los?«

»Die Hochzeit ist ruiniert!« Becca trat einen Schritt zurück, um Tess ins Haus zu lassen. Schniefend ging sie voran ins Wohnzimmer, ließ sich auf das Sofa plumpsen und vergrub sich unter einer Decke. Aus der Anzahl der Kaffeebecher und leeren Kekspackungen auf dem Boden schloss Tess, dass sie schon länger hier lag. Ein Blick durch den Raum zeigte ihr Anzeichen von Traurigkeit – das war ihr alles nur allzu vertraut. Beklommen ließ sie sich am Rand eines Stuhls nieder.

»Ist alles in Ordnung?«, fragte sie. Offensichtlich nicht – Beccas Verhalten erinnerte auf schreckliche Weise an eine Frau, die zehn Tage vor der Hochzeit sitzen gelassen worden war.

»Nein! Ich habe bereits gewusst, dass diese Hochzeit unter einem schlechten Stern steht, als kurz vor unserer Verlobungsfeier das Gemeindehaus zerstört wurde. Ich habe es immer wieder gesagt, aber niemand wollte mir glauben. Und nun das!«

»Was ist passiert?«

»Der Kirchenorganist hat einen Schlaganfall erlitten.«

Tess rutschte auf dem Stuhl zurück, erleichtert, dass es sich nicht um die Katastrophe handelte, die sie befürchtet hatte. »Das ist schrecklich«, erwiderte sie. »Wie schlimm ist es?«

»Es ist ein absolutes Desaster!« Becca schnäuzte sich lautstark. »Er sollte während der Trauung spielen. Was sollen wir jetzt nur tun?«

»Ich meinte den Schlaganfall«, erklärte Tess. »Wird er sich davon erholen?«

»Ich weiß es nicht. Zumindest nicht rechtzeitig zur Hochzeit. Und das ist noch nicht alles. Er ist nicht nur der Organist, sondern auch der Kirchenchorleiter. Eines der Chormitglieder hat versucht, die Situation auszunützen und in seiner Abwesenheit seinen Platz einzunehmen. Das hat jedoch zu Streitigkeiten geführt, und nun hat sich der Chor aufgelöst. Wir haben keine Musik für unsere Hochzeit! Verstehst du? Schlimmer kann es wohl kaum noch kommen. Wie sollen wir das Problem innerhalb von zehn Tagen lösen?«

Die Antwort darauf war im wahrsten Sinne des Wortes greifbar, aber Becca war so in ihrem Kummer gefangen, dass sie das nicht bemerkte. Tess half ihr auf die Sprünge. »Muss es unbedingt Orgelmusik sein? Wenn auch Klaviermusik infrage käme, könnte ich spielen. Vorausgesetzt, es gelingt uns, mein Klavier in die Kirche zu schaffen …«

Becca hörte abrupt zu schniefen auf. »Im Moment würde ich mich sogar über jemanden freuen, der mit Löffeln Musik machen kann. Ein paar starke Männer aufzutreiben, die dein Klavier abholen, ist kein Problem für mich. Macht es dir wirklich nichts aus?« Becca stürzte sich auf Tess und zog sie dankbar in eine feuchte Umarmung, ohne ihre Antwort abzuwarten. »Und du hast sogar einen Chor! Warum habe ich nicht gleich daran gedacht? Er ist sicher besser als der von den lieben alten Leutchen aus der Kirche. Das ist fantastisch!«

»Eigentlich ist es kein richtiger Chor, eher eine Singgruppe, und ich bin nicht sicher, ob wir schon für einen Auftritt in der Öffentlichkeit bereit sind …«

»Das ist ja nur für die Dorfbewohner! Und für die schottischen Verwandten, aber denen gebe ich am Abend zuvor genügend Whisky, dann ist es ihnen egal, was sie zu hören bekommen. Und du hast noch zehn Tage Zeit zum Proben. Es ist perfekt!«

Perfekt? Tess konnte gar nicht anders, als das anzustreben, aber in zehn Tagen? Das war eigentlich unmöglich. »Ich weiß nicht so recht …«

»Du darfst mich jetzt nicht auch noch im Stich lassen! Sonst muss ich vielleicht die Hochzeit absagen …«

Becca brach wieder in Tränen aus, und Tess fügte sich ins Unvermeidliche.

»Okay«, willigte sie ein, obwohl sie noch nicht überzeugt war. »Ich werde mich erkundigen, wer an dem Tag Zeit hat. Du bekommst auf jeden Fall Musik, auch wenn ich selbst singen muss. Und jetzt beeil dich und zieh dich an. Man kann sich zwar kaum vorstellen, dass Cassie wütend werden kann, aber ich möchte es nicht riskieren, indem wir nicht genügend Stechpalmenzweige sammeln …«

Die Hintertür öffnete sich so leise, dass Tess Noahs Rückkehr erst bemerkte, als Morag vom Küchentisch sprang, um ihn zu begrüßen. Tess warf einen Blick auf die Uhr: zu früh und damit zu spät für sie, sich rasch noch die Tränen von den Wangen zu wischen und die auf dem Tisch ausgebreiteten Fotos zu verstecken. Verflixt, warum kam der Mann auch hereingeschlichen, als gehöre ihm dieses Haus?

Er durchquerte steifbeinig den Raum, und sein Hinken war stärker ausgeprägt, als sie es seit Langem gesehen hatte.

»Ich habe dich noch nicht erwartet!« Sie stand auf und setzte ein Lächeln auf. Es wollte ihr jedoch nicht so recht gelingen; ihre Lippen zitterten und ließen sich nur mit großer Mühe unter Kontrolle halten. »Ich habe mir noch gar keine Gedanken über das Abendessen gemacht. Vielleicht Pasta? Ich glaube, wir haben Schinkenspeck und Pilze … Setz dich doch. Ich wollte ohnehin gerade Tee kochen.«

Tess musste um Noah herumgehen, um den Wasserkocher zu füllen, und er ging ihr unbeholfen aus dem Weg.

»Leg dich in die Badewanne«, schlug Tess vor, als Noah schwieg. »Warmes Wasser entspannt und hilft bei Schmerzen.« Schmerzen! Was wusste sie schon von der Art Schmerzen, die ihn plagten? »Nimm deinen Tee mit. Ist es dir recht, wenn wir früh zu Abend essen? Die Singgruppe probt um sieben.«

»Schon wieder?« Noah unterbrach Tess' Wortschwall. Sie war ihm nicht böse für den Seufzer, der folgte. Alle bis auf eines der Mitglieder von der Singgruppe waren bereit, bei Beccas Trauung zu singen, und da ihnen nur wenig Zeit blieb, hatten sie in den letzten fünf Tagen viermal geprobt. Sogar für Tess war es nicht leicht, Begeisterung für eine weitere Probe der klassischen Rat-Pack-Songs aufzubringen, die Becca sich ausgesucht hatte.

»Heute Abend nur eine halbe Stunde. Bei Beccas Hochzeit müssen wir perfekt sein!«

»Und nun schaust du dir diese Bilder an, um dich inspirieren zu lassen?«

»Nein. Der Schadenregulierer braucht Beweise dafür, dass ich den Schmuck, der gestohlen wurde, tatsächlich besessen habe. Ich habe nach einem Foto gesucht, dass mich mit meinem Verlobungsring zeigt.«

»Hat Tim keine Quittung dafür?«

»Oh … vielleicht … Aber sie ist wahrscheinlich irgendwo weggepackt.«

Glücklicherweise hatte Noah den Blick auf das Album und nicht auf ihr Gesicht gerichtet.

»Er fehlt dir sicher sehr.«

»Man gewöhnt sich an die Anwesenheit eines anderen Menschen, richtig? Und es fällt einem schwer, sich darauf einzustellen, ohne ihn zu leben. Es geht um die Kleinigkeiten, zum Beispiel darum, dass man dann allmählich vergisst, wie sich seine Stimme anhört …«

Tess unterbrach sich, als ihr bewusst wurde, dass sie zu viel verriet. Die Fotos hatten merkwürdige Gefühle in ihr wachgerufen, eine seltsame Art von Sehnsucht nach einem anderen Leben, einer anderen Tess, die keinen Bezug zu dem Hier und Jetzt hatte.

Noah hob den Kopf. »Aber ihr könnt doch miteinander telefonieren. Und skypen.«

»Ja, natürlich, das stimmt schon, aber da ist der Zeitunterschied, und er ist beruflich sehr beschäftigt …« Tess verstummte. Es gefiel ihr nicht, wie Noah sie ansah – so als würde er aus jeder Silbe, die ihr über die Lippen kam, seine Schlüsse ziehen. Sie blätterte zur nächsten Seite, auf der ein Gruppenfoto zu sehen war – die Braut, der Bräutigam mit den Familienangehörigen.

»Das ist Max.« Noah deutete auf Tess' Bruder. »Ich kann mich noch gut an ihn erinnern. Er sieht aus wie dein Dad. Aber wo ist deine Mum?«

Tess antwortete nicht sofort, und Noah musterte sie. Es war eine einfache Frage, auf die es eine einfache Antwort gab.

»Sie ist nicht auf dem Foto.«

»Warum nicht?«

Wieder eine simple Frage, auf die Tess jedoch keine passende Antwort hatte.

»Sie …« Wie sollte sie das erklären? Sie konnte es einfach nicht. Nicht einmal Tim hatte sie es begreiflich machen können. »Sie musste gehen, bevor die Fotos gemacht wurden. Sie fühlte sich nicht gut.«

»Ich verstehe.« Noah hob ein einzelnes Foto von Tess und Tim auf – keines der offiziellen Aufnahmen, sondern ein Schnappschuss von einem Freund. »Das erklärt das unechte Lächeln.«

Wer war er denn? Ein Spezialist für echtes Lächeln? Niemand sonst hatte es bemerkt. Sie hatte alle anderen getäuscht und den ganzen Tag über Komplimente für ihr strahlendes Aussehen als Braut bekommen. Obwohl ihr die Wangen bereits wehgetan hatten, hatte sie mühevoll immer weiter gelächelt. Und ihr Herz hatte dabei geschmerzt. Der ganze Tag war auf eine Weise gestaltet worden, die ihre Mum glücklich machen sollte: der Bräutigam, den sie unmöglich ablehnen konnte; das Kleid, das Grace aus einem Magazin ausgesucht hatte, weil sie Tess nicht in ein Geschäft begleiten konnte; die Pferdekutsche, die Musik, die Blumen, das Essen – alles von und für Grace ausgewählt, um ihr die Märchenhochzeit zu bieten, die sie sich vorgestellt hatte. Und für ein paar Minuten war alles perfekt gewesen, alles so, wie Tess es sich erhofft hatte, denn Grace hatte tatsächlich glücklich ausgesehen. Sie hatte Tess und Len zur Kirche begleitet, war mit ihnen auf den Stufen davor stehen geblieben, bereit hineinzugehen. Und alle Zweifel, die in Tess' Herz gelauert hatten, waren in diesen wunderschönen gemeinsamen Minuten verschwunden. Doch was dann folgte, hatte sich für immer in Tess' Gedächtnis eingebrannt: die heiße Sonne, der süße Duft ihres Rosenstraußes und das Geräusch von knirschendem Kies, als Grace nach einem Blick auf den Friedhof den Pfad entlang zurück zu ihrem Haus gerannt war.

16

Als Tess noch in Ribblemill gelebt hatte, war Ramblings nie für die Öffentlichkeit zugänglich gewesen, und sie hatte bisher nur die prächtige Eingangshalle und den Ballsaal gesehen. Natürlich war sie eine der Ersten, die für die Weihnachtsbesichtigung Schlange standen. Sie hatte versucht, ihre Mutter dazu zu überreden, aber keinen Erfolg gehabt.

»Möchtest du dir das Haus nicht von innen anschauen?«, fragte sie, setzte sich auf die Lehne von Grace' Sessel und griff nach der Hand ihrer Mutter. »Was ich bisher davon gesehen habe, ist fantastisch. Die Möbel und die Bilder in der Eingangshalle sind überwältigend, und ich nehme an, der Rest des Hauses ist es auch. Ich kann es kaum erwarten, die Weihnachtsdekoration zu sehen. Es wäre wundervoll, wenn wir zusammen an der Führung teilnehmen könnten.«

»Ich finde, du solltest nicht hingehen.« Grace schauderte. »Das riesige Haus ist sicher feucht und zugig. Du wirst dir eine Erkältung oder etwas noch Schlimmeres einfangen. Das darfst du nicht riskieren, Tess. Du willst doch nicht krank sein, wenn Tim an Weihnachten zu Besuch kommt.«

»Ich bin nicht sicher, ob er kommen kann …«

»Aber er muss kommen! Er verbringt nun schon vier Monate in dieser Hitze, ohne Pause. Oh, Tess, du musst ihm sagen, dass er zu hart arbeitet. Bei diesem Tempo steuert er auf einen Herzinfarkt zu. Und wie wollt ihr ein Baby bekommen, wenn ihr nie zusammen seid?«

Als sie zusammen waren, hatte das auch nicht geklappt, aber Tess lächelte und wechselte das Thema. Ihre Mum war nicht bereit dazu, sich das anzuhören. Wahrscheinlich würde sie das nie sein.

Zwei Tage später schlenderte Tess den Pfad zu Ramblings hinunter, zahlte die Eintrittsgebühr für die Weihnachtsführung und erhielt eine Hochglanzbroschüre, in der der Weg für Besucher mit roten Stechpalmenbeeren eingezeichnet war. Die Führung begann in der Eingangshalle, wo ein riesiger Christbaum an der Treppe stand. An der Spitze, die bis zum Treppenabsatz des ersten Stocks reichte, war ein Engel in einem wunderschönen Gewand angebracht.

Tess folgte dem mit Beeren gekennzeichneten Pfad einen Gang entlang, der mit einigen mit ihrer Hilfe gesammelten Zweigen geschmückt war, und gelangte in einen Raum, der im Plan als »Frances Smallwoods Frühstückszimmer« bezeichnet wurde. Ruth stand am Eingang; sie trug ein Namensschild, auf dem zum Thema passend eine Beere und der Schriftzug »Ruth – ehrenamtliche Aufseherin« aufgedruckt waren.

»Ich bin eine ehrenamtliche Aufseherin«, verkündete Ruth strahlend, als sie Tess sah, und deutete auf ihr Schild. Sie verkniff es sich, ihren Namen dazuzusagen. »Unser

Team passt überall im Haus auf die Wertgegenstände auf. Cassie ist in der Bibliothek, und der Colonel hat das Esszimmer übernommen. Es hört sich beinahe so an wie bei dem Spiel *Cluedo*, oder? Keine Angst, niemand wird dir bei der Besichtigung mit einem Bleirohr eins überziehen!«

Das Frühstückszimmer war ein wunderschöner, heller Raum mit bequemen Sofas und Sesseln sowie Möbeln aus dunklem poliertem Eichenholz. Hier stand ein weiterer, kleinerer Weihnachtsbaum. Seine Zweige bogen sich unter dem Gewicht der Christbaumkugeln, die mit offensichtlich handgemalten winterlichen Szenen verziert waren. Über dem Kamin hingen Girlanden aus Stechpalmenzweigen und Efeu. Tess ging zum Fenster hinüber und bewunderte die auf einem Tisch aufgestellte Krippe mit den Holzfiguren.

»Oh, ist das nicht unglaublich! Hier könnte man mein gesamtes Erdgeschoss unterbringen und hätte immer noch Platz für ein Pony.«

Tess drehte sich um und sah Brenda an der Türschwelle stehen. »Ja, großartig. Dagegen sieht Cobweb Cottage wie ein Zwergenhaus aus. Und das ist erst das erste Zimmer.«

»Wenn man sich vorstellt, dass eine Frau das alles allein für sich gehabt hat.« Brenda setzte sich auf eines der Sofas und lehnte sich zurück, um seine Größe auf sich wirken zu lassen. Hier war nichts mit Seilen abgesperrt; die Besucher hatten freien Zugang und durften alle Möbelstücke berühren oder sich darauf niederlassen. »Mit meinen drei kräftigen Söhnen hätte ich so viel Platz gut brauchen können. Es ist ein Wunder, dass ich nicht an all dem Testosteron und der Menge an Deodorant in der Luft erstickt bin, als sie Teenager waren. Na ja, das kennst du inzwischen ja selbst, oder?«

»Ich bin nicht …« Tess hielt inne. Sie wollte nicht an ihre eigene Erfahrung mit Noahs Testosteronspiegel denken. Es war unmöglich, den Einbruch zu vergessen, aber sie versuchte mit allen Kräften zu verdrängen, was in der Nacht danach passiert war. Sie lächelte. »Hast du die Hausbesitzerin gekannt? Frances Smallwood?«

»Nicht näher. Sie hat viele Jahre sehr zurückgezogen gelebt, bis wenige Monate vor ihrem Tod. Da hat sie ein Gartenfest hier gegeben. Das war sehr großzügig von ihr – ohne hochnäsiges Getue und Allüren, wie man das von solchen vornehmen Leuten erwartet. Und sie war etwa zwanzig Jahre älter als ich.«

Ein paar weitere Besucher betraten das Zimmer, und Brenda gesellte sich zu Tess ans Fenster.

»Schön, hier zu sein, bevor die Massen hereinströmen, oder?«, fuhr sie fort. »Ethel hat Dienst im Postamt, also konnte ich schnell vor ihr vorbeischauen.« Sie grinste. »Es geht doch nichts über ein bisschen Rivalität zwischen Geschwistern – vor allem zwischen zwei Schwestern.«

Tess fehlten die Worte, und ihr Lächeln erstarb. Sie wandte sich vom Fenster ab und versuchte verzweifelt, sich nichts anmerken zu lassen, aber es war bereits zu spät. Noah hatte seine Beobachtungsgabe offensichtlich von seiner Mutter geerbt.

»Ach, Schätzchen.« Mit erstaunlicher Kraft zog Brenda Tess an sich und umarmte sie. »Ich würde mir am liebsten die Zunge abbeißen.«

»Schon gut«, erwiderte Tess, aber sie konnte sich nicht

zu einem Lächeln zwingen. »Vergiss es einfach. Diese Zeit des Jahres ist eben sehr emotional, und es ist schwer, allein zu sein. Vor allem jetzt. Manchmal überfällt es mich gerade dann, wenn ich es nicht erwarte.« Es gelang ihr endlich, wieder eine fröhliche Miene aufzusetzen. »Schauen wir uns den Rest des Hauses an? Ich kann es kaum erwarten, den weihnachtlich geschmückten Speisesaal zu sehen.«

Beccas Hochzeitstag fing wunderbar an. Es herrschte die idyllische Winterstimmung, auf die alle gehofft hatten: Klarer blauer Himmel lag über der mit Reif überzogenen Landschaft, und das Dorf sah aus, als wäre es eigens für diesen Anlass mit Glitter bestreut worden.

Tess war unter den Ersten, die auf der Treppe vor der Kirche standen und darauf warteten, dass der Pfarrer die schwere Eichentür öffnete. Aus der benachbarten Grundschule war ein Klavier in die Kirche gebracht worden, auf dem sie während des Gottesdiensts spielen würde – das hatte sich leichter bewerkstelligen lassen als der Transport ihres eigenen Klaviers vom Cobweb Cottage, und sie wollte noch ein wenig auf dem ihr nicht vertrauten Instrument üben und ihre Nerven beruhigen, bevor die Gäste eintrafen. Sie hatte gesehen, wie traurig Becca wegen des ausgefallenen Organisten und Kirchenchors gewesen war, also musste Tess unbedingt eine weitere musikalische Panne vermeiden, die ihr den Tag verderben könnte.

Während Tess spielte, füllte sich die Kirche langsam. Die Ribblemiller hatten sich zu Beccas Ehren herausgeputzt, und von den vielen schottischen Gästen, die ihr Verlobter eingeladen hatte, trugen fast alle Männer den traditionellen Kilt, unter dem ihre behaarten Beine herausschauten. Tess gab sich Mühe, sich auf ihr Spiel zu konzentrieren, aber immer wieder schweiften ihre Gedanken ab zu ihrer eigenen Hochzeit, die vor ein paar Jahren hier stattgefunden hatte. Vor allem weil viele der Gäste der Braut dieselben waren wie bei ihrer Feier. Hatte Tim den gleichen angstvollen, aber auch begeisterten Gesichtsausdruck gehabt wie Callum? Hatte Tess ebenso wie Becca, die jetzt am Arm ihres Vaters den Mittelgang entlangschritt, ebenso vor Freude gestrahlt? Sie hatte es anders in Erinnerung. Vielleicht sollte sie Noah bitten, sich das Video anzuschauen, denn offensichtlich hielt er sich für einen Experten, wenn es um ihr Lächeln ging …

Die Zeremonie lief ganz traditionell ab, war aber trotzdem sehr berührend. Alle stimmten begeistert in die Lieder ein, und Tess wurde immer nervöser, als der Zeitpunkt näher rückte, an dem die Ribblemill-Sänger ihr Debüt geben würden. Bisher war alles perfekt gelaufen. Würde ihr Beitrag nun alles ruinieren?

Sobald das letzte Lied vor der Unterzeichnung im Kirchenbuch verklang, huschte Tess zu den anderen Sängern in die Sakristei. Sie hatte genaue Anweisungen gegeben, wann sie die Kirche verlassen mussten, und war erleichtert, dass alle nun auf sie warteten – bis auf einen.

»Wo ist Abel?« Tess schaute sich um – unnötigerweise, denn ein Mann von Abels Größe konnte sich nicht in einem so kleinen Raum verstecken. »Ist er draußen?«

»Ich habe den ganzen Morgen noch keine Spur von ihm gesehen«, erwiderte Ethel. »Eigentlich hätte er neben mir und Brenda sitzen sollen. Ich hoffe, er hat sich gestern

Abend nicht volllaufen lassen. Vielleicht schläft er noch. Hast du versucht, ihn anzurufen?«

»Noch nicht.« Sie nahm ihr Telefon in die Hand und sah sofort eine SMS von Abel. »Er kommt nicht«, sagte sie beklommen. »Er muss eine Katze notoperieren.«

Das konnte sie ihm nicht übel nehmen – hätte es sich um Morag gehandelt, hätte sie ihn notfalls an den Operationstisch gefesselt, damit er ihr das Leben rettete –, aber einen schlechteren Zeitpunkt hätte es kaum geben können. Der Chor kam zwar ohne ihn aus, aber er würde nicht so voll klingen; es würde eine abgeschwächte Form der Darbietung werden. Nicht perfekt.

»Okay.« Sie zwang sich zu einem Lächeln. »Wir werden es trotzdem schaffen, wenn wir ...«

Sie wurde unterbrochen, als die Tür der Sakristei aufflog und ein eisiger Windstoß hereinfegte. Auf dem Friedhof stand ein Mann mit dem Rücken zu ihr.

»Oh! Er hat es doch geschafft!« Sie lief zur Tür, und vor Erleichterung traten ihr beinahe Tränen in die Augen. Doch dann drehte sich der Mann um. Wie hatte sie sich nur so täuschen können? Das war nicht Abel, es war Noah – aber nicht der Noah, den sie kannte. Dieser Noah trug einen Anzug, der seine Größe und seine kräftige Statur betonte und an den Schultern sehr knapp saß. Sein Haar war an den Spitzen feucht, und eine leichte Hautrötung am Kinn deutete darauf hin, dass er sich soeben rasiert hatte.

»Was machst du denn hier?« Tess war so verblüfft, dass sie losplapperte, ohne vorher nachzudenken. »Ich habe gehofft, dass Abel kommt.«

»Tut mir leid, dich enttäuschen zu müssen.«

»Das tust du nicht. Also ich meine, eigentlich schon, aber …« Tess setzte rasch ein Lächeln auf, in der Hoffnung, es würde ihr aus dieser peinlichen Situation heraushelfen, aber sie hätte wissen müssen, dass sie damit bei Noah keinen Erfolg hatte. Und warum war sie plötzlich so verlegen? Noah hatte schon fast nackt vor ihr gelegen, warum also brachte es sie jetzt aus der Fassung, ihn mit mehr Kleidungsstücken am Körper als üblich zu sehen? Vielleicht weil er so anders aussah … Mehr wie die Art von Mann, die in Tess Baileys Welt passten …

Rasch verscheuchte sie diese Gedanken. Sie sollte Noah nicht so anstarren – schon gar nicht jetzt.

»Hast du Abel gesehen?«, fragte sie und drückte die Daumen. »Hat er die Operation beendet? Ist er auf dem Weg hierher?«

»Nein.«

Tess' Mut sank.

»Er hat angerufen. Er kann nicht kommen.«

»Schon gut. Wir schaffen es trotzdem. Wenn wir alle lächeln und richtig laut singen, dann merkt es vielleicht niemand.«

Die Chormitglieder nickten, bestärkt durch Tess' Begeisterung, die jedoch nicht ganz echt war. Tess schaute zu Noah hinüber; er trat über die Schwelle in die Sakristei und erwiderte ihren Blick.

»Ich springe für ihn ein. Falls du noch jemanden brauchst.«

»Du? Aber du hast nicht mit uns geübt. Du kennst die Lieder nicht.«

»Das sind alles Klassiker. Ich habe tausendmal gehört, wie du sie gesungen hast.«

»Kannst du denn singen?«

»Oh, als kleiner Junge zwitscherte er wie ein Vögelchen«, warf Ethel ein. »Von den drei Brüdern war er der beste. Er macht das schon, Schätzchen. Außerdem wirst du kein besseres Angebot bekommen.«

Sie hatte recht, aber Tess zögerte trotzdem. Vielleicht sang er tatsächlich gut, aber würde er das verkraften? Eingesperrt in eine kleine Kirche, rappelvoll mit Hochzeitsgästen? Im Zentrum der Aufmerksamkeit? Das könnte im wahrsten Sinne des Wortes sein schlimmster Albtraum werden. Aber während sie noch überlegte, wie sie ihn am besten danach fragen konnte, ohne ihn vor den anderen bloßzustellen, klopfte es zweimal an der Tür. Das vereinbarte Zeichen, in die Kirche zurückzukehren. Sie hatte nur noch ein paar Sekunden Zeit, um sich zu entscheiden, ob sie Noah mitsingen lassen würde.

Seine Miene war ungerührt, aber sie kannte ihn gut genug, um sich davon nicht täuschen zu lassen. Wieder klopfte es an der Tür, dieses Mal etwas lauter, und Tess traf eine Blitzentscheidung.

»Okay, du bist dabei.« Es war ein Glücksspiel. Sie hatte ihn noch nie singen gehört. Er hatte nicht mit ihnen geprobt, und vielleicht kannte er die Texte nicht. Aber ohne weiter darüber nachzudenken, wusste sie, dass er diesen Vorschlag nicht gemacht hätte, wenn er nicht sicher wäre, dass er das konnte. Ihm war klar, wie wichtig das für sie war; er würde sie nicht im Stich lassen. Sie vertraute ihm.

Mit einem strahlenden Lächeln führte sie die Gesangsgruppe aus Ribblemill aus der Sakristei. So wie sie es geübt hatten, stellten sie sich an der Treppe zum Altar auf, mit Blick auf die Gemeinde. Tess bedeutete Noah, Abels Platz an ihrer Seite einzunehmen, und zählte leise bis drei. Ihr erstes Lied schallte laut durch die Kirche.

Die Sorgen bei den vielen Proben erreichten in diesen wenigen Minuten ihren Höhepunkt: Würden alle rechtzeitig einsetzen und ihren Text beherrschen? Würden ihre Stimmen laut genug erklingen, um die Kirche zu füllen? Würde ihr Auftritt perfekt sein? Und dazu kam die Angst, ob Noah sich einfügen würde. Aber darüber hätte sie sich nicht beunruhigen müssen. Er war ruhiger als Abel und nicht ganz so von sich überzeugt, aber seine starke, volle Stimme war genau das, was der Chor brauchte. Es war beinahe so, wie Tess es sich erträumt hatte.

Nachdem das erste Lied ohne Probleme über die Bühne gegangen war, entspannte sie sich etwas und konnte das zweite besser genießen. Sie hatte seit Monaten nicht mehr in der Öffentlichkeit als Teil einer Gruppe gesungen, und diese Gruppe war nicht vergleichbar mit ihrem Chor in London. Trotzdem empfand sie die gleichen Gefühle: Freude an der Musik, Begeisterung darüber, sie selbst sein zu dürfen, und Spaß an der Kameradschaft und an dem gemeinsamen Erfolg mit Freunden. Und es war tatsächlich ein Erfolg. Die letzte Note von »Fly Me To the Moon« war noch nicht verklungen, als alle Hochzeitsgäste aufstanden und begeistert klatschten und jubelten. Es war kaum zu fassen, welchen Lärm sie machten, und obwohl bei einigen vielleicht der Whisky dabei eine Rolle spielte, genoss Tess jede Sekunde.

Becca und ihr frisch angetrauter Ehemann warteten an der Seite und applaudierten gemeinsam mit ihren Gästen. Als Tess zu ihnen hinüberschaute, warf Becca ihr eine Kusshand zu, und Callum streckte beide Daumen nach oben. Das war die Bestätigung, die Tess sich gewünscht hatte. Mehr brauchte sie nicht – wenn die beiden zufrieden waren, war sie es auch. Mit einem zittrigen Lächeln wandte sie sich an die anderen, um ihnen zu danken. Sie strahlten alle übers ganze Gesicht und freuten sich über die Reaktion des Publikums. Alle außer Noah. Er stand ganz still neben ihr und hatte seinen Blick auf etwas gerichtet, was sie nicht sehen konnte. Seine Hände waren zu Fäusten geballt, sodass die Fingerknöchel sich weiß verfärbten, auf seiner Haut erschienen gelbliche Flecken, und sein Gesicht war mit Schweiß bedeckt.

Tess berührte ihn am Arm. »Noah.«

Er reagierte nicht. Sie sagte immer wieder seinen Namen und schüttelte ihn am Arm, bis er den Kopf in ihre Richtung drehte. Seine Augen waren jedoch immer noch auf einen Punkt in der Ferne gerichtet.

»Geh«, befahl sie ihm und deutete auf den nächstgelegenen Ausgang durch die Sakristei. Wenige Sekunden später war er verschwunden.

Die Zeremonie schien sich endlos hinzuziehen, während Tess immer schnellere Stücke auf dem Klavier spielte, um die Gäste rascher hinauszubefördern. Sie hatte noch nie so unkonzentriert gespielt; ihre Gedanken waren bei Noah, und sie überlegte, ob seine großzügig angebotene Hilfe auf Kosten seines Seelenfriedens gegangen war.

Sobald sie das Gefühl hatte, nicht mehr gebraucht zu werden, schlich sie sich durch die Sakristei hinaus und vermied damit die Menschenmenge auf den Stufen vor der Kirche. Sie wollte rasch im Cobweb Cottage vorbeischauen, bevor sie zur Hochzeitsfeier nach Ramblings ging. Aber als sie, um den Fotografen auszuweichen, hinter der Kirche entlangeilte, stieß sie auf Noah. Er lehnte an der Kirchenmauer; sein Jackett hing über einem Grabstein in der Nähe, und seine Krawatte ringelte sich aus der Tasche wie eine Schlange auf der Flucht. Vor seinen Füßen lagen einige Stummel auf der Erde, und er hielt eine brennende Zigarette zwischen den Fingern.

Beim Klang von Tess' Schritten schaute er argwöhnisch auf, doch als er sie erkannte, lehnte er sich wieder gegen die Mauer und zog an seiner Zigarette. Das genügte Tess als Zeichen, dass sie sich neben ihn stellen durfte. Sie richtete den Blick bewusst von ihm weg über den Friedhof und auf die dahinterliegenden Felder.

»Danke.« Sie ließ das Wort in der Luft hängen und widerstand der Versuchung, es mit einem Lächeln oder einem Ausruf zu verstärken, der ihn wieder an eine Disney-Prinzessin erinnern und verärgern könnte. Sie spürte, wie er sich neben ihr bewegte; offensichtlich erwartete er, dass sie weitersprach. Sie schwieg jedoch beharrlich und verkniff sich sogar ein Lächeln. Schließlich griff er in seine Hosentasche und holte eine Blechdose mit selbst gedrehten Zigaretten heraus.

»Möchtest du eine?«

»Nein!«, rief sie sofort. Er kannte doch ihre Einstellung zum Rauchen. Oder war das eher Grace' Meinung? In gewisser Weise empfand sie es beruhigend, hier neben Noah zu stehen und den Rauch seiner Zigarette einzuatmen.

Lachen und Stimmengewirr von den Gästen wehten über den Kirchhof zu ihnen herüber.

»Möchtest du dich nicht auch fotografieren lassen?«, fragte Noah.

»Ich glaube nicht, dass man mich vermissen wird. Heute gibt es hier genügend Leute mit einem Lächeln auf dem Gesicht.«

Sie spürte, dass Noah sie anschaute, wandte sich ihm aber nicht zu. Schweigend blieben sie eine Weile stehen, bis Tess fröstelte. Sie trug nur ein Kleid, und der Dezembernachmittag wurde sehr kühl. Noah holte sein Jackett vom Grabstein und reichte es ihr.

»Zieh das an!«

»Schon gut. Mein Mantel ist in der Kirche.« Sie trat einen Schritt von der Wand weg und zog ihr Kleid nach unten. »Ich sollte mich auf den Weg zur Hochzeitsfeier machen. Kommst du auch?«

»Nein.«

Tess nickte. Mit dieser Antwort hatte sie gerechnet. Sie drehte sich um, um in die Sakristei zurückzugehen.

»Tess.«

Sie warf einen Blick über die Schulter.

»Danke.«

Sie musste nicht fragen, wofür er ihr dankte; sie wusste es. Dafür, dass sie keine große Sache aus seiner Reaktion gemacht und ihn nicht gefragt hatte, ob alles in Ordnung sei. Dass sie ihn einfach akzeptiert hatte, wie er war. Und vielleicht auch ein wenig dafür, dass sie bei ihm gewesen war. Sie antwortete mit einem Lächeln, das er hoffentlich als echt erkannte, und ging weiter.

Der Ballsaal in Ramblings sah herrlich aus. Die Weihnachtsdekoration war, passend zu der hellblauen gewölbten Decke mit den hunderten goldenen Sternen, ganz in Blau und Gold gehalten. Vier Christbäume standen wie glitzernde Wachposten neben den bogenförmigen Fenstertüren, die zum Garten hinausführten. An der gegenüberliegenden Wand brannte Feuer in zwei Kaminen, und die Gäste versammelten sich darum, um sich zu wärmen und die auf Platten aufgehäuften Hefeküchlein und Marshmallows zu rösten. Es war erstaunlich, dass sich ein so riesiger Raum wie ein Kokon voll Wärme, Glück und Fröhlichkeit anfühlen konnte.

Tess schwebte auf einer Woge von Lächeln und Lachen durch den Raum, bis sie auf Becca stieß. Becca nahm sie in die Arme und drückte sie an sich.

»Vielen Dank!« Ihre Stimme klang ein bisschen undeutlich. »Du bist super! Du hast mir den Tag gerettet. Die Musik war toll – alle waren begeistert!«

»Tatsächlich?« Tess freute sich über das Lob, auch wenn es vielleicht ein wenig vom Alkohol beeinflusst war. »War alles okay?«

»Viel besser als okay! Und viel besser als die Alternative, bei der uns Callums Großonkel mit seinem Dudelsack gequält hätte«, fügte sie flüsternd hinzu und beugte sich ein wenig unsicher auf den Beinen zu Tess vor. »Gott sei Dank hast du uns das erspart. Ich habe ihn einmal spielen gehört und hatte anschließend drei Tage lang Kopfschmerzen.

Und heute Nacht sollte ich möglichst keine Kopfschmerzen haben …« Becca lachte so unbeherrscht los, dass Tess befürchtete, ihre Pläne für diese Nacht könnten bereits in Gefahr sein.

Sie packte Tess am Arm. »Es ist eine schöne Hochzeit, nicht wahr? Nach all den Katastrophen habe ich wirklich gedacht, sie sei zum Scheitern verurteilt, aber nun hat doch alles gut geklappt. Ich weiß, mit deiner Feier kann ich nicht mithalten – deine Hochzeit ist in Ribblemill zur Legende geworden. Die Pferde, die Tauben, der vornehme Partyservice und all das andere … Aber wir brauchen das nicht. Unsere Feier ist vielleicht einfach, aber wir lieben uns, und das reicht mir, verstehst du?«

Tess sah sich im Ballsaal um. Einige der Gäste tanzten zu der Musik von einer Playlist auf Beccas Smartphone. Sie hatten sich die Lautsprecherboxen vom No Name ausgeliehen, denn für einen DJ war kein Geld mehr übrig gewesen. Andere saßen an nicht zusammenpassenden Tischen und ließen sich das von den Mitgliedern der Frauengruppe zubereitete Büfett schmecken. Alles zusammen hatte nur einen Bruchteil von dem gekostet, was für Tess' Hochzeitsfeier ausgegeben worden war – aber an Liebe fehlte es hier nicht. Sie ließ den Blick zu Ruth wandern, die fröhlich mit den anderen tanzte, glücklich lachte und aussah wie die stolzeste Mutter der Welt. Nein, diese Hochzeit ließ sich nicht mit ihrer vergleichen – nicht auf eine Weise, die zählte.

»Macht ihr eine Hochzeitsreise?« Tess wechselte rasch das Thema.

»Callums Familie besitzt ein kleines Häuschen auf der

Insel Arran, also werden wir dorthin fahren.« Becca grinste. »Schnee, Whisky, prasselndes Kaminfeuer und keine Nachbarn. Klingt das nicht absolut perfekt? Wir bleiben allerdings nur zehn Tage, weil wir den Neujahrsputz nicht versäumen wollen.«

»Den Neujahrsputz?«

Becca starrte Tess an.

»Das musst du doch kennen! Du lebst schon länger hier als ich.« Tess schüttelte den Kopf. Ribblemill war zwar ihre Heimatstadt, aber sie hatte ihre Zeit in einem Haus verbracht. Das war etwas anderes, als hier zu leben. »An diesem Tag werfen wir alle unsere Sorgen und schlechten Gedanken in den Fluss, damit sie uns nicht ins nächste Jahr begleiten. Sicher warst du da schon einmal dabei. Das ganze Dorf trifft sich zu diesem Ereignis.«

Das ganze Dorf außer der Familie Green. Aber vielleicht war es in diesem Jahr anders. Tess betrachtete die vielen Ribblemiller, die sich versammelt hatten, um das Glück einer der ihren zu feiern. Vielleicht konnte sie in diesem Jahr an dem Neujahrsputz teilnehmen. Sie hatte wahrscheinlich mehr Sorgen und schlechte Gedanken als alle anderen Dorfbewohner zusammen …

Die Hochzeitsfeier war schon etwa zwei Stunden im Gang, als Tess sah, wie Abel sich den Weg durch die Tanzenden bahnte und auf sie zukam. Sie fragte sich, wie sie Noah mit ihm hatte verwechseln können, selbst von hinten. Sie hatten zwar eine ähnliche Figur, aber Abel strahlte mit seiner Körperhaltung Selbstbewusstsein aus, während Noah aussah, als würden ihm Schuldgefühle wie ein Mühlstein um den Hals hängen und seine Schultern nach vorne ziehen. Tess straffte rasch den Rücken; sie kannte dieses Gefühl sehr gut.

»Es tut mir so leid!« Abel küsste Tess auf beide Wangen und hüllte sie in eine Wolke frisches Aftershave ein. »Hast du meine SMS bekommen? Ein kleines Kind hat sich die Augen wegen seiner verletzten Katze ausgeweint, nur deshalb habe ich die Hochzeit verpasst. Ist trotzdem alles gut gelaufen? Hat Tante Ethel meinen Part mit verstellter Stimme übernommen?«

»Nein, aber alles lief großartig!« Tess lächelte. »Noah ist für dich eingesprungen. Becca war begeistert.«

Abel lachte. »Noah? Du nimmst mich wohl auf den Arm. Und dann ist plötzlich Pavarotti aufgetaucht und hat als Zugabe ›Nessun Dorma‹ gesungen.«

»Es ist wirklich wahr. Er hat deinen Part übernommen und es großartig gemacht.«

Abel führte Tess weg von den Boxen zu einem ruhigen Platz. Sein Lächeln war verschwunden. »Willst du mir allen Ernstes erzählen, dass Noah sich tatsächlich freiwillig in einen engen Raum begeben und sich den prüfenden Blicken einer Menschenmenge ausgesetzt hat? Ich kann ihn nicht einmal dazu überreden, mit mir ein Bier im No Name zu trinken. Was hast du mit ihm gemacht?«

»Ich?«, stammelte Tess. Sie konnte an Abels ernster Miene nicht erkennen, ob er der Ansicht war, dass sie etwas Gutes oder etwas Schlechtes getan hatte. »Er wollte nur Becca einen Gefallen tun. Mit mir hat das nichts zu tun. Er wollte Becca nicht im Stich lassen.«

»Becca?«, wiederholte Abel. »Noah kennt sie doch kaum.« Er musterte sie. Seine Augen waren von einem tieferen Blau als Noahs und wirkten weniger bekümmert. »Es liegt an dir. Du hast etwas geschafft, was in monatelanger Therapie nicht passiert ist.« Er nahm ihre Hand in seine und drückte sie – nicht auf eine romantische Weise, sondern eher bittend. »Was immer du auch tust, hör nicht auf damit. Sei für ihn da. Gib ihm deine Freundschaft. Was auch immer. Vielleicht kannst du ein Wunder bewirken und uns unseren Noah wieder zurückbringen.«

17

Tess rollte sich aus ihrer Schlafposition und streckte ein Bein quer übers Bett. Das Laken war kalt und leer wie schon seit Monaten. Sie hatte sich daran gewöhnt und genoss manchmal sogar den Luxus, ein Doppelbett und die Bettdecke für sich allein zu haben. Aber am Weihnachtsmorgen … Sie zog die Knie an die Brust und schlang die Arme um die Beine. Noch nie war sie sich ihrer Einsamkeit so bewusst gewesen.

Letztes Weihnachten war sie neben Tim in dem luxuriösen Gästezimmer seiner Eltern aufgewacht. Sie hatten mit seinen Familienangehörigen und Freunden den Frühgottesdienst besucht; anschließend wurde ein fünfgängiges Mittagessen serviert, und am Nachmittag waren sie im Dorf durch den in der Nacht gefallenen Schnee gestapft. Ein Bilderbuchweihnachten, angefangen von den Strümpfen über dem Kamin bis zum Pantomimespiel Scharade nach dem Essen. Sie konnte kaum glauben, dass sie das tatsächlich erlebt und nicht nur in einem Kinofilm oder im Fernsehen gesehen hatte. Allerdings hatte es keine Vorschau darauf gegeben, was als Nächstes kommen würde. Keinen Ausblick darauf, wie schnell sich die Dinge ändern würden und dass sich innerhalb von zwölf Monaten ihr Leben nur noch auf die vier Wände von Cobweb Cottage reduzieren sollte …

Tess rannte die Treppe hinunter; ihre blonden Locken waren perfekt frisiert und fielen über die Schultern ihres Lieblingskleids zur Weihnachtszeit. Alles war still.

»Noah?«

Als sie keine Antwort bekam und die Küchentür öffnete, bestätigten eine umgedrehte Tasse und eine Schale auf dem Abtropfgestell ihre Vermutung: Noah war bereits gegangen. Nur Morag war noch im Haus. Sie balancierte in einer gefährlichen Position auf dem Heizkörper und putzte sich ein Hinterbein. Sie hielt kurz inne, als Tess hereinkam, und machte dann wieder weiter.

Tess sah sich im Erdgeschoss um, aber von Noah war keine Spur zu sehen – und sie entdeckte auch keine für sie bestimmten Geschenke. Schließlich legte sie ihr Geschenk für Noah auf den Küchentisch und half Morag dabei, ihr Päckchen zu öffnen. Morag schnüffelte an ihrem neuen Spielzeug – ein Stoffball mit einem eingenähten Glöckchen und einigen Federn an der Außenseite –, nahm es ins Maul und sauste damit klingelnd die Treppe hinauf.

Der Schnee der letzten Wochen war verschwunden. In diesem Jahr gab es keine weiße Weihnacht für Ribblemill – es war grau und regnerisch und würde laut Vorhersage den ganzen Tag über so bleiben. Das Wetter spiegelte Tess' Stimmung sehr gut wider. Sie fuhr ins Dorf, verbrachte ein paar Minuten auf dem Friedhof und machte sich auf den Weg zum Haus ihrer Eltern.

»Hallo! Fröhliche Weihnachten!« Mit einem strahlenden Lächeln stürmte sie ins Haus, drückte ihrer Mum und ihrem Dad ein Küsschen auf die Wange und zog rasch ihre Strickjacke und die Stiefel aus, bevor die aus dem Gasofen strömende Hitze sie erstickte. »Hübsch sieht es hier aus! Und es duftet herrlich!«

»Das ist der schönste Truthahn, den der Metzger zu bieten hatte«, erklärte Len und umarmte Tess. »Nur das Beste für meine Mädchen. In etwa einer Stunde ist er fertig. Genug Zeit für einen Sherry und die Geschenke. Falls du überhaupt noch welche unterbringen kannst. Ich nehme an, Tim hat dir eine ganze Schiffsladung geschickt, um dich für seine Abwesenheit zu entschädigen. Ist dort drüben nicht alles sehr günstig? Wahrscheinlich wirst du bald von Kopf bis Fuß in Designerklamotten stecken, und wir werden unsere Tess nicht mehr erkennen.«

»Erwarte nicht zu viel!« Tess lachte. »Wir haben vereinbart, uns dieses Jahr nichts zu schenken. Es ist einfach nicht dasselbe, wenn man sich Geschenke nicht persönlich überreichen kann.«

»Das ist mein Stichwort.« Len reichte Tess ein Glas Sherry und nahm Grace zwei Päckchen aus der Hand. »Hier, Schätzchen. Fröhliche Weihnachten – von deiner Mum und mir.«

Unter ihren aufmerksamen Blicken packte Tess zuerst das größere Päckchen aus und hielt eine schwarze Umhängetasche aus dickem, kunstvoll verarbeitetem Leder in der Hand. Sie hob sie an die Nase und atmete tief den Duft ein.

»Vielen Dank! Sie ist wunderschön!« Sie stand auf,

schlang sie sich über die Schulter und stolzierte damit durch das Zimmer. »Sie hat die richtige Größe für meine Notenblätter. Genau das, was ich brauche!«

»Sie ist für deinen Job gedacht, Tess«, erklärte Grace, als Tess sich über sie beugte und sie noch einmal auf die Wange küsste. »Für deine Schriftsätze, wenn du wieder zu Hause bist.«

»Du wirst die eleganteste Anwältin in London sein!« Len griff nach seinem Telefon und schoss ein Bild von ihr. »Du siehst großartig aus! Unsere kleine Tessie ist nun eine vornehme Anwältin mit einem beruflich höchst erfolgreichen Mann!« Er setzte sich auf die Lehne von Grace' Sessel und nahm die Hand seiner Frau in seine. »Wir sind sehr stolz auf dich, stimmt's, Liebes?«

»Ja, ich weiß.« Tess zwang sich wieder zu einem Lächeln. »Soll ich jetzt das andere Geschenk auspacken?«

Das Päckchen war klein und flach, nicht größer als ein Briefumschlag – und das war genau das, was Tess unter dem Geschenkpapier fand. Sie lachte.

»Was ist das? Ein Brief?« Sie öffnete das Kuvert und zog ein Blatt Papier heraus. Es war ein Gutschein für zwei Tage in einem luxuriösen Wellnesshotel in den Cotswolds für einen Termin ihrer Wahl.

»Wir dachten, das wäre vielleicht etwas für euch nach Tims Rückkehr.« Len zupfte verlegen an seinem Kragen und wurde rot. »Eine nette kleine Wiedersehensfeier.«

»Ich habe es mir im Internet genau angesehen«, warf Grace ein. »Ich glaube, es wird Tim gefallen. Es hat einige Auszeichnungen bekommen, und die Hygiene dort wurde sehr gut bewertet.«

»Ich habe davon gehört. Es klingt toll! Warum kommt ihr zwei nicht mit, du und Dad? Es wäre doch schön, ein bisschen Zeit gemeinsam zu verbringen.«

»Du und Tim sollt dort eure Zweisamkeit genießen.« Grace beugte sich mit glänzenden Augen vor. »Die Anwendungen dort wirken entgiftend und entspannend. Das ist wichtig, wenn du deine Fruchtbarkeit erhöhen willst.«

»Natürlich, ich verstehe. Vielen Dank.«

Len füllte, ohne zu fragen, Tess' Sherryglas nach.

Obwohl Tess lächelte und lachte, herrschte beim Mittagessen gedämpfte Stimmung. Grace stocherte wie immer in ihrem Essen herum; ihre Schwermut hatte ihr den ohnehin schon immer geringen Appetit ganz genommen. Am Tisch standen zu viele leere Stühle; es waren keine Stimmen zu hören, und die Gesichter konnte man sich nur in Gedanken vorstellen. Nachdem die Queen ihre Rede gehalten und Tess ihrem Dad beim Abwasch geholfen hatte, wurde der düstere Himmel immer dunkler, und sie machte sich bereit, sich zu verabschieden. Doch bevor sie zu sprechen beginnen konnte, sprang Len von seinem Stuhl auf und schaute zum Vorderfenster hinaus.

»Da ist Noah!« Er drehte sich vergnügt lächelnd zu Tess um. »Anscheinend ist er auf dem Weg nach Hause. Vielleicht möchte er auf einen Drink hereinkommen.«

»Nein! Ich bin sicher, dass er das nicht möchte ...« Aber Tess hätte sich den Atem sparen können, denn Len klopfte bereits gegen die Scheibe und winkte jemandem zu, den Tess nicht sehen konnte.

»Mum möchte sicher keinen Besuch empfangen ...«

»Unsinn!« Len drückte Grace' Hand. »Sie möchte ihn sicher gern kennenlernen. Ich habe schon so oft von ihm gesprochen.«

Len ging in den Hausflur, und Tess hörte, wie er die Tür öffnete und Noah mit lauter Stimme hereinbat. Die Antwort war zu leise, um sie zu verstehen, aber aus der Länge der Unterhaltung schloss sie, dass Noah von der Idee nicht ganz so begeistert war wie Len. Sie drückte rasch die Daumen und hoffte, dass das eigentlich nicht nötig war. Noah war nicht gerade für seine Geselligkeit bekannt. Er würde sicher nicht hereinkommen, oder?

Die Haustür wurde geschlossen, und im Flur ertönten Schritte. Von zwei Personen. Len stieß die Wohnzimmertür auf, brachte einen willkommenen Schwung frische Luft mit herein – und einen weniger willkommenen Gast.

»Hier ist er! Ich musste ihn überreden und ihm eines von den Bieren versprechen, die du mir zu Weihnachten geschenkt hast, Tess. Das macht dir doch nichts aus, oder? Komm rein und mach's dir gemütlich, mein Junge. Ich hole uns etwas zu trinken.«

Len hatte ihm anscheinend einen kleinen Schubs gegeben, denn Noah stolperte ein paar Schritte vorwärts. In seinem dunklen Mantel und mit schwarzem Schal und Mütze wirkte er noch größer als sonst und schien sofort den ganzen Raum auszufüllen. Grace wich auf ihrem Stuhl zurück und drehte ihr Taschentuch in den Händen.

»Mum, das ist Noah, mein Mitbewohner im Cobweb Cottage. Noah, das ist meine Mum Grace. Wie schön, dass ihr euch endlich kennenlernt! Möchtest du ablegen? In diesem Haus ist es immer sehr warm.«

Noah nahm den Schal und die Mütze ab und zögerte dann.

»Darf ich dir deine Sachen abnehmen?«

Widerstrebend knöpfte Noah seinen Mantel auf und zog ihn aus. Darunter trug er einen hellroten, handgestrickten Pullover mit einem Plumpudding auf der Vorderseite.

»Tante Ethel«, erklärte er, als er Tess' überraschte Miene sah. »Sag kein Wort.«

»Oh, ich finde ihn schön! So fröhlich und festlich.«

»Du solltest den sehen, den Abel bekommen hat.« Eines seiner seltenen Lächeln huschte über sein Gesicht und war sofort wieder verschwunden.

»Hier, mein Junge, probier das.« Len kam herein und reichte Noah ein Glas Bier. »Unsere Tess hat einen guten Geschmack, wenn es um richtiges Ale geht. Du hast ihr doch nicht etwa ein paar Tipps gegeben?«

»Nein.«

»Von Tim stammt die Empfehlung sicher nicht. Er bevorzugt guten Wein, nicht wahr, Schätzchen?«

»Oh, Tess, solltet ihr nicht beide auf Alkohol verzichten? Es kann deine Chancen ruinieren. Ich habe einen Artikel darüber aufgehoben ...« Grace beugte sich vor und öffnete das Schränkchen an ihrer Seite. Sie wollte ein Ringbuch herausnehmen, doch es hing fest, und als sie daran zerrte, fiel es zusammen mit einigen Büchern heraus, darunter ein medizinisches Lexikon und ein Nachschlagewerk über Gesundheitsbeschwerden von A bis Z. Bevor Tess sie rasch wegräumen konnte, kniete Noah sich auf den Boden, legte die Bücher zurück und reichte Grace schweigend das Ringbuch. Er stand wieder auf und betrachtete die Regale daneben. Sie waren voll mit Fotos von Max und Tess und zeigten sie bei allen wichtigen Anlässen: Geburtstage, Abschlussprüfungen, Tess' Zulassung als Anwältin … Jeder Moment ihres Lebens war aus jedem Blickwinkel eingefangen worden. Für Grace das Nächstbeste zu einem persönlichen Miterleben.

»Da ist er, Tess. Schau mal.« Grace nahm einen Zeitungsausschnitt aus dem Ringbuch und hielt ihn ihr hin. Noah nahm ihn und reichte ihn schweigend an Tess weiter. »Was Sie tun und lassen sollten, wenn Sie sich ein Kind wünschen«, lautete die Überschrift.

»Wunderbar, danke.« Tess faltete den Ausschnitt zusammen, aber nicht schnell genug. Noah hatte ihn bereits gesehen. Und sein professionell gründlicher Blick hatte sicher noch mehr wahrgenommen: ein Zimmer, in dem die Zeit stehen geblieben war; ein Schrein aus Fotos in den Regalen; ihre Mutter, die zwar physisch anwesend, aber gefühlsmäßig abwesend war. Er ließ sich neben ihr auf dem Sofa nieder – dort, wo Tim üblicherweise saß –, und sie vermied es, ihn anzuschauen.

Es schien eine Ewigkeit zu dauern, bis das Bier getrunken war. Und Len genoss es offensichtlich, zur Abwechslung einmal männliche Gesellschaft zu haben. Er entlockte Noah mehr Wörter, als Tess oft den ganzen Tag von ihm zu hören bekam. Zuerst sprach er zögernd und gehemmt, doch dann kam das Gespräch auf den ummauerten Garten, ein Thema, über das sich die beiden anscheinend schon öfter unterhalten hatten. Noahs Begeisterung ließ ihn aufleben; als er schließlich lachte – ein tiefes, polterndes Lachen –, starrte Tess ihn verblüfft an. Sogar Grace hörte auf, ihr Taschentuch zu kneten, und lauschte seinem Bericht über die Fortschritte, die sie machten. Noch mehr als Noahs Lachen überraschte es Tess, dass Grace sich sogar an der Unterhaltung beteiligte.

»Tess, bringst du mir bitte das Buch mit dem braunen Einband aus dem untersten Regal am Treppenabsatz. Es ist das letzte in der Reihe.«

Tess holte das Buch – eine Art Enzyklopädie über Pflanzen – und reichte es ihrer Mutter. Grace blätterte darin, bis sie fand, was sie gesucht hatte.

»Versuchen Sie, diese hier zu finden.« Sie tippte auf die Seite. »Prächtige Blumen in Glockenform im Herbst bis zum frühen Winter. Mit der richtigen Pflege gedeihen sie an einer geschützten Stelle.«

»Darf ich sehen?«

Grace hielt ihm das Buch hin, und Noah beugte sich vor, um es in die Hand zu nehmen. Er warf einen Blick auf den Einband. »Pflanzen für nördliche Klimazonen.« Er blätterte durch die Seiten und hielt hin und wieder inne. »Das ist perfekt. Davon muss ich mir eine Ausgabe besorgen.«

»Tut mir leid, mein Junge, ich habe es nach einiger Suche in einer Secondhand-Buchhandlung gefunden. Es ist schon lange vergriffen.« Len warf Grace einen Blick zu. »Du leihst es ihm doch, Gracie, oder? Wenn es bei der Arbeit im ummauerten Garten weiterhilft …«

Grace zupfte wieder an ihrem Taschentuch und starrte Noah an, der ihren Blick schweigend erwiderte. Tess grub ihre Fingernägel in die Handflächen und machte sich auf eine Abfuhr gefasst. Noah würde sicher verstehen, dass sie nicht persönlich gemeint war. Doch nach einer quälend langen Pause nickte Grace.

Len zwinkerte Tess zu. »Gut, dann ist das geklärt, und alle sind glücklich.«

Als Noah endlich sein Bier getrunken hatte, war es bereits dunkel. Tess schaute aus dem Fenster und sah nur ihr eigenes Spiegelbild in der Scheibe: ein Kleid, das für Weihnachten viel zu luftig war – zumindest in einem normalen Haus; blonde Locken, die inzwischen schlaff herunterhingen; ein künstliches Funkeln in ihren Augen und ein aufgesetztes Lächeln.

»Ich glaube, es ist Zeit, nach Hause zu gehen. Morag wird denken, wir haben sie verlassen.« Sie drehte sich um und lächelte alle an, bevor sie bemerkte, dass sie einen Fehler gemacht hatte.

»Ich wünschte, du hättest dir keine Katze zugelegt, Tess. Du weißt nicht, welche Bakterien sie dir ins Haus bringen könnte …«

»Bakterien haben in unserem Haus keine Chance! Noah hält sehr viel von Desinfektionsmitteln.«

»Katzenstreu kann für schwangere Frauen schädlich sein …«

»Ich bin aber nicht schwanger!«

Das Sofa knarrte, als Noah aufstand. Er beobachtete sie – das wusste sie, ohne ihn anzusehen. Sie atmete tief durch und lachte. »Es war wunderbar, wieder einmal Weihnachten hier zu verbringen. Vielen Dank für eure Einladung!«

»Du bist jedes Jahr willkommen, Schätzchen, das weißt

du.« Len half ihr in den Mantel. »Aber ich nehme an, dass du nächstes Jahr beruflich wieder sehr beschäftigt bist und keine Zeit finden wirst, den weiten Weg hierherzukommen.«

»Ich weiß es nicht ... Ich bin mir nicht sicher, wie es im nächsten Jahr weitergehen wird ...«

»Vielleicht sollten wir uns überlegen, in deine Nähe zu ziehen, so wie Tims Familie. Was hältst du davon?«

»Ich würde mich sehr darüber freuen.« Aber sie wussten beide, dass das niemals passieren würde. Grace würde Ribblemill nie verlassen. Ihr Herz war hier viel zu tief verwurzelt.

Tess kramte die Autoschlüssel aus ihrer Handtasche.

»Du solltest dein Auto lieber morgen Vormittag abholen, Schätzchen. Ich habe dir ziemlich viel Sherry eingeschenkt, und du hast anschließend noch Wein getrunken. Geh lieber kein Risiko ein.«

»Sie kann doch nicht zu Fuß nach Hause gehen, Len! Im Wald ist es jetzt stockfinster. Ich habe doch gesagt, dass es nicht sicher ist, dort draußen zu wohnen. Du bleibst doch hier, Tess, oder?«

»Sie ist ja nicht allein. Noah ist bei ihr. Du wirst Tess doch sicher nach Hause bringen, nicht wahr?«

»Wenn sie möchte.«

Sie hatte keine andere Wahl. Noah hatte in weiser Voraussicht zwei Taschenlampen bei sich und reichte Tess eine davon. Schweigend machten sie sich auf den Weg über die Felder. Sie sprachen kein Wort, bis sie die alten Trittsteine erreichten, die im Fluss auf dem Weg zwischen dem Dorf und dem Anwesen Ramblings eine Abkürzung boten. Tess ließ den Strahl ihrer Taschenlampe über die Steine gleiten. Nach dem Nieselregen, der den ganzen Tag über gefallen war, sahen sie recht rutschig aus, und einige der tiefer gelegenen wurden vom Flusswasser überspült.

»Wir hätten den längeren Weg über die Straße nehmen sollen«, meinte Tess und richtete ihre Taschenlampe auf Noah.

»Warum? Das ist nicht die Themse. Wir werden schon nicht ertrinken.«

Er hatte leicht reden. Schließlich trug er angemessene Schuhe. Er richtete den Strahl der Taschenlampe auf die Steine und sprang mit so sicherem Tritt wie eine Bergziege darüber. Wenige Sekunden später sah Tess seine Taschenlampe auf der anderen Seite des Flusses aufblitzen.

Sie schaute auf ihre Wildlederstiefel, die mit den hohen Absätzen schick, aber nicht praktisch waren. Der holprige Weg durch die Felder war schon schlimm genug gewesen, auf den schlüpfrigen Steinen würde es nicht besser werden. Grace wäre entsetzt, wenn sie ihre Tochter jetzt sehen könnte.

Ein Lichtstrahl traf sie.

»Kommst du?«

»Ja!« Tess beleuchtete den ersten Stein und trat vorsichtig auf ihn. Ermutigt durch ihren Erfolg, sprang sie über die folgenden drei großen Steine, die alle flach und eben waren. Der nächste lag jedoch etwas weiter weg und war vom Fluss umspült. Sie schaffte es, den ersten Fuß daraufzusetzen, doch mit dem zweiten rutschte sie auf einem Fleckchen Moos aus. Das Wasser war nicht tief, aber eiskalt; es floss über ihren Fuß und in ihren Stiefel hinein. Sie wagte kaum zu hoffen, dass Noah das Platschen und ihren darauffolgenden Aufschrei nicht gehört hatte.

»Hast du ein Problem?« Seine Stimme hallte über den Fluss.

»Nein, alles in Ordnung!« Sie setzte rasch ein Lächeln auf, was er jedoch sicher nicht sehen konnte, und zog ihren Fuß aus dem Wasser. Ihr Stiefel war durchtränkt, und sie fröstelte. Bevor sie einen weiteren Schritt wagen konnte, wurde sie hochgehoben; Noah warf sie sich über die Schulter und trug sie zum anderen Flussufer hinüber.

Die Welt wurde auf den Kopf gestellt, als sie über Noahs Rücken baumelte. Ihr Kopf wurde gegen die raue Wolle seines Mantels gedrückt, sie spürte seine Hand an ihrem Oberschenkel und war sich peinlich berührt bewusst, dass ihr Po gegen seine Wange rieb. Auf ihrem Weg über die Steine waren in der kalten Nachtluft nur das Rauschen des Flusses und das Atmen von zwei Menschen zu hören. Während Tess kopfüber an Noah hing, fühlte sie sich weder in Gefahr noch erniedrigt oder wütend oder sonst irgendwie so, wie ihr die Vernunft das eigentlich hätte sagen müssen. Stattdessen fühlte sie sich glücklich und lebendig.

Sie lachte, und Noah lockerte seinen Griff, sodass sie an seiner Brust nach unten glitt. Ihre Körper berührten sich noch, und sie spürte seinen warmen Atem auf ihrem Kopf.

»Ich wünschte, du hättest das gleich gemacht, dann hätte ich meinen Stiefel nicht ruiniert …«

»Erzähl mir etwas über Grace.«

Tess' Lächeln erstarb. Sie trat einen Schritt zurück und zog ihren Schal enger, um sich gegen den plötzlichen

Schwall feuchter Luft zu schützen. »Ich will nicht über sie sprechen.«

»Wie lange ist sie schon so?«

»Sie ist nicht *so*. Sie ist meine Mum. Mehr gibt es dazu nicht zu sagen.«

Sie sah Noahs Gesicht nicht und konnte nicht sagen, ob er darauf etwas antworten wollte, aber sie gab ihm keine Gelegenheit dazu. Rasch suchte sie im Strahl ihrer Taschenlampe den Anfang des Pfads, ignorierte das Schmatzen ihres Stiefels, als das Wasser zwischen ihre Zehen gedrückt wurde, und ging zum Cobweb Cottage zurück.

Morag tapste aus den Schatten auf Tess zu und begrüßte sie an der Eingangstür.

»Hallo.« Sie bückte sich und kraulte die Katze hinter den Ohren. »Ich habe dir etwas Feines mitgebracht – ein besonderes Leckerchen an Weihnachten. Hast du Hunger?« Morag sauste durch die offene Tür den Gang entlang und direkt in die Küche. Tess wollte die Haustür schließen, doch Noah war schon hinter ihr. Sie hängten schweigend ihre Mäntel nebeneinander an die Haken und folgten Morag.

»Ist das ein neues Halsband?«

»Ein Weihnachtsgeschenk. Sieht sie nicht hübsch damit aus?« Tess lächelte und tat so, als hätte die Unterhaltung vorhin nicht stattgefunden. »Ich habe auch eines für dich.«

»Ein Halsband?«

Tess lachte und holte ein Päckchen aus dem Küchenschrank. Es hatte eine merkwürdige Form, war aber kunstvoll in Folienpapier gewickelt und mit Schleifen und gekräuselten Bändern verziert. Sie reichte es Noah. Er starrte es einige Sekunden lang an und löste dann ganz langsam ein Band nach dem anderen, mit einer Sorgfalt, die nicht zu seiner unterschwelligen rohen Energie zu passen schien.

Schließlich öffnete er das Papier und schaute auf die Motorradhandschuhe in seiner Hand. Er sagte kein Wort, und seine Miene war undurchschaubar, aber seine Wangen färbten sich plötzlich dunkelrot.

»Stimmt etwas nicht?«, fragte Tess, als er weiter schwieg. »Ist es die falsche Marke oder Größe? Ich kann sie umtauschen ...«

»Nein. Danke. Sie sind perfekt.« Er sah Tess an, und für einen Moment waren seine hellen Augen tatsächlich klar; sie sah echte Gefühle darin, konnte sie aber nicht wirklich einschätzen. Und dann verließ er die Küche, und sie hörte, wie sich die Tür zu seinem Zimmer öffnete und schloss.

Tess stellte gerade Moragss Schüssel auf den Boden, als Noah kurz darauf zurückkam. In der Hand hielt er ein DIN-A4-Kuvert und ein flaches Päckchen von ähnlicher Größe, eingewickelt in Weihnachtspapier.

»Das ist für dich.« Er reichte ihr das Päckchen. »Es ist nur eine Kleinigkeit, es ist ...«

»Nicht verraten!« Sie lachte und nahm das Päckchen in die Hand. Es wog fast nichts. »Bist du schnell in dein Zimmer gegangen und hast die heutige Zeitung eingepackt? Aber heute gab es gar keine, richtig? Hast du eines deiner Motorradmagazine genommen? Das wäre nicht nötig gewesen. Ich habe nichts erwartet!« Schließlich unterbrach sie ihr verlegenes Geplapper und zog das Klebeband ab. Sie riss das Papier auf und fand ein Bündel Notenblätter. Sie blätterte sie durch und stellte fest, dass es sich um die Stücke handelte, die bei dem Einbruch beschädigt worden waren und die sie anschließend weggeworfen hatte. Noah musste sie sich genau gemerkt und sich große Mühe gemacht haben, um alle aufzutreiben. Das war das einfühlsamste Geschenk, das sie seit Jahren bekommen hatte – und noch dazu von jemandem, von dem sie es nicht erwartet hätte.

Noah beobachtete sie unsicher. »Sind das nicht die richtigen Noten?«, fragte er. »Du lächelst nicht.«

Wie sollte sie ihm das erklären? Hier reichte ein Lächeln nicht – noch dazu, wo er ihr Lächeln ohnehin für unecht hielt. Sie wusste nicht genau, warum, aber es war ihr wichtig, dass er ihre Reaktion auf sein Geschenk ernst nahm. Dieses Mal gab es keinen Grund, Freude zu heucheln. Es gab nur eine Möglichkeit, ihm zu zeigen, wie viel ihr das bedeutete. Instinktiv ging sie auf ihn zu und umarmte ihn.

Es war nicht das erste Mal, dass sie die Arme um ihn schlang; sie hatte ihn in den Armen gehalten, als er geschluchzt hatte, und ihn auf seinem Motorrad umklammert. Aber jetzt war es etwas anderes – es war ihre eigene Wahl und entsprang keiner Notwendigkeit –, und bisher hatte er ihre Umarmung auch nie erwidert, doch jetzt drückte er sie kurz und kräftig an sich. Und lange genug, um die Muskeln seiner Arme zu spüren, das Klopfen seines Herzens an ihrer Brust und die Wärme seines Atems an ihrem Haar. Und einen winzigen Augenblick lang fragte sie sich, ob es sich so anfühlen würde, wenn sie die Frau wäre, die sie hätte sein können …

Rasch wich sie zurück. Sie war Tess Bailey, und das konnte sie mit ihrem Lächeln beweisen. »Danke. Das ist das schönste Geschenk, das ich mir hätte wünschen können. Und was für ein Opfer! Du weißt, dass du dir nun all diese Stücke wieder wirst anhören müssen, oder?« Sie lachte. »Was ist in dem Kuvert? Noch mehr Noten, die du mir noch nicht hast geben wollen?«

»Nein.« Er schlug das Kuvert leicht gegen seine Handfläche. »Das ist für dich. Ich … Hier.« Er reichte ihr den Umschlag, steckte die Hände in die Hosentaschen und beobachtete sie. Neugierig riss sie das Kuvert auf; darin befanden sich eine aktuelle Ausfertigung des Prospekts für den Musiktherapiekurs, den er nach dem Einbruch gefunden hatte, und ein Anmeldeformular. Sie schaute auf.

»Warum gibst du mir das?«

»Weil du dich dort einschreiben solltest.«

»Aber ich habe einen Beruf!«

»Einen, über den du nie sprichst. Und den du in all den Monaten, seit du hier bist, nicht vermisst hast. Aber ohne Musik könntest du keinen Tag leben.«

»Aber darum geht es nicht …«

»Worum dann? Du könntest einem Beruf nachgehen, den du liebst. Du hast großes Glück, diese Wahl zu haben.«

Sie hatte keine Wahl, aber die Gründe dafür waren zu kompliziert und viel zu tief verwurzelt, um jetzt darüber zu sprechen. Sie wollte im Moment nicht darüber sprechen, vor allem weil sie unvorbereitet war und mehr Wein getrunken hatte als beabsichtigt. Und das nach einem Tag, an dem die Schatten eines anderen möglichen Lebens sich so stark über sie gesenkt hatten, dass sie daran zu ersticken drohte. Aber Noah verdiente eine Antwort. Er war endlich aus sich herausgekommen, und das durfte sie nicht missachten.

»Man kann nicht immer das tun, was man gerne tun möchte. Manchmal muss man sich mit dem zufriedengeben, was nicht nur für einen selbst richtig ist.«

»Du kannst niemanden glücklich machen, wenn du selbst nicht mit dir im Reinen bist.« Ein flüchtiges Lächeln huschte über sein Gesicht und lockerte die gespannte Atmosphäre. »Das stimmt mit Sicherheit, denn meine Therapeutin sagt das ständig.« Er ging zum Kühlschrank und nahm eine Flasche Bier heraus.

Tess beobachtete ihn und fragte sich, was sie darauf sagen sollte. Zum ersten Mal hatte er seine Therapeutin erwähnt. Stimmte es, was Abel gesagt hatte? Hatte sie, auf eine unerklärliche Weise, etwas bei ihm bewirkt? Sah er sie als Freundin an, so wie sie ihn, wie sie soeben ganz unerwartet begriff, als ihren Freund betrachtete?

Er deutete mit der Flasche auf den Prospekt in ihrer Hand. »Denk zumindest darüber nach. Der Annahmeschluss ist erst im Februar.«

Sie schaute auf die Broschüre – auf ein ganz anderes Leben, das in ihrer Hand glitzerte – und nickte. »Das werde ich.«

18

Tess war schon seit Wochen nicht mehr in dem ummauerten Garten gewesen und nahm an, dass die freiwilligen Helfer bei dieser kalten Witterung ihre Arbeit aufgegeben hatten. Als sie an einem herrlichen Wintermorgen am Sonntag zwischen Weihnachten und Neujahr aufwachte und Noah im Haus nicht finden konnte, schlenderte sie zum Garten hinüber. Vielleicht war er ja dort, und sie konnte ihm ein wenig helfen, da sie keine anderen Termine für diesen Tag hatte.

Sie hatte erwartet, ihn allein vorzufinden, stattdessen waren mehr Leute da, als sie je zuvor dort gesehen hatte. Die Veränderung war kaum zu fassen. Nur die letzten Landstücke an der hinteren Mauer waren noch von Gestrüpp überwuchert. Alles andere war gerodet, und auch wenn es noch eine Weile dauern würde, bis der Garten Gestalt annahm, sah man bereits, welches Potenzial hier vorhanden war und welch wunderschöner Ort das eines Tages werden würde.

»Ich kann es kaum glauben, wie fleißig hier gearbeitet wird!«, sagte Tess, als Ethel ihr am Eingang entgegenkam.

»Wir sind jede Woche hier – bei jedem Wetter. Kalte

Luft hält *uns* nicht von der Arbeit ab. Nichts für ungut«, fügte Ethel nach einer etwas zu langen Pause hinzu und tätschelte Tess' Arm. »Du warst zu lange im Süden, das hat dich verweichlicht. Du wirst dich schon bald wieder an unser Klima gewöhnen.«

»Ich habe Noah Kaffee mitgebracht, aber der wird nicht für alle reichen. Woher kommen denn all diese Leute?«

»Hauptsächlich aus dem Dorf. Einige haben Feriengäste, die sich angeschlossen haben. Alle scheinen sich darüber zu freuen, endlich wieder an die Sonne zu kommen, nachdem sie eine Weile im Haus verbringen mussten. Diese kleine Gruppe junger Leute dort drüben ist aus einem örtlichen College. Sie sind hier, um Berufserfahrung zu sammeln, und nun arbeiten sie begeistert mit. Ich hatte meine Zweifel, aber sie arbeiten hart und sind nicht geizig. Apropos, du hast dir noch keine Ausrüstung für den Neujahrsputz besorgt. Bist du denn nicht dabei?«

»Ich habe noch nicht darüber nachgedacht …«

»Dann beeil dich, denn die Kisten sind schon fast ausverkauft. Ich lege noch eine bis morgen zurück, aber die verkaufe ich dann auch, wenn noch Bedarf besteht. Das ist das beliebteste Ereignis des Jahres bei uns.«

»Was ist denn in diesen Kisten?«

»Du bist eine Ribblemillerin und weißt das nicht?« Ethel schüttelte den Kopf. »Aber du weißt doch, was beim Neujahrsputz geschieht, oder? Wir lassen Laternen den Fluss hinunterschwimmen, damit sie unsere Sorgen mitnehmen, bevor das neue Jahr beginnt. In jeder Kiste befindet sich eine Laterne, eine schwimmende Kerze und Papier und ein Stift. Es darf nicht irgendein alter Stift oder

Papierbogen sein. Wir haben die perfekte Kombination ausgearbeitet. Die Schrift muss ganz verschwinden. Schließlich willst du ja nicht, dass jedermann deine Geheimnisse lesen kann, richtig?«

»Auf keinen Fall.« Tess lachte ein wenig zu spät. »Ich schau mich mal um, ob noch jemand Kaffee möchte.«

»Das bezweifle ich!«, rief Ethel ihr hinterher. »Akram hat vom No Name Fruchtpunsch mitgebracht …«

Tess folgte dem noch kaum sichtbaren Pfad ans andere Ende des Gartens, wo am fleißigsten gearbeitet wurde. Einige Helfer jäteten Unkraut an den noch überwucherten Stellen, andere gruben die bereits gesäuberten Beete um und entfernten Wurzeln, Knollen und Steine aus der Erde. Es sah nach harter körperlicher Arbeit aus, also war Tess erstaunt, dass Noah nicht hier war. Sie schaute sich um und entdeckte ihn mit Kyle an seiner Seite über ein anderes Beet gebückt.

»Hallo! Du siehst fesch aus.« Tess lächelte Kyle an. »Hast du eine neue Mütze?«

Kyle nickte; seine Wangen schimmerten rosig unter einer Manchester-United-Kappe. »Hat der Weihnachtsmann sie dir gebracht?«

Er nickte wieder. »Und die auch.« Er hielt einige Gartengeräte in Kindergröße hoch.

»Oh, die sind ja toll! Genau das, was du brauchst, um Noah bei der Gartenarbeit zu helfen.«

Tess warf Noah einen Blick zu. Er wandte sich rasch ab, aber sie sah gerade noch, dass sein Gesicht einen merkwürdigen Ausdruck angenommen hatte.

»Der Weihnachtsmann war sehr gut zu dir.« Noah rieb

sich mit der Hand über die Wange und hinterließ dabei eine Schmutzspur. Er benahm sich irgendwie verdächtig. Wahrscheinlich war Kyle dem Weihnachtsmann näher, als er sich vorstellen konnte. Wer hätte gedacht, dass Noah ihm ein Geschenk kaufen würde?

»Er hat mir auch Lego gebracht. Und einen Fußball, einen Schlafanzug und eine Notentasche …«

»Eine Notentasche?«, fragte Noah nach. »Genau das Richtige für deine Unterrichtsstunden bei Tess.«

Er grinste sie an – es war ein warmes, aufrichtiges Lächeln –, und sie hob die Hände und bedeutete mit einer Geste, dass sie sich geschlagen gab. Er hatte sie erwischt. Natürlich hatte sie Jackie ein Geschenk für Kyle gegeben, das er unter dem Weihnachtsbaum finden sollte. Er hatte es nicht leicht und war noch in einem Alter, in dem man ihm mit ein paar Geschenken das Leben schöner machen konnte.

»Was macht ihr beide denn hier?« Tess betrachtete das Stück Erde vor ihnen. »Ich dachte, der ganze Garten sollte erst gerodet werden, bevor neu angepflanzt wird.«

»Stimmt, zumindest, was die dauerhaften Pflanzen betrifft. Wir haben jedoch beschlossen, in der Winterszeit ein bisschen Farbe in den Garten zu bringen, also setzen wir ein paar Blumenzwiebeln. Kannst du dich noch an ihre Namen erinnern?«

Kyle nickte. »Narzissen, Schneeglöckchen, Krokusse und Tulpen«, zählte er auf.

»Gut gemacht.« Noah klopfte ihm auf die Schulter. »Und jetzt steck die Zwiebeln in die Löcher, die wir gegraben haben.« Er reichte ihm einen Sack und trat einen

Schritt zurück, als Kyle begann, die Zwiebeln einzupflanzen und mit Erde zu bedecken.

»Ich kann es kaum fassen, wie sehr er sich verändert hat«, sagte Tess und nutzte Noahs ungewöhnlich redselige Laune. »Ethel hat mir erzählt, dass einige Auszubildende aus dem Dorf mithelfen. Man kann jetzt sogar schon die Mauern sehen!«

»Ja, es läuft gut. Ein paar Maurerlehrlinge restaurieren die Mauer an den Stellen, wo sie vom Efeu beschädigt wurden. Sie machen das ausgezeichnet.«

»Und sie arbeiten sogar am Sonntag! Entweder sind sie von der Sache begeistert, oder du bist ein richtiger Sklaventreiber!«

»Die Maurer sind heute nicht hier.« Noah schaute in die Richtung, in die Tess deutete. Ein Mann in einem Mantel und mit einer Kappe war dabei, einen Teil der Mauer zu vermessen. »Das ist Reuben.«

»Reuben? Oh, dein Bruder. Ich wusste nicht, dass er hier ist.«

»Er besucht uns über Weihnachten.«

Ihm mussten die Ohren geklungen haben, denn Reuben drehte sich zu Tess um, die ihn neugierig anstarrte. Diese Thornton-Brüder waren alle Hingucker – groß, sehr männlich und auf eine eigene Art charismatisch. Reuben kam auf sie zu, und Tess stellte Vergleiche an. Abel war der Gutgelaunte, der immer ein Lachen auf den Lippen hatte, und Reuben wirkte durch seinen flotten Gang mit dem kraftvollen Schwung der Arme sehr agil und tatkräftig. Und Noah? Vielleicht würde sie nie erfahren, wie er früher einmal gewesen war.

»Du musst Tess sein.« Reuben streckte den Arm aus, nahm ihre Hand zwischen seine beiden Hände und schüttelte sie. »Hallo!«

»Wie hast du das erraten?« Tess lachte.

»Du stehst neben Noah.« Reuben fuhr mit den Armen durch die Luft. »Und ich sehe dein Lächeln und die Kappe auf deinen Locken – ich habe schon alles über dich erfahren.«

So wie es sich anhörte, wahrscheinlich von Abel. Tess konnte sich nicht vorstellen, dass Noah sie in einem Gespräch mit ihm erwähnt hatte.

»Ich weiß noch nichts über dich«, erwiderte Tess. »Ich wusste nicht einmal, dass du hier bist. Warum hast du uns nicht im Cottage besucht? Ich hätte dich gern schon vorher getroffen.«

»Noah hat noch nie gern geteilt.«

Mit dieser Antwort hatte Tess nicht gerechnet, aber Noah unterbrach seinen Bruder, bevor er noch mehr sagen konnte. »Wie sieht die Mauer aus? Wird sie halten?«

»Dieser Bereich dürfte kein Problem sein, sobald dort eine Hecke steht. Man sollte die Mauer vom Eingang aus nicht sofort sehen, damit die Spaziergänger sich überraschen lassen können, aber ein Pfad sollte von der Mitte hierherführen. Nachmittags und abends wird hier die Sonne scheinen, falls sie sich mal blicken lässt.« Er deutete auf die Umgebung, während er sprach. »Gut, dass du mich geholt hast. Wenn es auch etwas ungewöhnlich für dich war …«

»Was passiert mit der Mauer?«, wollte Tess wissen, als die beiden Brüder keine Anstalten machten, ihr zu erklären, worüber sie sprachen. »Willst du dort drüben etwas Besonderes anpflanzen?«

»So könnte man es ausdrücken. Hat Noah dir nicht gesagt, was ich hier mache?«

»Er erwähnte eine Musikskulptur für die Mitte des Gartens …«

»Die nimmt gerade Gestalt an. Ich beschäftige mich noch mit der Feinabstimmung. Da das musikalische Thema mit verschiedenen Ländern verbunden werden soll, habe ich beschlossen, eine Erdkugel darzustellen. In der Mitte wird Wasser aufsteigen und über die Seiten hinabfließen. Noch ist die Skulptur nicht bereit für einen Test. Im Augenblick kann ich nur hoffen, dass sie tatsächlich Klänge von sich geben wird.«

»Das klingt wunderbar!« Tess warf Noah einen Blick zu. »Du bist schon viel weiter, als ich gedacht habe. Brauchst du noch Hilfe bei den Ideen für die musikalische Umsetzung? Oder bin ich dafür schon zu spät dran?«

»Nicht wenn du noch helfen möchtest. Der Gartendesigner kommt im Januar zu einem Gespräch über die Pflanzen.« Noah wandte sich ab, um zu schauen, wie Kyle zurechtkam. »Du könntest kommen, falls du nicht zu beschäftigt bist«, sagte er über seine Schulter. »Und falls du willst.«

»Sehr gern! Das wäre großartig! Ich meine, lass mich den genauen Termin wissen, dann schaue ich nach, ob ich Zeit habe«, fügte Tess hinzu. Ihr Lächeln verflog, als sie sah, wie Reuben offensichtlich amüsiert den Blick zwischen ihr und Noah hin und her wandern ließ. Vielleicht hatte Noah doch mit ihm über sie gesprochen. Hatte er seinem Bruder auch erzählt, dass er sie für eine Disney-Prinzessin hielt? Sie hatte eigentlich geglaubt, dass dieses Thema inzwischen erledigt war. Nach dem Einbruch und den bedauerlichen Vorfällen in jener Nacht mochte die Situation ein wenig peinlich gewesen sein, aber in letzter Zeit hatte sie das Gefühl gehabt, dass sie einander verstanden und allmählich Freunde wurden. Zumindest hatte sie das gehofft. Beliebt zu sein bedeutete noch nicht, dass man Freunde hatte; sie konnte ihre wahren Freunde an einer Hand abzählen.

»Wird es nicht schwierig, eine ausreichende Vielfalt an Farben zu finden?«, fragte Reuben. »Die meisten Flaggen, die ich kenne, bestehen aus einer Zusammenstellung von Gelb, Weiß, Rot und Blau.«

»Darüber soll sich der Gartendesigner Gedanken machen«, meinte Tess. »Ich verstehe nicht genug von Pflanzen. Und die Länder werden ja noch auf andere Weise dargestellt. Aber wenn man genauer hinschaut, findet man unverhofft weitere Farben. Die Flagge von Spanien hat eine Krone in der Mitte, in der Pink zu sehen ist. Das wäre perfekt!«

Noah richtete sich auf und wandte sich ihr zu. »Du hast tatsächlich darüber nachgedacht, richtig?«

»Natürlich! Du hast mich doch darum gebeten.«

»Gibt es auch spanische Komponisten?«

»Nicht unter den wirklich berühmten.« Tess lächelte. »Aber ich habe an Joaquín Rodrigo gedacht. Seine Stücke für Gitarre und Orchester sind großartig! Und sie passen auch gut, denn wie Cassie mir erzählt hat, hörte Frances Smallwood gern den Radiosender Classic FM, und dort wird Rodrigo ständig gespielt. Was hältst du davon?«

Noah gab keine Antwort. Er richtete den Blick aus seinen hellen Augen auf sie, als gäbe es nichts und niemanden sonst auf der Welt, und lächelte – ein unzweifelhaft echtes Lächeln, nach seinen eigenen Kriterien zu schließen. Bei diesem seltenen Lächeln breitete sich Wärme in Tess' ganzem Körper aus, und mit einem Mal wusste sie, welche Rolle Noah bei den drei Brüdern spielte: Er war derjenige, in den man sich verliebte.

Die Küchentür sprang auf, und mit den drei Thornton-Brüdern strömte ein Schwall eisiger Luft herein. Sofort war der Raum erfüllt von warmen Dämpfen, Lärm, Gelächter und Testosteron.

»Bitterkalt dort draußen.« Reuben rieb sich die Hände und stampfte mit den Füßen auf den Boden. »Ich spüre meine Glieder kaum mehr.«

»Das will ich doch hoffen.« Abel lachte. »Wir sind hier in Gegenwart einer Dame, also benimm dich!«

»Tee?« Tess schob ihren Stuhl vom Tisch zurück. »Oder wollt ihr heute an Silvester lieber etwas Stärkeres?«

»Tee wäre toll, wenn du uns einen machen magst.«

Tess griff schneller als Noah zum Wasserkocher. »Schon gut, setzt euch, ich kümmere mich darum.«

Die Brüder zogen ihre Mäntel und Mützen aus und warfen alles nachlässig über die Stühle und auf die Arbeitsflächen, aber keiner machte Anstalten, die Küche zu verlassen.

»Du wirst mal eine perfekte Ehefrau werden.« Reuben warf seinen Schal auf den Tisch.

»Das ist sie schon.« Noah ging an Tess vorbei, um ein paar Becher vom Tassenständer zu nehmen.

»Du bist verheiratet?« Reuben blieb still stehen, zum ersten Mal, seit Tess ihm begegnet war. »Warum wohnst du dann mit diesem alten Schurken zusammen?« Er schlug Noah auf den Rücken. »Wie eine Fliege, die sich in einem Spinnennetz ein Heim sucht …« Er lachte. »Wo ist dein Mann? Wolltet ihr Neujahr nicht gemeinsam verbringen?«

»Sie muss dir das nicht erklären«, warf Noah ein, bevor Tess antworten konnte. »Du verbringst schließlich die Weihnachtszeit auch nicht mit deiner besseren Hälfte.«

»Er ist in Südafrika bei seinen Eltern«, erklärte Reuben, als Tess ihm einen neugierigen Blick zuwarf. »Sie wissen nichts von mir. Aber vielleicht bringt er in diesem Jahr den Mut auf, es ihnen zu sagen.«

»Du bist schwul?«, fragte Tess. Das hatte ihr bisher niemand gesagt, und Noah war kein Mensch, der freiwillig Informationen herausrückte – welcher Art auch immer.

»Ja. Allerdings habe ich mir das selbst erst vor einigen Jahren eingestanden. Bis dahin habe ich mir eingeredet, nicht bindungsfähig zu sein, weil es mir einfach nicht gelang, eine längere Beziehung zu einem Mädchen aufzubauen. Oft wird einem erst durch ein tragisches Ereignis bewusst, dass das Leben viel zu kurz ist, um es allein zu verbringen.«

Noah stand mit einer Packung Teebeutel neben ihr und versteifte sich. Tess nahm ihm rasch das Päckchen aus der Hand, um den Tee aufzubrühen. Abel lachte – ein wenig gezwungen, wie Tess sofort bemerkte – und lockerte die Atmosphäre auf. »Gib's zu, du hast dir vor Angst beinahe in die Hosen gemacht, als du es Mum gesagt hast.«

Tess drehte sich um. »Wie hat sie reagiert?«, fragte sie Reuben.

»Sie hat gesagt: ›Du Dummkopf, ich bin deine Mutter. Hast du denn geglaubt, ich wüsste das nicht?‹«

Alle lachten, sogar Noah, und Tess reichte die Tassen herum. Sie nahm an, dass sie jetzt in Noahs Zimmer gehen würden, aber Abel ließ sich auf einen der Küchenstühle plumpsen.

»Du bist ziemlich spät dran.« Er deutete auf den Tisch. Dort lag verstreut der Inhalt des Pakets für den Neujahrsputz, das Tess bei Ethel gekauft hatte: eine schwimmende Laterne in Form eines Boots, eine Kerze und das spezielle Papier und der Stift, was beides angeblich so wichtig war. Sie hatte schon eine Weile darüber nachgegrübelt, was sie aufschreiben sollte, als dann die Besucher eingetroffen waren. »Wir müssen bald los.«

»Ja, ich weiß! Ich bin mir nicht sicher, was ich auf das Papier schreiben soll – ich habe das noch nie zuvor gemacht.«

»Schreib einfach alles auf, was du nicht ins neue Jahr mitnehmen möchtest. Jeden Groll und alle Streitigkeiten, die du nicht abschütteln konntest, alle schlechten Gedanken oder Worte, alle Taten, die du bereust ...« Abel lächelte. »Anscheinend bist du zu perfekt. Ich hingegen hatte das Problem, alles auf einer einzigen Seite unterzubringen.«

»Seid ihr schon fertig damit?«

»Reubens und meine Laterne sind draußen. Noah hat noch keine. Wir haben es soeben erst geschafft, ihn zum Mitkommen zu überreden.«

»Gibt es denn nichts, was du loswerden willst?« Tess schenkte Noah ein Lächeln. »Nichts, was du bedauerst?«

»Doch, sehr viel sogar.«

Bildete Tess es sich nur ein, oder lag in der Art, wie er das sagte, und in seinem Blick eine besondere Bedeutung? Dachte er an die Nacht des Einbruchs und daran, was zwischen ihnen geschehen war? Bedauerte er etwa *das*? Eigentlich dürfte das keine Rolle spielen – sie war diejenige, die das bereuen sollte, aber der Gedanke verletzte sie trotzdem. Sie nahm das Papier in die Hand, faltete es in der Mitte und riss es in zwei Hälften.

»Hier.« Sie reichte Noah eine davon. »Wir können uns ein Boot teilen. Und du brauchst keine Minute mehr auf das zu verschwenden, was du bereust. Schreib es einfach auf, und dann kannst du vergessen, was geschehen ist.«

»Und wenn ich nun am meisten das bedauere, was nicht geschehen ist? Wenn es das ist, was ich nicht vergessen kann?« Noah nahm das Blatt Papier und den Stift, ging damit zur Arbeitsfläche hinüber und begann zu schreiben.

»Was glaubt ihr?« Abel flüsterte bewusst laut. »Schreibt er jetzt eine Liste von all den Frauen, denen er in diesem Jahr das Herz gebrochen hat?«

»Wenn *du* das gemacht hättest, hättest du einen DIN-A4-Block dafür gebraucht.« Noah warf ihm einen Blick über die Schulter zu. »Ich habe mich schon gefragt, warum du so schwer an deinem Boot zu tragen hattest.«

Abel grinste, und Tess schloss die Augen, weil sie plötzlich Neid empfand. So konnte es in einem normalen Haushalt, in einer normalen Familie zugehen: Alle neckten sich, waren auch hin und wieder respektlos, aber akzeptierten sich und unterstützten sich gegenseitig bedingungslos – vereint unter einem Mantel der Liebe. Die Thorntons nahmen sich gegenseitig so an, wie sie waren, mit allen Fehlern und den Entscheidungen, die sie getroffen hatten. Keiner von ihnen musste den anderen etwas vorspielen.

Als sie die Augen wieder öffnete, stand Noah vor ihr und schaute sie an. Der Effekt, den die Anwesenheit seiner Brüder auf ihn hatte, war deutlich zu sehen. Seine verhärtete Miene war weicher, die Anspannung in seinem Körper hatte nachgelassen. Er beugte sich vor und berührte leicht ihren Arm, als er den Stift auf den Tisch legte.

»Du bist dran«, verkündete er. »Hast du dir schon überlegt, was du aufschreiben willst? Was willst du hinter dir lassen?«

Sie nickte, nahm den Stift in die Hand und schrieb zwei Wörter auf: Tess Bailey. Rasch legte sie die Hand auf das Papier und faltete es, aber vielleicht war sie nicht schnell genug gewesen. Als sie den Zettel neben Noahs in das Boot steckte, stand er immer noch neben ihr und schaute sie unverwandt an. Sie fragte sich, ob er nicht nur die beiden Wörter gesehen, sondern auch verstanden hatte, was sie meinte.

Eine leichte Brise trug das Stimmengewirr und das Gelächter der Ribblemiller durch die Bäume, aber Tess war nicht auf das Schauspiel vorbereitet, das sich ihr am Ufer des Flusses bot. Auf beiden Seiten waren riesige Petroleumleuchten aufgestellt und erinnerten an die Beleuchtung einer Landepiste. Im Schein des Halbmonds und der vielen Taschenlampen sah sie, dass sich mindestens hundert Leute eingefunden hatten, wenn nicht mehr.

»Das ist atemberaubend!« Tess blieb so abrupt stehen, dass Noah gegen sie prallte. »Wie habe ich mir das bisher nur entgehen lassen können?«

»Ich habe ganz vergessen, wie viele Leute hierherkommen.«

Bevor Tess sich vergewissern konnte, ob er damit klarkam – oder nachdenken konnte, ob sie sich darum kümmern sollte –, trieb Reuben sie an.

»Kommt schon, wir müssen unsere Boote ins Wasser setzen. Es ist schon beinahe Zeit, sie wegschwimmen zu lassen.«

Er führte sie zu einem Teil des Flusses, wo die Ufer ein ovales Becken bildeten, bevor sie sich in Richtung des Wehrs wieder verengten. Auf dem Wasser schwammen bereits etliche Boote, die ebenso aussahen wie ihre, nur schimmerten darin bereits die Teelichter. Akram stand Posten an einer hölzernen Barriere, die verhinderte, dass die Boote zu früh den Fluss hinuntertrieben.

»Gerade noch geschafft!«, rief er lächelnd. »Ihr habt noch höchstens drei Minuten Zeit, um eure Boote zu Wasser zu lassen. Der Colonel hält schon seine Uhr in der Hand. Beeilt euch!«

»Wir müssen die Kerzen noch anzünden«, sagte Tess. Es war unmöglich, sich nicht von der freudigen Aufregung, die in der Luft lag, anstecken zu lassen. »Hat jemand Streichhölzer mitgebracht? Das habe ich total vergessen!«

Es glich einem Wunder, dass sie nicht ohne Mütze und Stiefel dastand, denn die Thornton-Brüder hatten sie wie ein Tornado aus dem Cobweb Cottage gefegt und sie mit sich gezogen, als wäre sie ein weiterer Bruder – ein blonder kleinerer und weniger männlicher, aber trotzdem ein Teil der Gruppe. Sie war begeistert gewesen.

Abel und Reuben schüttelten den Kopf. Noah kramte in seiner Manteltasche und zog ein Feuerzeug heraus. »Glücklicherweise habe ich schlechte Angewohnheiten.«

Tess bemerkte, dass er lächelte, während er sich bückte und ihre Kerze anzündete. Die Flamme warf einen flackernden Schein auf die Lachfältchen um seinen Mund und auf seine Augen, die ihr einen Eindruck von Noah in früheren Zeiten vermittelten. Seit Beccas Hochzeit hatte sie ihn nicht mehr rauchen gesehen. Vielleicht gab ihm die Gegenwart seiner Brüder den Trost, den er brauchte.

Als alle Kerzen brannten, setzten sie in letzter Minute ihre Boote auf das Wasser. Der Colonel läutete eine Glocke, und seine Stimme schallte von der anderen Seite über den Fluss.

»Guten Abend, Ribblemiller! Es ist an der Zeit, die Sorgen des alten Jahres hinter uns zu lassen und den neuen Freuden entgegenzusehen, die uns das kommende Jahr bringen wird. Von diesem Tag an wollen wir nach vorne schauen und nicht mehr zurück. Seid ihr bereit? Dann lasst die Boote schwimmen!«

Akram öffnete die Holzschranke, und obwohl das Wasser ganz still gewirkt hatte, trieben die Boote langsam den Fluss hinunter zum Wehr, wo sie hinuntergezogen und zerstört werden würden, mit allen schlechten Erinnerungen an Bord. Tess beobachtete, wie die Armada auslief; hunderte Lichter funkelten in der Dunkelheit, und die

Menge jubelte. So etwas Wunderschönes, Fantastisches hatte sie noch nie zuvor gesehen.

Noch einmal ertönte die Glocke, und der Colonel begann mit dem Countdown bis Mitternacht.

»... drei ... zwei ... eins ... Frohes neues Jahr, Ribblemill!«

Die Menge klatschte Beifall, Korken knallten, und auf beiden Seiten des Flusses zuckten Blitzlichter von Kameras auf. Abel drückte Reuben an sich, Noah und Tess umarmten sich, riefen »Bitte lächeln!« und machten ein Selfie. Tess wurde hin und her geschubst, als die Dorfbewohner die Runde machten und sich wahllos in den Arm nahmen und küssten. Dann begannen alle zu singen, reihten sich in einer Linie auf, hielten sich an den Händen und stimmten »Auld Lang Syne« an. Und obwohl Tess schon gedacht hatte, Noah in der Menge verloren zu haben, spürte sie plötzlich seine warme Hand, die ihre nahm und drückte. Sie hörte seine Stimme, leise, aber sicher, und sah, wie er sich umschaute und die Atmosphäre in sich aufnahm. Und er lächelte – ein unfassbar breites Lächeln. Tess verstand ihn gut, denn obwohl ihr Tränen in die Augen stiegen, hatte auch sie ein solches Lächeln auf den Lippen. Es war ein außergewöhnliches Ereignis und ein Privileg, daran teilhaben zu dürfen; eine Nacht voller Hoffnungen und Träume, eine Zeit, um zu feiern und nicht traurig zu sein. Das war das Leben in all seiner Pracht, und man musste sich einfach freuen, hier zu sein und jede Sekunde genießen zu dürfen.

In diesem Augenblick existierte sonst nichts: nur die Freude des Gesangs, die Schönheit der verschwindenden

Laternen, die tröstliche Berührung ihrer Hände und das Wunder, am Leben zu sein. Es war eine aufregende, berauschende Mischung, die auch noch ihre Wirkung zeigte, als das Lied beendet war und eine ihrer Hände losgelassen wurde … Aber nicht die andere: Noah hielt sie immer noch fest. Tess drehte sich zu ihm um, besorgt, dass er wieder so erstarrt war wie bei Beccas Hochzeit, und einen Moment lang befürchtete sie, dass es tatsächlich so war. Er schaute sie lächelnd an, bis sie seinen Namen sagte.

»Noah?«

»Tess. Frohes neues Jahr.« Er neigte den Kopf, sie hob ihm ihr Gesicht entgegen, und ihre Lippen trafen sich zu einem kurzen, leidenschaftlichen Kuss.

19

Niemand achtete auf das Geräusch des Wagens, der sich dem Haus näherte. Selbst an Grace' Geburtstag rechnete keiner mit Gästen, vor allem da sich bei den Minustemperaturen im Januar die meisten Dorfbewohner seit einigen Tagen fast nur im Haus aufhielten.

Die Stimmung bei der Geburtstagsfeier war gedämpft. Auf dem Kamin standen drei Karten mit Abbildungen von prächtigen, bunten Blumen. Grace hatte ihrer Tochter mit einem Lächeln für das Gartenbuch und den Tweedschal gedankt, den Tess mit großer Sorgfalt ausgesucht hatte, aber sie war nicht mit dem Herzen bei der Sache. So wie immer.

»Der Kuchen schmeckt großartig, Tess«, sagte ihr Dad zum dritten Mal und schnitt sich noch ein Stück ab. »Kein Wunder, dass Noah jede freie Minute im Garten arbeitet. Wenn du ihn so verwöhnst, wäre er sonst schon kugelrund.«

»Er isst am liebsten Kekse.« Das hatte er ihr zwar nicht verraten, aber Tess hatte bemerkt, wie verdächtig schnell die Keksdose, die sie für ihre Musikschüler immer wieder auffüllte, leer war – selbst wenn sie nur eine Stunde am Tag gegeben hatte. Das konnten nur Noah oder Morag sein, und obwohl Morag ohne Zweifel die intelligenteste Katze der Welt war, bezweifelte Tess, dass sie es schaffte, den Deckel von der Dose zu schrauben. »Butterkekse mit Schokolade mag er am liebsten.«

»Max war auch immer ganz begeistert, wenn du sie gebacken hast. Erinnerst du dich daran, Gracie? Ich glaube, er hat sie in der Schule an seine Freunde verkauft. Er war schon damals ein aufstrebender Unternehmer.«

»Ich wünschte, er hätte hier ein Geschäft gegründet«, klagte Grace und knetete ihr Taschentuch in den Händen. »Er hätte nicht nach Australien gehen müssen. Warum hat er sich nicht hier niedergelassen, eine nette englische Frau geheiratet und Kinder in die Welt gesetzt? Ich wünschte, er wäre nicht so weit weg. Wir sehen ihn nie.«

»Er ist glücklich dort, wo er ist, Liebling, und Jenna ist ein nettes Mädchen. Wir haben großes Glück. Zwei glückliche, gesunde Kinder! Dafür sollten wir dankbar sein.«

Das Klingeln an der Tür unterbrach die peinliche Stille, die nach seinen Worten entstanden war.

»Wer ist das?« Grace umklammerte die Stuhllehne. »Wir erwarten doch niemanden, oder, Len?«

»Wahrscheinlich nur eine Lieferung für die Nachbarn. Ich werde mal nachschauen.«

Len ging in den Flur und schloss die Tür hinter sich.

»Der ummauerte Garten wird dir gefallen, Mum«, sagte Tess und versuchte, Grace' Aufmerksamkeit von den Gefahren abzulenken, die jetzt an der Haustür für ihren Dad lauern könnten. »Ich habe mich mit dem Gartengestalter getroffen. Er hat einige großartige Ideen und wird die Themen verschiedene Länder und Musik auf geschickte

Weise so miteinander verbinden, dass die Farben das ganze Jahr über dazu passen. Letztes Jahr hat er einen Preis bei der Gartenschau Chelsea Flower Show gewonnen. Schade, dass die Tickets, die ich dir geschenkt habe, verfallen sind. Er hat mir ein Bild davon gezeigt, und es sah unglaublich aus! Glücklicherweise ist er ein Freund von Barney, sonst würde er wahrscheinlich ein Vermögen verlangen. Wenn er das nächste Mal hier ist, könntest du kommen und ihn kennenlernen …«

Die Wohnzimmertür ging auf, und Len spähte herein. Auf seinem Gesicht breitete sich ein strahlendes Lächeln aus.

»Was ist los, Len? Mach die Tür zu, es zieht. War das etwas für die Nachbarn?«

»Kein etwas.« Len grinste. »Und auch nicht für die Nachbarn, sondern für uns. Wir haben einen Besucher! Besser gesagt, Tess hat einen Besucher …«

»Wer ist es? Noah?« Sie hatte erwähnt, dass sie den Nachmittag von Grace' Geburtstag hier verbringen würde, doch sie hatte nicht erwartet, dass er vorbeikommen würde. Aber wer sonst würde ihren Dad so begeistern?

»Nein, es ist nicht Noah. Bist du bereit, Schätzchen? Tadaa!« Len zog die Tür auf, und kurz darauf kam ein Mann herein: blond, schlank, elegant und mit einem verblüfften Gesichtsausdruck.

»Tim!« Tess blieb wie angewurzelt auf dem Sofa sitzen, starrte ihn an und traute kaum ihren Augen. Wie kam Tim hierher? Er sollte eigentlich hunderte Meilen entfernt mit seinem neuen Leben beschäftigt sein. Er hatte keinen Grund hierherzukommen, oder?

»Schätzchen, nun sitz doch nicht einfach so da. Der Mann ist um die halbe Welt gereist, um dich zu sehen.« Len lachte. »Ein bisschen Begeisterung wäre schon angebracht!«

»Natürlich! Ich bin nur so überrascht … Ich hatte ja keine Ahnung …« Tess warf einen Blick auf die erwartungsvollen Mienen ihrer Eltern, ging zu Tim hinüber und schlang ihre Arme um ihn. Er war so schlank, dass ihr das keine Mühe bereitete.

»Hast du es tatsächlich nicht gewusst, Tess?« Len schlug Tim so fest auf die Schulter, dass Tess die Vibrationen in ihren Armen spüren konnte. »Gut gemacht, mein Sohn. Das ist eine tolle Überraschung. Und noch dazu an Grace' Geburtstag! Einen besseren Tag hättest du dir nicht aussuchen können.«

Tess ließ Tim los, was nicht weiter schwer war, da er ihre Umarmung nicht erwidert hatte – er hatte lediglich einen Arm gehoben und ihr auf den Rücken geklopft. Sie musterte ihn. Seine Miene zeigte deutlich seine Verblüffung, aber nicht mehr. Das sagte ihr alles, was sie wissen musste.

»Tess, was ist los?«

Tims Frage riss sie aus ihren Gedanken. Sie musste ihn schnell aus dem Haus bringen, bevor er etwas verraten konnte. Aber so einfach war das nicht. Grace beugte sich auf ihrem Stuhl vor und sah beinahe glücklich aus. Sie streckte die Hand aus.

»Oh, Tim, du siehst großartig aus! Die Sonne hat dir nicht geschadet. Ich habe mir solche Sorgen um deine helle Haut gemacht. Hast du eine Creme mit Lichtschutzfaktor fünfzig verwendet? Ich habe Tess die beste Marke genannt. Komm zu mir und lass dich genau anschauen.«

Tim war zwar verdutzt, aber wie immer sehr höflich, also ging er zu Grace hinüber und reichte ihr die Hand.

»Ich habe gewusst, dass du nicht so lange wegbleiben würdest.« In Grace' Augen schimmerten Tränen. »Du gehörst zu Tess. Kein Geld auf dieser Welt ist es wert, dass ihr getrennt sein müsst. Wie wollt ihr denn auch eine Familie gründen, wenn du in Dubai bist? Das habe ich Tess schon oft gesagt.«

»Dubai?« Tim sah Tess an. »Ich bin nicht …« Er hielt inne, als er Tess' flehenden Blick und ihr Kopfschütteln sah.

»Möchtest du etwas trinken, Tim? Das Teewasser ist noch heiß. Ich habe auch noch ein paar Flaschen von dem Bier übrig, das du und Tess mir zu Weihnachten geschenkt habt. Das hast du sehr gut ausgesucht. Sogar Noah schmeckt es, und er ist ein wahrer Bierkenner.«

»Tim trinkt kein Bier, Dad.« Tess lächelte und fragte sich, was Noah davon halten würde. Konnte ein Lächeln sie aus dieser Situation retten? Es fiel ihr schwer, sich noch länger zu verstellen. Sie wollte nur noch Tim so schnell wie möglich aus dem Haus schaffen, bevor der letzte Vorhang fiel. »Wäre es sehr unhöflich, wenn ich euch Tim jetzt entführe? Wir haben einiges nachzuholen.«

»Ach so … ah, ja.« Ihr Dad fingerte am Ausschnitt seines Pullovers herum. »Natürlich! Vielleicht ist jetzt nicht der richtige Zeitpunkt für eine Tasse Tee … Ab nach Hause, Schätzchen! Wir können auch an einem anderen Tag noch gemeinsam etwas trinken. Komm, Grace, wir lassen die jungen Leute jetzt gehen.«

Tess suchte in rasender Geschwindigkeit ihre Sachen zusammen, packte Tim am Arm und zerrte ihn aus dem Haus. Sie hielt den Atem an, bis die Haustür hinter ihnen ins Schloss fiel. Als sie es schließlich nicht länger hinauszögern konnte, sah sie Tim an. Er öffnete den Mund, um etwas zu sagen.

»Warte!« Sie hob die Hand. »Ich weiß, was du sagen willst. Ich werde dir alles erklären, aber nicht hier. Hast du einen Wagen?«

Er deutete auf ein rotes Audi Coupé, das hinter Tess' Käfer geparkt war. Das Auto war neu – zumindest hatte sie es bisher noch nicht gesehen.

»Fahr mir nach. Es sind nur etwa fünf Minuten.«

»Tess.« Tim schaute sie über das Dach ihres Wagens hinweg an. »Was ist hier los? Du hast ihnen nichts von der Scheidung erzählt, richtig?«

Nun hatte er das Wort ausgesprochen, das sie so lange aus ihren Gedanken verbannt und zu leugnen versucht hatte.

»Nein.« Ihr Puls begann, panikartig zu rasen, als ihr klar wurde, dass möglicherweise ihr Leben nun zerbrechen würde. »Ich habe es ihnen noch nicht gesagt.«

Cobweb Cottage war leer, als Tess nach Hause kam. Noahs Motorrad stand vor der Tür, aber er war nicht zu sehen, und als sie seinen Namen rief, kam nur Morag mit einem Paar von Noahs Socken im Maul die Treppe herunter. Tess gab ihr einen entschuldigenden Kuss und schloss sie ins Wohnzimmer ein, damit sie Tim nicht über den Weg lief.

Tim folgte ihr in die Küche, und Tess schenkte zwei

Gläser Wein ein, ohne sich darum zu kümmern, wie spät es war oder was er trinken wollte. Er stellte sich ans Küchenfenster und schaute auf den Garten hinaus. Er sah jetzt ganz anders aus als bei ihrem Einzug. Noah und Kyle hatten das Gestrüpp entfernt und ein paar Beete mit fetter brauner Erde angelegt, wo einige Pflanzen darauf warteten, im Frühjahr Gesellschaft zu bekommen.

»Hast du das Häuschen gekauft?«, fragte Tim. »Es ist sehr hübsch.«

»Ich wohne hier zur Miete.«

»Stört es dich nicht, dass es so abgelegen ist? Hast du eine Alarmanlage?«

Es war eine Qual, ihn so reden zu hören; trotz allem machte er sich immer noch Sorgen um ihre Sicherheit. Sie schüttelte den Kopf.

»Du solltest darüber nachdenken. Wenn du mehr Geld brauchst …«

»Schon gut. Ich lebe nicht allein hier – ich habe einen Mitbewohner.« Vor ihrem geistigen Auge erschien Noahs Bild, und sie stellte fest, dass die Küche ganz anders wirkte, wenn er hier war. Das Zimmer schien sich dann beinahe zu vergrößern, um ihm Platz zu machen. Tim hingegen nahm gar keinen Raum ein.

»Setzen wir uns …?« Er deutete auf die Küchenstühle, und sie nahmen Platz. »Das war ein ziemlich peinliches Treffen. Ich wäre nicht gekommen, wenn du mir nicht diese Adresse gegeben hättest.«

»Ich habe nicht mit deinem Besuch gerechnet.«

»Offensichtlich nicht. Wo bin ich angeblich? In Dubai? Warum gerade dort?«

»Es musste ein Ort sein, der weit genug weg ist, um dich daran zu hindern hierherzukommen.«

Tim nickte, als leuchtete ihm das ein. Als ob irgendetwas an dieser Sache Sinn ergäbe.

»Aber warum hast du ihnen nicht die Wahrheit gesagt? Irgendwann müssen sie es sowieso erfahren.«

»Müssen sie das?«

Tim zog die Augenbrauen nach oben.

Tess fuhr rasch fort. »Ich muss Mum schützen. Du weißt doch, wie glücklich sie war, als wir heirateten. Und wie labil sie ist. Was hätte es gebracht, wenn ich es ihr gesagt hätte?«

»Es wäre die Wahrheit. Ist es nicht schon viel wert, wenn man nicht lügen muss? Und du könntest endlich weitermachen, einen neuen Partner finden, jemanden, der *dich* glücklich macht und nicht deine Mum.«

Er sagte das ohne Bitterkeit und so nüchtern, als würde es ihm nichts ausmachen, wenn sie ein neues Leben mit einem anderen Mann beginnen würde. Seine Worte versetzten Tess einen Stich ins Herz, aber der Schmerz war nicht so groß, wie sie erwartet hatte.

»Das habe ich nicht vor.«

»Tess …«

»Oh, keine Sorge, ich sehne mich nicht nach dir und erwarte nicht, dass du zu mir zurückkommst.« Tess trank einen Schluck Wein. Es war die Wahrheit – zumindest teilweise. Ihr Herz wollte ihn nicht zurückhaben, aber sie wünschte sich, noch verheiratet zu sein – mehr um ihrer Mum willen als um ihretwegen. Ein Teil von ihr hatte seit ihrer Trennung gehofft, dass Tim seine Meinung ändern und Grace nie etwas davon erfahren würde. »Aber ich bin nicht auf der Suche nach einem anderen Mann.«

»Und wie willst du erklären, dass ich nie von Dubai zurückkomme?«

»Ich weiß es nicht.« Tess zuckte mit den Schultern. So weit voraus hatte sie nicht geplant. »Irgendetwas muss ich mir wohl einfallen lassen. Mum hat in ihrem Leben schon genügend Enttäuschungen erfahren. Dazu will ich nicht auch noch beitragen.«

»Sie ist eine erwachsene Frau!« Tim stellte sein Glas vorsichtig auf den Tisch. »Ich war schon immer der Meinung, dass du sie viel zu nachsichtig behandelst, aber dieses Mal gehst du zu weit, und das weißt du auch.« Er sprach so bedacht, als hätte er das schon seit langer Zeit sagen wollen. »Ihr geht alle auf ihre Launen ein, als wäre das normal. Du hast gesagt, sie sei glücklich gewesen, als wir heirateten, aber sie war an unserem Hochzeitstag nicht dabei, richtig? Und du bist bereit, deine Zukunft für sie aufzugeben? Tu das nicht, Tess. Lass es nicht zu, dass ihr Kummer dein Leben bestimmt – und es *zerstört*. Sie hat bereits genug Schaden angerichtet.«

»Schaden?« Tess schob ihren Stuhl so vehement zurück, dass er auf den Boden krachte. Sie starrte Tim an. Was erlaubte sich dieser Mann, so schreckliche Dinge zu sagen? Wie konnte er das tun? Sie hatte geglaubt, dass er die Situation verstand – *sie* verstand. »Mum hat etwas Furchtbares durchmachen müssen. Sie ist diejenige, die Schaden erlitten hat. Wir können uns gar nicht vorstellen, wie sie gelitten hat, denn wir haben keine Kinder …«

Tess hielt inne. Anders als bei Noah war Tims Miene

leicht zu deuten, und in diesem Moment war darauf in großen Buchstaben der Grund für seinen Besuch zu lesen.

»Warum bist du hier, Tim?« Ihre Stimme klang dumpf und matt – und ganz und gar nicht nach einer Disney-Prinzessin.

Tim schob sein Glas auf dem Tisch hin und her. Auf seinen blassen Wangen zeichneten sich rote Flecken ab. »Ich muss dir etwas sagen.«

»Schieß los.«

»Es geht um Layla ... Sie ist schwanger. Wir erwarten ein Baby. Es war nicht geplant ... nicht so schnell ... aber wir freuen uns sehr.«

Tess ging schwankend einen Schritt zurück, lehnte sich gegen die Küchenzeile und klammerte sich mit den Händen hinter dem Rücken an der Arbeitsplatte fest. Nicht geplant? Das wäre bei ihnen auch leicht möglich gewesen. Eines Tages hatte sie sogar im Badezimmer ihre Pille in der Hand gehalten und sich überlegt, ob sie sie schlucken sollte oder nicht. Es wäre alles so einfach gewesen. Aber natürlich hatte sie sie dann doch genommen. Obwohl das in letzter Zeit vielleicht nicht den Anschein gehabt hatte, war sie ein sehr ehrlicher Mensch. Und wohin hatte sie das gebracht? Sie hatte keinen Job, kein Zuhause, keinen Ehemann und kein Baby.

»Ich wollte es dir persönlich sagen«, fuhr Tim fort, als Tess schwieg. »Wir haben uns gedacht, dass wir dir das schulden.«

»Mir schulden?« Tess' Stimme war so schrill, dass sie sie selbst kaum wiedererkannte. »Wenn du so sehr um mich besorgt wärst, hättest du mit mir ein Kind gezeugt, anstatt das immer wieder abzulehnen. Es war das Einzige, worum ich dich jemals gebeten habe! Und du hast ständig gesagt, du seist noch nicht bereit dafür.«

»Tatsächlich war das die einzige Sache, um die du mich gebeten hast – jeden Tag, immer wieder, seit dem Tag unserer Hochzeit. Du hast mir das Gefühl gegeben, dass es überhaupt nicht um mich ging, und wenn, dann nur als geeigneten Samenspender! Du warst wie besessen davon!« Tim stand auf. Seine Wangen waren dunkelrot, ein Zeichen dafür, dass er sehr zornig war, was selten vorkam. »*Du* warst diejenige, die noch nicht bereit für ein Kind war! Du bist genauso labil wie deine Mutter. Das hast du deutlich gezeigt, indem du in deiner Fantasie dieses Leben erfunden hast, in dem du immer noch einen Job hast, wir immer noch verheiratet sind und alles wunderbar ist!«

Die Dielen im Flur knarrten, und als Tess aufschaute, sah sie Noah mit ausdrucksloser Miene an der offenen Küchentür stehen.

20

Tess saß in ihrem Wohnzimmer auf dem Sofa, während das Tageslicht allmählich schwand. Tim war eine Stunde zuvor gegangen, zurück zu seinem neuen Leben mit seiner Freundin, die psychisch ausreichend gefestigt war, um sein Kind zur Welt zu bringen. Natürlich hatte er sich entschuldigt – er war zu wohlerzogen, um das nicht zu tun –, aber seine Worte konnten nicht mehr ungesagt gemacht werden, und ihr Herz war für immer verletzt.

Sie fragte sich, wie viel Noah gehört hatte, bevor der knarzende Fußboden ihn verraten hatte. Wie auch immer – die letzten Sekunden hatten sicher gereicht. Jetzt wusste er, warum sie sich so sehr bemühte, ihr Geheimnis zu hüten. Geheimnis war allerdings nicht mehr das richtige Wort, jetzt, wo die Fakten auf dem Tisch lagen. Sie hatte gelogen, wiederholt und in einer wichtigen Angelegenheit, also würde er sie mit Sicherheit ebenso verurteilen, wie Tim es getan hatte.

Zumindest hatte Tim noch Loyalität gezeigt und sich einverstanden erklärt abzureisen, ohne Len und Grace die Wahrheit zu sagen. Er erwartete aber von ihr, die Sache aufzuklären, und vielleicht würde sie das tun – zu gegebener Zeit. Aber wie viel Zeit blieb ihr noch? Sicher nicht genug. Noah schuldete ihr keine Loyalität. Er könnte bereits jetzt allen im Dorf erzählen, dass sie sie seit Monaten hinters Licht führte. Sie stützte den Kopf in die Hände und bedeckte ihre Augen. Wieder einmal hatte sie alles vermasselt. Und dieses Mal gründlich. All diese Jahre, alles Lächeln und alle Anstrengungen, die sie unternommen hatte. Wer würde sie nun noch mögen?

Sanftes Licht schimmerte durch ihre Finger.

»Erzähl mir etwas über Grace.«

Tess spreizte die Finger. Die Lampe brannte. Noah musste sie angeknipst haben. Sie konnte ihn nicht sehen, spürte aber seine Gegenwart.

»Erzähl mir etwas über Phoebe.«

Tess erstarrte.

»Erzähl mir etwas über Esther.«

Tess schaute auf. Niemand nannte sie jemals bei ihrem vollen Vornamen. Und niemand sprach Phoebes Namen aus. Es gab nur einen Ort, an dem er diese beiden Namen gesehen haben konnte. Noah saß ihr gegenüber mit ausgestreckten Beinen auf einem Sessel, beobachtete sie und wartete auf ihre Antwort. Ein merkwürdiges Gefühl beschlich sie – ein Verlangen, ihm alles zu beichten. Sie könnte ihm etwas über Esther erzählen. Das war nicht schwer, denn sie hatte ein Leben lang über sie nachgedacht. Und darüber, wer sie hätte sein können.

»Esther ist die überaus glückliche Tochter von Len und Grace Green«, begann sie und richtete den Blick auf den kalten Kamin. »Sie hatte eine wunderbare, idyllische Kindheit, wuchs in einem hübschen Häuschen in einem netten

Dorf auf und hatte viele Freunde. Musik ist ihre Leidenschaft. Sie ist von Beruf Musikerin oder vielleicht Musiktherapeutin und singt in ihrer Freizeit in einem berühmten Chor. Ihre Familie ist sehr stolz auf sie. Sie hat einen älteren Bruder namens Max, den sie über alles liebt. Er wohnt in der Nähe und hat einen Stall voller wunderbarer Kinder. Und …« Tess schluckte und wischte sich mit der Hand über die Augen. »Sie hat eine Zwillingsschwester. Phoebe ist die andere Hälfte ihrer Seele, und sie liebt sie mehr als ihr Leben.«

»Und Tess?«

»Hast du es denn nicht gehört?« Sie versuchte zu lächeln, denn das würde Tess jetzt tun. »Sie ist psychisch instabil, eine Lügnerin und Fantastin – und sie hat ihre Schwester umgebracht.«

Falls sie gehofft hatte, ihn damit zu schockieren, war ihr das nicht gelungen. Vielleicht konnte ihn nichts mehr schockieren, nach all den schrecklichen Dingen, die er in seinem Beruf gesehen und gehört hatte, aber sie hatte trotzdem mit einer Reaktion gerechnet, möglicherweise sogar auf eine Antwort gehofft. Aber er beobachtete sie weiter schweigend und wartete.

»Du warst auf dem Friedhof. Weißt du daher etwas über Phoebe?« Es war eine Erleichterung, ihren Namen auszusprechen, sie nach so vielen Jahren der Geheimhaltung und des Stillschweigens, um Grace nicht aufzuregen, endlich anzuerkennen.

»Ich habe dich dort gesehen und einen Blick auf den Grabstein geworfen. Sie war deine Zwillingsschwester?«

»Sie *ist* meine Zwillingsschwester.«

Noah nickte, und dafür hätte Tess ihn am liebsten umarmt – er hatte ihre Korrektur sofort akzeptiert und verstanden, warum sie das gesagt hatte.

»Was ist geschehen?«

»Sie war zu klein. Ich habe ihr bei unserer Entwicklung mehr Platz weggenommen, als mir zugestanden hätte. Während der Geburt hat sie sich eine Infektion zugezogen. Das wurde nicht sofort erkannt, aber es hätte auch nichts geändert. Sie war zu schwach, um dagegen anzukämpfen. Wir waren nur vier Stunden zusammen, dann ist sie gestorben.«

Tess hatte die versteckten Fotos gefunden, die nie hergezeigt wurden. Sie hatte sie in einer Schachtel entdeckt, in der sich auch zwei identische Plastikarmbänder für Babys und eine weiche blonde Locke befanden. Eines der Fotos zeigte alle fünf Mitglieder der Familie Green: Grace lag im Bett, in jedem Arm einen Säugling, und Len und Max standen daneben. Grace wirkte erschöpft, aber überglücklich – so glücklich, wie Tess sie nie gesehen hatte. Auf einem anderen Bild hielt Len seine Töchter voll Stolz in den Armen. Und dann gab es noch eine Aufnahme, die Tess mehr berührte als die anderen: Zwei Babys lagen Seite an Seite in einem Plastikbett und berührten sich mit ihren winzigen Händchen. Tess wünschte sich nichts mehr, als noch einmal die Berührung dieser Hand zu spüren. Und für einen Moment glaubte sie, ihr Wunsch würde wahr – Noah beute sich vor und legte seine große Hand auf ihre kleine.

»Wurde Grace nicht psychologisch betreut?« Er lehnte sich wieder in seinem Stuhl zurück.

»Das weiß ich nicht. Wir haben nie darüber gesprochen.«

»Sie verlässt nie das Haus?«

»Oh doch, sie besucht jeden Tag vor Sonnenaufgang das Grab und stellt frische Blumen hin. Aber das war's dann auch.«

»Und zu deiner Hochzeit konnte sie nicht bleiben?«

Tess schüttelte den Kopf. Sie wünschte, er hätte das vergessen.

»Wollt ihr deshalb auch deinen Geburtstag nicht feiern?«

»Wie auch? Es mag mein Geburtstag sein, aber es ist gleichzeitig der Tag, an dem Phoebe starb. Einen solchen Tag will man nicht feiern.«

»Das ist nicht wahr. Len liebt dich über alles.«

Das stimmte, und Tess wusste es. Len war immer ein perfekter Vater gewesen und vernarrt in alles, was sie sagte und machte. Er war ihr großer Held: Er hatte sie ermutigt und mit Liebe überschüttet, obwohl er selbst sicher sehr unter dem Verlust seiner anderen Tochter und dem Zustand seiner Ehefrau gelitten hatte. Aber vielleicht hatte ihr das nicht geholfen; seine Zuneigung hatte den Kontrast zu ihrer Mum nur noch stärker herausgestellt.

»Tim hat dich also betrogen.«

Dieser abrupte Themawechsel überraschte sie. Tess richtete sich auf. »Nein. Das würde er niemals tun. Er ist ein guter Mann.« Nur nicht der richtige für sie. »Er trifft sich erst mit Layla, seit wir geschieden sind.«

Tess hatte sie im Supermarkt Waitrose beim Einkaufen gesehen; bis dahin hatte sie nichts von ihrer Beziehung gewusst. In ihrem Einkaufswagen hatten Lebensmittel gelegen, aus denen sie sich wohl gemeinsam etwas kochen wollten; sie hingegen hatte nur einige Sachen für sich in einen Korb gelegt. Bei ihrer zweiten Begegnung hatte Tim sie höflich einander vorgestellt, ohne dabei weder seine Verlegenheit noch seinen Glückszustand verbergen zu können. Eine Woche darauf hatte Tess impulsiv den Entschluss gefasst, ihre gemietete Wohnung zu kündigen und nach Ribblemill zurückzukehren.

»Was ist schiefgelaufen?«

»Es lag an mir. Er wollte nicht mehr mit mir zusammenleben.«

»Und dein Job?«

»Den habe ich auch vermasselt. Nachdem Tim mich verlassen hatte, ging es mir sehr schlecht. Ich habe einen wichtigen Termin nicht eingehalten, und es hat viel Geld gekostet, das wieder hinzubiegen. Es blieb ihnen nichts anderes übrig, als mich zu entlassen.« Tess zuckte mit den Schultern. Sie hatte nichts dagegen einwenden können. Es war nicht ihr erster Fehler gewesen. Sie hatte ihr Bestes gegeben, aber eigentlich war sie nie richtig gut in ihrem Job gewesen. Der beste Teil des Tages ihrer Kündigung war ihre Chorprobe gewesen.

»Du hast über alles die Unwahrheit gesagt, seit du hier bist?«

»Ja.«

»Warum?«

Tim hatte sie gesagt, dass sie es für ihre Mum getan habe, dass sie Grace nicht habe enttäuschen wollen, aber das stimmte nur zum Teil. Und unter Noahs wachsamem

Blick war es sehr schwer, noch eine weitere Lüge hinzuzufügen.

»Verstehst du das denn nicht?« Sie stand auf, ging zum Klavier hinüber und lehnte sich dagegen. »Ich muss gut genug für zwei sein. Ich muss alles erreichen, was Phoebe erreicht hätte. Ich muss die Beste sein, die Beliebteste, die Erfolgreichste. Ich muss Mum das Enkelkind schenken, das sie sich so sehr wünscht. Vielleicht gibt sie mir dann ihre Aufmerksamkeit – und ihre Liebe – und vermittelt mir nicht mehr ständig das Gefühl, dass sie ihre Zeit lieber mit einem Geist verbringt.«

Vor Verzweiflung und Entsetzen über ihr Geständnis begann Tess, laut zu schluchzen. Sie hatte sich immer bemüht, Grace nicht zu kritisieren oder zu beschuldigen. Und wie konnte sie denn auf ein Baby eifersüchtig sein, das nach nur vier Stunden gestorben war? Vor allem da ihr dieses Baby ihr ganzes Leben lang gefehlt hatte und sie alles tun würde, um es zurückzubringen. Was war sie nur für ein Scheusal!

Noah kam zu ihr, zog sie mit starken Armen an seine Brust und hielt sie fest, bis ihre Tränen schließlich versiegten.

»Ich nehme an, du wirst jetzt allen die Wahrheit sagen«, murmelte sie und vergrub ihr Gesicht an seinem Hemd.

»Nein.«

Sie hob den Kopf und schaute ihn an.

»Ich verstehe dich. Es ist dein Geheimnis, nicht meines. Kummer ist eine private Sache, und wir gehen alle auf unsere eigene Weise damit um.«

Tess schloss die Augen und atmete tief Noahs Duft ein,

der jetzt der Geruch der Freiheit war. Sie hatte sich ihm offenbart, ihm die wahre Esther Green mit all ihren Fehlern und Unzulänglichkeiten gezeigt, und er hatte sich nicht von ihr zurückgezogen oder sie verurteilt. An seinen warmen Körper gelehnt entspannte sie sich, und zum ersten Mal regte sich ein wenig Hoffnung auf eine andere Zukunft in ihr. Doch dann trat Noah einen Schritt zurück, und sie schwankte in der plötzlich kalten Luft.

»Allerdings verstehe ich nicht, warum du es *mir* nicht erzählt hast – zumindest einen Teil davon«, fuhr er fort, und Tess sah einen Funken Zorn in seinen Augen aufleuchten, den sie noch nie bei ihm gesehen hatte. »Ich habe zwar angenommen, dass es irgendwelche Probleme gibt, aber trotzdem habe ich mir nach dem Einbruch und der folgenden Nacht Vorwürfe gemacht, dass ich deine Ehe ruiniert haben könnte. Das hast du gewusst, aber nichts gesagt. Jedes Mal wenn ich mit Tims Besuch rechnete und er nicht kam, habe ich mich gefragt, ob es meine Schuld war. Und du hättest das beenden können. Meine Güte, trage ich denn nicht schon genug Schuldgefühle mit mir herum? Warum hast du das getan?«

Er wartete ihre Antwort nicht ab, und kurz darauf hörte Tess sein Motorrad aufheulen, als er davonbrauste.

In dieser Nacht fingen die Schreie wieder an, nachdem wochenlang Ruhe geherrscht hatte. Tess setzte sich im Bett auf, zog sich die Decke bis unters Kinn und lauschte Noahs Schreien, die durchs ganze Haus hallten. Sollte sie zu ihm gehen? In der Nacht zuvor hätte sie keine Sekunde gezögert, aber nach dem gestrigen Tag – nach dem, was er zu ihr gesagt hatte – würde er sie sicher nicht bei sich haben wollen.

Der nächste Aufschrei klang so verzweifelt, dass Tess die Bettdecke zurückschlug und, ohne weiter darüber nachzudenken, über den Flur rannte. Auch wenn er sie nicht haben wollte, schien er sie zu brauchen. Sie setzte die neugierige Morag vor die Tür und zog das obere Laken vom Bett. Noah musste sich so heftig hin und her gewälzt haben, dass er sich darin verwickelt und dann versucht hatte, sich frei zu strampeln. Als sie sich vergewissert hatte, dass er sich nicht mehr verletzen konnte, setzte sie sich auf den Boden und zog die Knie an die Brust; sie würde bei ihm bleiben, bis der Albtraum vorüber war.

Noah hatte ihr zwar versprochen, ihr Geheimnis zu bewahren, aber als Tess zum ersten Mal nach Tims Besuch das No Name betrat, lagen ihre Nerven blank. Wenn er nun so wütend auf sie gewesen war, dass er seine Meinung geändert hatte? Wenn er Abel alles erzählt und sein Bruder es nicht für sich behalten hatte? Noah schuldete ihr schließlich nichts; sie hatte kein Recht dazu, seine Loyalität einzufordern. Sie teilten sich lediglich ein Haus und eine Katze. Hin und wieder hatte sie zwar das Gefühl, dass es zwischen ihnen eine tiefere Verbindung gab, aber das bildete sie sich wahrscheinlich nur ein.

Mit einem starren Lächeln auf dem Gesicht betrat sie das Pub. Alles sah so aus wie immer. Im Kamin knisterte ein loderndes Feuer und erfüllte die Luft mit dem wohligen Geruch nach brennendem Holz; Akram lief hinter der Theke hin und her und unterhielt sich lautstark mit Mel und den Gästen; an den Tischen saßen ins Gespräch vertieft kleine Gruppen Ribblemiller. Ein paar von ihnen schauten auf, als die Tür aufging, und winkten ihr zu wie sonst auch. Tess entspannte sich. Sie wussten nichts, also konnte sie Noah doch vertrauen.

Sie entdeckte Becca an einem Tisch am Fenster und eilte zu ihr hinüber. Auf dem Tisch standen ein Weinkühler aus Plastik und zwei Gläser, eines davon bereits halb geleert.

»Hallo!« Becca begrüßte Tess mit einer Umarmung. »Ich habe mir gedacht, wir sollten unserem Mädelsabend ein wenig Stil verleihen.« Sie deutete auf die Weinflasche. »Das ist dir doch recht, oder? Es ist nur ein billiger Wein, aber Akram behauptet, er sei sehr gut. Ich verstehe nicht viel davon. Du etwa?«

»Ich kann nur die beiden Farben unterscheiden.« Was nicht daran lag, dass sie es nicht versucht hatte. In Tims Familie waren alle Weinkenner, und Tess hatte sich sehr bemüht, alles darüber zu lernen, um sich anzupassen, aber keinen großen Erfolg erzielt. »Ich bin sicher, das ist ein guter Tropfen!«

Sie bemerkte kaum, wie er schmeckte, als sie zwei Gläser davon trank und dabei Becca zuhörte, wie sie vom Januarumsatz in ihrem Bekleidungsladen erzählte und in allen Details von ihrem erfüllten Eheleben schwärmte.

»Ist alles in Ordnung?«, fragte Becca schließlich. »Du bist ganz anders als sonst.«

»Ach ja?« Tess lachte. Bei genauerer Überlegung hatte sie vielleicht nicht so oft gelacht und gelächelt, wie sie es normalerweise tat. »Tut mir leid, ich habe in den letzten Nächten nicht gut geschlafen. Müdigkeit und Wein sind keine gute Kombination. Ich bin ein bisschen benommen.«

»Ich hoffe, dass Morag dich nicht um den Schlaf gebracht hat; ich möchte nicht, dass du sie mir zurückbringst. Callum hat mir deutlich zu verstehen gegeben, dass unsere Ehe nicht von langer Dauer sein wird, wenn ich noch mehr Katzen ins Haus bringe.«

Becca schlug die Hand vor den Mund und starrte Tess bestürzt an.

»Ach du lieber Himmel, ich und meine große Klappe!« Sie ließ die Hand sinken. »Kein Wunder, dass du so still bist, wenn ich dauernd von meiner glücklichen Ehe schwärme …«

Tess drückte ihr Glas an die Brust. »Was hast du gehört?«, fragte sie und versuchte, sich ihre aufsteigende Panik nicht anmerken zu lassen. »Hast du mit Noah gesprochen? Was hat er dir erzählt?« Sie hätte ihm also doch nicht vertrauen dürfen! Aber wenn er es nur Becca erzählt hatte, konnte sie vielleicht weiteren Schaden verhindern. Becca würde sich wohl kaum mit Grace treffen. Sie schaute sich hektisch um.

»Noah? Den habe ich schon seit Tagen nicht mehr gesehen, aber jetzt frage ich mich, ob ich mit ihm reden sollte. Gibt es irgendeinen Klatsch, von dem ich noch nichts weiß?« Becca lachte. »Ich wollte damit eigentlich sagen, dass ich mich taktlos verhalten habe. Du willst dir doch sicher nicht pausenlos anhören, wie glücklich ich bin. Mittlerweile vermisst du Tim bestimmt ganz schrecklich. Ich könnte es ohne Callum nicht eine Woche lang aushalten, ganz zu schweigen von mehreren Monaten.«

»Es dauert lange, bis man sich an die Abwesenheit von einem Menschen gewöhnt.«

Das war eine der ehrlichsten Bemerkungen, die Tess seit ihrer Rückkehr nach Ribblemill gemacht hatte. Als Tim aus ihrem Haus in Sussex ausgezogen war, war sie am Boden zerstört gewesen. Sie hatte ihn ständig angerufen und selbst nach der Scheidung scheinbar zufällige Treffen organisiert, in der Hoffnung, ihn dazu überreden zu können, ihrer Ehe noch eine Chance zu geben. Bis sie schließlich bei einer dieser zufälligen Begegnungen von Layla erfahren hatte. Sie war nicht stolz auf das Verhalten, das sie an den Tag gelegt hatte. Als sie ihn jetzt wiedergesehen und dann Noah die Wahrheit gesagt hatte, war ihr klar geworden, was sie jahrelang zu ignorieren versucht hatte. Tim war zwar der perfekte Schwiegersohn, aber nicht der ideale Ehemann für sie gewesen; sie vermisste nicht ihn, sondern ihre Ehe. Sie empfand Zuneigung und freundschaftliche Gefühle für ihn, aber nicht mehr. Nichts Stärkeres, keine ungehemmte Leidenschaft, kein Gefühl der inneren Verbundenheit wie bei … Rasch verdrängte sie diesen Gedanken, der in eine Richtung führte, die ihr nicht gefiel, und trank noch einen Schluck Wein.

»Ich weiß, was dich aufheitern wird«, verkündete Becca. »Deshalb habe ich ein Treffen vorgeschlagen. Ich habe ein Geschenk für dich. Es ist nur eine Kleinigkeit, ein Dankeschön dafür, dass du meine Hochzeit gerettet hast.«

»Ich habe doch nicht …«

»Doch. An dem Tag, an dem wir Stechpalmenzweige suchen sollten und du mich im Schlafanzug vorgefunden hast, war ich mit den Nerven am Ende und kurz davor, alles abzublasen. Auf der Hochzeit schien ein Fluch zu liegen. Wenn du nicht vorbeigekommen wärst und ruhig und fröhlich alles in die richtigen Bahnen gelenkt hättest, wäre ich jetzt nicht Mrs Laing.« Sie holte ein in buntes Papier gewickeltes Päckchen aus ihrer Tasche. »Jetzt, wo ich das so sage, kommt mir das Geschenk noch billiger vor …«

»Es wird mir sicher gefallen.« Tess wickelte eine rechteckige Schachtel aus dem Papier. Darin befand sich ein silberner Bilderrahmen auf pinkfarbenem Seidenpapier. Sie nahm ihn heraus und betrachtete das Foto. Es zeigte den Chor von Ribblemill bei Beccas Hochzeit. Alle sahen sehr elegant und glücklich aus. Sogar Noah wirkte durch die Musik wie ausgewechselt; während er sang, schaute er Tess an. Und Tess, die sich selbst so gut wie nie singen sah, war verblüfft, wie anders sie ausschaute. Ihr Gesicht strahlte vor Freude. Das war nicht Tess, sondern Esther Green. Die Frau, die sie eigentlich sein sollte.

»Tolles Foto, findest du nicht?«, fragte Becca. »Ich habe den Fotografen gebeten, ein paar Aufnahmen von euch zu machen, und mir die beste herausgesucht. Du siehst großartig aus.«

»Ich sehe so förmlich aus!« Tess tat das Kompliment mit einem Lachen ab. Sie hatte das schwarze Kleid an, das sie auch bei ihren Aufführungen mit dem Londoner Chor immer getragen hatte. Es war ganz anders als die farbenfrohen Kleider, die sie sonst immer trug – und schon immer getragen hatte, weil Grace früher diese femininen Sachen für sie ausgesucht hatte. »Das ist gar nicht mein üblicher Stil!«

»Das stimmt.« Becca zog die Worte so in die Länge, dass sie nichts Gutes verhießen. »Aber dieser schlichte Stil steht dir sehr gut. Komm doch mal in meinen Laden, dann zeige ich dir einiges. Du musst dich nicht mit Rüschen und Blümchenmustern aufputzen – du bist ohne all das hübsch genug. Schau dir nur dein Gesicht an!« Becca tippte mit einem Finger auf das verglaste Foto. »Du siehst glücklicher aus als ich, und das war schließlich mein Hochzeitstag! Du liebst diese Aufgabe, richtig? Darüber solltest du nachdenken. Es gibt so viele Leute, die einen verhassten Job machen müssen, um über die Runden zu kommen. Da haben wir es besser.« Sie hob ihr Glas und stieß mit Tess an. »Auf unser Glück. Möge es lange anhalten.«

21

Kyle war unbestritten ihr Lieblingsschüler. Er war zwar nicht der beste Klavierspieler und hatte Schwierigkeiten, das Notenlesen zu lernen, aber seine Begeisterung, seine Geduld und sein Bestreben zu gefallen waren unwiderstehlich. Er kam jetzt zweimal die Woche zum Unterricht – für den Preis von einer Stunde, weil sie immer viel Zeit damit verschwendeten, Kekse zu essen –, und diese Stunden waren einer der Höhepunkte von Tess' Woche.

»Es wird ihm fehlen, wenn er nicht mehr hierherkommen kann«, meinte Jackie. Sie stand mit Tess am Küchenfenster und schaute zu, wie Noah und Kyle gemeinsam den Garten vor dem Haus inspizierten, bevor die Dunkelheit hereinbrach. Noah beendete auffallend oft seine Arbeit eher, wenn Kyle nach der Schule ins Cottage kam.

»Warum sollte es ihm fehlen? Wollen Sie ihn nicht mehr zu mir bringen? Falls es ums Geld geht – ich habe keine Bezahlung erwartet …«

»Nein, für den armen kleinen Kerl ist mir kein Penny zu schade. Er wird jedoch nur noch ein paar Wochen bei mir sein, dann zieht er zu seiner neuen Familie.«

»Oh! Das habe ich ganz vergessen …« Tess kam sich

ziemlich dumm vor. Sie hatte sich so sehr daran gewöhnt, Kyle mit Jackie im Dorf und im Cottage zu sehen, und gar nicht mehr daran gedacht, dass er nur vorübergehend bis zu seiner Adoption hier war. Sie beobachtete, wie er über etwas lachte, was Noah zu ihm sagte. Für Kyle waren das natürlich gute Nachrichten, aber für alle anderen …

Jackie tätschelte Tess' Arm. »Ich weiß, es ist immer hart, wenn diese Zeit kommt, gleichgültig wie oft man das schon durchgemacht hat. Ich sollte das eigentlich nicht sagen, aber der Kleine ist etwas ganz Besonderes für mich. Bei seiner Ankunft hat er kein Wort gesprochen und nicht einmal seine Kleidung wechseln wollen. Es war eine wahre Freude zu sehen, wie er sich entwickelt hat, und das ist zu einem großen Teil Ihnen und Noah zu verdanken. Ich gebe am kommenden Wochenende eine kleine Abschiedsparty für ihn. Sie beide kommen doch, oder?«

»Natürlich. Haben Sie es Noah schon gesagt?«

»Noch nicht. Ich habe ihn in den letzten Tagen nicht gesehen.« Jackie verzog das Gesicht. »Jetzt vor Kyle scheint dafür nicht der richtige Moment zu sein. Könnten Sie es ihm später sagen?«

»Ja, natürlich …«

An diesem Abend war Noah mit der Zubereitung des Essens an der Reihe, und Tess wartete ab, bis sie das köstliche Risotto verspeist hatten. Wie in letzter Zeit so oft herrschte unangenehmes Schweigen zwischen ihnen, bis sie es brach.

»Jackie hat uns zu einer Party für Kyle nächste Woche eingeladen«, begann sie, als Noah aufsprang und so rasch seinen Teller in die Spülmaschine stellte, als könnte er es kaum abwarten, die Küche zu verlassen. »Sie hat mich gefragt, ob du kommen kannst. Das wird sicher nett!«

»Hat er Geburtstag? Er hat gar nichts davon erwähnt.«

»Nein.« Tess nahm ihren Teller vom Tisch. »Es ist eine Abschiedsfeier. Die Adoption ist abgeschlossen. Er wird bald zu seiner neuen Familie ziehen.«

Noah wandte ihr den Rücken zu. Er versteifte sich und ließ den Kopf sinken. Tess überlegte, ob sie ihm auf irgendeine Weise Trost anbieten sollte, aber bevor sie sich entscheiden konnte, knallte er eine Pfanne in den Spülmaschinenkorb.

»Gute Nachrichten.«

»Ja, nicht wahr?«, erwiderte Tess, ohne auf den Ton seiner Stimme einzugehen. »Jackie sagt, es sei eine wunderbare Familie. Sie haben einen Jungen im ähnlichen Alter, also wird Kyle einen Bruder bekommen. Ein gleichaltriger Spielkamerad wird ihm sicher sehr guttun.«

Noah drehte sich zu ihr um, und sie wusste, warum. Er reagierte eher auf den Klang ihrer Stimme als auf ihre Worte. Sie hatte sich nicht so fröhlich angehört, wie sie gehofft hatte. Rasch setzte sie ein Lächeln auf, obwohl sie davon ausging, dass er sie inzwischen mühelos durchschaute. Als sie an ihm vorbei zum Geschirrspüler ging, griff er in die Gesäßtasche seiner Jeans, zog ein gefaltetes Stück Papier heraus und reichte es ihr.

»Was ist das?«

»Eine Empfehlung von Judy.«

»Judy? Oh …« Seine Therapeutin. An sie hatte Tess nicht gedacht, weil Noah schon eine Weile nicht mehr bei ihr gewesen war. Sie nahm das Blatt und faltete es auseinander. Es war ein Ausdruck von einer Website mit dem Namen »Netzwerk einsamer Zwillinge«. Tess warf einen Blick darauf. Anscheinend handelte es sich um eine Selbsthilfegruppe für Zwillinge, die irgendwann in ihrem Leben ihre Schwester oder ihren Bruder verloren hatten. Sie umklammerte die Seite so heftig, dass sie beinahe mit den Fingern Löcher hineinriss.

»Du hast mit Judy über mich gesprochen?«

»Ja.«

»Du hast ihr von mir erzählt? Und von Phoebe und Tim – alles darüber?«

»Ja.«

»Du hast mir versprochen, es niemandem zu sagen! Du hast gesagt, du würdest es verstehen! Ich habe geglaubt ...« Sie hielt inne, um Luft zu holen. Was auch immer sie geglaubt hatte, sie hatte sich geirrt, das war jetzt klar. »Ich habe gedacht, ich könnte dir vertrauen!«

»Ich erzähle Judy alles. Das muss ich tun.«

»Aber nicht meine Geschichte! Über mich muss sie nichts wissen!«

»Sie muss alles wissen, was mich berührt.«

Das war eine verblüffende Äußerung, aber davon durfte Tess sich nicht ablenken lassen.

»Und wo hast du das ausgedruckt? Wir haben keinen Drucker.«

»Ich habe mir Abels Drucker geliehen.«

»Dann hast du es ihm auch erzählt!«

»Nein ...«

Aber Tess hörte ihm gar nicht mehr zu. »Wie konntest du

das tun? Du weißt genau, dass ich das geheim halten wollte. Ich habe monatelang mit dieser Lüge gelebt und mich in all die Geschichten verstrickt, die ich erzählen musste. Was hat dir das Recht gegeben, das weiterzuerzählen? Warum tust du mir das an? Ich hatte immer Mitgefühl für dich und deine Probleme. Als du Albträume hattest, habe ich stundenlang an deinem Bett gewacht. Ich habe immer versucht, nett zu dir zu sein, weil Abel der Meinung war, das würde dir helfen … Und das ist nun der Dank dafür?«

Das Echo ihrer Worte hing noch in der Luft, als Tess begriff, dass sie zu weit gegangen war. Wenn ihr das nicht ohnehin ihr Gewissen gesagt hätte, wäre Noahs Miene der Beweis dafür gewesen. Sie bedauerte jedes gedankenlose, falsch gewählte Wort, aber es war zu spät. Und natürlich versteifte sich Noah auf den Teil, den sie am meisten bedauerte.

»Ich will dein Mitleid nicht. Und du warst nett zu mir, weil Abel dich darum gebeten hat? Was soll das heißen? Für wen hältst du mich? Für jemanden, an dem du deine verdammte Therapie ausprobieren kannst?« Er riss ihr das Blatt Papier aus der Hand und zerfetzte es in kleine Stücke. »Ich brauche niemanden, der auf mich aufpasst. Und vor allem brauche ich keine falsche Freundschaft von einer Disney-Prinzessin, die sich selbst etwas vormacht. Im Gegensatz zu dir breche ich nicht zusammen, wenn mich nicht alle Menschen auf dieser Welt mögen. Komm erst einmal mit dir selbst klar, bevor du dich in meine Angelegenheiten mischst!«

Er schleuderte die Papierschnitzel in Tess' Richtung und verließ die Küche.

»Es tut mir leid«, sagte Noah, als er am nächsten Tag von der Arbeit kam. Tess kochte gerade Abendessen für zwei, obwohl sie nicht wusste, ob sie es mit Noah teilen oder eine Portion einfrieren würde. Er wirkte abgespannt; die tiefen Ringe unter seinen Augen deuteten auf eine schlaflose Nacht hin, und sein Hinken war stärker ausgeprägt als sonst. »Ich habe Sachen gesagt, die ich nicht hätte sagen sollen … Manchmal verliere ich die Kontrolle.«

»Vergiss es.« Tess schob die Kasserolle mit dem Auflauf wieder in den Herd. »Mir tut es auch leid. Es spielt keine Rolle.«

Aber das tat es doch. Sie hatte ebenfalls kaum geschlafen, die ganze Nacht über den Streit mit Noah nachgedacht und sich überlegt, was sie anders hätte machen können. Es war ihr sehr wichtig, obwohl sie das nicht erklären konnte. Normalerweise stritt sie sich mit niemandem. Es passte nicht zu dem sorgfältig aufgebauten Image von Tess Bailey. Tess Bailey bahnte sich ihren Weg lachend und lächelnd durchs Leben, immer darauf bedacht, niemandem einen Grund zu liefern, sie nicht zu mögen. Noah hatte jedoch etwas an sich, das dieses Konzept durchkreuzte, etwas, was ihr eigentliches Ich direkt ins Herz traf. Sie war sich nicht sicher, ob sie von dieser Enttarnung schockiert sein oder sich lieber über die dadurch entstandene Freiheit freuen sollte. Was hatte er nur an sich, das diese Wirkung erzielte? Theoretisch waren sie absolut gegensätzlich und hatten nichts gemeinsam, aber ihr Herz flüsterte ihr etwas anderes zu.

Bis jetzt. In den Tagen nach dem Streit war die Verbindung, die Tess zwischen ihnen gesehen hatte, plötzlich verschwunden. Es kam ihr so vor, als wären sie zwei nebeneinanderliegende tektonische Platten, die sich verschoben hatten, sich nun aneinanderrieben und damit ein Erdbeben auslösten, das die Harmonie zwischen ihnen zerstörte. Die Atmosphäre im Cobweb Cottage war höflich, aber sehr zerbrechlich. Noah gab sich offensichtlich große Mühe, sich unter Kontrolle zu halten, und das gefiel Tess nicht. Das war nicht er. Nicht der Noah, den sie in den vergangenen Monaten näher kennengelernt hatte. Sie wollte ihm vermitteln, dass er er selbst sein konnte, begeistert über den Garten reden oder sie ignorieren konnte, mit großer Sorgfalt kochen oder auch Dinge durch den Raum werfen, an ihrer Schulter weinen und sein leises Lächeln zeigen konnte. Und dabei blieb ihr die Ironie nicht verborgen, dass ausgerechnet sie, die große Fantastin, es bedauerte, dass er nicht er selbst war.

Tess war schon eine Weile auf Kyles Party, als Noah auftauchte. Sie hatte schon gedacht, dass er wohl nicht kommen würde, und sich überlegt, dass so viele Menschen auf engem Raum wahrscheinlich zu viel für ihn waren. Doch er kam herein, als die Party in vollem Gang war, spazierte aber dann rasch in den Garten, wo Kyle und ein paar Kinder aus dem Dorf Fußball spielten. Kyle war begeistert, als er Noah entdeckte, und forderte ihn auf mitzuspielen. Tess fragte sich, ob sie die Einzige war, die bemerkte, dass Noah hin und wieder zusammenzuckte und sich das Bein rieb, bis Jackie sich neben sie an die Verandatür stellte.

»Ein guter Kerl.« Jackie deutete mit einer Kopfbewegung auf Noah. »Er war immer der wildeste der drei Brüder – und immer derjenige, mit dem sich meine Pflegekinder anfreundeten –, aber er hat sich gut gemacht. Ist es nicht seltsam? Manchmal verändert eine Katastrophe einen Menschen zum Guten, bringt ihn wieder zu dem zurück, was wirklich zählt. Er hat Kyle das Vertrauen zurückgegeben, dass nicht alle Menschen ihm etwas Böses wollen. Das ist unbezahlbar.«

»Sie sollten ihn mit unserer Katze sehen.« Tess lächelte. »Er ist vernarrt in sie wie ein stolzer Vater.«

»Das ist es, was er braucht«, erklärte Jackie. »Eine eigene Familie, für die er Verantwortung übernehmen und für die er leben kann. Etwas, worauf er stolz sein kann, und jemanden, der stolz auf ihn ist. Trifft er sich derzeit mit jemandem?«

»Ob er sich mit jemandem trifft? Oh. Nein – nicht, dass ich wüsste. Aber wir sprechen nicht über solche Dinge …«

»Ich kann mir vorstellen, dass Sie keine romantischen Geschichten hören wollen, wenn Sie selbst im Augenblick ohne Ihren Mann leben müssen.« Jackie lachte. »Es ist schon siebzehn Jahre her, dass ich meinen Mann verloren habe, und er fehlt mir immer noch jeden Tag. Zumindest wissen Sie, dass Ihrer bald zurückkommen wird. Das ist sicher ein Trost für Sie.«

Tess lächelte automatisch. Sie wusste nicht, was sie darauf sagen sollte – außer der Wahrheit, und dazu war sie nicht bereit. Tess konnte nicht so tun, als wäre sie in der Lage, das Schicksal einer Frau nachzuempfinden, deren Mann gestorben war. Sie mochte eine Lügnerin sein – eine Fantastin, wie Tim gesagt hatte –, aber auch sie hatte ihre Grenzen. Sie hatte ihren Mann nicht verloren, sie hatte ihn von sich weggetrieben; sie war nicht bedauernswert, sondern unerträglich. Und selbst wenn sie Tim noch vermisste – die letzten Tage im Missklang mit Noah hatten ihr wesentlich mehr zugesetzt. Was stimmte nur nicht mit ihr?

Als die Party am Nachmittag zu Ende ging, dämmerte es bereits. Tess hatte es nicht über sich gebracht, vorher zu gehen, weil ihr schmerzlich bewusst war, dass sie Kyle zum letzten Mal sah.

»Ich habe ein kleines Geschenk mitgebracht«, sagte sie zu Jackie, während sie ihren Mantel anzog. »Ist es in Ordnung, wenn ich es ihm jetzt gebe?«

Jackie stimmte zu, und Tess zog ein schmales Päckchen aus ihrer Handtasche und reichte es Kyle. Es war nur eine Kleinigkeit – eine einfache Blockflöte und eine CD mit den Melodien, die sie gemeinsam gespielt hatten. Die Verwunderung auf seinem Gesicht darüber, ohne Grund ein Geschenk zu bekommen, rührte Tess zu Tränen.

»Übe weiter, wenn du die Möglichkeit dazu hast«, flüsterte sie und bückte sich, um ihn zu umarmen. Er fühlte sich sehr zerbrechlich und mager in ihren Armen an. »Und wenn du nicht spielen kannst, dann hör dir Musik an, egal welcher Art. Vergiss nicht, wie viel Spaß und Trost sie bringen kann.« Sie ließ ihn los und schenkte ihm ein zittriges Lächeln, während ihr Tränen in die Augen stiegen.

»Ich habe dir auch etwas mitgebracht«, erklärte Noah hinter ihr. Tess hatte ihn nicht kommen gehört. Er zog einige Päckchen mit Samen aus seiner Manteltasche und reichte sie Kyle. »Wenn du sie in deinem neuen Garten aussäst, kannst du dich im Sommer auf eine Farbenpracht freuen. Weißt du noch, wie es gemacht wird?«

Kyle nickte, und Noah lobte ihn: »Guter Junge.« Der Kleine schlang seine dünnen Ärmchen um Noahs Beine und drückte seine Wange an ihn. Nach einer kleinen Pause beugte sich Noah zu ihm hinunter und erwiderte seine Umarmung. Eine Weile sprach niemand ein Wort.

»Nun, wir sollten jetzt lieber weitermachen«, unterbrach Jackie schließlich die Stille; ihre Stimme klang rauer als sonst. »Wir haben noch eine Menge zu erledigen.«

»Natürlich. Wir lassen euch jetzt allein.« Tess beobachtete, wie Noah sich aus Kyles Armen befreite. Man konnte kaum sagen, wem von beiden es schwerer fiel, den anderen loszulassen. Tess gab den Versuch auf, weiter zu lächeln. Sie würde Kyle schrecklich vermissen. Irgendetwas an diesem kleinen Jungen mit den mageren Gliedern, dem abstehenden Haar und der dicken Brille, der keine Mutter hatte, die sich um ihn kümmerte, berührte ihr Herz. Und das ging offensichtlich nicht nur ihr so. Die Traurigkeit, die sich auf ihrem Gesicht zeigte, spiegelte sich auch auf Noahs Miene wider. Und wie in ihren Augen schimmerten auch in seinen Tränen.

Noah schien sich nicht mehr bewegen zu können. Tess griff nach seinem Arm. »Komm«, forderte sie ihn leise auf. »Wir müssen gehen.« Sie zog ihn sanft mit sich aus dem Haus, und Jackie schloss die Tür hinter ihnen. Die eisige Januarluft schien ihn zu beleben.

»Es wird ihm gut gehen«, sagte Noah. Tess war sich nicht sicher, ob er damit sich selbst überzeugen oder sie trösten wollte. »Das ist gut für ihn. Er wird bestimmt glücklich werden.«

Tess' Hand glitt unwillkürlich an Noahs Arm zu seiner

Hand hinunter, und er ergriff sie und hielt sie fest. Sie erwiderte den Druck und gab ihm den Trost zurück, den er ihr spendete. Einen Moment lang war die Verbindung zwischen ihnen wieder da, knisternd und summend, eine echte, unbestreitbare Verknüpfung. Noah schaute Tess an, ließ ihre Hand los und ging davon.

Tess vermisste ihre Unterrichtsstunden mit Kyle, aber die Gründe dafür waren komplizierter, als sie gedacht hatte. Sie hatte noch andere Schüler, aber viele von ihnen waren nur bei ihr, weil ihre Eltern das für eine gute Idee hielten, und nicht, weil sie Musik liebten. Sie unterrichtete sie, hatte aber nicht das Gefühl, dass sie damit in ihrem Leben wirklich etwas bewirkte, so wie es bei Kyle der Fall gewesen war. Sie *brauchten* sie nicht. Und dieses Mal ging es ihr bei dem Bedürfnis, gebraucht zu werden, nicht um ihr eigenes Wohl oder darum, Grace von ihren Fähigkeiten zu überzeugen. Sie wollte diese eine Gabe, die sie besaß, dazu nützen, anderen zu helfen – so wie sie es bei ihren Besuchen in der Daffodil-Schule tat. Das war eine Kostprobe des Lebens, das sie führen könnte, wenn sie den Musiktherapiekurs machte, über den sie nun schon so lange nachdachte.

Kyle war nicht mehr da, und Noah wahrte Distanz zu ihr, daher bereiteten ihr die Stunden in der Schule, in denen sie alles andere vergessen konnte, noch mehr Freude. Den Kindern war es gleichgültig, ob sie verheiratet war oder nicht, ob sie in ihrem Beruf erfolgreich war oder nicht – oder ob sie gelogen hatte. Für sie zählte nur der Spaß, den sie jeden Tag in ihr Leben brachte. Tess war noch nie glücklicher gewesen. Seit sie zum ersten Mal diese Schule betreten hatte, hatte sie dort kein künstliches Lächeln mehr aufgesetzt. Dafür hatte es keinen Grund gegeben; sie hatte jede Minute genossen.

Ein paar Wochen nach Kyles Abreise bat Martin, der Lehrer, der sie zum ersten Gespräch in die Schule eingeladen hatte, Tess, nach ihrer letzten Unterrichtsstunde in das Lehrerzimmer zu kommen. Tess war noch nie dort gewesen und hoffte, dass das ein gutes Zeichen war: Vielleicht sollte sie öfter kommen? Sie hatte sich bereits überlegt, dass sie noch mindestens einen weiteren Vormittag dafür einplanen könnte – es wäre die beste Möglichkeit, ihre Zeit zu verbringen, und genau das, was sie brauchte, um sich von allem abzulenken, was in letzter Zeit schiefgelaufen war. Sicher würde sie gleich mit guten Nachrichten überrascht werden.

Ihre Hoffnungen wuchsen, als Martin ihr Tee anbot, auch wenn er ihn ihr in einem angeschlagenen Becher servierte.

»Ich habe heute kurz bei Ihrem Unterricht reingeschaut.« Er setzte sich auf einen der geraden Stühle ihr gegenüber. »Am liebsten wäre ich den ganzen Tag geblieben. Musik bewirkt etwas ganz Besonderes, richtig? Sie ist für jeden geeignet, unabhängig von den Fähigkeiten des Einzelnen.«

»Es ist verblüffend, wie viel Kraft in Musik steckt! Und sie ist eine universelle Sprache. Es spielt keine Rolle, woher man kommt, wie alt man ist oder welche Ausbildung man hat. Man muss nicht einmal das Instrument kennen, dem man lauscht, den Stil der Musik oder die Sprache des

Texts. An irgendeinem Punkt findet jeder ein Musikstück oder ein Lied, das ihn anspricht. Ich wette, das war bei Ihnen auch so.«

Martin nickte lachend. »Da haben Sie recht. ›Rebel Yell‹ von Billy Idol war in meiner Teenagerzeit meine Hymne. Meine Kinder können mit dem Song noch nichts anfangen, aber sie müssen ihn sich trotzdem anhören.« Er lächelte, bevor er das Thema wechselte. »An Weihnachten haben wir tolle Neuigkeiten erfahren. Durch einen Nachlass sind unsere Spenden höher ausgefallen als erwartet.«

»Das ist großartig!« Tess stellte lächelnd ihre Tasse auf den Tisch. »Sicher haben Sie schon Pläne gemacht.«

»Zu viele! Dafür könnten wir den zehnfachen Betrag brauchen. Aber nachdem wir gesehen haben, was Sie bei uns bewirken, sind wir alle der Meinung, dass Musik den Vorrang haben muss.«

»Fantastisch!« Tess konnte es kaum glauben. Das lief noch besser, als sie gehofft hatte. Ihre Gedanken überschlugen sich. »Woran haben Sie gedacht? Vielleicht ein paar zusätzliche Instrumente? Ich könnte eine Liste aufstellen …«

»Auf jeden Fall mehr Instrumente!« Martin lachte. »Aber machen Sie sich mit der Liste keine Mühe. Ich nehme an, unsere neue Musiktherapeutin wird dazu auch etwas sagen wollen.«

»Ihre neue Musiktherapeutin?«, wiederholte Tess. Sie zog ihren Rock über die Knie, in der Hoffnung, dass diese Bewegung von ihrem Gesicht ablenken würde. Sicher war ihr ihre Verzweiflung deutlich anzusehen.

»Ja. Wie Sie wissen, waren wir auf der Suche nach jemandem in Festanstellung. Und wir hatten Glück. Wir haben eine qualifizierte Musiktherapeutin in Burnley gefunden, die gerade ihren Mutterschaftsurlaub beendet hat und nun wieder arbeiten möchte. Sie kann sofort anfangen und alle Stunden übernehmen, die wir brauchen. Gute Nachrichten für Sie – nach dieser Woche brauchen Sie nicht mehr den weiten Weg hierherzufahren!« Er lächelte verlegen. »Wir können Ihnen nicht genug für alles danken, was Sie getan haben. Hätten Sie eine entsprechende Ausbildung, hätten wir Sie sofort eingestellt. Falls Sie jemals eine Referenz brauchen, lassen Sie es mich wissen. Es hat alles perfekt geklappt, nicht wahr?«

Unter perfekt stellte Tess sich etwas anderes vor. Als sie nach Hause fuhr, verschleierten ihr Tränen die Sicht, und sie fragte sich, warum sie schon wieder versagt hatte. Ihr ganzes bisheriges Leben bestand aus einer Reihe von Verlusten und Zurückweisungen. Zuerst Phoebe und Grace, dann Tim, ihr Job, Noah … Und nun auch noch die Arbeit in der Daffodil-Schule, gerade in dem Moment, in dem sie begriffen hatte, wie wichtig sie ihr war. Sie schloss die Tür vom Cobweb Cottage hinter sich und sperrte die Welt aus. Morag schaute ihr auf dem Klavier sitzend zu, während sie ihren Schmerz in die Musik fließen ließ. Ihr Zuhause und ihre Musik waren alles, was ihr geblieben war. Und das musste reichen.

22

Tess schaute auf das Grab hinunter. Winzige Schneeglöckchen schoben sich wie Sternschnuppen aus der Erde. Der in die glatte Schiefertafel eingravierte Vogel mit den ausgestreckten Flügeln schien sich nur kurz in seiner ganzen Schönheit zu präsentieren, bevor er wieder davonfliegen wollte. Die Grabinschrift war frisch poliert und die Worte so deutlich zu erkennen wie kurz nach der Gravur.

Phoebe Rose Green
Immer geliebt, für immer vermisst.
Die Erde war zu klein für deine ausgestreckten Flügel.

Tess versuchte zu sprechen, aber ausnahmsweise fehlten ihr die Worte. Sie war schon seit einigen Wochen nicht mehr hier gewesen – so lange war sie bisher nur weggeblieben, als sie in Sussex gewohnt hatte. Sie wusste nicht, was sie sagen sollte. Die Verbindung, die sie immer hierhergezogen hatte, war plötzlich verschwunden. Vor ihr befanden sich ein Erdhügel und ein Schieferstein. Hier fand sie weder Trost noch Geborgenheit. Sie brauchte ein warmes Lächeln, freundliche Worte, eine liebevolle Umarmung.

Mehr, als dieses stumme Grab ihr geben konnte. Noch nie hatte sie ein so starkes Verlustgefühl empfunden.

Sie ging zum Cobweb Cottage zurück; vor ihr lag ein langer, leerer Tag. An diesem Vormittag hätte sie eigentlich in der Schule sein sollen. Und anschließend hatte sie sich bisher immer auf die Unterrichtsstunden mit Kyle am Nachmittag gefreut. Und danach auf eine gemeinsame Mahlzeit mit Noah. Doch jetzt fand er ständig einen Grund, warum er nicht zum Abendessen zu Hause sein konnte. Allmählich glaubte sie, ihren lebenslangen Vorrat an Lächeln aufgebraucht zu haben; noch nie war es ihr so schwergefallen, eine fröhliche Miene aufzusetzen.

Der Geruch nach Rauch drang ihr erst in die Nase, als sie den Pfad zum Cottage hinunterging, und ihr erster Gedanke war, dass Noah ein Feuer angezündet hatte, um das Winterlaub aus dem Wald zu verbrennen. Aber der Geruch war zu stark und zu unangenehm, und der Rauch war zu schwarz und zu dick, um von verbrennenden Blättern zu stammen. Aber in diesem Teil des Waldes gab es nur Cobweb Cottage … Furcht schnürte ihr die Kehle zu, als sie zu laufen begann.

Vor dem Cottage blieb sie stehen und starrte entsetzt auf das Bild, das sich ihr bot. Flammen schlugen aus dem Dach, vor allem dort, wo ihr Schlafzimmer lag. Hinter den Fenstern auf ihrer Seite des Hauses flackerte orangefarbenes Licht. Dichter Rauch drang aus unsichtbaren Ritzen. Die unfassbare Hitze hielt sie davon ab, sich dem Cottage weiter zu nähern. Ihre Beine schienen sie kaum noch zu tragen. Sie blieb wie angewurzelt stehen, unfähig zu begreifen, dass sich das tatsächlich vor ihr abspielte.

»Nicht näher rangehen!« Eine Hand zupfte sie am Ärmel, und Tess stolperte ein paar Schritte zurück. Als sie sich umdrehte, sah sie einen älteren Mann vor sich, der sich einen Hund unter den Arm geklemmt hatte und in der anderen Hand ein Handy hielt. »Hier können Sie nicht weitergehen. Es ist nicht sicher. Wenn die Bäume Feuer fangen, könnte der ganze Wald in Flammen aufgehen.«

»Das ist mein Haus.« Tess' Stimme klang emotionslos, roboterhaft. »Ich wohne hier.«

Der Mann drückte ihren Arm, und sein Gesicht verzog sich vor Mitleid. »Gott sei Dank waren Sie unterwegs. Ist noch jemand im Haus?«

»Ich weiß es nicht. Wahrscheinlich nicht. Noah ist heute Morgen zur Arbeit gegangen …«

Tess warf einen Blick auf das Cottage. Noah hatte doch das Haus verlassen, oder etwa nicht? Er ging zurzeit immer sehr früh los, um zu vermeiden, sie beim Frühstück zu treffen. Sie hatte ihn nicht gehört, als sie sich auf den Weg zum Friedhof gemacht hatte, aber was, wenn er sich noch in seinem Zimmer aufgehalten hatte? Oder zurückgekommen war? Sie starrte auf die Fenster auf der Suche nach einem Gesicht, konnte aber nichts entdecken. Zögernd wagte sie einen Schritt nach vorne.

Bevor sie weitergehen konnte, tauchte Noah aus dem Wald auf und rannte auf dem Pfad auf sie zu. Als er sie sah, blieb er taumelnd stehen.

»Du bist in Sicherheit«, stieß er keuchend aus. Er beugte sich vor, stützte die Hände auf die Knie und holte stoßartig Luft. »Hast du Morag rausgeholt?«

»Nein! Ich war nicht hier. Ich habe sie nicht gesehen …« Tess warf wieder einen Blick auf das Haus. Die Flammen breiteten sich über das Dach zu ihrem Badezimmer aus. »Oh Gott, Morag …«

»Wer ist Morag?« Der alte Mann schüttelte Tess am Arm. »Ist noch jemand drin? Ist das ihre Tochter?«

»Nein, unsere Katze. Ich weiß nicht, ob sie noch im Haus ist. Wenn es so kalt ist, kriecht sie oft unter meine Bettdecke. Sie ist noch klein …« Ihre Stimme brach. »Wann wird die Feuerwehr hier sein?«

»Nicht schnell genug.« Noah richtete sich auf und stützte sich auf sein gesundes Bein. Sein Gesicht war grau und mit einem Schweißfilm bedeckt.

»Wir können sie nicht allein lassen«, brachte Tess hervor. »Morag braucht uns.«

Noah nickte. Tess wollte loslaufen, aber er streckte den Arm aus und hielt sie zurück.

»Ich gehe.« Er hinkte vorwärts und zog das rechte Bein nach. Bei jedem Schritt verzog er schmerzhaft das Gesicht. Mit erhobenen Armen, als wollte er sich auf diese Weise vor der Hitze und dem grellen Schein des Feuers schützen, humpelte er weiter. Er hatte es beinahe zur Tür geschafft, als das Fenster von Tess' Schlafzimmer zerbarst und Glassplitter auf den Pfad flogen. Noah sprang zurück, um dem Scherbenhagel zu entgehen. Er landete auf dem rechten Bein und fiel mit einem lauten Schmerzensschrei auf den Boden.

»Noah!«, rief Tess, schüttelte die Hand des Hundebesitzers ab und rannte zu ihm hinüber. Er versuchte aufzustehen, und rollte sich zur Seite. Aus einer Wunde über seinen Augenbrauen lief Blut.

»Bleib hier!«, schrie Tess. »Du kannst nicht weitergehen!«

»Doch, ich kann! Wenn mich nur dieses verdammte Bein nicht im Stich lassen würde …«

»Nein!« Tess deutete auf das Cottage. »Es ist zu spät.«

Beide warfen einen Blick auf das Haus. Luft war durch das zerbrochene Fenster eingedrungen und hatte die gierigen Flammen weiter angefacht. Das Feuer hatte nun auch auf Noahs Schlafzimmer übergegriffen, und sie sahen zu, wie der Boden von Tess' Schlafzimmer in ihr Wohnzimmer krachte. Niemand konnte das Cottage mehr betreten, und sie wussten beide, was das bedeutete: Es konnte auch niemand mehr daraus entkommen.

»Morag …« Tess' Stimme wurde von einem Motorengeräusch übertönt. Tess drehte sich um und sah Barney von einem Quad springen und auf sie zulaufen.

»Zurück!«, brüllte Barney und winkte Noah und Tess zu. »Ihr seid viel zu nah dran.« Ohne seinen eigenen Rat zu befolgen, kam er zu ihnen und kniete sich neben Noah auf den Boden. »Was ist los? Bist du verletzt?«

»Nein, nur das verdammte Bein ist weggeknickt …«

Mehr wollte Barney im Moment nicht hören. Er bedeutete Tess mit einer Geste, Noah an der anderen Seite zu stützen, und gemeinsam gelang es ihnen, ihm wieder auf die Beine zu helfen. Zumindest auf ein Bein. Jedes Mal wenn er mit dem anderen den Boden berührte, zuckte er zusammen, und Barney musste ihm helfen, über den Pfad und weg vom Feuer zu hinken. Er setzte ihn auf einem alten umgestürzten Baumstamm ab, bei dem die Wurzeln herausragten.

»Lass mich mal schauen.«

»Nein, es ist nicht schlimm …«

»Gut. Aber eine zweite Meinung kann nicht schaden, oder?«

Noah zögerte und warf einen kurzen Blick auf Tess, bevor er sein Hosenbein hochkrempelte. Tiefe Narben zogen sich über sein Bein und um sein Knie. Tess hatte sie vorher noch nie bei Tageslicht gesehen und schnappte unwillkürlich hörbar nach Luft – nicht wegen des Anblicks, sondern wegen der Vorstellung, wie viele Schmerzen er bei diesen Blessuren erlitten haben musste. Sie hoffte, dass er ihr Keuchen nicht gehört hatte, aber natürlich war es ihm nicht entgangen. Selbst bei dem Lärm im Hintergrund und dem Schock über das brennende Haus hatte er diesen leisen Laut nicht überhört, und seine Miene verschloss sich.

»Was ist los?« Tess beugte sich über Barneys Schulter. »Es ist doch nicht gebrochen, oder?«

»Nein, es ist nichts Ernstes.« Barney schaute Noah an, der den Blick auf den Boden gerichtet hatte. Er zeigte keinerlei Reaktion, doch als Barney sein Bein untersuchte, biss er vor Schmerzen die Zähne aufeinander. »Hör auf, so zu tun, als würde es nicht wehtun. Was hast du gemacht?«

»Nichts Ungewöhnliches. Ich habe den Rauch gesehen und bin hierhergelaufen. So wie jeder das getan hätte.«

»Allerdings läuft nicht jeder mit einem Bein herum, das völlig zerschmettert war und jetzt von einem Haufen Metall zusammengehalten wird.« Barney stand seufzend auf. »Du kannst nicht einfach so loslaufen. Das ist eine zu große Belastung für dein Bein. Du musst dich vorher aufwärmen.«

»Was hätte ich denn tun sollen?« Noahs Stimme klang rau. »Das Haus stand in Flammen, und ich wusste nicht, ob es leer war.« Er starrte Barney an. »Ich wusste nicht, ob alle in Sicherheit waren.«

Barney legte ihm eine Hand auf die Schulter. »Glücklicherweise ist euch beiden nichts passiert. Lass es etwas ruhiger angehen, okay? Keine weiteren Heldentaten mehr, zumindest nicht heute.« Er wandte sich wieder zum Haus um. »Ich weiß nicht, wie ich das Cassie beibringen soll. Das wird ihr das Herz brechen. Der Einbruch war schon schlimm genug, aber das …« Seine Miene zeigte deutlich, wie betroffen er war. »Sie hat sich bei der Renovierung des Häuschens große Mühe gegeben. Aber es ist nur ein Haus – es kann wieder aufgebaut werden. Das Wichtigste ist, dass niemand zu Tode gekommen ist.«

Noah vergrub das Gesicht in den Händen, aber nicht schnell genug. Tess hatte den Schmerz darauf gesehen, und sie wusste, dass er an Morag dachte, an ihre entzückende Morag, die für sie beide nicht nur ein Haustier, sondern eine Begleiterin und Quelle der Liebe war. Bei dem Gedanken, dass Morag noch im Haus sein könnte und sie nie wieder ihr neugieriges Gesichtchen sehen oder ihr zufriedenes Schnurren hören würde, liefen Tess Tränen über die Wangen. Sie hatte das Gefühl, nie wieder lächeln zu können.

Die Feuerwehr rückte an und löschte das Feuer, aber für Cobweb Cottage war es zu spät. Vom Dach war kaum noch etwas übrig, und dort, wo die Schlafzimmer und Badezimmer gewesen waren, gähnten jetzt leere schwarze

Löcher. Tess überwand sich und warf einen weiteren flüchtigen Blick auf das Haus, in das sie sich auf den ersten Blick verliebt hatte. Auf Noahs Seite sah das Erdgeschoss relativ unversehrt aus, aber ihr geliebtes Wohnzimmer hatte nicht so viel Glück gehabt. Insgesamt gesehen hatten das Feuer, der Rauch und das Wasser das Haus mit allem, was sich darin befunden hatte, komplett zerstört.

Eine Menschenmenge hatte sich versammelt, angelockt durch den ungewohnten Anblick der durch das Dorf rasenden Feuerwehrwagen und den anschließend folgenden Klatsch, der sich schneller ausbreitete als die Flammen. Einige Leute sprachen mit Tess – wahrscheinlich wollten sie ihr Mitgefühl ausdrücken, aber sie nahm kein Wort davon auf. Noah hatte sich nicht von dem Baumstamm weggerührt. Soweit sie das sehen konnte, bewegte er sich überhaupt nicht. Er hatte den Kopf gesenkt und vergrub immer noch sein Gesicht in den Händen.

»Ich dachte, du könntest das vielleicht brauchen.« Tess hielt ihm einen dicken Ast entgegen, den sie im Wald aufgeklaubt hatte. Sie hatte ihn zwar seit Monaten nicht mehr mit einem Gehstock gesehen, aber sie nahm an, dass er nun mit allen anderen Sachen im Haus verbrannt war.

Noah hob den Kopf und starrte auf den Ast. »Wozu zum Teufel soll ich dieses Ding brauchen? Ich bin kein Krüppel.« Er erhob sich schwankend und stützte sich auf ein Bein, bevor er Tess den Ast aus der Hand nahm und zwischen die Bäume schleuderte.

»Ich wollte dir nur helfen.«

»Warum? Willst du jetzt neben einer Psychotherapie auch noch eine Physiotherapie an mir ausprobieren? Bin ich ein so mitleiderregender Fall? Wahrscheinlich, denn ich kann nicht einmal ein Kätzchen retten. Ich bin für nichts und niemanden mehr von Nutzen, stimmt's?« Er klopfte seine Taschen ab, und ein schmerzlicher Ausdruck glitt über sein Gesicht, obwohl er sich zu beherrschen versuchte. »Und als ob der Tag nicht schon schlimm genug wäre, habe ich offensichtlich auch noch meine Zigaretten im Haus vergessen.«

»Es ist nicht deine Schuld.« Tess legte ihm eine Hand auf den Arm. »Ich war vor dir hier, aber ich war wie erstarrt. Ich hätte versuchen können, ins Haus zu gehen.« Ihr liefen plötzlich Tränen über die Wangen. »Ich hätte Morag suchen sollen, aber ich habe nicht nachgedacht ...«

Noah schüttelte ihre Hand ab. »Fass mich nicht an. Ich will kein Mitleid, vor allem nicht von dir. Lass mir ein wenig Selbstachtung. Das ist alles, was mir noch geblieben ist.«

»Bei mir sieht es nicht viel anders aus, oder? Hier geht es nicht nur um dich. Natürlich brauchst du kein Mitleid von mir, weil du dich schon selbst zur Genüge bemitleidest. Seit dem Tag, an dem ich dich wiedergetroffen habe, badest du in Selbstmitleid!« Die Worte platzten aus ihr heraus, angetrieben durch ihren Kummer und durch den Zorn, den Noahs Abfuhr in ihr hervorgerufen hatte. Sie hatte ihm doch nur ein wenig Trost in dieser schrecklichen Situation spenden wollen. »Du erzählst mir, wie kostbar das Leben ist, aber du selbst scheinst deines ganz aufgegeben zu haben!«

»Zumindest lebe ich keine Lüge!«

»Nein, du lebst gar nicht mehr. Du versteckst dich,

hältst dich von anderen Menschen fern und willst dich um nichts und niemanden mehr kümmern, damit du nicht verletzt werden kannst. Willst du so Emilys Andenken in Ehren halten? Solltest du nicht das Beste aus deinem Leben machen, ein Leben, das du noch besitzt, während sie ihres verloren hat?«

Sie hatte eine Grenze überschritten – das war ihr schon in dem Moment bewusst geworden, in dem sie zu sprechen begonnen hatte. Es war nicht seine Schuld; schließlich hatte er sich diesen Unfall nicht ausgesucht, ebenso wenig wie seine posttraumatisches Belastungsstörung. Aber sie hatte sich einfach nicht bremsen können. Es war auf seltsame Weise berauschend, nicht mehr die immer lächelnde Tess Bailey zu sein – sie selbst zu sein und ihre wahren Gefühle zu zeigen.

Vielleicht hätte sie sich entschuldigt, vor allem da sie den rohen Schmerz auf Noahs Gesicht sah, aber bevor einer von ihnen etwas sagen konnte, eilte Brenda herbei und schlang ihre Arme zuerst um Noah und dann um Tess.

»Ich musste kommen und euch mit eigenen Augen sehen«, stieß sie hervor. »Das war der schlimmste Anruf, den ich jemals bekommen habe. Der zweitschlimmste«, verbesserte sie sich und griff nach Noahs Arm. »Euer hübsches kleines Häuschen! Was ist passiert? Weiß man das?«

»Noch nicht«, erwiderte Noah. »Die Untersuchungen sind noch im Gang. Das wird noch eine Weile dauern.«

»Und in der Zwischenzeit kümmern wir uns um euch. Du wirst sicher bei deinen Eltern unterkommen, oder?«, fragte sie Tess.

»Nein! Mum darf davon nichts erfahren!« Tess wagte kaum, sich Grace' Reaktion vorzustellen, obwohl sie in Sicherheit war. Die Angst, was hätte passieren können, würde sie tagelang, vielleicht sogar über Wochen hinweg quälen. Doch ein Blick auf Noah machte ihr bewusst, dass sie schon wieder kurz davor war zu lügen. »Noch nicht«, fügte sie hinzu. »Aber heute Nacht kann ich dort nicht bleiben.«

»Kein Problem, dann kommt ihr eben beide mit zu mir. Ich will euch unter meinem Dach haben, wo ich auf euch aufpassen kann. Wir werden sicher ein Bett für alle finden, auch wenn wir uns notfalls eines teilen müssen. Und Morag könnt ihr auch mitbringen – ich habe nichts dagegen. Wo ist sie?«

»Wir wissen es nicht. Möglicherweise hat sie es nicht geschafft, rechtzeitig aus dem Haus zu kommen.« Tess stiegen wieder Tränen in die Augen. Sie hatte keine Taschentücher mehr und wischte sich die Augen mit ihrem Ärmel ab.

»Ich habe es nicht geschafft, sie zu retten. Sie hatte das Pech, mit einem Krüppel zusammenzuleben.«

»Wage es nicht noch einmal, dieses Wort auszusprechen!«, fuhr Brenda Noah an. Ihr Zorn war so gewaltig, dass er den Größenunterschied zwischen ihnen mehr als wettmachte. »Deine sogenannte Verlobte hat dieses hässliche Wort mit sich genommen, als sie gegangen ist, und ich will es nie wieder von dir hören. Nur ein Idiot würde in ein brennendes Haus laufen, und du warst nie dumm. Was hast du dir nur dabei gedacht?« Sie wandte sich an Tess und umarmte sie noch einmal. »Du armes Ding«, sagte sie.

»Das ist ein schrecklicher Tag, so viel steht fest. Du kommst mit mir; ich werde mich um dich kümmern.«

Die Versuchung war groß. Der Trost in Brendas Armen und die Warmherzigkeit in ihrer Stimme waren Balsam auf Tess' Seele, aber diese Zuwendung gehörte Noah, nicht ihr. Sie hatte keinen Anspruch darauf. Und wie konnte sie sich dazwischendrängen, wenn sie der letzte Mensch auf Erden war, den Noah jetzt um sich haben wollte? Sie genoss noch einen Moment lang Brendas Umarmung und löste sich dann von ihr.

»Ich will dir keine Umstände machen«, erklärte Tess und drehte den Kopf, als ihr der Wind den Geruch nach Verkohltem und Verbranntem ins Gesicht wehte. »Mel hat im No Name ein freies Gästezimmer. Dort werde ich heute übernachten, und morgen kann ich dann vielleicht nach Hause gehen. Aber vielen Dank für dein Angebot.« Unter dem Vorwand, Brenda auf die Wange zu küssen, beugte sie sich vor und flüsterte ihr ins Ohr: »Kümmer dich bitte um Noah.«

Erst als Mel die Tür des Gästezimmers hinter ihr schloss und Tess zum ersten Mal seit der Entdeckung des Feuers allein war, wurde ihr die Situation richtig bewusst. Der Geruch nach Rauch hing ihr in der Nase und der Lunge, und jeder Atemzug schmerzte. Sie musste dringend duschen und alles von sich abwaschen, bis sie wieder sauber und wohlriechend war, aber wie sollte sie das tun? Wasser und ein Handtuch standen zu ihrer Verfügung, aber sie hatte keine Toilettenartikel, keine frische Unterwäsche, keine saubere Kleidung. Sie konnte ihr Haar nicht bürsten und stylen, kein Make-up auftragen, sich nicht in Tess Bailey verwandeln.

Tess öffnete ihre Handtasche und kippte den Inhalt auf das Bett. Das war alles, was von ihren weltlichen Gütern übrig war. Eine bunt gemischte Sammlung an eingetrockneten Kugelschreibern, alten Quittungen, mit Lippenstift verschmierten Taschentüchern, die an ihrem Geldbeutel klebten, und ihr Handy. Sie wühlte in den Sachen und zog die Schlüssel zum Cobweb Cottage heraus, die an einem Ring neben ihrem Autoschlüssel hingen. Ihr Wagen – den besaß sie auch noch. Sie konnte damit irgendwohin fahren. Sie hatte eine Zukunft, auch wenn ihre Vergangenheit und die Gegenwart komplett ausgelöscht waren.

Sie hob das Notizbuch auf, das sie für den Unterricht in der Schule benutzt hatte, und ein paar lose Seiten fielen heraus: das Antragsformular für den Musiktherapiekurs, das Noah ihr an Weihnachten gegeben hatte. Sie breitete die Blätter vor sich aus und las sie gründlich. Der Abgabetermin war erst in einer Woche. Sie hatte sich schon so viele Male einschreiben wollen. Es gab einen Kurs in Manchester – sie hätte im Cobweb Cottage bleiben können, während sie ihn besuchte, sich weiterhin das Haus mit Noah und Morag teilen und sich auf einen Beruf vorbereiten, den sie mit Sicherheit lieben würde. Sie hatte sich alles genau überlegt und dann nicht den Mut gehabt, diesen Schritt zu tun. Aber das zählte jetzt alles nicht mehr. Diese verrückten, herrlichen Tagträume waren vorbei.

Außer … Ihre Hand schwebte über den Seiten. Warum sollten sie vorüber sein? Sie konnte sich immer noch für den Kurs bewerben, selbst wenn alles andere Vergangenheit war. Was hatte sie schon zu verlieren? Außer ihren Tagträumen war ihr nichts geblieben, also gab es nur noch die Zukunft. Es blieb ihr nichts anderes übrig, als von Neuem zu beginnen, und war sie es sich nicht selbst schuldig – und Phoebe –, es dieses Mal richtig zu machen? War das ihre Chance, ihr Leben als Esther Green zu beginnen?

Tess nahm einen der verklebten Kugelschreiber in die Hand und begann, das Formular auszufüllen.

23

Tess war erst eine knappe halbe Stunde in ihrem Zimmer, als sie Stimmengewirr hörte, gefolgt von einem Klopfen an der Tür. Im Flur standen Ethel, Mel, Becca und Cassie.

Ethel hustete, als sie sich an Tess vorbei in das Zimmer schob. »Puh, was für ein Gestank!« Sie wedelte mit der Hand unter ihrer Nase durch die Luft. »Rauch setzt sich wirklich in allen Poren fest. Ich habe gewusst, dass du diese Sachen brauchst.« Sie öffnete ihre Einkaufstasche und legte ein Mitbringsel nach dem anderen auf den Tisch. »Seife, Shampoo, Deodorant, Zahnbürste, Zahnpasta ...«, zählte sie auf. »Ich habe dir die guten Marken mitgebracht, nicht die Billigware. Und das kannst du wieder wegstecken«, fügte sie hinzu, als Tess nach ihrer Geldbörse griff. Ihre Stimme schwankte leicht, als sie fortfuhr. »Was passiert ist, ist furchtbar, aber du bist eine von uns. Und wir kümmern uns umeinander.«

»Mit den Klamotten haben wir unser Bestes gegeben«, warf Becca rasch ein, als Tess kein Wort hervorbrachte. »Morgen nach der Arbeit kann ich dir neue Unterwäsche bringen, aber die meisten Kleidungsstücke in unserem

Laden sind viel zu förmlich für die Freizeit. Wir vermuten, dass Cassie in etwa deine Größe trägt, obwohl sie etwas größer ist als du. In meinen Sachen würdest du schwimmen! Und du bist eher nicht der Typ für Einteiler …«

»Ich habe dich noch nie in Jeans gesehen, aber leider habe ich nichts anderes«, erklärte Cassie. »Hoffentlich riechen sie nicht nach Schaf …« Sie verzog besorgt das Gesicht. »Ich habe noch einige Kleider, die dir vielleicht besser gefallen. Es sind alte Stücke, die mir Frances hinterlassen hat. Du kannst gerne zur Farm kommen, sie dir anschauen und dir ausleihen, was du möchtest.«

»Das kann ich nicht annehmen. Sie sind sicher wertvoll.«

Cassie zuckte mit den Schultern. »Das ist das Mindeste, was wir tun können. Es tut mir so leid wegen Cobweb Cottage. Ich hoffe, dass es nichts mit der Renovierung zu tun hatte – ich könnte den Gedanken nicht ertragen, dass wir schuld daran sind …« Sie wischte sich Tränen aus den Augen. »Tut mir leid, ich weiß nicht, warum ich weine, wenn doch du die Betroffene bist. Das müssen die Hormone sein. Sag es bitte nicht Barney, er macht sonst gleich wieder ein Tamtam um mich.« Sie griff nach Tess' Hand und drückte sie sanft. »Wir haben eine Lösung für dich. Die Wohnungen in den Stallungen sind fast fertig. Ich habe mich darum gekümmert, dass die letzten Arbeiten morgen abgeschlossen werden. Übermorgen werden am Vormittag die Möbel angeliefert. Du kannst am Nachmittag einziehen, wenn du möchtest. Ich weiß zwar nicht, welche anderen Pläne du möglicherweise hast …«

»Keine«, erwiderte Tess. »Ich hatte noch keine Zeit, darüber nachzudenken. Das klingt wunderbar.«

»Ich hoffe, es wird dir dort gefallen. Die Wohnungen sind klein – nur ein Schlafzimmer, ein Badezimmer und ein Wohnzimmer. Aber mehr braucht man ja nicht, richtig? Und zumindest musst du dir dieses Mal deine Unterkunft mit niemandem teilen.«

»Und was wird aus Noah?«

»Barney ist jetzt bei ihm. Er kann auch eine der Wohnungen haben, wenn er möchte.«

»Du wirst erleichtert sein, ihn aus dem Weg zu haben«, meinte Ethel. »Ich weiß nicht, wie unsere Brenda es mit diesen drei kräftigen Jungs im Haus ausgehalten hat. Sie nehmen so viel Platz ein!«

Das stimmte, aber Tess hatte sich daran gewöhnt, dass Noah jeden Raum ausfüllte. Nicht nur das – sie hatte es sogar gemocht und konnte sich nicht mehr vorstellen, wieder allein zu leben. Sie würde sich selbst in einer winzigen Wohnung ohne Noah verloren fühlen; indem er mit seiner Gegenwart Wände und Fenster in Besitz nahm, sorgte er für ein gemütliches und sicheres Zuhause. Er hingegen war wahrscheinlich begeistert von Barneys Neuigkeiten. Nun musste er nicht mehr mit der fantasierenden Disney-Prinzessin zusammenleben … Möglicherweise entlockte ihm das heute sogar ein Lächeln.

»Was wollt ihr mit Morag machen?«, wollte Becca wissen. »Euch gemeinsam um sie kümmern? Oder euch abwechseln?«

»Sie …« Tess schluckte heftig, aber der Kloß in ihrer Kehle war zu groß. Wieder füllten sich ihre Augen mit Tränen, und sie sah an den schockierten Mienen der anderen, dass sie begriffen, was sie sagen wollte. »Wir haben sie nicht gesehen. Wahrscheinlich hat sie es nicht geschafft, rechtzeitig das Haus zu verlassen. Ich habe sie im Wald gesucht und nach ihr gerufen, aber sie ist nicht aufgetaucht. Wir haben sie verloren.«

Alle im Zimmer bekamen feuchte Augen. Selbst Mel, die sonst immer fröhlich und praktisch veranlagt war, lehnte sich an den Türrahmen, schlug die Hand vor den Mund, riss die Augen weit auf und war den Tränen nahe. Schließlich umarmte sie Tess und drückte sie so fest an sich, dass Tess befürchtete, zu allem anderen Übel auch noch ein paar gebrochene Rippen davonzutragen.

»Das war wirklich ein richtiger Scheißtag«, stellte Mel fest. »Versteck dich nicht hier oben. Komm an die Bar, wenn du fertig bist. Essen und Trinken gehen aufs Haus.«

Tess hatte nicht vorgehabt, Mels Angebot anzunehmen. Sie duschte und tauschte den Geruch nach Rauch gegen einen anderen, aber auch unbekannten ein, zog Cassies Kleidung an und setzte sich. Und nun? Sie hatte ihr Handy, und in dem Zimmer stand ein kleiner, tragbarer Fernseher, aber es lief nichts, was sie interessierte. Normalerweise spielte sie ein paar Stunden am Tag Klavier, aber ihr Klavier war zerstört – noch ein wertvoller Gegenstand, den sie durch das Feuer verloren hatte. Sie hatte kein Buch, um zu lesen, keinen Computer, um im Internet zu surfen, keine Katze, mit der sie spielen, und keinen Noah, für den sie kochen konnte … Jede Minute brachte ihr neuen Kummer, wenn sie daran dachte, was sie alles verloren hatte.

Schließlich konnte sie die quälenden Gedanken nicht mehr ertragen, und trotz des schrecklichen Tags verspürte sie erstaunlicherweise plötzlich Hunger. Sie konnte kaum Zimmerservice erwarten, also blieb ihr keine Wahl – wenn sie etwas essen wollte, musste sie nach unten gehen. Aber so? Sie warf einen Blick in den Spiegel. Die Jeans und der Pullover, die sie trug, waren warm und weich, entsprachen aber überhaupt nicht ihrem üblichen Stil. Sie hatte das Haar zu einem lockeren Pferdeschwanz zusammengebunden und trug kein Make-up. Ihr Gesicht war fleckig von all den Tränen. Ihre Stiefel waren ruiniert, und Mels Tochter Lydia hatte ihr ein Paar flauschige Hausschuhsocken geliehen. Und die wahrscheinlich erstaunlichste Veränderung war, dass sie kein künstliches Lächeln zustande brachte. Das war nicht Tess Bailey, wie sie sich üblicherweise der Welt präsentierte. Das war Esther Green, wiedergeboren.

Tess schlich die Hintertreppe hinunter und zögerte an der Tür zur Bar, als Akram auftauchte.

»Ich wusste, dass dich die Düfte schließlich nach unten locken würden«, sagte er lächelnd. »Ich habe genau das Richtige für dich. Was hältst du von einem guten scharfen Rogan Josh? Ein Lammcurry bringt wieder Feuer in deinen Körper.« Der Mund blieb ihm offen stehen, als ihm klar wurde, was er da gerade gesagt hatte, aber er erholte sich schnell wieder davon. »Oder vielleicht ein Chicken Korma? Mild, aber sehr lecker. Ich gebe dir eine Extraportion Papadams dazu. Wie wäre es damit?«

»Das wäre großartig«, erwiderte Tess. »Könnte ich vielleicht …« Sie wollte gerade fragen, ob sie oben essen könnte, aber Akram hatte bereits die Tür zur Bar aufgestoßen, und ein warmer Luftstrom und Lärm schlugen ihr entgegen.

»Ich habe dir einen Tisch am Feuer reserviert.« Er zog eine Grimasse und redete weiter. »Dein Name steht darauf – du kannst ihn nicht verfehlen.«

Grinsend gab er Tess einen leichten Schubs, und sie stolperte in die Bar. Das Pub war gut besucht, aber nicht überfüllt; ein paar Tische waren noch frei, einschließlich des am besten platzierten in der Mitte des langen Raums neben dem Kamin. Aber genau genommen war der Tisch nicht frei, denn er war beladen mit etlichen Dingen, die Tess aus der Entfernung nicht genau sehen konnte. Das war doch nicht ihr Tisch, oder?

»Bitte schön.« Akram deutete auf den Tisch, auf den Tess starrte. »Schau dir das an. Hier war heute Abend schon viel los. Du bist sehr beliebt.«

Tess machte sich auf den Weg zu dem Tisch, wurde aber immer wieder aufgehalten. Etliche der Gäste tätschelten ihr den Arm, umarmten sie oder sprachen ihr ihr Mitgefühl wegen des Feuers aus. Merkwürdigerweise schien niemand zu bemerken, dass sie ganz anders aussah. Sie war sich dessen schmerzhaft bewusst, aber alle anderen schien es nicht zu stören.

Tess' Tisch sah so aus, als wäre er mit Preisen für eine Tombola bestückt. Sie fand einen Blumenstrauß und eine Pralinenschachtel, eine Flasche Wein, ein ramponiertes Päckchen mit Seifen, das wahrscheinlich im Jahr zuvor bei einer Preisverlosung übrig geblieben war, einige Bücher, ein Magazin, ein paar pelzgefütterte Hausschuhe … Die Vielfalt und die große Anzahl der Gegenstände waren überwältigend.

»Was ist das alles?«, fragte Tess.

»Spenden für dich«, erwiderte Akram. »Sie wurden den ganzen Abend über gebracht, seit sich herumgesprochen hat, dass du hier unterkommen wirst. Die Weinflasche musst du heute Abend allerdings nicht aufmachen. Hinter der Theke steht ein Gefäß mit Bargeld von allen Leuten, die ›noch ein Getränk für Tess‹ bezahlt haben. Du wirst anschließend die Treppe hinaufkriechen müssen.«

Normalerweise trank Tess nicht viel Alkohol, aber das erste Glas Wein nahm ihr die Befangenheit, das zweite beruhigte ihre wirbelnden Gedanken, und das dritte dämpfte den Schmerz in ihrem Herzen, auch wenn er trotzdem noch zu spüren war. Sie dachte gerade darüber nach, ob sie sich noch ein viertes gönnen sollte, als die Tür des Pubs aufflog und Abel hereinkam – zu ihrem Erstaunen gefolgt von Noah.

Noah ließ sich, ohne sich umzuschauen, auf einen Stuhl an dem Tisch neben der Tür plumpsen, den alle möglichst vermieden, weil es dort zog. Abel ging zur Theke, und Tess gesellte sich zu ihm.

»Was macht Noah hier?«, fragte sie. »Ich habe ihn noch nie im Pub gesehen.«

»Hallo!« Abel musterte sie von Kopf bis Fuß, aber Tess kümmerte es nicht, was er von ihrem neuen Aussehen hielt. »Ich bin auch überrascht. Er hat vor zehn Minuten an meine Tür geklopft und darauf bestanden, mit mir hierherzukommen. Man kann es ihm nicht verübeln, wenn er nach diesem Tag, den ihr beide hinter euch habt, einen Drink braucht. Möchtest du auch noch etwas? Ich bringe euch alles.«

»Hinter der Theke steht ein Gefäß mit Bargeld für

Drinks«, erklärte Tess. »Frag Akram danach. Wie geht es Noah? Hat er etwas gesagt?«

»Wie immer, also nicht viel.« Abel bestellte zwei Bier und ein weiteres Glas Wein für Tess. »Das hat er nun wirklich nicht gebraucht. Ich dachte schon, er sei über den Berg, weil er in letzter Zeit nicht mehr so abwesend wirkte.«

Tess warf einen Blick zu Noah hinüber. Er hatte seine Jacke ausgezogen – nun, wahrscheinlich war es nicht seine, sondern eine geliehene, da Tess sie noch nie gesehen hatte. Auch das Hemd, das er trug, kam ihr nicht bekannt vor: Es war pinkfarben und weiß gestreift und am Kragen etwas zu weit. Wahrscheinlich gehörte es Abel. Sie beobachtete, wie ein Dorfbewohner auf ihn zuging und ihm auf die Schulter schlug. Sie tauschten ein paar Worte miteinander, bis Noah schließlich den Kopf schüttelte und lächelte. Tess verspürte einen Stich in der Brust, der sich auf bizarre Weise wie Eifersucht anfühlte. Das war *ihr* Lächeln, das Lächeln, das Noah ihr manchmal schenkte – sehr selten und kostbar. Und nachdem sie an diesem Tag so viel verloren hatte, war ihr zumute, als hätte sie auf wunderbare Weise einen funkelnden Diamanten in der Asche gefunden.

Als Tess sich wieder umdrehte, reichte ihr Abel ein Glas Wein und sah sie neugierig an.

»Er ist doch heute Nacht nicht allein, oder?«, fragte Tess und nahm das Glas entgegen. »Hört ihn jemand, falls er einen Albtraum hat?«

»Er hat sie also immer noch?«

»Nicht mehr so oft, aber ich befürchte, dass dieses Ereignis einen weiteren auslösen könnte. Er war vorher ziemlich aufgewühlt.«

»Ich werde Mum darauf hinweisen, aber sie hat wahrscheinlich ohnehin schon einen Dienstplan für uns erstellt, damit sich ständig jemand um ihn kümmert. Zumindest kannst du dich hier in Ruhe ausschlafen.«

Tess vermutete, dass sie keine Minute schlafen würde, gleichgültig, wie viel Wein sie noch trinken würde. Auf jeden Fall hatte sie die richtige Entscheidung getroffen, ins Pub zu kommen und sich von dem Lärm und dem Kommen und Gehen ablenken zu lassen. Sie wollte jetzt nicht allein sein und an das Feuer denken, das Cobweb Cottage vernichtet hatte. Oder an das Leben, das mit dem Haus in Flammen aufgegangen war.

»Wenn ich helfen kann, mache ich das gern«, erklärte Tess. »Ich kenne das schon und weiß, was zu tun ist.«

»Das war nur ein Scherz ...« Abel lachte und musterte dann Tess über den Rand seines Glases. »Du magst ihn sehr, stimmt's?«

»Ich ...« Tess hielt inne. Was hatte sie antworten wollen? Es leugnen? Abel daran erinnern, dass sie verheiratet war? Damit hätte sie schon wieder gelogen. Natürlich mochte sie Noah. Sie hatten sich monatelang ein Zuhause geteilt. Sie hatte ihn gesehen, wie er sich streckte und kratzte, wenn er glaubte, unbeobachtet zu sein. Seine Unterwäsche hatte sich gemeinsam mit ihrer in der Waschmaschine gedreht. Sie kannte haargenau seine Routine im Bad. Sie wusste, dass hinter seiner ausdruckslosen Miene ein großes Herz schlug, dass er liebenswürdig, leidenschaftlich und integer war. Da war es doch ganz natürlich, dass sie bestimmte Gefühle für ihn entwickelt hatte, oder?

»Hey, ich wollte dich nicht aus der Fassung bringen. Du

hast heute schon genug Aufregung gehabt. Noah hat mir von eurer Katze erzählt. Er war noch einmal im Wald, um sie zu suchen, nur für den Fall, dass sie vor dem Lärm geflüchtet sein könnte, aber er hat sie nicht gefunden. Vielleicht ist das jetzt noch zu früh, aber eine Freundin von mir leitet eine Tierrettungsstelle und sucht immer nach einem neuen Zuhause für ihre Schützlinge. Denk mal drüber nach. Für viele Menschen lässt sich so der Verlust eines Haustiers am besten ertragen.«

Tess stellte ihr Glas ab und wischte sich mit dem Taschentuch die Augen, das anscheinend im Moment mit ihrer Hand verwachsen war. Sie hatten nicht nur ein Haustier verloren, sondern Morag. Es war nicht zu fassen, dass sie nicht jeden Moment herbeilaufen und mit einem Miauen ihre Freude über das Wiedersehen, aber auch eine Beschwerde darüber, allein gelassen worden zu sein, mitteilen würde; dass sie sich nie wieder an Tess' Knie reiben oder auf Noahs Schultern sitzen würde. Und sie konnte sich nicht vorstellen, dass dieser Schmerz jemals vergehen würde.

»Komm schon, du schaffst das«, ermutigte Abel Tess und zog sie in seine Arme. Sie schloss die Augen und lehnte sich an seine Brust. Es war warm und tröstlich, aber … Er war weich, nicht so muskulös wie Noah. Er roch nicht wie Noah. Er atmete nicht wie Noah. Das war nicht der Trost, den sie brauchte. Sie schlug die Augen wieder auf, hob den Kopf und sah Noahs Blick auf sie gerichtet.

»Du setzt dich doch zu uns, oder?«, fragte Abel und nahm die zwei Biergläser von der Theke.

»Ich glaube nicht, dass Noah das möchte.«

»Er braucht dich. Das ist der Grund, warum er hier ist.«

Tess warf noch einmal einen Blick auf Noah; er fuhr sich mit der Hand über den Kopf und hielt den Blick auf die Tür gerichtet, nicht auf sie. Sie musste zu ihm gehen – das war ihr klar, ohne darüber nachdenken zu müssen –, doch sie war gerade zwei Schritte nach vorne gegangen, als die Tür aufflog und ihr Dad hereinstürmte; sein Mantel wehte hinter ihm her, als hätte er sich nicht die Zeit genommen, ihn zuzuknöpfen. Seine Wangen waren so gerötet, als wäre er den ganzen Weg hierher gerannt.

Noah stand auf und stützte sich mit einer Hand auf dem Tisch ab. Len nahm ihn, ohne zu zögern, in die Arme. Es war eine instinktive Geste, mit der er zum Ausdruck brachte, was er nicht verbergen konnte. Tess war erstaunt, denn Len hatte sich Tim gegenüber nie so verhalten; bei ihm hatte er sich auf einen förmlichen Händedruck und ein Schulterklopfen an ihrem Hochzeitstag beschränkt. Seit wann stand er Noah so nahe?

Tess wollte diese Szene nicht unterbrechen – eine Verbindung, ein seltener Moment von Frieden, der sich auf Noahs Gesicht abzeichnete –, doch Abel marschierte an ihr vorbei und stellte die Getränke vor ihn auf den Tisch. Der Augenblick war vorüber, und ihr Dad drehte sich um und sah sie.

Sein Gesicht war von tiefen Sorgenfalten durchzogen, als er zu Tess an die Theke eilte. »Oh, Tessie!« Er nahm sie in den Arm und drückte sie so fest an sich, wie er es soeben bei Noah getan hatte. »Oh, Schätzchen, du hast deinem alten Vater einen großen Schreck eingejagt.« Er lächelte sie an, konnte aber seine Besorgnis nicht verbergen, und Tess kamen zum hundertsten Mal an diesem Tag die Tränen. Sie hatte ihm nichts von dem Feuer berichtet und nicht mit seinem Besuch gerechnet, aber er war genau das, was sie jetzt brauchte. Sie führte ihn an ihren Tisch, und Akram brachte ihm ein Glas Whisky, bevor sie sich setzten.

»Woher weißt du es?«, fragte Tess.

»Noah hat mich angerufen.« Natürlich. Das hatte Tess sich schon gedacht, als Len ins Pub gekommen war. »Wir haben im Dorf die Sirenen gehört, aber ich hatte keine Ahnung, was los war. Warum hast du uns nicht benachrichtigt, Schätzchen? Warum bist du nicht nach Hause gekommen?«

»Ich wollte euch nicht beunruhigen. Vor allem wollte ich nicht, dass Mum sich aufregt.«

»Uns beunruhigen? Darüber machst du dir Sorgen, wenn dein Haus abgebrannt ist? An wen solltest du dich denn sonst wenden? Oh, Schätzchen. Was waren wir nur für Eltern, wenn du glaubst, du könntest mit deinen Problemen nicht zu uns kommen?«

»Ihr wart die besten Eltern.« Tess drückte seine Hände. Er wirkte sehr unglücklich. Wie würde er wohl aussehen, wenn er das ganze Ausmaß ihrer Probleme kennen würde, das sie ihnen bisher verschwiegen hatte? »Aber Mum muss nichts davon erfahren, oder? Zumindest noch nicht. Nicht, bis alles geregelt ist und wieder seinen normalen Gang geht und es keinen Grund mehr gibt, sich Sorgen zu machen.«

»Sie ist nur so besorgt, weil sie dich sehr liebt.«

»Ich weiß.« Tess zog ihre Hände zurück und griff nach ihrem Weinglas. Bei all den vielen Geschenken der Dorfbewohner war auf dem Tisch kaum noch Platz für zwei Gläser.

»Was ist das alles?«, fragte Len und hob ein Päckchen mit Feinstrumpfhosen auf.

»Spenden. Alle waren unglaublich großzügig.«

»Wie schlimm ist es? Noah hat mir erzählt, dass ihr nicht im Cottage bleiben konntet. Lässt sich das Haus wieder herrichten, wenn man es gründlich sauber macht und neu streicht?«

Tess schüttelte den Kopf. »Das Dach ist zerstört. Und einige der Wände auch.« Ihr versagte kurz die Stimme. »Es lässt sich wohl nicht mehr reparieren.«

»Und was ist mit all deinen Sachen …?«

»Alles weg.«

Len trank seinen Whisky aus, und Akram brachte sofort einen weiteren.

»Weiß man, wie es dazu kam?«, erkundigte sich Len. »Was für ein Pech, vor allem nach dem Einbruch. Ich wollte Noah nicht danach fragen … Es war doch nicht eine seiner Zigaretten, oder? Das würde er sich niemals verzeihen. Und es wäre das Letzte, was er jetzt braucht.«

»Nein. Man nimmt an, dass das Feuer in meinem Zimmer ausgebrochen ist. Wahrscheinlich wurden einige Stromkabel beschädigt, als die Einbrecher den Stecker des Fernsehers aus der Steckdose gerissen haben.«

Sie hätte das gründlicher überprüfen sollen, und wären an diesem Tag nicht noch andere Dinge vorgefallen, die sie abgelenkt hatten, hätte sie das sicher auch getan. Und nachdem die Steckdose wieder befestigt worden war, hatte alles gut ausgesehen und nicht auf einen Schaden dahinter schließen lassen; beinahe so wie in ihrem Leben, dachte sie unwillkürlich.

»Nun, einen Lichtblick gibt es«, meinte Len. »Du hast zumindest nicht alles verloren. Deine schönen Sachen in deinem Haus in Sussex sind immer noch da, und auch alles, was du gelagert hast. Das ist sicher ein kleiner Trost für dich.«

Diesen Trost gab es leider nicht. Das Haus war verkauft worden, mit allem, was sich darin befunden hatte, da weder sie noch Tim etwas davon hatten behalten wollen. Ihr gesamter Besitz hatte sich im Cobweb Cottage befunden. Der Gedanke an Tim erinnerte sie an einen weiteren verlorenen Gegenstand: Ihr Hochzeitsalbum im Schlafzimmerschrank hatte das Feuer sicher nicht überstanden. Darin hatten sich nicht nur Fotos, sondern auch Erinnerungsstücke befunden. Die Einladung, die Gottesdienstordnung, die gepresste Rose, die Tim im Knopfloch getragen hatte, der kleine Brief, den Tim ihr am Morgen der Hochzeit gegeben hatte … Alles dahin. Würde es in den folgenden Tagen und Wochen so weitergehen? Würde jeder Tag neue Erkenntnisse über einen weiteren Verlust bringen, so als würde sie immer wieder eine leere Geschenkpackung öffnen?

Len tätschelte ihr den Arm. »Tim wird doch jetzt sicher Urlaub bekommen und hoffentlich etwas länger bleiben können als an Weihnachten. Kein Arbeitgeber kann so herzlos sein, ihm das jetzt nicht zu erlauben. Konzentriere dich darauf und vergiss die schlimmen Sachen. Hast du schon mit ihm gesprochen?«

»Nein, ich …« Tess suchte nach einer Ausrede, doch ihr wollte keine einfallen. Sie schaute sich im Pub um und betrachtete all die Menschen, die heute so nett zu ihr gewesen waren. Rasch tauschte sie einen Blick mit Noah aus, der sie von der anderen Seite des Raums beobachtete. Sie trug die Kleider einer anderen Frau und sah ganz anders aus, wie konnte sie da mit den gleichen alten Lügen weitermachen? Hatte sie sich an Silvester nicht gewünscht, die Rolle der Tess Bailey hinter sich lassen zu können? Heute war ihr so viel genommen worden, vielleicht war es jetzt an der Zeit für eine Veränderung – und für die Wahrheit. Sie schaute noch einmal zu Noah hinüber und hätte schwören können, dass er ihr kaum merklich zunickte.

»Tim wird nicht kommen«, erklärte sie.

»Das ist doch lächerlich! Ist dieser Job denn wirklich so wichtig?«, fragte Len. »Ich finde es nicht richtig, dass er Weihnachten nicht mit seiner Frau verbringen und sie nach einem solchen Desaster nicht besuchen kann! Er hat doch sicher keine Ruhe, bis er sich persönlich davon überzeugen kann, dass es dir gut geht. Wenn er diesen Job nur des Geldes wegen macht, dann brauchst du nur ein Wort zu sagen, Schätzchen. Deine Mum und ich helfen euch gern, damit ihr wieder zusammen sein könnt. Schätzchen?« Len hielt inne. »Was ist los, Schätzchen?«

Tess trank einen Schluck Wein. Sie würde es schaffen. Sicher war es leichter, die Wahrheit zu sagen, als zu lügen, oder? Aber auf Lens Gesicht spiegelte sich so viel Liebe wider. Wenn dieser Ausdruck nun verschwinden würde? Sie umklammerte den Stiel ihres Glases. »Es hat nichts mit seinem Job zu tun«, begann sie. »Tim wird nicht kommen, weil wir … weil wir getrennt sind.«

»Oh, Tess.« Len verzog vor Mitgefühl das Gesicht. »Mir

kam es schon komisch vor, dass er dich nur so kurz besucht hat. Sicher ist es schwer, getrennt zu sein, aber wenn Tim aus Dubai wieder hier ist, wird alles anders aussehen …«

»Tim ist nicht in Dubai. Er ist in Sussex. Dort war er die ganze Zeit.«

»Aber sein Job …«

»Den gibt es nicht.«

»Nicht?« Len schüttelte den Kopf, als säße jemand in seinen Ohren und flüsterte ihm Unsinn zu. »Was ist denn los bei euch? Bist du deshalb hier? Hattet ihr einen Streit? Das renkt sich sicher wieder ein, Tess. Du warst doch immer so glücklich mit Tim.«

»Es ist zu spät, Dad.«

»Nein, sag das nicht …«

»Wir sind seit fast einem Jahr geschieden.«

Len sank auf seinem Stuhl nach hinten. Der Lärm in dem gut besuchten Pub trat in den Hintergrund und ließ Tess und ihren Vater in einer Blase des Schweigens zurück, in der nur die Worte hallten, die schon längst hätten ausgesprochen werden müssen. Tess wartete und beobachtete, wie sich Unverständnis und Fassungslosigkeit auf Lens Miene abzeichneten.

»Aber … euer Haus?«, brachte er schließlich hervor, als könnte dieser letzte Punkt Tess' Geständnis widerlegen.

»Verkauft. Ich habe in einer Mietwohnung gelebt, bevor ich hierher zurückkam.«

»Und dein Job …«

»Ich wurde gefeuert.« Sie war zu sehr damit beschäftigt gewesen, sich zu überlegen, wie sie die Sache mit Tim regeln konnte, damit Grace nie etwas von ihrem Scheitern erfahren würde, und hatte dabei zu wenig auf die Termine geachtet, für deren Einhaltung sie bezahlt worden war. »Es kam nicht überraschend«, fügte Tess rasch hinzu. Nun, da sie begonnen hatte, die Wahrheit zu sagen, konnte sie sich nicht mehr zurückhalten. »Ich bin ein paarmal gewarnt worden.« Sie zuckte mit den Schultern. »Es tut mir leid, aber ich war nicht besonders gut in diesem Job. Ich habe mich immer überfordert gefühlt.«

»Oh, Tess. Warum hast du das dann gemacht? Wir hätten dich in allem anderen unterstützt, wenn es dich glücklich gemacht hätte. Das war das, was wir immer wollten.« Len fuhr sich resigniert mit der Hand übers Gesicht. »Warte. Als Tim hier war, hat er von alldem nichts gesagt. Bist du sicher, dass es zu spät ist?«

»Ganz sicher.« Tess dachte daran, wie Tim vergeblich versucht hatte, seine Freude zu verbergen. Es gab kein Zurück, selbst wenn sie das gewollt hätte. Und das tat sie nicht, oder? Ihr Blick wanderte wieder zu Noah und Abel hinüber. Das Leben mit Tim in Sussex schien so weit weg, als hätte es eine andere Person geführt. Und in gewisser Weise war das tatsächlich so gewesen – es war Tess Baileys Leben gewesen. Wollte sie das wirklich zurückhaben? Die Antwort fuhr ihr mit voller Überzeugung durch den Kopf. Nein. Sie wollte das Leben, das sie hier gefunden hatte – mit Musik und Morag und dem Cobweb Cottage … und mit Noah. Diese Erkenntnis traf sie mit voller Wucht. Zu spät. Alles, was sie wollte, war nicht mehr da.

»Ich wollte euch nicht enttäuschen.«

»Uns enttäuschen? Wie solltest du uns enttäuschen?«

»Indem ich versage. Nicht perfekt bin.« Tess atmete tief durch, bevor eine weitere Wahrheit aus ihr hervorsprudelte. »Indem ich nicht so perfekt bin, wie Phoebe es gewesen wäre. Und weil ihr euch dann gefragt hättet, ob die Falsche überlebt hat …«

»Oh, Tess, was haben wir dir angetan?« Tränen strömten über Lens Gesicht, aber er wischte sie nicht ab. Er nahm Tess' Hände in seine und drückte sie. »Das haben wir nie gedacht, und das würden wir auch nie denken, ganz gleichgültig, was du tust. Wir sind stolz darauf, wer du bist, und nicht darauf, was du tust. Natürlich vermissen wir Phoebe – wir wünschen uns jeden Tag, dass sie bei uns wäre, aber nicht an deiner Stelle, Schätzchen. Ohne meine Tessie hätte ich all die Jahre nicht überstanden. Das weißt du doch.«

Tess hatte nie daran gezweifelt, dass ihr Dad sie liebte, aber vielleicht hatte sie das für selbstverständlich genommen, während sie ständig darauf konzentriert war, ein Zeichen der Liebe von Grace zu bekommen.

»Und ich hätte es nicht ohne dich geschafft.« Wieder strömten ihr warme Tränen übers Gesicht. »Aber Mum …«

»Deine Mum liebt dich auch.« Lens Stimme klang bestimmter als zuvor. »Daran darfst du nicht zweifeln. Sie zeigt es dir auf ihre eigene Weise, indem sie sich ständig Sorgen um dich macht und dich immer in Sicherheit wissen will. Wie kannst du sie richtig einschätzen, wenn du ihr keine Chance gibst, dir ihren Beistand zu zeigen? Ich kann ihr das alles nicht verschweigen. Das werde ich auch nicht tun. Du musst es ihr sagen. Lass sie deine Mutter sein.«

24

Grace stand an dem Fenster mit den ausgeblichenen, altmodischen Gardinen, als Tess am nächsten Morgen auf das Haus zuging. Sie hob eine Hand und winkte Tess zögernd zu – der Anblick war so ungewöhnlich und unerwartet, dass Tess mit heftig klopfendem Herzen ihre Schritte verlangsamte.

Von Len war keine Spur zu sehen, als Tess das Haus durch die Vordertür betrat. Aus Macht der Gewohnheit blieb sie im Flur vor dem Spiegel stehen. Ihr wahres Gesicht starrte sie an: blasse Wangen, verschwollene Augen, aufgesprungene Lippen und krauses Haar, das sich gegen das Haargummi sträubte, mit dem sie es zurückgebunden hatte. Mel hatte ihr angeboten, sie zu frisieren, damit sie wieder »mehr wie sie selbst« aussah, aber *das* war ihr wahres Selbst. Sie hatte fast die ganze Nacht wach gelegen und über die Worte ihres Vaters nachgedacht. Er hatte recht: Sie musste es zulassen, dass Grace ihre Mutterrolle übernahm, aber sie musste auch lernen, sie selbst zu sein – nicht die perfekte Disney-Prinzessin, sondern die echte Tess mit allen Fehlern.

Tess schob die Wohnzimmertür auf. Grace' üblicher

Stuhl am Kamin war leer, aber das Feuer strahlte immer noch unnötige Hitze aus. Grace stand in der Mitte des Zimmers. Sie war blass – noch blasser als sonst –, wirkte aber stärker, und in ihren Augen lag ein neuer Ausdruck von Entschlossenheit. Sie sagte nichts, als Tess hereinkam, nahm aber ihre Hände und drückte sie mit erstaunlicher Kraft. In ihren Augen schimmerten Tränen.

»Dir ist nichts passiert«, sagte sie. »Du bist hier. Das ist alles, was zählt.« Grace streckte eine Hand aus und strich über eine Locke, die sich aus dem Pferdeschwanz gelöst hatte. »Bevor es Haarglätter und Haarserums gab, hatte ich immer Probleme, dein Haar zu bändigen, aber es hat mir gefallen, dass es so wild war. Du warst mein kleiner Engel mit einer Wolke aus weißblonden Locken auf dem Kopf.«

»Ich habe immer gedacht, dir gefällt es nur, wenn es ordentlich frisiert ist«, platzte Tess heraus, ohne über ihre Worte nachzudenken. Sie war total verblüfft – ihre Mum war kaum wiederzuerkennen.

Grace lächelte. »Ordentlich oder wild, wen interessiert das schon? Du bist meine Esther, meine älteste Tochter – du bist immer perfekt. Und es tut mir so leid, aus tiefstem Herzen, falls du das auch nur eine Minute lang angezweifelt hast.«

Tess war nicht nur eine Minute, sondern zweiunddreißig Jahre lang darüber im Zweifel gewesen, aber nun hatte sie die Wahl: Sie konnte weiterhin an dem Leid der Vergangenheit festhalten oder sich in eine neue Zukunft stürzen. Und obwohl Tess so erzogen worden war, sich immer auf der sicheren Seite zu halten und Risiken zu vermeiden, würde man ihr es dieses Mal sicher verzeihen, wenn sie das Gegenteil davon tat. Sie ging ein paar Schritte auf ihre Mutter zu und ließ sich von ihr in die Arme nehmen – durch die dahinter verborgene Liebe war die Umarmung stärker, wie die eines viel kräftigeren Menschen.

Grace holte ihnen etwas zu trinken – auch ein ungewöhnliches Ereignis –, und als sie aus der Küche zurückkam, setzte sie sich nicht auf ihren üblichen Sessel, sondern neben Tess auf das Sofa.

»Erzähl mir von Tim«, forderte sie Tess auf. Und Tess berichtete ihr die volle ungeschminkte Wahrheit und gab offen zu, dass ihre Fixierung auf ein Kind eine große Rolle dabei gespielt hatte, Tim zu vertreiben. Grace griff nach ihrem Taschentuch, benützte es aber nicht. Das große Verlangen nach einem Baby war von Grace angetrieben worden, das war ihnen beiden klar, aber sie sprachen es nicht aus; das war nicht der richtige Moment für Schuldzuweisungen.

»Es tut mir leid. Ich habe geglaubt, er sei der richtige Mann für dich«, sagte Grace, als Tess verstummte.

»Ich weiß. In der Theorie war er das auch, aber ich nehme an, wahre und beständige Liebe kommt aus dem Herzen und aus der Seele und entwickelt sich nicht, weil man vielleicht in bestimmten Dingen übereinstimmt.« Tess hatte als Beweis dafür ihre Eltern vor Augen. Wie hätte Len, immer fröhlich und gesellig, es mit diesem Schatten der Frau, die er geheiratet hatte, aushalten und dabei glücklich sein können, wenn er sie nicht wirklich liebte? Und hätte Tim sie von ganzem Herzen geliebt, hätte er ihre Lügen und ihren Wunsch nach einem Baby verstanden und ihr geholfen, anstatt einfach davonzulaufen. Sie sehnte sich danach, so geliebt zu werden – dafür, wer sie war, von jemandem, der ihre Fehler so deutlich wie im grellen Licht eines Scheinwerfers sah und trotzdem mit ihr zusammen sein wollte.

»Und was hast du jetzt vor?«, wollte Grace wissen. »Dein Zimmer hier steht dir immer zur Verfügung.«

»Ich weiß.« Und plötzlich begriff Tess die Wahrheit. Ihr altes Zimmer mit den zwei Betten war nicht zum Andenken an ihre Schwester erhalten worden. Phoebe war nie hier gewesen. Es sollte für sie bereitstehen – für die junge Tess –, für das Kind, in das Grace vernarrt gewesen war, bis ihre Sorge, sie ständig beschützen zu müssen, und Tess' Bestreben, ihrer Mutter gefallen zu wollen, einen Keil zwischen sie getrieben hatte, der da nicht sein müsste. »Ich brauche meinen Freiraum. In den alten Stallungen auf Ramblings in der Nähe des Haupthauses ist eine Wohnung frei. Ich kann morgen dort einziehen.«

»Aber du bist dort nicht allein, oder? Sondern zusammen mit dem Mann, der uns an Weihnachten besucht hat? Noah?«

»Nicht in einer Wohnung. Aber ich glaube, er wird in dasselbe Gebäude einziehen.«

»Das ist gut.« Grace nickte. »Len mag ihn sehr. Es hat ihm Spaß gemacht, bei der Arbeit in dem ummauerten Garten zu helfen. Max ist so weit weg, und ich sitze hier …« Grace zog ihr Taschentuch zwischen Daumen und Zeigefinger glatt. »Ich bin froh, dass er etwas gefunden hat, was ihn interessiert. Es hat ihm gutgetan, aus dem Haus zu kommen.«

»Hat Dad dir von der offiziellen Eröffnung des Gartens im nächsten Monat erzählt? Es ist zwar noch nicht alles angepflanzt, aber die Skulpturen stehen bereits an ihrem Platz, und es wird eine kleine Einweihungsfeier geben.« Tess zögerte. Sie hatte so lange darüber nachgedacht, ohne viel Hoffnung zu haben, aber vielleicht war heute der richtige Tag, um ihren Wunsch zu äußern. »Die Singgruppe von Ribblemill wird auftreten. Ich würde mich sehr freuen, wenn du kommen und uns zuhören würdest.«

Sofort huschte ein Ausdruck der Panik über Grace' Gesicht, und sie öffnete den Mund. Tess machte sich auf eine weitere unvermeidliche Abfuhr bereit; sie hatte zu viel verlangt, zu schnell. Sie hatten heute ein gewisses Verständnis füreinander entwickelt, aber sie würde sich etwas vormachen, wenn sie glaubte, dass das wie durch ein Wunder ein Happy End nach sich ziehen würde. Aber auf Grace' Gesicht zeichnete sich nicht nur Panik ab. Da war noch etwas anderes … ein innerer Kampf, den Tess noch nie zuvor gesehen und nicht erwartet hatte.

»Ich würde dich sehr gern singen hören«, erwiderte Grace mit sehnsüchtiger Stimme. »Vielleicht …« Sie hielt inne, lehnte sich auf dem Sofa zurück und knetete ihr Taschentuch. »Ich werde es versuchen, Tess. So gut ich kann.«

Tess traf am nächsten Nachmittag als Erste an den ehemaligen Stallungen von Ramblings ein. Sie lagen außer Sichtweite des Haupthauses und besaßen nicht den verschwenderischen Stil der viktorianischen Gotik. Sie waren aus einfachen roten, mittlerweile zu rosa verblassten Ziegeln gebaut und waren nur zwei Stockwerke hoch. Auf dem Dach waren weder Kamine noch Türmchen zu sehen.

Der Block begrenzte mit drei Seiten einen Innenhof. Bei zwei davon hatte der Umbau offensichtlich erst begonnen, aber die dritte schien fertig zu sein. Die riesigen Gewölbebogen, durch die früher einmal die Kutschen gefahren waren, waren nun ausgefacht und wiesen einige Türen und Fenster auf. Tess spähte durch eines der Fenster und sah einen gemütlichen Raum mit einem Sofa und einem Sessel an einem und einer kleinen Küche am anderen Ende. Die Wohnung hatte nicht den Charakter von Cobweb Cottage, aber zumindest Wände und eine Decke. Trotzdem … irgendetwas fehlte, aber sie konnte es nicht genau benennen.

»Wie sieht es aus? Nach zwei Nächten bei meiner Mum würde ich auch in eine der noch nicht fertigen Wohnungen einziehen, nur um wieder meine Ruhe zu haben.«

Tess drehte sich um. Noah stand auf dem Kopfsteinpflaster hinter ihr. Er sah besser aus als bei ihrer letzten Begegnung im No Name. Und seine Kleidung saß besser; seine langen Beine steckten in neuen dunklen Jeans, und die schwarze Jacke betonte seine breite Brust. Aber nicht nur die Kleidung war anders. Von seinem Gesicht war der Ausdruck von Schmerz gewichen – zumindest von körperlicher Qual. Tess atmete tief aus und entspannte sich, als die Sorgen, die sie nicht hatte wahrhaben wollen, verflogen.

»Es sieht wundervoll aus. Sehr nett«, berichtigte sie sich rasch und zuckte innerlich bei der instinktiven Wahl des Adjektivs zusammen. Ihre geborgte Kleidung konnte anscheinend doch keinen ganz anderen Menschen aus ihr machen.

»Aber es ist nicht Cobweb Cottage.«

»Nein.«

Noah stellte sich neben sie und spähte durch das Fenster. »Nette Wohnungen für Singles.«

»Ja.« Er hatte ausgedrückt, was das Problem mit diesen Wohnungen war. Aus ihren Gesprächen mit Cassie wusste sie, dass sie als Unterschlupf für Leute dienen sollten, die dringend irgendwo unterkommen mussten, oder als Sprungbrett für jemanden, der noch ein wenig sparen musste, bevor er wieder umziehen konnte. Sie war unglaublich dankbar für diese Möglichkeit, aber es war ein Schritt zurück, nicht nach vorne. Sie wollte nicht allein wohnen. Diese Wohnungen sahen sauber und komfortabel aus, aber auch schrecklich einsam.

Sie sah Noah an und bildete sich ein, dass sich ein Teil ihrer eigenen Gefühle auf seinem Gesicht widerspiegelte.

»Wie geht es dir?«, fragte sie und begriff sofort, dass sie das nicht hätte sagen sollen. Was immer sie auf seinem Gesicht zu sehen geglaubt hatte, verschwand sofort und wurde durch einen Ausdruck der Frustration ersetzt.

»Genauso wie dir. Warum sollte es mir anders gehen? Soll ich um den Innenhof herumlaufen, um es dir zu beweisen?«

»Natürlich nicht. So habe ich es nicht gemeint. Ich habe gefragt, weil ich mir Sorgen um dich gemacht habe.«

Noahs Miene veränderte sich wieder. Er wirkte überrascht und beinahe ein wenig wehmütig. Doch bevor Tess sich sicher sein konnte, war seine Miene wieder ausdruckslos. Damit konnte er den Rest der Welt täuschen, aber sie nicht mehr.

»Spar dir deine Sorgen um mich. Ich habe eine Therapeutin, die sehr gut dafür bezahlt wird, sich um meinen Seelenzustand zu kümmern.«

»Ich habe nicht …« Bevor Tess ihre Gedanken sammeln und ihm erklären konnte, was sie meinte – oder versuchen konnte, es selbst zu verstehen –, tauchten Barney und Cassie auf. Sie hielten sich an den Händen und boten ein Bild der Zweisamkeit. Der Kontrast zu der Single-Wohnung, in die sie einziehen sollte, war so stark, dass Tess den Anblick kaum ertragen konnte. Cassie zog eine Handvoll Schlüssel hervor.

»In jedem Block gibt es vier Wohnungen«, erklärte sie. Sie schloss die erste Tür auf und führte sie in einen kleinen Flur. »Zwei oben und zwei unten. Wir haben bisher nur die beiden auf der linken Seite möbliert; ihr könnt euch aussuchen, wer welche beziehen möchte. Sie sind beide genau gleich.«

»Soll ich die Wohnung im oberen Geschoss nehmen?«, fragte Tess.

»Wieso? Weil ein Krüppel die paar Stufen nicht hinaufsteigen kann? Nein, danke. Die nehme ich.«

Noah stampfte die Treppe hinauf, gefolgt von Barney, und Cassie schloss lächelnd die nächstgelegene Tür auf.

»Willkommen in deinem neuen Zuhause. Ich hoffe, es wird dir hier genauso gut gefallen wie in deinem letzten Heim.«

Sie trat einen Schritt zurück, um Tess vorzulassen. Es gab nicht viel mehr zu sehen als das, was sie bereits durch das Fenster erspäht hatte. Die Wände, die Möbel und der Teppich waren in neutralen Farben gehalten und boten somit dem Mieter die Möglichkeit, dem Ganzen mit seinen eigenen Sachen eine persönliche Note zu verleihen. Aber Tess hatte keinen Besitz mehr und war nicht einmal sicher, ob sie ohne ihre Kleider und Accessoires überhaupt noch eine Persönlichkeit besaß.

»Hier geht es zum Badezimmer und zum Schlafzimmer.« Cassie öffnete eine Tür im Küchenbereich. Sie führte zu einem kleinen Bad mit Dusche und einem gemütlichen Schlafzimmer mit einem frisch gemachten Doppelbett. Tess starrte darauf und war versucht, Cassie zu sagen, dass sie sich ein wenig Geld hätte sparen können, da ihr ein Einzelbett gereicht hätte. Doch in diesem Augenblick knarrten die Bodenbretter über ihrem Kopf, und die Stimmen der Männer waren gedämpft zu hören.

»Tut mir leid«, sagte Cassie. »Mir war nicht klar, wie hellhörig es hier ist … Das stört dich doch nicht, oder? Vielleicht solltest du doch lieber die Wohnung oben nehmen.«

»Nein, das ist in Ordnung.« Tatsächlich war es ideal. So würde sie es hören, wenn Noah einen Albtraum hatte. Zwar würde sie nicht viel für ihn tun können, da sie zwei verschlossene Türen voneinander trennten, aber zumindest würde sie es wissen. »Das ist großartig. Du hast an alles gedacht. Ich komme mir vor wie im Urlaub.« Sie deutete auf den Haartrockner und den Stapel Handtücher auf dem Bett.

Cassie verzog das Gesicht. »Es tut mir leid wegen des Fernsehers. Wir haben ein paar unbenutzte in Ramblings gefunden, aber sie haben alle die Größe eines Kleinwagens.

Zumindest sind es Farbfernseher!« Sie lächelte Tess freundlich an und legte ihr eine Hand auf den Arm. »Ich wünschte, wir hätten ein Klavier in die Wohnung stellen können, dafür fehlt jedoch der Platz. Aber ich habe veranlasst, dass das Klavier im Musikzimmer in Ramblings gestimmt wird, und ich habe dir einen Schlüssel mitgebracht, damit du jederzeit dort hingehen und spielen kannst. Die Gesangsgruppe kann sich ebenfalls dort treffen. Ihr müsst doch für die Einweihung des Gartens üben, richtig?«

»Ja, unbedingt.« Tess hatte noch nicht einmal darüber nachgedacht. Der Verlust ihres Klaviers war so schmerzlich, dass sie ihn vorerst verdrängt hatte. Sie hatte das Klavier von ihren Eltern geschenkt bekommen, als sie elf war und die Aufnahmeprüfung für die Privatschule, die Grace für sie und Max ausgesucht hatte, bestanden hatte. Stundenlang hatte sie geübt und damit die Zeit ausgefüllt, die sie mit ihren Freundinnen und Freunden verbracht hätte, wenn sie mit den anderen Kindern aus dem Dorf die örtliche Schule hätte besuchen dürfen. Vielleicht auch mit Noah ... Wären sie Freunde geworden, wenn sie zu der Gruppe der Dorfkinder gehört hätte? Hätte sie irgendwann einmal einen Abend mit ihm in dem steinernen Bushäuschen verbracht, dem traditionellen Treffpunkt für Ribblemills verliebte Teenager? Bei diesem Gedanken beschleunigte sich ihr Herzschlag, und sie richtete ihre Aufmerksamkeit rasch wieder auf Cassie.

»Wie lieb von dir, dass du das alles arrangiert hast. Ich kann dir gar nicht sagen, wie dankbar ich dir dafür bin.«

»Keine Ursache.« Cassie zuckte mit den Schultern. »Ich bin froh, dass ich etwas für dich tun konnte. Ich weiß, wie es ist, wenn man alles verliert und ganz von vorne beginnen muss. Aber ich weiß auch, dass es möglich ist, alles wiederzubekommen – manchmal sogar mehr als das«, fügte sie hinzu und legte eine Hand auf ihren kleinen, aber unverkennbar vorgewölbten Bauch. »Du hast nur eine Seite umgeblättert, bist aber noch nicht am Ende des Buches angelangt. Es gibt noch all die anderen wichtigen Dinge: Du bist gesund, hast ein Heim, deinen Job und Tim.«

Sie waren zurück zur Eingangstür gegangen, und Cassie öffnete sie, während sie den letzten Satz sagte. Barney und Noah standen am Fuß der Treppe. Hatte er ihre Unterhaltung gehört? Tess fragte sich, ob er jetzt darauf wartete, dass sie Cassie die Wahrheit sagte und zugab, dass sie bisher gelogen hatte. Verurteilte er sie insgeheim dafür, dass sie nicht eher damit herausgerückt war? Das war die perfekte Gelegenheit – eine Chance, die sie nicht verpassen sollte. Wenn sie sie nicht ergriff und Cassie jetzt nicht verbesserte, wäre das eine weitere Lüge. Sie wünschte, er wäre nicht hier und würde sie nicht mit seinem Schweigen und seinem prüfenden Blick zu einem Bekenntnis auffordern. Nachdem sie so viel verloren hatte, hätte sie gern noch eine Weile an ihrem Ansehen festgehalten.

Sie hob den Kopf. Noah schaute sie an. An seiner erwartungsvollen Miene erkannte sie, dass er alles gehört hatte. »Eigentlich …«, begann sie, zupfte an ihrem Pferdeschwanz und wünschte, sie würde ihr Haar offen tragen, um ihren peinlich berührten Gesichtsausdruck ein wenig verstecken zu können. »Ich bin nicht …«

»Du bist nicht traurig, dass du jetzt wieder eine Wohnung allein für dich hast?«, unterbrach Noah sie. »Du brauchst meine Gefühle nicht zu schonen. Du wirst sicher meine schlammverschmierten Stiefel vor der Haustür nicht vermissen, und ich werde gut ohne die Unordnung leben können, die du immer in der Küche hinterlässt.«

»Na bitte.« Barney lachte. »Das klingt, als würde sich alles gut fügen.«

»Du kannst den Kühlschrank nur mit Bierflaschen füllen.« Tess lächelte Noah an. »Und ich kann so oft und so laut singen, wie ich will.«

»Das ist allerdings eine Sache, die mir fehlen wird«, erwiderte Noah.

Barney und Cassie wandten sich zum Gehen.

»Ich gebe dir deine Kleidung so schnell wie möglich zurück«, versprach Tess draußen im Hof. »Sobald ich meinen Wagen wiederhabe und das Dorf verlassen kann …«

»Was ist mit deinem Wagen los?«, unterbrach Noah sie wieder. »Er ist doch nicht verbrannt.«

»Nein, aber die Ersatzschlüssel waren im Haus. Ich brauche eine neue Garnitur. Die Leute von der Werkstatt sollten mein Auto heute Morgen abholen, um die Elektronik neu zu programmieren oder so etwas.« Tess zuckte die Achseln. Sie hatte nicht richtig hingehört. Es war so viel passiert, dass ihr das nicht so wichtig gewesen war: Sie war zu benommen gewesen, um einen weiteren Schicksalsschlag zu verkraften. »Ich werde gleich mal hinübergehen und nachschauen, ob sie ihn mitgenommen haben.«

»Ich komme mit dir.« Noah schüttelte den Kopf, als würde er jeglichen Einwand ablehnen, noch bevor Tess ihn ausgesprochen hatte. »Der Anblick ist nicht sehr angenehm.«

Sie verabschiedeten sich von Barney und Cassie und machten sich auf den Weg durch den Wald zum Cobweb Cottage. Sie schwiegen, und Tess fragte sich, ob Noah darüber nachdachte, dass er jetzt viel wichtigere Dinge erledigen könnte, als ihr die Tränen zu trocknen. Sie wollte ihm gerade anbieten, dass er sie gern allein lassen könnte, als er zu sprechen begann.

»Wie willst du ohne dein Auto zurechtkommen? Musst du einkaufen?«

»Ja. Sieht man das nicht?« Sie deutete auf ihre geborgte Kleidung. Merkwürdigerweise kam sie ihr gar nicht mehr so fremd vor. An diesem Morgen hatte sie sogar die Freiheit genossen, als sie einfach nur in eine Jeans und einen Pullover geschlüpft war und ihr Haar zurückgebunden hatte, ohne sich Gedanken über ihr Image und ihr Aussehen machen zu müssen. »Ich hoffe, dass ich den Wagen in ein paar Tagen wiederbekomme und dann einkaufen kann.«

»Ich fahre dich.«

»Auf deinem Motorrad?«

Die Andeutung eines Lächelns huschte über Noahs Gesicht. »Kein Grund, so entsetzt dreinzuschauen. Du hast das letzte Mal überlebt, stimmt's?«

Glücklicherweise schickte ihre Miene eine andere Botschaft an ihn, als ihr Körper ausstrahlte. Sie war nicht entsetzt – ganz und gar nicht. Sogar bevor Noah das letzte Mal erwähnt hatte, hatte sie daran gedacht, wie sie sich an Noah gepresst hatte und wie er ihr sanft das Haar aus dem Gesicht gestrichen hatte. Bei der Erinnerung daran begann ihre Haut zu prickeln.

»Keine Sorge«, fuhr Noah fort und riss Tess aus ihren Gedanken. »Ich kann mir Abels Wagen borgen.«

»Und dein Job?«

»Kann warten.«

»Du musst das nicht tun.«

»Das weiß ich. Heute Nachmittag?«

Tess zögerte und nickte dann. Die Aussicht auf neue Unterwäsche war zu verlockend, auch wenn sie sich dadurch in eine peinliche Situation mit Noah begeben musste. Aber was war daran eigentlich peinlich? Vielleicht hatten sie sich nach dem Brand im Schock einige Dinge an den Kopf geworfen, die sie lieber nicht gesagt hätten, aber jetzt konnten sie wieder weitermachen, oder? Tess warf Noah von der Seite einen verstohlenen Blick zu. Tatsächlich wollte sie gar nicht weitermachen, sondern wieder zurückkehren. Zurück ins Cobweb Cottage, mit Noah und Morag, dem Kaminfeuer, Essen im Backofen und einer geschlossenen Tür, die sie vor der Welt und all ihren Problemen schützte. Offensichtlich hatte sie laut geseufzt, denn Noah drehte sich zu ihr um und musterte sie.

»Ich habe eine Liste von allen Dingen erstellt, die erledigt werden müssen«, erklärte er. »Ich gebe dir eine Kopie davon.«

»Welche Dinge?«

»Wir brauchen einen neuen Pass, müssen Banken und Versicherungen über unsere Adressänderung informieren, die Post nachsenden lassen …«

»Oh Gott. Daran habe ich nicht gedacht. Das ist ein Albtraum, oder?«

»Nicht so schlimm. Damit werden wir schon fertig.«

Sie teilten sich jetzt kein Heim mehr, hatten getrennte Wohnungen, und jeder lebte sein eigenes Leben. Waren sie überhaupt noch miteinander verbunden? Gab es noch ein »wir«? Tess war nun auf sich allein gestellt. Sie hatte geglaubt, alles verloren zu haben, als sie ihr Leben in Sussex hinter sich gelassen und der Straße nach Ribblemill gefolgt war, ohne eine Vorstellung, was vor ihr liegen würde. Aber im Vergleich zu ihrer jetzigen Situation war das nichts gewesen. Eine Lücke zwischen den Bäumen vor ihnen gab den Blick auf die verkohlten Dachbalken von Cobweb Cottage frei. Der Anblick war schmerzlich, aber das nagende Gefühl der Leere in ihrem Herzen stellte alles in den Schatten.

Tess blieb stehen. »Warum hast du mich unterbrochen, als ich Cassie von meiner Scheidung erzählen wollte?«

Noah drehte sich langsam zu ihr um und sah sie an. »Hast du ihr das wirklich erzählen wollen?«

»Ich … Nein, nicht in diesem Moment. Es kam wie aus heiterem Himmel, aber ich war wohl noch nicht bereit dafür.« Tess runzelte die Stirn. Hatte er sie deshalb davon abgehalten? Kannte er sie so gut? Seine Augen waren immer noch auf sie gerichtet, blass, aber verständnisvoll, und Tess hielt den Atem an, als sich die Leere in ihr mit einem warmen Gefühl füllte.

Im Laub zwischen den Bäumen raschelte es, und Tess sah, wie sich dort etwas bewegte. Sie wandte den Blick von Noah ab und schnappte nach Luft. Zwischen den Bäumen stolzierte Morag mit der anmutigen Lässigkeit eines Topmodels auf dem Laufsteg auf sie zu.

Tess war sprachlos; ihr liefen Tränen über die Wangen.

Sie hatte die Hoffnung bereits aufgegeben, nachdem sie am Tag zuvor noch einmal vergeblich nach ihr gesucht hatte. Es schien unmöglich, dass Morag das Feuer überlebt hatte, auch wenn sie sich das noch so sehr wünschte. Und nun war sie hier, schlenderte auf sie zu, als wäre sie wie üblich von einem Jagdausflug zurückgekehrt und nicht aus dem Reich der Toten.

Tess stupste Noah an, aber er hatte sich bereits umgedreht und konnte es offensichtlich kaum fassen, als Morag an seinen Knöcheln kratzte, wie sie es immer tat, wenn sie spielen wollte. Er bückte sich und hob sie auf. In seinen Armen wirkte sie sehr klein – winzig, aber zufrieden –, und sie schnurrte und leckte ihm mit ihrer rosafarbenen Zunge die Finger.

»Ich war mir sicher, dass …«, flüsterte Tess und stellte sich neben Noah. Sie streichelte Morag den Rücken, glättete ihr das verstrubbelte Fell und konnte es kaum glauben, dass sie tatsächlich wieder hier war.

»Das ging mir auch so.« Noahs Stimme klang heiser. Er lächelte – ein breites, offenes Lächeln, das eine Wärme auf sein Gesicht zauberte, von deren Existenz Tess schon immer überzeugt gewesen war. »Ich werde Abel bitten, sie zu untersuchen. Aber schau, es scheint ihr gut zu gehen. Sie ist in Sicherheit. Wir werden es alle schaffen.«

Er legte Morag in Tess' ausgestreckte Arme und drückte ihr einen kurzen, unerwarteten Kuss auf den Scheitel. Und sie glaubte ihm.

25

Tess hatte neue Kleidung, neue Unterwäsche, neues Make-up, aber das machte sie nicht so fröhlich, wie sie gehofft hatte. Zwei Wochen nach ihrem Einzug konnte sie nicht länger leugnen, dass es an der Wohnung lag. Sie war zwar eigentlich passend – warm, gemütlich, leicht zu reinigen, vor allem weil sie kaum persönliche Gegenstände hatte, die sich ansammeln konnten –, aber es gab ein großes Problem. Noah war nicht bei ihr.

Er befand sich nur ein Stockwerk über ihr, das war ihr bewusst. Sie hörte ihn dort oben herumlaufen, und wenn er am Morgen aufstand, war das der Wecker, den sie brauchte. Sie teilten sich die Betreuung von Morag, ohne einen Plan dafür festgelegt zu haben – Morag bestimmte das selbst. Wenn sie ins Haus gelassen werden wollte, kratzte sie an Tess' Fenster, folgte ihr dann entweder in ihre Wohnung oder tänzelte die Treppe hinauf, um dort vor Noahs Tür zu miauen. Aber Tess sah Noah nur selten und sprach nie mit ihm. Das war nicht mehr die höfliche Zurückhaltung, die er vorher praktiziert hatte – er lebte jetzt sein eigenes Leben, in dem für sie kein Platz mehr war. Ihre Zeiten als Hausgenossen waren vorbei, und nachdem er ihr eine Liste mit den Dingen gegeben hatte, die sie nach dem Feuer erledigen musste, schien er keinen weiteren Gedanken mehr an sie zu verschwenden. Es war beinahe so wie damals, als Tim ausgezogen war. Nur… schlimmer. Warum fühlte es sich so viel schlimmer an?

Nach drei Wochen war Tess so verzweifelt, dass sie sich an Ethel wandte, trotz des Risikos, dass ihre Geschichte in den nächsten Tagen zusammen mit dem Wechselgeld über die Ladentheke gehen würde. Eigentlich hatte sie mit Abel reden wollen, aber er war nach der letzten Probe der Gesangsgruppe sofort verschwunden, weil er eine Verabredung hatte, und Tess blieb nun keine andere Wahl. Sie musste unbedingt wissen, wie es Noah ging, und da sie davon ausging, dass er nicht begeistert wäre, wenn sie an seiner Tür klopfte, war Ethel ihr letzter Ausweg.

Die Ribblemill-Sänger übten nun im Musikzimmer in Ramblings, einem wunderschönen Raum mit blassgelben Tapeten, Holzvertäfelung und dem schönsten Klavier, auf dem Tess jemals hatte spielen dürfen. Seit Neujahr war die Gruppe größer geworden; mittlerweile kamen vierzehn Teilnehmer regelmäßig, mehr, als Tess sich erhofft hatte. Im Augenblick übten sie drei Lieder ein, die sie bei der Einweihung des ummauerten Gartens singen wollten, aber sie waren auch für eine Hochzeit im Dorf gebucht, die später im Jahr stattfinden würde – nach den zwölf Monaten, die Tess, wie sie angekündigt hatte, hierbleiben wollte, aber niemand hatte dieses Problem erwähnt, und sie tat es auch nicht. Schließlich wurde sie nirgendwo erwartet.

Ethel hatte sich bereits in ihren Anorak gehüllt, als Tess endlich den Mut aufbrachte, ihre Frage zu stellen.

»Weißt du, wie es Noah geht? Ich habe ihn seit dem Feuer kaum gesehen. Ist alles in Ordnung?«

»Wenn du ihn sehen willst, dann geh ins No Name. Ich nehme an, dort hält er sich abends meistens auf. Immer wenn ich ins Pub gehe, treffe ich ihn oder den anderen von Brendas Jungs. Oft auch beide«, fügte sie hinzu und grinste Tess über den Kragen ihrer Jacke hinweg an. »Sie geben mir immer einen Sherry aus, und schon habe ich wieder etwas gespart.«

»Trinkt Noah? Er wird doch wohl nicht zum Alkoholiker, oder?«

»Er trinkt nicht mehr als sonst auch.« Ethel lachte. »Das No Name war schon immer sein zweites Zuhause. Ich finde, er macht Fortschritte. Er wirkt nicht mehr wie erstarrt. Und er beteiligt sich wieder mehr an allem und mischt sich unter die Leute.«

»Tatsächlich?« Wie hatte Tess das alles entgehen können? Wahrscheinlich weil sie nach dem Feuer und ihrem Aufenthalt dort nur noch selten im No Name gewesen war. Hatten sich ihre Rollen umgekehrt? War Noah jetzt der freundliche, gesellige Typ, und Tess war die Einsiedlerin?

»Wenn du mich fragst, steckt da eine Frau dahinter«, fuhr Ethel fort und zog ihre Handschuhe an. »Gut für ihn. Das wurde auch Zeit.«

»Eine Frau?«, wiederholte Tess. Die leeren Kaffeetassen auf dem Tablett in ihrer Hand klapperten.

»Warum nicht? Er sieht gut aus. Wahrscheinlich hast du das noch nicht bemerkt. Du bist ein braves Mädchen und hast nur Augen für deinen Ehemann, stimmt's?« Ethels Augen funkelten unter der Kapuze. »Du wirst schon sehen, bald wird seine Freundin auftauchen. Und dann freuen wir uns für ihn, richtig?«

Freuen? Bei diesem Gedanken empfand Tess alles andere als Freude. Ethel marschierte davon und summte dabei »In an English Country Garden«, und Tess konnte nur noch an Noah und an ihn mit einer Freundin denken. Und daran, dass sie sich nicht darüber freuen konnte, sosehr sie es auch versuchte. Also tat sie das Einzige, was sie tun konnte: Sie setzte sich an den Flügel, ließ sich von der Musik mitreißen, befreite sich von den unerwarteten Gedanken und den verwirrenden Gefühlen und ließ sie von der Abendluft davontragen.

Ein paar Tage später lief sie auf dem Dorfanger ihrem Dad über den Weg.

»Hallo, Schätzchen.« Er gab ihr einen Kuss auf die Wange. »Ich dachte, du wärst heute bei deiner Musikgruppe für Kinder.«

»Da war ich schon, und jetzt muss ich ein Päckchen bei der Post abholen.«

»Das solltest du jetzt lieber nicht tun. Ich komme gerade von da, und die Schlange geht um den ganzen Laden. Ich könnte schwören, dass Ethel ihren Angestellten die Anweisung gibt, sich sehr viel Zeit zu lassen, damit die Kunden sich alles in den Regalen anschauen, während sie warten müssen.« Er lachte. »Möchtest du mit deiner Mum und mir zu Mittag essen?« Er schwenkte seine Einkaufstasche vor Tess durch die Luft. »Scotch Broth mit knusprigem Brot. Wie klingt das?«

»Wunderbar.« Tess hatte vorgehabt, im No Name ein

Sandwich zu essen, aber das konnte sie auch noch an einem anderen Tag machen. Noah würde wahrscheinlich ohnehin nicht dort sein; er arbeitete sicher auf dem Anwesen Ramblings oder kümmerte sich um die letzten Vorbereitungen im ummauerten Garten und hatte keine Zeit, um ins Dorf zu kommen. Aber als sie sich umdrehte und über den Dorfanger gehen wollte, sah sie auf dem gegenüberliegenden Gehweg an der Seitenstraße, die zu Lens Haus führte, eine bekannte Gestalt.

»Ist das Noah?«, fragte sie. Dumm von ihr, denn sie wusste genau, dass er es war – sie würde ihn überall sofort erkennen.

Len wandte sich um. »Ja. Will er vielleicht zu mir? Ich habe ihm allerdings gestern Abend gesagt, dass ich vor dem Mittag nicht zu Hause sein werde.« Len hakte sich bei Tess unter. »Wahrscheinlich will er eher einen Blick auf sein Haus werfen. Es liegt dort drüben.«

»Welches ist es?« Tess schaute auf die Reihe der zusammengewürfelten Häuser, die den Dorfanger umgaben. Sie waren alle zu verschiedenen Zeiten und in verschiedenen Stilen gebaut worden – einige Reihenhäuser lagen direkt am Gehweg, andere waren weiter nach hinten gesetzt und hatten Vorgärten, in denen bereits Frühlingsblumen sprossen.

»Er hat es mir gesagt, aber ich kann mich nicht mehr genau erinnern«, erwiderte Len. »Vielleicht ist es eines von den Häusern mit Vorbauten? Auf jeden Fall hat es einen Garten. Wir werden es schon bald erfahren, wenn er dort einzieht.«

»Er zieht dort ein?« Tess zog am Arm ihres Dads, als sie

sich zu ihm umdrehte. »Woher weißt du das? Ich dachte, er hätte sein Haus vermietet.«

»Das stimmt, aber seine Mieter sind letzte Woche ausgezogen. Noah wird wohl noch streichen wollen, bevor er einzieht. Es ergibt ja auch keinen Sinn, auf Ramblings Miete zu zahlen, wenn er hier ein schönes Haus besitzt. Du wirst dich dann vielleicht ein bisschen einsam fühlen, Schätzchen. Bist du sicher, dass du zurechtkommst? Du bist uns jederzeit willkommen. Gib uns einfach Bescheid.«

Tess wusste darauf nichts zu sagen. Plötzlich überfiel sie vollkommen unerwartet Trübsal. Noah würde sie verlassen und sich noch mehr von ihr abwenden, als er es bereits getan hatte. Als sie Morag wiedergefunden hatten, hatte er gesagt, dass alles gut werden würde. Er hatte recht gehabt, zumindest, was ihn betraf. Er hatte einen Job, ein Haus und wahrscheinlich auch eine Freundin. Eine Hälfte ihres Herzens freute sich für ihn, nach allem, was er durchgemacht hatte, aber die andere Hälfte schien vor Verzweiflung zu schrumpfen.

Tess hatte nicht vorgehabt zu spionieren – es war reiner Zufall, dass sie in dem Moment aus dem Fenster schaute, in dem Noah vorbeiging. Sein Motorradhelm baumelte an seinem Arm, und seine Wangen glühten so wie immer, wenn er eine erfrischende Fahrt genossen hatte. Tess fragte sich gerade, ob es wohl zu auffällig war, wenn sie sich draußen im Flur aufhielt, bis er hereinkam, als er einen Blick über die Schulter warf und lachte – ein unbeschwertes, natürliches Lachen, das durch die Fensterscheibe drang und in ihrer Brust vibrierte.

Für den Bruchteil einer Sekunde glaubte sie, dass er lachte, weil er sie beim Spionieren ertappt hatte. Aber nein – er richtete seine Aufmerksamkeit auf jemanden, den sie nicht sehen konnte. Das musste Abel sein. Mit wem sonst würde er so lachen? Doch dann hörte sie ein zweites Lachen durch das Fensterglas – ebenso ungezwungen, ebenso natürlich und ohne Zweifel weiblich.

Tess trat rasch hinter den Vorhang zurück, konnte aber den Blick nicht abwenden, als eine Frau am Fenster vorbeiging. Sie war von durchschnittlicher Statur und hatte kurzes dunkles Haar. Mehr konnte sie nicht erkennen, aber das reichte ihr schon. Es war nicht seine Mum und auch nicht seine Tante – es war niemand, den sie aus Ribblemill kannte. Die Haustür ging auf, und sie hörte Schritte auf der Treppe; dann knarrten die Bodenbretter im oberen Stockwerk unter dem Gewicht von zwei Personen.

Sie ließ sich auf einen Stuhl plumpsen und stützte den Kopf mit den Händen, weil ihr plötzlich schwindlig war. Das musste die Freundin sein, von der Ethel gesprochen hatte. Es gab sie tatsächlich, und nun war sie hier. Zum ersten Mal, soweit Tess wusste. Und nun erkannte sie, dass es kein Vorteil war, dass die Wohnungen identisch geschnitten waren und ihr Schlafzimmer direkt unter Noahs lag. Sie hatte nur hören wollen, falls Noah wieder Albträume hatte. Aber was würde wohl heute Nacht an ihre Ohren dringen?

Sie sprang auf, schaltete das Radio ein und drehte die Lautstärke auf. Ein Stück von Bach wurde gespielt – dasselbe Stück, das sie vor einigen Wochen in ihrem Wagen gehört hatten, als sie Noah nach Yorkshire gefahren hatte.

An diesem Abend hatten sie sich Fish and Chips auf einer Parkbank geteilt, und sie hatte große Freude an diesem einfachen Vergnügen gehabt. Und in der Nacht zuvor hatten sie sich auf seinem Bett in den Armen gelegen; sie hatte seine Lippen auf ihrer Haut gespürt, und ihre Herzen hatten zusammen getanzt.

Sie war verliebt in Noah. Die Wahrheit traf sie so schnell und heftig wie ein Schlag auf den Hinterkopf. In ihrem Kopf begann sich alles zu drehen, und die Welt kippte plötzlich, sodass sie alles von einem anderen Blickwinkel aus sah. Und das, was sie nun sah, war mit einem Mal ganz klar. Natürlich liebte sie ihn. Er verkörperte alles, was sie bisher bei Männern vermieden hatte, und alles, was sie brauchte. Die Zigaretten, die Tätowierung, das Motorrad – das spielte alles keine Rolle. Er verstand sie, ihr wahres Ich, wie sonst niemand. Und sie verstand ihn – seine Launen, seine Albträume, seine Anständigkeit und seine Gediegenheit, das kostbare Lächeln, das ihr Herz höherschlagen ließ.

Aber nun war er dort oben mit seiner Freundin, die ihm ein Lachen entlockte, wie es Tess nie gelungen war, und ihr blieb nichts anderes übrig, als die Musik noch lauter zu stellen, um das Lachen, das durch ihre Zimmerdecke drang, nicht mehr hören zu müssen.

Das Timing war katastrophal. Tess machte sich am nächsten Morgen auf den Weg nach Ramblings, um dort einem ihrer Schüler eine Klavierstunde zu geben, und sah Noah mit seiner Freundin draußen auf dem Kopfsteinpflaster vor dem Gebäude, wie sie ihre Köpfe zusammensteckten und sich gemeinsam über ein Handy beugten. Es war zu spät, um sich wieder zurückzuziehen, also gab es nur eine Möglichkeit.

»Hallo! Ein herrlicher Tag, nicht wahr?« Sie setzte ein Lächeln wie eine Disney-Prinzessin auf und strahlte Noah und seine Begleiterin an, als sie sich ihr zuwandten. Der Anblick der Frau überraschte sie: Sie war älter, als Tess erwartet hatte, Anfang fünfzig, wie sie schätzte, hatte aber ein freundliches Gesicht und erwiderte sofort Tess' Lächeln. Noah jedoch nicht. Er starrte Tess an, als wäre ihr eine zweite Nase gewachsen. In seinem Blick lag keine Spur von Liebe, und es kostete Tess all ihre Kraft, trotzdem ihr Lächeln beizubehalten.

»Sie müssen Tess sein.« Die Frau reichte ihr die Hand. »Ich freue mich, Sie endlich kennenzulernen.«

»Ach ja?« Tess vermutete, dass sie noch verblüffter dreinschaute als Noah. Woher wusste diese Frau von ihr? Sie schüttelte ihr trotzdem die Hand. »Schön, Sie zu treffen.«

Die Frau lachte. »Sie haben keine Ahnung, wer ich bin, richtig? Hat Noah nicht erwähnt, dass ich komme? Ich bin Judy.«

»Judy? Noahs Therapeutin?« Tess hatte das Gefühl, schwer von Begriff zu sein. *Judy* hatte die Nacht bei Noah verbracht? *Judy* war seine neue Freundin? War das mit ihrem Berufsethos vereinbar? »Nein, das habe ich nicht gewusst. Es tut mir leid, wie unhöflich von mir. Das ist natürlich wunderbar, ich bin nur etwas überrascht …« Sie fuhr mit der Hand durch die Luft und deutete auf die beiden, um auszudrücken, was sie nicht laut aussprechen konnte.

»Wahrscheinlich haben Sie da etwas missverstanden.«

Judys Lächeln war freundlich, aber für Tess' Geschmack zu schlau. Sie schien nicht nur die Handbewegung verstanden zu haben, sondern auch zu wissen, was sich dahinter verbarg. »Ich bin nicht mehr Noahs Therapeutin. Aber auch nichts anderes als eine gute Freundin. Mein Lebensgefährte ist in Manchester auf einer Tagung, also habe ich die Gelegenheit genutzt, um einen meiner Lieblingspatienten zu besuchen. Heute will er mir den Lake District zeigen. Wie ich gehört habe, ist es dort wunderschön.«

»Das stimmt.« Tess lächelte. Plötzlich fiel ihr das Lächeln ganz leicht; nun musste sie es nur noch unter Kontrolle halten. »Fahrt ihr mit dem Motorrad?«

»Mit dem Zug«, antwortete Noah. Seine Stimme klang ruhig, aber Tess hörte eine gewisse Anspannung heraus.

»Du fährst doch nicht mit dem Zug.«

»Es ist an der Zeit, dass ich es wieder tue. Du hattest recht«, sagte er, ohne den Blick von ihr abzuwenden. »Ich habe nicht mehr gelebt. Emily hat ein besseres Andenken verdient. Und ich vielleicht ein besseres Leben. Ich muss es versuchen. Ich will es versuchen.«

Und Tess wollte bei ihm sein, wenn er das tat. Sie wollte seine Hand halten, sich an ihn schmiegen und ihn küssen, damit er verstand, dass er das nicht allein durchstehen musste. Sie war für ihn da – das würde sie immer sein –, aber er hatte ihr noch kein Zeichen gegeben, dass er das wollte. Und wenn nun sein Versuch unerwünschte Gefühle wieder nach oben spülte und die ersten Schritte seiner wunderbaren Erholung zunichtemachte?

»Wir sollten uns allmählich auf den Weg machen.« Judy warf einen Blick auf ihre Armbanduhr. »Wir sind schon so weit gekommen, da wollen wir doch jetzt den Zug nicht verpassen.«

»Natürlich nicht.« Noah schaute immer noch Tess an. »Was ist los? Du siehst schrecklich aus.«

»Ich habe nicht gut geschlafen.« Unter anderem, weil sie fast eine ganze Flasche Wein getrunken hatte. Das war ein Fehler gewesen. Die Aussicht darauf, sich an diesem Vormittag das eifrige Klimpern eines Schülers anhören zu müssen, war nicht sehr erfreulich.

»Ich auch nicht. Die ganze Nacht schallte von irgendwoher ziemlich laute Musik durchs Haus.«

Tess zuckte zusammen. Sie war eingeschlafen, ohne das Radio auszuschalten, und als sie aufgewacht war, hatte es immer noch laut geplärrt. Sie wollte sich gerade entschuldigen, als sie Noahs Gesichtsausdruck sah. Er lächelte, ein wunderschönes Lächeln, das nicht sofort wieder verschwand. Neckte er sie etwa? *Noah?*

»Ich habe einen wunderschönen Gesang gehört, als ich gestern Abend gegangen bin«, warf Judy ein. »Waren Sie das? Noah hat erwähnt, dass Sie singen.«

Tess fuhr wieder zusammen. »Tut mir leid, ich habe ein paar Gläser Wein getrunken … Ich nehme an, mein Gesang war daher nicht wirklich schön. Und ich wette, du hast gedacht, du könntest meinem Singen entkommen, sobald wir uns kein Haus mehr teilen. Aber es gibt kein Entrinnen, nicht wahr?«

Sie lächelte Noah an – sie konnte nicht anders, vor allem weil er sie immer noch anstrahlte.

»Nein, das gibt es wohl nicht.«

26

Eine leichte Brise spielte mit den nackten Zweigen der Bäume, als Tess aus dem Fenster schaute, aber der Himmel war hellblau, wenn auch ein wenig verschleiert – ähnlich wie Noahs Augen, wie sie unwillkürlich feststellte –, und es sah nicht nach Regen aus. Genau das Wetter, das sie sich für die Einweihung des ummauerten Gartens gewünscht hatten.

Noah war bereits vor zwei Stunden in der Morgendämmerung fortgegangen. Tess hatte gehört, wie er aus dem Bett gestiegen und in der Wohnung hin und her gegangen war, um sich für seinen großen Tag fertig zu machen. Falls er nervös war, hörte man ihm das nicht an. Sein Schritt klang fest wie immer, und sie hatte ihn leise lachen gehört, als er mit Morag gesprochen hatte.

Sie selbst war auch nicht nervös, wie sie unter der Dusche feststellte. Danach setzte sie sich in ihrem neuen flauschigen Morgenmantel an den Tisch und aß eine Scheibe Toast mit Marmelade. Die Gesangsgruppe war so gut vorbereitet, wie es nur möglich war. Sie hatten bis zum Umfallen geprobt, und in der vergangenen Woche hatte Tess im Dorf ständig jemanden eine bekannte Melodie summen gehört, so als wäre das der verschlüsselte Gruß eines Geheimbunds. Es würde bestens ablaufen, aber nicht um ihretwillen. Dieses Mal ging es ihr nicht darum, was die Leute von ihr dachten. Sie tat es für Noah. Er hatte so viel Zeit in den Garten gesteckt, und sie wusste, wie viel es ihm bedeutete, ihn wieder zum Leben zu erwecken. Und sie war fest entschlossen, alles für Noah perfekt zu gestalten.

Sie hatte gehofft, vor dem großen Besucherstrom im Garten anzukommen, aber anscheinend hatte die Hälfte der Dorfbevölkerung die gleiche Idee gehabt. Sie war schon eine Weile nicht mehr hier gewesen, und die Veränderungen waren verblüffend. Die Ziegelmauern waren vollständig von Efeu befreit und an den Stellen, wo es notwendig gewesen war, frisch gestrichen worden. Nun sahen sie stabil genug aus, um die nächsten einhundertfünfzig Jahre zu überdauern. Die Pfade waren gesäumt und mit frischem Kies bestreut worden und folgten so weit wie möglich dem ursprünglichen Plan. Neue Bereiche führten zur Mitte des Gartens, wo Reubens Musikskulptur noch von einem schwarzen Tuch verdeckt war. Ein weiteres Tuch verhüllte einen großen Abschnitt an einem der längeren Mauerstücke, wo Reuben und Noah sich etwas Besonderes ausgedacht hatten; es war noch geheim, und sie hatte keine Ahnung, worum es sich handeln könnte.

Noch gab es nicht viele Pflanzen im Garten. In einer Ecke standen einige alte Apfelbäume, die erst entdeckt worden waren, nachdem das Unkraut gerodet war. Sie schienen noch zu gedeihen. Hier und da hatte ein Busch oder ein Baum die jahrelange Vernachlässigung überlebt, und sie stellten eine Verbindung zu den vorherigen Gärtnern dar, die diesen Boden gepflegt hatten. Der Winter war hoffentlich bald vorbei, also würde einiges neu angepflanzt werden können, doch schon jetzt fehlte es nicht an Farbe. Auf den Beeten blühten Frühlingsblumen – Osterglocken neigten sich zu Krokussen hinüber, Tulpen wachten über Hyazinthen – und zierten den Garten für die heutige Einweihung.

Tess blieb eine Weile am Eingangstor stehen, um alles in sich aufzunehmen. Wie sauber und ordentlich der Garten war – wie Noah! Pärchen und Gruppen schlenderten die Pfade entlang, genossen den Frieden und den Schutz der hohen Mauern und lasen die hier und dort aufgestellten Informationstafeln, auf denen, wie Tess wusste, das musikalische Thema des Gartens und die einzelnen Bereiche erklärt wurden. Sie schaute auf die Besucher des Gartens, konnte aber keine Spur von Noah entdecken. Ein leichtes Gefühl der Angst stieg in ihr auf, als sie noch einmal den Blick über die Menge gleiten ließ, ohne ihn zu sehen. War er fortgegangen? War die Aussicht auf den heutigen Tag trotz seiner Fortschritte zu viel für ihn gewesen?

Sie wollte gerade zurück zu ihrem Wohnhaus laufen, um dort nach ihm zu suchen, als Brenda am Tor auftauchte. In ihrem hellgelben Kleid und einem cremefarbenen Blazer glich sie den Osterglocken im Garten.

»Ich freue mich, dass du dich so schick gemacht hast.« Brenda musterte Tess von oben bis unten. »Einige Leute laufen hier in Jeans und Sportschuhen herum! Noah hat mit seiner harten Arbeit etwas mehr Respekt verdient, findest du nicht auch?« Sie legte Tess eine Hand auf den Arm. »Schön, dass du wieder mehr wie du selbst aussiehst.«

Tess sah eher aus wie eine neu bestimmte Version ihres alten Selbst. Zum ersten Mal seit dem Feuer trug sie wieder ein Kleid, ein neues, das sie sich speziell für diesen Tag gekauft hatte. Es war blassblau wie Vergissmeinnicht, einfacher als die Kleider, die sie bisher getragen hatte, aber luftig und figurumschmeichelnd. Sie hatte es in Beccas Laden anprobiert, weil ihr die Farbe gefallen hatte, und sofort festgestellt, dass sie es haben musste. Sie war nicht mehr die übertrieben gestylte Prinzessin, die mit ihrer Kleidung Grace hatte gefallen wollen, aber sie wollte sich auch nicht in Jeans und einem weiten Pullover verstecken. Sie hatte einen Kompromiss zwischen beidem gefunden, und das war nun Esther Greens Stil.

»Hast du Noah gesehen?«, fragte Tess. »Er ist nicht hier. Ich wollte gerade losgehen, um ihn zu suchen.«

»Ich bin soeben an ihm vorbeigefahren. Es war zwar Abels Wagen, aber hinter dem Steuer saß unverkennbar Noah.«

»Er ist weggefahren? Wohin will er denn?«

»Keine Ahnung. Ich bin nur seine Mutter. Wahrscheinlich eine Besorgung in letzter Minute. Er kommt sicher gleich zurück.«

»Meinst du? Glaubst du nicht, dass ihm alles zu viel geworden ist?«

»Nein. In den vergangenen Wochen war er viel fröhlicher. Als ich heute Morgen mit ihm gesprochen habe, hat er sich viel mehr wie mein Noah angehört als in den letzten Monaten. Er wird bald wiederkommen, du wirst sehen.« Brenda griff nach Tess' Hand. »Nett von dir, dass du dir Sorgen um ihn machst, wo du doch selbst genügend

Probleme am Hals hast ...« Nach dieser rätselhaften Bemerkung winkte Brenda jemandem zu, den sie hinter Tess entdeckt hatte, und ging los, um den Garten zu erkunden.

Erst kurz vor Beginn der Feier entdeckte Tess endlich Noah. Alle hatten sich in der Mitte des Gartens versammelt, und Tess hatte sich gerade mit den anderen Sängerinnen und Sängern von Ribblemill aufgestellt, als Noah sich seinen Weg durch die Menge bahnte, um sich neben Abel und Reuben in die vordere Reihe zu stellen. Sie waren ein eindrucksvolles Trio, aber Tess hatte nur Augen für Noah. Er wirkte glücklich und entspannt – ganz anders als der Mann, dem sie vor vielen Monaten im Cobweb Cottage begegnet war. Er stupste Reuben am Arm und sagte etwas zu ihm, woraufhin beide lachten. Dann richtete er den Blick geradewegs auf Tess und schenkte ihr ein Lächeln, das ihr Blut in Wallung brachte. Was hatte das zu bedeuten?

Es blieb ihr keine Zeit, das herauszufinden. Als enger Freund der verstorbenen Besitzerin Frances Smallwood war der Colonel dazu bestimmt worden, den Garten offiziell zu eröffnen. Er stieg auf eine Kiste, um eine Rede zu halten.

»Ribblemiller, Freunde und Gäste, es ist mir ein Vergnügen, Sie in diesem prächtigen Garten zu begrüßen. Die Ramblings-Stiftung hat sich großzügigerweise bereit erklärt, diesen Garten wieder mit Leben zu erfüllen und ihn für das Dorf neu zu eröffnen – als Ort der Besinnlichkeit oder der Erinnerung oder einfach nur als schöne Umgebung, in der man sich von alltäglichen Mühen erholen kann. Die Vorarbeit wurde unter der sorgfältigen Leitung von Noah Thornton geleistet, und in den kommenden

Wochen, Monaten und Jahren werden Sie sehen können, wie sich die Beete mit Pflanzen füllen …«

Er sprach einige Minuten, erinnerte an Frances und erklärte das musikalische Thema, bevor er von der Kiste stieg. Dann griff er nach dem Tuch, das die Skulptur in der Mitte verhüllte. »Es ist mir eine Ehre und Freude, diese Skulptur von unserem Reuben Thornton zu enthüllen und hiermit den Ramblings-Musikgarten zu eröffnen!«

Mit einem kräftigen Ruck zog der Colonel das Tuch zur Seite und gab den Blick auf eine dunkle Kugel aus poliertem Schiefer frei. Sie sah genauso aus, wie Reuben sie beschrieben hatte – wie ein riesiger Globus. Als Tess sich vorbeugte, um sie genauer in Augenschein zu nehmen, sah sie, dass die Umrisse der Kontinente aus hellerem Stein eingelegt waren. Aber sie hatte keine Zeit mehr, die Skulptur länger zu bewundern. Reuben gab ein Zeichen, und aus einer Öffnung oben an der Kugel sprudelte Wasser hervor, strömte an den Seiten herunter und verschwand im Nichts, bis helle Töne erklangen – das Klingen von Glocken. Es war überwältigend. Die Menge applaudierte, Reuben wirkte erleichtert, und Abel und Noah umarmten ihn in einer warmherzigen, brüderlichen Geste.

Es war nicht leicht für die Singgruppe, direkt danach aufzutreten, und Tess war froh, dass sie so gründlich geprobt hatten. Sie sangen drei Lieder und ließen sich nach jedem Zeit, um den wohlverdienten Applaus des Publikums entgegenzunehmen. Es war eine zufällige, spontane Idee gewesen, diese Gesangsgruppe ins Leben zu rufen, und Tess hatte anfänglich bezweifelt, dass sie jemals die Lücke würde füllen können, die ihr Chor in London hinterlassen hatte. Doch ihre Erwartungen waren bei Weitem übertroffen worden. Diese bunt gemischte Gruppe der Dorfbewohner von unterschiedlichem Alter, Größe und Beruf war so entschlossen und begeistert an die Sache herangegangen, dass sie sich jederzeit mit einem professionellen Chor vergleichen konnte. Tess war noch nie so stolz gewesen, hatte das Singen noch nie so sehr genossen und hatte sich noch nie so sehr wie sie selbst gefühlt.

Die Besucher klatschten nach dem letzten Lied immer noch, als Tess eine warme Hand auf ihrer spürte.

»Komm«, forderte Noah sie auf, mit den Lippen nah an ihrem Ohr. Er zog sie mit sich durch die Menge und führte sie zum Eingangstor.

»Wohin gehen wir?«, fragte sie.

»Warte ab, du wirst schon sehen.«

»Aber die Feier ist noch nicht vorbei. Ich will wissen, was sich hinter dem Tuch an der Mauer verbirgt …«

Tess blieben die Worte im Hals stecken. Sie hatte schon gesehen, dass jemand am Tor stand, halb versteckt von der Holztür, aber erst jetzt konnte sie zwischen dem dicken Mantelkragen und dem Kopftuch das vertraute, tränenüberströmte Gesicht erkennen. Sie blieb stehen und traute kaum ihren Augen – sie konnte nicht fassen, dass sie nicht träumte, bis Noah sanft ihre Hand drückte.

»Mum?«, fragte sie, obwohl es keinen Zweifel daran gab. Grace war hier, in der Öffentlichkeit, am helllichten Tag. »Was tust du hier?«

»Ich bin gekommen, um dich singen zu hören. Oh, Tess, das war das Schönste, was ich jemals gehört habe. Ich hätte den ganzen Tag zuhören können.«

Tess atmete schneller, und sie blinzelte, um ihre Tränen zurückzuhalten. Vergeblich – sie hatte so lange darauf gewartet.

»Nicht weinen.« Grace zog Tess an sich und umarmte sie, sodass Tess Noahs Hand loslassen musste. »Das war so schön, so gut, und ich bin so stolz auf dich. Wenn ich daran denke, was ich alles versäumt habe …« Grace wischte sich die Tränen von den Wangen.

»Aber wie hast du es geschafft hierherzukommen? Ich habe nicht geglaubt, dass du kommst.«

»Ich habe große Unterstützung und Ermutigung dazu gebraucht.« Grace lächelte und richtete den Blick auf jemanden hinter Tess. Tess drehte sich um und entdeckte nur Noah, der auf den Boden starrte. »Es wird nicht leicht, aber ich versuche es. Für dich, Tess. Ich möchte nicht mehr so viel verpassen.«

»Danke.« Das Wort war unzureichend, aber sie war so berührt, dass sie dazu sonst nichts hervorbrachte. »Kommst du mit in den Garten?«

Grace schaute sich um und versteifte sich sichtlich, obwohl sie das mit einem Lächeln zu verbergen versuchte.

»Heute nicht. Aber vielleicht können wir uns den Garten an einem anderen Tag, wenn mehr Pflanzen gesetzt sind, gemeinsam anschauen?«

»Sehr gern.« Tess hörte Lärm, als die Dorfbewohner sich auf den Weg zu dem geheimnisvollen Tuch an der hinteren Mauer machten. »Ich muss los.« Sie lachte. »Mein Make-up ist sicher ruiniert. Hat jemand ein Taschentuch für mich?«

Noah schüttelte lächelnd den Kopf. »Ich bin kein Mann, der Taschentücher bei sich hat.«

»Komm zu mir.« Grace zog ein Päckchen Papiertaschentücher aus der Tasche und wischte mit einem davon Tess' Gesicht ab. »Dafür sind Mütter schließlich da, richtig?« Sie streichelte Tess' Wange. »Und nun geh und amüsier dich.«

»Wie kommst du nach Hause? Ich könnte dich fahren.«

»Das ist nicht nötig, Schätzchen.« Zu Tess' Überraschung tauchte ihr Dad hinter einer Baumgruppe auf. »Ich kümmere mich um deine Mum. Beeil dich, der Colonel sieht so aus, als würde er gleich wieder eine seiner epischen Reden halten.«

Tess eilte in den Garten, gefolgt von Noah, und warf einen raschen Blick zurück. Len und Grace hielten sich an der Hand und schauten ihr nach. Nach diesem Anblick hatte sie sich ihr Leben lang gesehnt und nicht glauben können, dass sie ihn jemals erleben würde. Wie war es dazu gekommen? Durch Noahs Hilfe? Sie konnte ihn nicht danach fragen, denn sie hatten bereits die Menschenmenge erreicht, die sich vor dem abgedeckten Teil der Mauer versammelt hatte. Der Colonel hatte seine Rede beendet und zog das Tuch von der Mauer.

Tess spähte durch die Menge, während Applaus laut wurde, bis sie sehen konnte, was sich unter dem Tuch verborgen hatte. Ein riesiger Baum aus geschmiedetem Metall, mindestens zwei Meter achtzig hoch, breitete seine Äste fast ebenso weit über die Ziegelmauer aus. An den Zweigen hing eine Handvoll Blätter aus Metall.

»Das ist der Erinnerungsbaum«, erklärte Reuben und stellte sich neben den Colonel. »Er ist für alle Dorfbewohner gedacht. Ihr könnt ein Blatt hinzufügen, wenn jemand von uns gegangen ist, oder eine glückliche Erinnerung –

an einen besonderen Geburtstag, einen Hochzeitstag oder Ähnliches. Der Baum hat Platz für dreihundert Blätter, also solltet ihr eine Weile damit auskommen. Wer ein Blatt haben möchte, kann mich jederzeit kontaktieren. Meine Adresse findet ihr am Schwarzen Brett im Postamt. Und das war's. Kann ich jetzt etwas zu trinken haben?«

Alle lachten, und manche traten näher an den Baum heran, um ihn sich genauer anzuschauen, andere bildeten kleine Grüppchen und unterhielten sich miteinander.

»Davon habe ich nichts gewusst«, sagte Tess und drehte sich zu Noah um. »Auf den Plänen, die ich gesehen habe, war der Baum nicht eingezeichnet.«

»Nein, die Idee hat sich erst später entwickelt. Gefällt er dir?«

»Ich finde ihn wunderschön. Aber es hängen schon einige Blätter daran, also müssen ein paar Leute davon gewusst haben.«

»Komm und schau es dir an.«

Noah ging mit ihr zu dem Baum. Aus der Nähe betrachtet war er noch schöner: Das Metall schimmerte im Sonnenlicht und zeigte die verschiedenen Farbnuancen; der Stamm und die Äste des Baums waren mit einem realistisch wirkenden eingravierten Rindenmuster versehen. Reuben musste viele Stunden damit verbracht haben, alle Details so sorgfältig darzustellen. Im Gegensatz zu den Zweigen waren die daran hängenden Blätter ganz einfach gehalten und glänzten frisch poliert. Tess schaute sich das erste an. »Frances Smallwood« war in hübscher, sauberer Schrift darauf eingraviert. »Dafür, dass du uns gerettet hast. B & C.«

»Fantastisch«, sagte sie. Noah nickte, und Tess hob das nächste Blatt an. »Emily Bright«, stand darauf. Keine weiteren Worte, stattdessen ein kleines Bild eines Teddybären. Tess warf Noah einen Blick zu, aber er senkte den Kopf, also betrachtete sie ein weiteres Blatt, das allein an einem Zweig hing.

»Phoebe Green, geliebte Tochter und Schwester.« Darunter war ein winziger Vogel im Flug eingraviert, eine genaue Kopie der Abbildung auf dem Grabstein. Tess fuhr mit den Daumen über das Blatt und spürte, wie sich die Gravur von der glatten Oberfläche unterschied. Nach einer Weile ließ sie los und drehte sich zu Noah um. Er stand so nahe neben ihr, dass sie die Anspannung in seinem Körper fühlen konnte, als er auf ihre Reaktion wartete.

»Vielen Dank.« Ihre Stimme brach. Sie wusste nicht, was sie mehr berührte: die Tatsache, dass Phoebe nun anerkannt und nicht mehr ein Grund für den Kummer war, den sie hatte verstecken müssen, oder dass Noah dabei geholfen hatte, das alles zu bewerkstelligen. Er zog ein wenig verlegen eine Schulter nach oben.

»Dein Dad hat davon gewusst. Er hat die Inschrift vorgeschlagen.«

»Und du hast Mum heute hierhergebracht?«

Er fuhr sich mit der Hand über den Kopf. »Wir haben ein paarmal darüber gesprochen, aber es war ihre eigene Entscheidung …«

»Warum hast du das getan?«

Seine Antwort kam ohne Zögern, so als läge sie auf der Hand.

»Für dich.« Als er sie ansah, fragte sie sich, warum ihr

seine Augen jemals ausdruckslos erschienen waren, denn jetzt zeigten sie viel Gefühl – ein Gefühl, das ihr Herz zum Pochen brachte und ihren Atem beschleunigte. Aber mehr sagte er nicht, und bevor Tess sich eine Antwort überlegen konnte, kamen Abel und Reuben auf sie zu und packten Noah links und rechts an den Armen.

»Du kommst jetzt mit uns«, erklärte Reuben bestimmt. »Das No Name hat geöffnet, und dort steht mindestens ein Fass Bier nur für uns allein. Abel gibt einen aus, denn er hatte einen entspannten Vormittag. Wir trinken darauf, dass wir den Stress hinter uns haben. Worauf warten wir noch?«

»Du kannst gern mitkommen.« Abel grinste Tess an und reichte ihr den anderen Arm. »Du bist immer willkommen, dich den Thorntons anzuschließen.«

Hatte Abels Bemerkung eine tiefere Bedeutung? Er zwinkerte ihr zu, und das verwirrte Tess noch mehr. Es war verlockend, mit ihnen zu gehen und zu feiern, aber dann würde sie keine Chance mehr haben, Noah allein zu sprechen. In ihren Gedanken nahm ein Plan Gestalt an.

»Nein, schon gut«, erwiderte sie lächelnd. »Ich muss heute Nachmittag noch etwas erledigen.« Sie sah Noah an. »Wir sehen uns dann morgen.«

Tess hatte am frühen Morgen zehn Minuten in der Kälte auf dem Friedhof gewartet und wollte bereits aufgeben, als ihre Mum erschien, leise wie ein hier spukender Geist. In den Händen hielt Grace frische Blumen für Phoebes Grab. Sie nickte, als sie Tess sah, so als hätte sie sie erwartet. Sie stellte ihre Blumen ab und entfernte die alten, die eigentlich noch recht frisch aussahen, bevor sie sich vor den Grabstein stellte und sich bei Tess einhakte.

»Wir hätten schon eher gemeinsam hierherkommen sollen«, erklärte sie. Tess nickte. Es gab einiges, was sie schon früher hätten tun und sagen sollen.

»Mir fehlt sie auch. Sie hat eine Lücke hinterlassen – in mir, nicht nur in unserer Familie«, murmelte Tess. Sie hatte sich endlich die Website mit dem Namen »Netzwerk einsamer Zwillinge« angesehen und verstand nun, dass alles, was sie in den vergangenen Jahren empfunden hatte, vollkommen normal war. Sie hatte sich online mit einigen Leuten darüber unterhalten, die ihr das alles sehr gut nachfühlen konnten, und war erleichtert gewesen.

»Daran hätte ich denken sollen.« Grace drückte sich mit ihrer Schulter an Tess. »Du hast genau wie ich einen Verlust erlitten und ebenso getrauert.«

»Ich habe mich bemüht, das wettzumachen. Ich habe alles getan, was sie hätte tun können, und immer versucht, gut genug für uns beide zu sein. Ich habe versucht, perfekt zu sein.«

»Oh, Tess. Das hätte nicht so sein sollen. In meinen Augen warst du immer gut genug.«

»Ich wollte, dass du stolz auf mich bist.«

»Das bin ich. Schon immer gewesen. Als ich dich gestern habe singen gehört …« Grace' Stimme schwankte. »Ich wäre am liebsten in den Garten gelaufen und hätte allen zugerufen, dass du zu mir gehörst, dass du meine schöne, talentierte Tochter bist.«

»Ich wünschte, du hättest es getan!«

»Vielleicht eines Tages.« Grace drückte Tess' Arm. »Du

gehst nicht wieder weg, oder? Du wirst uns nicht wieder verlassen, jetzt, wo wir die Chance haben, alles besser zu machen? Hast du schon Pläne geschmiedet?«

»Man hat mir einen Platz in einem Kurs für Musiktherapie angeboten.« Der Brief war in der vergangenen Woche gekommen. Grace war die Erste, der Tess davon erzählte. »Er findet in Manchester statt. Wenn ich mich dafür entscheide, kann ich hierbleiben.«

»Und das wirst du doch, oder? Wie könntest du dir das entgehen lassen? Es klingt wie die perfekte Karriere für dich, die du von Anfang an hättest verfolgen sollen. Es tut mir leid, falls du jemals das Gefühl hattest, dass ich deine Entscheidungen nicht befürwortet habe.« Grace löste sich von ihrem Arm, um sich zu Tess umdrehen zu können. »Ist der Kurs der einzige Grund, warum du hierbleiben möchtest?«

»Nein, ich freue mich natürlich auch darauf, weiterhin in deiner und Dads Nähe sein zu können …«

Grace lachte. »Und gibt es da noch jemanden?«

Es war unfassbar. Ihre Mum neckte sie mit einem liebevollen Lächeln. Einem Lächeln, das zwischen anderen Müttern und Töchtern wahrscheinlich jeden Tag unzählige Male ausgetauscht wurde. Tess wollte, dass es niemals wieder verschwand, aber bei dieser Sache konnte sie nicht lügen, koste es, was es wolle.

»Ja, Noah Thornton.«

»Du magst ihn?«

»Ich liebe ihn.«

Erstaunlicherweise wurde Grace' Lächeln noch strahlender. »Es freut mich, das zu hören.«

»Tatsächlich? Aber er raucht, hat ein Tattoo und fährt Motorrad …«

»Und trotz alledem kann ich mir keinen anderen Mann vorstellen, bei dem du in sichereren Händen bist. Er ist ein guter Mann. Zu gut, um seine Gefühle nicht zu erwidern.«

»Seine Gefühle? Für mich? Bist du sicher?«

»Natürlich. Er liebt dich. Ich war zwar in letzter Zeit nicht oft draußen in der Welt, aber solche Anzeichen erkenne ich immer noch.«

Tess hoffte, dass sie recht hatte. Sie hatte einen Plan für den Nachmittag, und alles hing davon ab, wie gut er lief und ob sie den Ausdruck in Noahs Augen am Tag zuvor richtig interpretiert hatte. Und es ging bei diesem Plan nicht nur um diesen Nachmittag, sondern um den Rest ihres Lebens.

»Ich sollte jetzt lieber gehen. Das Dorf wird bald zum Leben erwachen.« Grace zog sich ihre Kapuze über den Kopf. »Kommst du mit mir?«

»Ich möchte noch ein paar Minuten hierbleiben.«

»Aber nicht zu lange. Die Luft ist noch feucht. Ich möchte nicht, dass du dich erkältest.« Tess sah unter der Kapuze den Funken eines Lächelns. »Keine Therapie wird mich davon abhalten, mir Sorgen um dich zu machen. Ich bin eben deine Mum.«

Grace hastete über den Friedhof davon, und Tess näherte sich wieder Phoebes Grab und fuhr mit der Hand über den glatten Schieferstein.

»Wir werden das schon schaffen«, sagte sie. »Sie ist gestern gekommen, um mich singen zu hören. Kannst du dir das vorstellen? Und sie war stolz auf mich – auf mein wahres Ich, auf etwas, was ich kann, und nicht auf etwas, was ich allen nur vorspiele. Ich bin so glücklich. Wenn du nur hier wärst, dann wäre alles perfekt. Aber ich glaube, ich muss mich ebenso wie Mum auf das konzentrieren, was ich haben kann, und nicht auf das, was unerreichbar ist. Du wirst mir immer fehlen, Phoebe, aber ich muss jetzt wohl auch auf dieser Welt meinen Seelenverwandten finden.« Sie bückte sich und drückte einen Kuss auf den Grabstein. »Wünsch mir Glück! Wenn du ein bisschen magischen Engelsstaub hast, dann lass ihn heute Nachmittag auf das No Name rieseln …«

27

Das No Name war gut besucht, als Tess später am Nachmittag die Tür aufstieß. Das flackernde Kaminfeuer und das echte Ale waren eine unwiderstehliche Kombination an einem Tag, an dem es ständig dunkel bleiben würde.

Sie entdeckte Noah sofort. Er saß mit einer aufgeschlagenen Zeitung und einem halb vollen Glas Bier vor sich allein an einem Tisch. Er war in die Sportseiten vertieft, also nahm sie sich einen Moment Zeit, um ihn zu mustern und sich dafür zu rüsten, was nun folgen könnte. Es war ein Risiko, das Tess Bailey niemals eingegangen wäre. Vielleicht ging alles schrecklich schief, und sie würde sich blamieren und bloßstellen, aber diese Möglichkeit musste sie in Kauf nehmen. Sie hatte keine Zweifel mehr. Er hatte nicht die glatte Attraktivität wie Tim; er zog Fish and Chips auf einer Parkbank dem Essen in einem Sterne-Restaurant vor; er fuhr lieber mit seinem alten Motorrad als mit einem teuren Sportwagen. Aber das alles zählte nicht. Tess liebte ihn. Seine Anziehungskraft lag auf einer viel wichtigeren Ebene, und er hatte ihr Herz und ihre Seele damit schon lange erobert, bevor ihr Verstand das akzeptiert hatte.

Noah sah zur Tür hinüber, als würde er jemanden erwarten. Bildete sie sich nur ein, dass sich seine Schultern leicht entspannten, als er sie entdeckte? Sie packte die Schachtel, die sie mitgebracht hatte, noch fester mit den Händen und bahnte sich den Weg an den Tischen vorbei zu ihm.

»Hallo.« Sie lächelte nicht – noch nicht. Wenn es einen Grund zu lächeln geben würde – und bei seinem Anblick sehnte sie sich danach –, dann sollte er wissen, dass es echt und nur für ihn gedacht war. Sie stellte die Schachtel auf den Tisch und setzte sich.

»Möchtest du etwas trinken?«

»Noch nicht. Danke.«

»Warst du einkaufen?« Noah deutete auf die Schachtel. »Musstest du deshalb gestern so dringend weg?«

»Ja. Willst du es sehen?«

»Ist es für mich?«

»Vielleicht.« Tess öffnete den Karton und zog einen Motorradhelm heraus. Er sah anders aus als die üblichen Helme: glänzend weiß und rundherum mit rosafarbenen orientalischen Blüten verziert. Tess stellte den Karton auf den Boden und den Helm zwischen ihnen auf den Tisch. Dann legte sie die Hände in den Schoß und grub ihre Fingernägel in die Handballen, während sie auf Noahs Reaktion wartete. Er starrte auf den Helm, und es schien tausend Jahre zu dauern, bis er endlich den Blick hob. Und sie sah sofort an seinem stillen Lächeln und der Wärme in seinen Augen, dass er sie verstanden hatte.

»Hübsch«, sagte er. »Aber ich bin mir nicht sicher, ob das die richtige Größe für mich ist.« Als er sie mit einem

Ausdruck von vorsichtiger Hoffnung anschaute, musste sie ihre Füße fest auf den Boden pressen, um sich nicht über den Tisch zu beugen und ihn zu küssen, bis sie beide keine Luft mehr bekamen – oder bis Akram die Glocke für die letzte Bestellung läutete, was wahrscheinlich vorher passieren würde.

»Hast du ein neues Motorrad draußen geparkt, das zu diesem Helm passt?«, fragte er.

»Nein. Ich habe gehofft, dass mich jemand mitnimmt.«

Ein Lächeln umspielte seine Lippen. »Wohin willst du fahren?«

»Irgendwohin. Überallhin. Und manchmal auch nirgendwohin.«

»Das könnte ich organisieren. Aber an welches Nirgendwo hast du denn gedacht?«

»Darüber müssen wir reden.« Tess verschränkte unter dem Tisch die Finger, als würde sie für die richtige Reaktion beten. »Ich habe gehört, dass du bald in dein Haus einziehen wirst. Was sollen wir mit Morag machen?«

»Sie wird nicht sehr glücklich sein.« Noah drehte sein Glas in kleinen Kreisen auf dem Tisch. »Sie braucht uns beide. Ich nehme an, es gibt nur eine Lösung. Du musst auch in mein Cottage ziehen.« Er starrte auf den Tisch, und Tess hielt den Atem an. Was wollte er ihr damit vorschlagen?

»Als deine Mieterin?«, fragte sie.

Er hob den Kopf. »Wenn du willst. Es gibt ein zweites Schlafzimmer, aber nur ein Wohnzimmer, das wir uns teilen müssten. Und in einer Ecke neben dem Fenster mit Blick über den Garten gäbe es einen idealen Platz für ein Klavier.«

Er hatte sich Gedanken über den Platz für ein Klavier in seinem Haus gemacht? In diesem Moment wurde es Tess klar: Sie hatte sich nicht in Noah verliebt – sie würde sich noch weiter in ihn verlieben, auf alle Zeiten.

»Das ist nicht das, was ich will, ganz und gar nicht. Ich will nicht deine Mieterin sein. Es reicht mir nicht, ein Wohnzimmer mit dir zu teilen. Ich möchte alles mit dir teilen – eine Katze, ein Haus, ein Leben, eine Zukunft.«

Sie streckte die Hand aus und legte sie in seine. Er schlang sofort seine Finger um ihre. »Bist du sicher?« Er seufzte. »Du weißt, dass ich noch nicht geheilt bin, oder? Die Launen, die Albträume … das Risiko, dass sie wieder erwachen, ist noch da. Ich bin nicht mehr der fröhliche, lustige Typ von früher. Ich bin nicht perfekt. Ich bin mir nicht sicher, ob ich in der Lage bin, mich um jemanden zu kümmern …«

»Das siehst du falsch. Wenn du dich um jemanden kümmerst, geht es nicht um die großen Dinge, wie einen Einbruch zu verhindern, eine Maus zu fangen oder etwas aus einem Feuer zu retten. Da sind die kleinen, alltäglichen Dinge wichtig, wie jemandem ein Pflaster auf den verletzten Fuß zu kleben, ihn mitzunehmen, wenn sein Auto streikt, ohne Umschweife in einer Singgruppe einzuspringen. Und jemandem seine Mum zurückzubringen.«

Noah drückte ihre Hand.

»Ich erwarte nicht von dir, dass du dich um mich kümmerst«, fuhr Tess fort. »Ich möchte, dass wir füreinander da sind.«

»Ich habe dich nicht verdient.«

Tess lachte. »Was hast du nicht verdient? Eine Lügnerin und Fantastin, die ihren ersten Ehemann vertrieben hat, in ihrem Beruf gescheitert ist und nicht das ist, was sie allen anderen vorgegaukelt hat?«

»Das alles war Tess Bailey. Ich habe mich in Esther Green verliebt.«

Tess schaute sich im Pub um. Es war noch voller als bei ihrer Ankunft. Sie sah, dass ihr einige der Gäste neugierige Blicke zuwarfen. Das war genau das, was sie wollte. Noah sollte wissen, wie ernst es ihr war, wie viel er ihr bedeutete, und sie hatte sich etwas ausgedacht, um ihm das zu beweisen. Ihr ganzes Leben lang hatte sie versucht, perfekt zu sein und sich die Zuneigung anderer Menschen zu erkämpfen, aber jetzt spielte nicht mehr sie die Hauptrolle, sondern *er*. Hatte er nicht einmal gesagt, dass ihm nur die Meinung einer Handvoll von Leuten wichtig war und die aller anderen für ihn nicht zählte? Jetzt verstand sie das. *Er* war der einzige Mensch, der für sie zählte, und sie war fest entschlossen, ihm das zu zeigen.

Sie stand auf, ging um den Tisch herum, beugte sich über ihn und küsste ihn. Und das war der wunderbarste Kuss ihres Lebens – Liebe, Lust und Verlangen waren darin vereint. Das war Esther Greens erster Kuss, und sie wünschte sich, er würde niemals zu Ende gehen. Doch plötzlich wurde sie abgelenkt, als lautes Pfeifen und Klatschen ertönte. Zögernd wandte sie sich um. Das ganze Pub schien zum Stillstand gekommen zu sein, und alle sahen zu ihnen herüber und lächelten. Tess blickte verblüfft in die Runde, und Ethel trat ein paar Schritte vor und hielt beide Daumen in die Höhe.

»Was ist hier los?«, fragte Tess. »Warum freuen sie sich alle? So war das nicht gedacht!«

»Nein? Mir kam es wie ein sehr entschlossener Kuss vor«, erwiderte Noah.

»Ich meinte damit, dass ich nicht mit dieser Reaktion gerechnet habe. Das ist doch nicht richtig. Sie sollten sich nicht freuen. Immerhin halten sie mich für eine verheiratete Frau!«

»Sie wissen die Wahrheit schon seit einiger Zeit. Die Ribblemiller sind ein schlaues Völkchen. Len hat ihre Vermutungen bestätigt.« Noah strich ihr über die Wange. »Hast du damit ein Problem?«

»Ja! Das sollte mein großer Auftritt als vermeintliche böse Ehebrecherin werden, um dir zu zeigen, dass es mich nicht kümmert, was andere Leute über mich denken, solange du …« Tess verstummte. Noah lachte, und das war das herrlichste Geräusch, was sie jemals gehört hatte.

»Mach dir deshalb keine Sorgen«, beruhigte er sie. »Du hast zwar gesagt, du würdest mich nur dazu bringen, dich ein bisschen zu mögen, aber nun ist viel mehr daraus geworden.«

Sein Lächeln war unwiderstehlich. Tess setzte sich auf seine Knie und küsste ihn noch einmal.

»Könnt ihr zwei euch nicht ein Zimmer nehmen?« Abels Stimme schallte durch den Raum. »Ihr verleidet mir mein Bier!«

Noah legte den Kopf in den Nacken und sah Tess an. »Ein Zimmer? Oder ein ganzes Haus? Hope Cottage liegt direkt gegenüber am Dorfanger. Möchtest du nach Hause gehen?«

Tess schenkte ihm ein Lächeln, das er nicht missverstehen konnte.

»Das wäre wundervoll«, erwiderte sie.

Danksagung

Es hat mir große Freude bereitet, ummauerte Gärten zu besuchen und zu erforschen, als ich dieses Buch geschrieben habe. Vor allem der Helmsley Walled Garden und der Scampston Walled Garden, beide in Yorkshire gelegen und einen Besuch wert, haben mich inspiriert. Falsche Angaben über Gartenarbeit sind allein mir zuzuschreiben, und ich habe mir bei der Beschreibung der Zeitspanne, die für eine Wiederherstellung benötigt wird, einige Freiheiten genommen, um sie der Handlung anzupassen.

Tess' Geschichte ist frei erfunden, aber die Website für einsame Zwillinge existiert tatsächlich. Mehr darüber finden Sie unter https://lonetwinnetwork.org.uk.

Dieses Buch gäbe es nicht ohne die Ermutigung und Unterstützung von einigen wunderbaren Autorenkollegen – hier kommt eine lange Liste von allen, denen ich zu Dank verpflichtet bin: Mein Dank geht an Beta Buddles, die einfach immer großartig war, besonders an Jennifer, Julie, Sally und Sara, die die ersten und liebenswürdigsten Leserinnen waren, an die »Authors on the Edge«, die meinen Enthusiasmus mit Kuchen und Schnaps gefördert haben, an Emma Davies, die mich ständig angefeuert hat, an Jen Gilroy für eine wertvolle Freundschaft auch aus großer Entfernung und an Catherine und Julie, die immer an mich geglaubt haben, als ich es nicht mehr tat.

Und zu guter Letzt – und das ist mir am wichtigsten – möchte ich mich bei jedem bedanken, der meine Bücher ausgeliehen, gekauft oder gelesen hat. Ich würde mich über Ihre Meinung darüber freuen: Sie können mich bei Twitter unter @katehaswords oder bei Facebook unter KateFieldAuthor kontaktieren.